LE FEU SOUS LA NEIGE

Le Vénérable Päldèn Gyatso fut libéré en 1992, après trente-deux ans d'incarcération dans les prisons chinoises.

Il raconte ici l'histoire de sa vie : sa petite enfance dans le village de Pa-Nam ; son ordination comme moine et sa longue traversée de l'Himâlaya jusqu'au grand monastère de Drepung, près de Lhassa, où il poursuivit ses études ; son arrestation, en 1959, lors d'une manifestation non violente pour l'autonomie tibétaine. A la suite d'un interrogatoire brutal, on le qualifia officiellement de réactionnaire et il fut condamné à sept ans de prison – début d'une longue peine…

Par la suite, Päldèn Gyatso fut le témoin de la suppression systématique par le régime chinois de sa culture et de sa religion : monastères détruits, livres brûlés, Tibétains innocents emprisonnés et exécutés. Päldèn lui-même dut endurer la faim et lutter pour survivre durant la Révolution culturelle. Il fut à maintes reprises soumis à la torture, et ne fut libéré qu'à la condition expresse qu'il reprendrait le fil d'une existence monastique calme et discrète. Mais il choisit de fuir à travers le Népal jusqu'en Inde, en emportant avec lui les instruments de torture utilisés par les autorités chinoises. A Dharamsala, le Dalaï-Lama le poussa à révéler publiquement les atrocités dont il avait été victime en prison, ainsi que les souffrances endurées par ses proches.

PÄLDÈN GYATSO

Le Vénérable Päldèn Gyatso vit désormais à Dharamsala, en Inde. Depuis qu'il a fui le territoire occupé du Tibet, en 1992, il a voyagé en Europe et aux Etats-Unis avec Amnesty international et d'autres organisations d'aide humanitaire. En 1995, il témoigna devant la Commission des droits de l'homme des Nations unies. Ce texte très fort est paru chez Actes Sud en octobre 1997.

LE FEU SOUS LA NEIGE

Collection dirigée par Sabine Wespieser et Hubert Nyssen

Edition préparée sous la direction
de Christian Dumais-Lvowski

Titre original :
Fire Under Snow. Testimony of a Tibetan Prisoner
The Harvill Press, Londres

ISBN 2-7427-1897-4

Illustration de couverture :

PÄLDÈN GYATSO
AVEC TSÉRING SHAKYA

LE FEU
SOUS LA NEIGE

MÉMOIRES D'UN MOINE PRISONNIER TIBÉTAIN

Préface de Sa Sainteté le Dalaï-Lama

traduit de l'anglais par Christian Dumais-Lvowski
et Sabine Boulongne

BABEL

NOTE DES TRADUCTEURS

La transcription des mots tibétains a été volontairement simplifiée par rapport à l'orthographe originale très complexe qui n'a quasiment pas évolué depuis l'introduction de l'écriture au VIIe siècle.

ä = é ; ch = tch ; gy = gui ; in, èn, ön = inn, ènn, eunn ; j = dj ; ö = eu ; u = ou ; ü = u français

La transcription des mots chinois en pinyin, ou "prononciation commune", est celle adoptée par la république populaire de Chine et couramment utilisée à l'étranger.

an = ann ou énn ; c = ts' ; ch = tch' ; en = ènn ; h = r guttural ; j = dji ; ou = ô ; q = tch' ; r = j ; ui = wé ; x = sh ; z = dz ; zh = dj

REMERCIEMENTS

Je tiens à remercier M. Wangpo Bashi, du Bureau du Tibet à Paris, pour les conseils qu'il m'a prodigués lors de la préparation de la présente édition. Je remercie Mme Johanne Gill pour sa patiente relecture de la traduction.

C. D.-L.

PRÉFACE DE SA SAINTETÉ LE DALAÏ-LAMA

Le témoignage de Päldèn Gyatso est l'un des récits de souffrances et d'endurance les plus extraordinaires qui soient. Ce moine, âgé de vingt-huit ans lors de son arrestation, au tout début de l'occupation du Tibet par les Chinois, ne fut libéré qu'en 1992, alors qu'il avait presque soixante ans.

Durant ses trente-deux années d'incarcération, Päldèn Gyatso subit la torture, la famine ainsi que d'interminables séances de "réforme de la pensée". Il refusa néanmoins de céder à ses oppresseurs. Le fait qu'il ait trouvé le courage de résister et même de pardonner à ses tortionnaires est une manifestation de la force morale naturelle inhérente au caractère tibétain. Je pense que celle-ci découle aussi des enseignements bouddhiques qui, sources de paix et d'harmonie, prêchent l'amour, la bien veillance, la tolérance, et la relativité de toute chose.

Le Feu sous la neige offre un aperçu vivant de l'histoire récente du Tibet depuis l'invasion de 1949-1950. Päldèn Gyatso y évoque les terribles années de la révolution culturelle en faisant preuve d'une compassion profonde pour tous ceux qui ont souffert comme lui. Ce n'était pas tant la menace d'exécution qui le terrifiait le plus que l'inhumanité et la cruauté dont il fut forcé d'être témoin.

Son compte rendu aidera ceux qui le liront ou l'entendront (à l'occasion de ses conférences) à comprendre la manière dont les structures et les traditions d'une ancienne civilisation bouddhique ont été brutalement anéanties. Si la destruction des monastères et des temples, avec leurs bibliothèques et leurs images religieuses, représente une tragédie pour le Tibet et une grande perte pour l'héritage culturel de l'humanité, les restrictions désormais imposées aux lieux de culte reconstruits dernièrement constituent des atteintes plus graves. Moines et religieuses ne sont plus libres d'y étudier et d'y pratiquer le *dharma* comme du temps du Tibet indépendant. Pourtant, des êtres tels que Päldèn Gyatso révèlent que les valeurs humaines de la compassion, de la patience et du sens des responsabilités au regard de nos propres actions, qui sont au cœur de la pratique spirituelle, perdurent. Son histoire est une source d'inspiration pour nous tous.

A l'instar de Päldèn Gyatso, des milliers de Tibétains ont fui leur patrie. S'il a finalement atteint le havre de l'exil, il n'a pas pour autant baissé les bras. Sa conviction de la justice de notre cause et son indignation face au sort réservé à un si grand nombre de ses concitoyens sont si vives qu'il ne s'est pas accordé un instant de répit. Ayant résisté durant des années aux efforts déployés par les communistes chinois pour dissimuler la vérité sur le Tibet, ou la déformer, il a saisi l'occasion qui lui a été donnée de la clamer au monde entier.

Je présume que la plupart des lecteurs de cet ouvrage ne manqueront pas d'être touchés par le récit de Päldèn Gyatso, la ténacité et le dévouement dont il témoigne. Comme lui, je suis un optimiste. J'attends avec impatience le jour où le Tibet redeviendra un pays en paix dont tous les habitants vivront ensemble en harmonie. Nous n'y parviendrons pas tout seuls, et, s'il n'a rien prouvé d'autre, Päldèn Gyatso a démontré que nous ne sommes pas impuissants et que, même individuellement, nous pouvons changer le cours des choses. J'ai donc bon espoir que son exemple inspire ses lecteurs au point qu'ils accordent leur soutien bienveillant à la cause tibétaine.

REMERCIEMENTS

Je suis redevable de la bonté et de la compassion que m'ont témoignées toutes les personnes qui m'ont apporté leur aide. Je remercie du fond du cœur mes compatriotes qui continuent de combattre pour la liberté du Tibet, et qui ont risqué leur vie pour organiser et protéger ma fuite.

Gyän Wangchèn-la, Phara Khamtsèn, de Drépung Loseling, et Gyältsèn Gyältag-la, de Suisse, m'ont prodigué conseils et encouragements lors de la rédaction de ce livre ; qu'ils en soient ici remerciés. Je remercie aussi Kälsang Takla, et Tsétèn Samdup du Bureau du Tibet de Londres.

Enfin, merci à Kate Saunders, Lhamo Shakya, Dawa Tséring (alias Bobi), Tim Nunn, Robbie Barnett du Tibet Information Network, Francesca Van Holthoon, Margaret Hanbury, et Déchèn Pémba pour leur aide précieuse.

PÄLDÈN GYATSO,
1997.

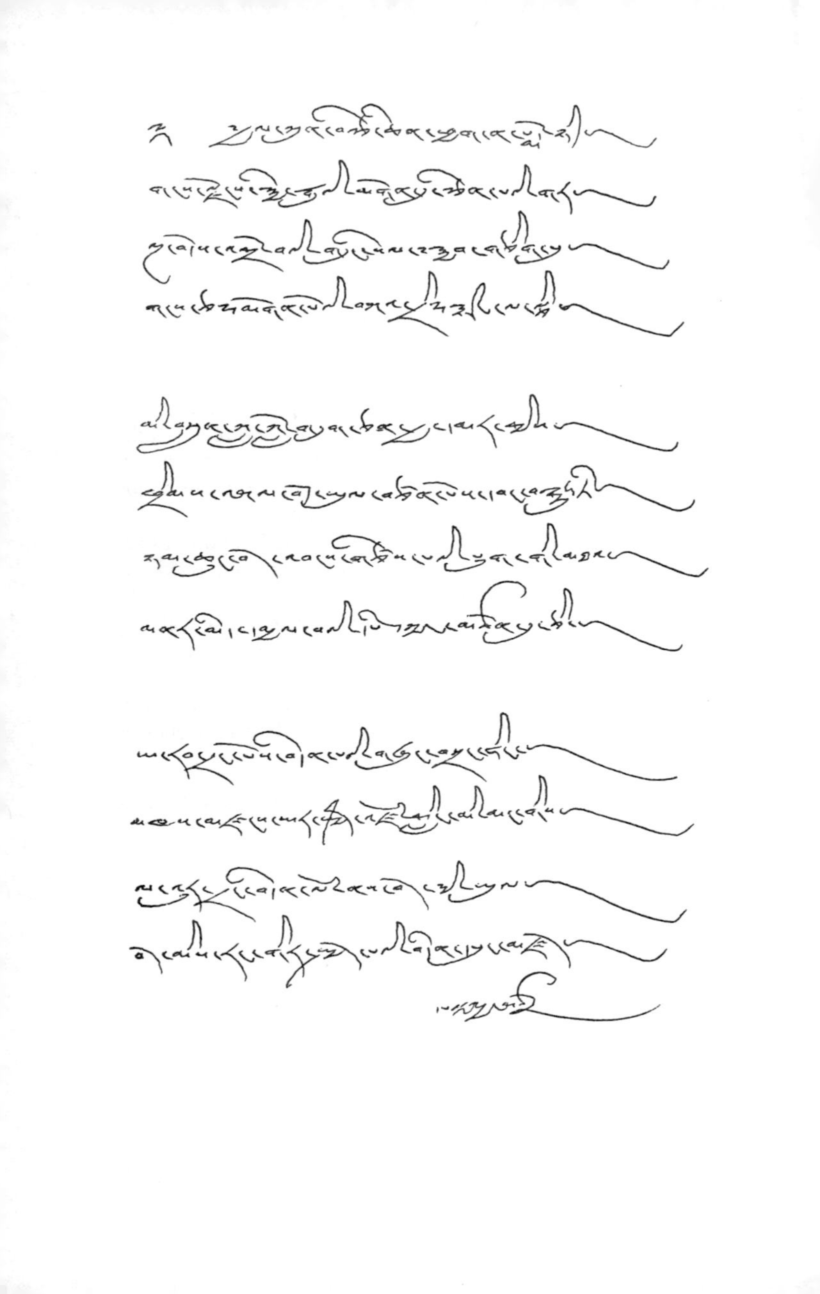

[illegible]
[illegible]
[illegible]
[illegible]

[illegible]
[illegible]
[illegible]
[illegible]

[illegible]
[illegible]
[illegible]
[illegible]

[illegible]

Je dédie ce livre à Sa Sainteté le Dalaï-Lama,

dont les efforts incessants pour obtenir la liberté du Tibet m'ont été une source constante d'inspiration.

Au peuple tibétain, qui souffre sous le joug de l'occupation chinoise.

J'implore le soutien de tous ceux qui chérissent la liberté afin qu'ils nous aident à réaliser notre rêve d'un Tibet libre.

P. G.

AVANT-PROPOS

Depuis le début de ce siècle, voire bien avant, le Tibet, mythique Shangri-la*, a enflammé l'imagination de l'ensemble de la planète. Dissimulé derrière les pics élevés de l'Himâlaya, il a déchaîné l'enthousiasme d'explorateurs, d'aventuriers coloniaux, d'écrivains et d'alpinistes. Des ouvrages aux titres poétiques relatifs à ce pays se sont vendus dans le monde entier et les intellectuels ont noirci des pages et des pages afin d'expliquer les mystères profonds du pays des Neiges. Pourtant, au milieu de ce chœur d'éloges bruyants, la voix authentique du peuple tibétain n'a retenti jusqu'à présent qu'en un faible écho.

Le livre de Päldèn n'est pas une simple histoire, ni quelque révélation mystique d'un yogi assis dans une grotte glaciale. C'est le récit d'un homme confronté à l'inhumanité perpétrée au nom du progrès et d'une idéologie. Toutes ces horreurs ne sont pas exclusives au Tibet. Ce n'est qu'un exemple parmi d'autres des brutalités infligées sur cette planète depuis sa formation.

* Dans son roman *L'Horizon perdu* (1933), James Hilton parle d'une terre idyllique appelée Shangri-la, refuge mythique destiné à sauvegarder l'essentiel du savoir menacé de l'Orient et de l'Occident. L'auteur s'est sans doute inspiré de la légende tibétaine de Shambala. *(N.d.T.)*

Alors que nous approchons d'un nouveau millénaire, il semble peu probable que la souffrance disparaisse de la surface de la terre.

En octobre 1950, quarante mille soldats aguerris venant de la Chine communiste franchirent le Yang-tsê et écrasèrent ce qu'un observateur appela une "armée d'opérette", tant les forces tibétaines étaient archaïques et insignifiantes. Les Chinois décrétèrent que le Tibet avait été affranchi du joug de l'impérialisme et de la servitude féodale et qu'il avait finalement été réuni à la mère patrie. Les termes de *libération* et de *réunification* sont des euphémismes politiques destinés à camoufler ce qui n'était autre qu'une invasion. Ces deux concepts sont à la base de la mainmise chinoise sur le Tibet ; l'idée que notre pays appartenait à la Chine est un élément clé du nationalisme chinois tandis que l'idéologie marxiste met l'accent sur celle de progrès matériel. Soit la réaction du peuple tibétain à cet égard ne comptait pas aux yeux de l'envahisseur, soit on ignora tout bonnement son point de vue. Dans un cas comme dans l'autre, ces deux concepts constituèrent la force qui légitimait la domination chinoise imposée au Tibet. Tous les régimes coloniaux ont justifié leur conquête au nom d'un dieu, d'un idéal élevé de liberté ou en invoquant l'apport de la civilisation à la population indigène.

Universitaires et juristes peuvent trouver des arguments convaincants pour prouver que le Tibet a toujours été indépendant, ou au contraire qu'il fait partie de la Chine de toute éternité, mais pour des gens comme Päldèn et des centaines d'autres citoyens tibétains ordinaires, les subtilités de la diplomatie et le canon de la loi internationale n'ont jamais été particulièrement pertinents. La conviction qu'a Päldèn du bien-fondé de l'indépendance du Tibet et de sa souveraineté s'appuie sur sa propre expérience. Les deux pays sont séparés par leurs traditions, leur culture, leur langue et leur histoire. A ses yeux, c'est un fait aussi évident que la différence entre le lait et l'eau.

Enfant, Päldèn écoutait son oncle lui raconter des histoires. Au début, lui disait-il, il y avait un vide, puis le vent s'est mis à souffler, changeant cette vacuité obscure en un océan d'où s'éleva un grand pic montagneux. Ainsi naquit l'univers. Une fois la mer, la terre et les montagnes formées, le premier homme apparut dans le Tséthang, une zone située juste au sud de l'actuelle Lhassa. Ces récits mythiques à propos du pays des Neiges, pieusement enracinés dans la mémoire collective de tous les Tibétains, nourrissent leur volonté d'indépendance. Dans l'esprit des jeunes protestataires, il est clair que le Tibet est aussi vieux que l'univers lui-même.

C'est la terre poussiéreuse du Tibet, l'orge grillée, le marmonnement des mantras montant vers Chènrézig, le bodhisattva de la Compassion, les yacks, leur beurre, nos rires et les légendes que les mères racontent à leurs enfants qui distinguent le Tibet de la Chine. Pour Päldèn, ces choses-là sont plus réelles que la loi internationale ou la rivalité des pouvoirs qui décident du sort de pays tels que le nôtre. Le citoyen ordinaire sait instinctivement ce qui est vrai et juste.

Les relations historiques du Tibet avec la Chine demeurent complexes. D'un côté, tous les dirigeants chinois ont revendiqué notre pays comme faisant partie intégrante du leur ; de l'autre, les Tibétains rejettent avec autant de ferveur ces prétentions. Pour des gens comme Päldèn, l'identité unique du Tibet clame haut et fort sa distinction d'avec nos voisins chinois. Au Tibet, la diplomatie a toujours été la prérogative de l'élite dirigeante et le peuple a accepté qu'il en soit ainsi tant que cet arrangement n'affectait pas sa vie quotidienne.

Pour la majorité des Tibétains, le premier contact avec la Chine correspondit à l'arrivée de l'Armée populaire de libération (APL). Les armes n'étaient peut-être pas visibles, mais nous savions que le roulement puissant des tambours et le claquement des cymbales couvraient le bruit des coups de feu. Les affiches de la propagande chinoise de l'époque montrent des soldats de l'APL se mêlant joyeusement aux paysans tibétains et un soldat, debout au milieu d'un pré, essuyant la sueur de son front après avoir aidé un ancien "serf" à moissonner. La réalité était tout autre. Les soldats de l'APL durent débusquer les pauvres paysans hors de leurs cachettes dans la montagne pour qu'ils viennent travailler dans les champs. Ce ne fut pas une rencontre heureuse.

Depuis l'invasion de 1950, les Chinois ont mis sens dessus dessous l'existence de tous les Tibétains. Le parti communiste a déclaré que la Terre et le Ciel avaient changé de place, et, pour notre peuple, c'était on ne peut plus exact. Du jour au lendemain, nos certitudes firent place à une sinistre insécurité, un monde où l'on nous imposait des concepts et un mode de vie entièrement nouveaux. Jadis, les gens croyaient à la supériorité intrinsèque de certains idéaux et valeurs. C'est ainsi que le christianisme, les mérites attribués par les Occidentaux au progrès matériel, et les idées qui en découlent, devaient être imposés de force aux peuples "arriérés" qui refusaient obstinément de se soumettre à la marche inévitable de la modernité. Ces populations sont malheureusement les victimes du monde moderne.

Les modernistes chinois, guidés par la poursuite d'un paradis socialiste, considérèrent leurs initiatives comme autant d'étapes vers le progrès. Au lieu de cela, des centaines de vies furent sacrifiées, des familles entières détruites. Des milliers de monastères furent rasés et l'on envoya moines et religieuses dans des camps de travail afin qu'ils deviennent une "force productrice" utile. En termes de vies humaines et de patrimoine culturel, les pertes subies par le Tibet durant les années fatales de la révolution culturelle sont incommensurables. Ce que les Chinois ont fait à l'héritage profond et vibrant de notre pays, vieux de deux mille ans, est aussi cruel que d'enterrer un homme vivant.

Aujourd'hui, les dirigeants chinois aimeraient nous faire croire que la révolution culturelle était une aberration, que des "erreurs" furent commises par la Bande des quatre, mais qu'à présent les prisonniers ont été libérés et les édifices endommagés reconstruits. Cependant, Päldèn peut attester de ce que le régime chinois sous Deng n'était pas meilleur que sous Mao. Le soldat qui jadis montait la garde dans la tour de guet fut remplacé par une caméra vidéo ; les bâtons par des matraques électriques. Les moyens ont évolué, mais l'oppression est restée la même. Les gardiens de la prison de Drapchi étaient peut-être mieux équipés, ils avaient sans doute reçu une formation plus poussée, mais la vie à l'intérieur des murailles du pénitencier n'avait pas changé.

L'ancienne génération de dissidents a passé le flambeau de la lutte tibétaine à un nouveau groupe de jeunes qui entrent en prison le regard plein de défi, sous les yeux des membres du Parti. Celui-ci n'arrive pas à croire que les Tibétains poursuivent inlassablement leur campagne pour l'indépendance ; il n'y voit qu'une protestation de la part d'une population indigène ingrate. Les dirigeants coloniaux peinent à comprendre qu'une centrale électrique, un nouveau stade, les lumières étincelantes des discothèques et les hôtels cinq étoiles ne rendent au peuple ni sa dignité ni l'héritage dont on l'a dépossédé. Le jeune protestataire n'a pas oublié les souffrances de ses parents et les privations qu'ils ont endurées.

Le peuple tibétain se cramponne fièrement à une civilisation, la sienne, qui a prospéré sur les plateaux battus par les vents de l'Himâlaya et déplore sa destruction. Cela, non pas parce qu'il avait trouvé un paradis sur terre ou parce que la société tibétaine était parfaite, comme un grand nombre de ceux qui soutiennent notre cause aimeraient à le croire. Non, le Tibet n'était pas Shangri-la ; il avait ses imperfections, ses impuretés. A l'instar de celle des nations du monde entier, notre histoire est gouvernée par des moments d'éclat et de créativité profonde, ternis par les folies de nos leaders, les actes de corruption de l'élite dirigeante et la pauvreté de la population.

Rien n'est plus destructeur que l'asservissement d'un pays. Les deux mille ans de l'histoire tibétaine ont montré que notre peuple pouvait parfaitement se gouverner lui-même, que sa vision du monde s'accordait à celle qu'il voulait créer. Le récit de Päldèn démontre la force de résistance de toute une nation.

J'ai rencontré Päldèn pour la première fois quand on me demanda de lui servir d'interprète pour diverses conférences lors de sa visite à Londres en 1995. Il y était venu avec l'espoir de solliciter le soutien de l'ensemble de la communauté internationale en faveur de son pays. Une première mouture de son livre remplissait déjà un carnet aux pages jaunies ; comme la plupart des récits tibétains de ce type, il se composait de dates et de noms de victimes. Ce témoignage devait perpétuer la mémoire de ceux qui n'avaient pas survécu pour raconter leur histoire. Après sa tournée en Grande-Bretagne, je me rendis à Dharamsala où ensemble nous commençâmes à rédiger ce livre dans sa forme définitive.

Je louai une chambre et Päldèn me rendit visite chaque jour au cours des trois mois qui suivirent. Dès l'instant où il entrait, je mettais le magnétophone en marche afin d'enregistrer toute notre conversation. En définitive, nous réunîmes plus de cent vingt cassettes, soit trois cents heures de souvenirs. Je les fis toutes transcrire et ces textes ainsi rédigés constituent la base de ce livre.

Je le priai d'abord de me raconter sa vie afin d'esquisser son passé dans un ordre chronologique. Puis je lui demandai des informations plus détaillées sur chacun des événements, ainsi que les pensées et les sentiments qu'ils lui inspiraient. Il me parla ouvertement, en toute franchise, malgré la gêne et la confusion que lui causait visiblement l'attention inhabituelle dont il faisait l'objet. S'il m'incombait de l'encourager à me livrer ses opinions et ses émotions, son humilité naturelle l'empêchait de parler librement de lui.

Nous avons changé certains noms et abrégé les descriptions de certains événements afin de dissimuler l'identité de personnes impliquées dans divers incidents ainsi que celle des êtres courageux qui ont aidé Päldèn à gagner la liberté.

TSÉRING SHAKYA,
Londres, 1997.

PROLOGUE

Il me semblait que je m'étais préparé à cette rencontre toute ma vie. Après que j'eus attendu devant un portail gardé par un soldat indien en uniforme kaki, grelottant dans le vent de la mousson, un vieux fusil Lee Enfield en bandoulière, un jeune Tibétain en uniforme bleu me fouilla des pieds à la tête. Une minute plus tard, je me trouvais en présence du Dalaï-Lama. J'éprouvais un sentiment mêlé de joie et de tristesse. Je savais que, sans la terrible tragédie qui avait accablé mon pays, je n'aurais jamais même rêvé de cette entrevue avec l'homme que nous autres Tibétains appelons Kyabgön Rinpoché (le "Précieux Protecteur"). Les gardes pauvrement vêtus, le simple bungalow enveloppé de brume – le palais de Sa Sainteté le Dalaï-Lama en exil – différaient tristement de la vision de splendeur que j'avais conservée de mon pays.

Depuis mon départ de Lhassa, j'avais longuement réfléchi à ce que je dirais au Dalaï-Lama. Devrais-je commencer par lui faire un compte rendu de mon arrestation ? Lui parler de tous les gens morts de faim, des prisonniers acculés au suicide ? Ou bien des Tibétains qui exécutaient docilement les ordres des Chinois pour s'attirer leurs faveurs et s'assurer ainsi une existence relativement confortable ? Peut-être ferais-je mieux d'évoquer nos compatriotes de la jeune génération qui organisaient des manifestations courageuses en prison ou des tortionnaires tibétains qui brutalisaient leurs coreligionnaires, les rouaient de coups, les torturaient avec des matraques électriques. Après tout, ces bourreaux étaient de la même nationalité que nous, enfantés eux aussi par le pays des Neiges.

Cependant, lorsque je me retrouvai finalement en face du Dalaï-Lama, j'eus soudain l'esprit vide. Je baissai la tête devant cet homme drapé dans sa tunique grenat, devant son visage aimable au sourire perpétuel. Je la relevai seulement quand il me posa ses premières questions. "Comment vous êtes-vous échappé ? Où a eu lieu votre première arrestation ? Dans quelle prison avez-vous été incarcéré ?" commença-t-il. J'aurais dû me rendre compte que je n'étais pas le premier ex-détenu à me trouver en sa présence. Depuis trente-cinq ans, un flot régulier de Tibétains ayant réussi à s'échapper en franchissant péniblement les sommets de l'Himâlaya se sont présentés devant Sa Sainteté. Tous, ils se sont enfuis dans l'espoir de le voir et de lui chuchoter à l'oreille des mots qu'ils se sont répétés à eux-mêmes un nombre incalculable de fois. Chaque Tibétain qui a ainsi choisi l'exil a remonté la courte allée goudronnée menant à la salle d'audience toute simple du palais de Dharamsala, et eu l'occasion de prononcer les paroles gravées dans son cœur.

Je parlais depuis une vingtaine de minutes, quand le Dalaï-Lama m'interrompit : "Vous devriez raconter votre histoire", me suggéra-t-il. Sur le moment, je ne mesurai pas vraiment la portée de son conseil. Je décidai néanmoins de consigner le récit de mes souffrances, j'y ferais figurer tous mes camarades qui avaient péri en prison. J'adresserais ce document à Sa Sainteté afin que ces morts ne passent pas inaperçues. Il ne me vint pas à l'esprit que j'écrirais un livre.

Au Tibet, la tradition veut que l'on publie les biographies de grands lamas et de personnages ayant atteint un haut degré de spiritualité. Ces ouvrages, connus sous le nom de *namthar*, ne sont pas simplement des histoires agréables à lire ; on y trouve un enseignement spirituel, un guide pour sa vie. Tous, nous reconnaissons le pouvoir de ces livres. "Si un mendiant lisait le *namthar* du grand roi Guésar*, affirme un dicton tibétain, il y trouverait l'inspiration suffisante pour se transformer en un valeureux guerrier, alors qu'en lisant la biographie de Milarépa**, même un prince éprouverait le désir de renoncer au monde."

Lorsqu'on me proposa d'écrire mon histoire, l'intérêt que suscita ce projet me stupéfia et me gêna à la fois. J'avais pourtant très envie de le faire. L'une des principales raisons qui m'avaient poussé à m'évader était d'avoir la possibilité de m'exprimer face au monde. J'avais passé plus de trente ans en prison et, durant toutes ces années, j'avais vu et vécu des horreurs inimaginables. Tout prisonnier vit dans l'espoir que, d'une manière ou d'une autre, une fois que les gens auront connaissance de ses souffrances, ils se précipiteront au secours de ceux qui sont tombés au plus profond de l'enfer.

En prison, nous chantions *Un jour, le soleil brillera à travers les nuages noirs*. La vision du soleil dissipant ces ténèbres et éclairant nos esprits brisés nous maintenait

* Héros légendaire tibétain dont l'épopée est retracée dans la *Guésar de Ling*, suite de chants et de récits en prose composant une "geste" d'inspiration bouddhique. *(N.d.T.)*

** Mystique et poète tibétain (1052-1135), auteur des *Cent mille chants de Milarépa*, classique de la littérature populaire tibétaine. *(N.d.T.)*

en vie. Les prisonniers n'étaient pas les seuls à faire preuve d'endurance : les citoyens ordinaires, hommes et femmes, dont la vie quotidienne s'écoulait dans l'ombre du Parti communiste chinois en faisaient tout autant. Aujourd'hui encore, les jeunes garçons et filles qui n'ont jamais connu le Tibet féodal, et que l'on dit être les enfants du Parti, réclament la liberté à cor et à cri. Notre volonté collective de résister à l'injustice ressemble à un feu inextinguible. En regardant en arrière, je vois bien que l'attachement de l'homme à cette liberté s'apparente à un feu qui couve sous la neige.

Plusieurs jours après ma première visite au Dalaï-Lama, je me retrouvai dans la grande cour du nouveau temple face au palais de Sa Sainteté. Les Tibétains l'ont appelé Jokhang, du nom du plus saint de tous les temples de Lhassa. Bâti sur une butte, il abrite une partie des images religieuses sauvegardées par des dévots, transportées clandestinement depuis l'autre côté de l'Himâlaya. Dans le Jokhang de Lhassa, on pouvait admirer une statue en bronze du Bouddha, apportée au Tibet au VIIe siècle après Jésus-Christ, cadeau d'une princesse chinoise qui avait épousé le grand roi tibétain Songtsèn Gampo. Cet événement historique devait avoir une portée considérable pour les Chinois ; je me souviens qu'en prison l'on m'a raconté cette histoire d'innombrables fois en mettant l'accent sur la manière dont le mariage de la princesse Weng Cheng avait apporté la culture au Tibet et unifié ce pays avec la mère patrie. Au début, nous demandions : "Cela signifie-t-il que le Tibet appartient aussi au Népal ? Songtsèn Gampo n'a-t-il pas aussi épousé une princesse népalaise ?" Très vite, ce genre de questions fut considéré comme contre-révolutionnaire et ceux qui les posaient risquaient un séjour en prison.

Le temple vibrait d'activité. Des dizaines de vieillards déambulaient autour du sanctuaire en faisant tourner les moulins à prières, produisant ainsi une musique qui m'est familière depuis l'enfance. Elle se mêlait aux marmonnements des vieux pèlerins récitant le mantra en six syllabes : *Om mani padme hum.* Le brouillard qui noyait le temple se dispersa peu à peu, les plaines de l'Inde apparurent à travers la nuée. Cette vision incongrue de Tibétains en terre étrangère acheva de me convaincre que je devais raconter mon histoire, non pour faire valoir mes souffrances, mais comme témoignage des tourments subis par mon pays. De cette manière, je montrerais que si, moi, j'étais libre, mon pays, lui, restait occupé.

Tandis que je promenais mon regard sur ces étendues poussiéreuses, une profonde tristesse m'envahit. J'avais gardé un souvenir intense de la vie routinière de la prison, de la régularité des séances d'étude, des réunions consacrées aux aveux, aux récompenses et punitions qui avaient défini mon quotidien au cours des trente-deux dernières années. Les cicatrices laissées par mon incarcération demeuraient douloureusement profondes dans mon esprit.

Dharamsala, avec ses forêts luxuriantes et ses pluies, si différente du Tibet, est devenue un refuge pour un grand nombre d'entre nous. Chaque jour, j'y rencontrais des compagnons de détention ayant fait l'harassant périple jusqu'au pied de l'Himâlaya. A leur bonheur d'avoir recouvré la liberté s'associait la conscience des souffrances endurées par tant d'autres. Nous nous félicitions d'avoir eu la chance de survivre.

Bien qu'exilé dans un autre pays, je suis libre, mais de terribles images continuent de me hanter. Je loge à présent dans une petite cabane, un assemblage de bouts de bois et de tôle. La pièce n'est pas plus grande que la cellule d'isolement à la prison. Les pluies torrentielles de la mousson qui s'abattent sur le toit m'empêchent de fermer l'œil et l'odeur musquée de l'humidité s'attache aux murs et au sol, bien que l'on m'affirme que cela s'arrangera après la saison des pluies. Dans la cabane voisine, un groupe de jeunes, qui se sont "traîtreusement évadés en passant à travers les montagnes", écoutent la radio de Lhassa et joignent gaiement leurs voix aux derniers airs en vogue. Il est étrange de penser à quel point les gens sont avides de recevoir des nouvelles d'un lieu qu'ils ont fui et combien ils se languissent d'entendre des sons familiers provenant de chez eux, comme pour s'assurer qu'ils sont bien vivants.

Dharamsala est un endroit bien particulier, non pas parce qu'il nous a accueillis si nombreux, mais parce que c'est désormais la terre d'asile du Dalaï-Lama. En prison, nous évoquions à mots couverts ce coin de pays qui nous inspirait un sentiment de déférence mêlé de fascination. Quelque temps après mon arrivée, on me chargea d'interviewer d'autres nouveaux venus afin de noter leurs témoignages. Je n'arrivais pas à croire qu'un si grand nombre d'entre nous avait la même histoire à raconter. Chacun avait vécu des atrocités, la violence. Je me rendis compte que tous les êtres soumis de force partageaient les mêmes expériences faites de corps meurtris, de vies gâchées, de familles brisées.

La plupart de ceux qui franchissent les pics enneigés de l'Himâlaya sont de jeunes enfants. Certains sont expédiés loin de chez eux par leurs parents à l'âge de sept ou huit ans à peine, dans l'espoir qu'ils connaîtront un avenir meilleur à l'étranger. Ils ne sont pas la progéniture de riches propriétaires terriens ou de commerçants prospères, mais les enfants de paysans démunis que les communistes prétendent avoir délivrés de la servitude.

Dharamsala est un lieu cosmopolite. Des gens venus du Japon, d'Amérique, d'Israël et d'Europe se mêlent dans les deux rues étroites et boueuses du marché principal de McLeod Ganj. Je me suis lié d'amitié avec des étrangers venant de pays dont je ne connaissais même pas l'existence, notamment avec une jeune Anglaise, Emily, et une Hollandaise nommée Francisca. Elles viennent régulièrement me rendre visite dans ma cabane pour bavarder avec moi. Ce fut au cours de mes conversations avec elles que le récit de ma vie commença à prendre forme.

Peut-être à travers mon histoire, pourrai-je raconter celle de mon pays et rendre compte de la douleur ressentie par chaque Tibétain au tréfonds de son être.

I

LE COMMENCEMENT

Je suis né sous un arc-en-ciel.

Combien de fois ma grand-mère ne m'a-t-elle pas raconté l'histoire de ma naissance ! D'un doigt recourbé, elle dessinait un arc-en-ciel dans l'air tout en décrivant comment il se déployait du fleuve jusqu'aux champs, englobant le village entier. A l'en croire, une multitude de signes favorables avait accompagné ma venue au monde. "Ngodup, disait-elle, tu aurais pu être un *trülku** de Riwoché !" C'était son histoire favorite, elle la racontait à qui voulait l'entendre.

Selon elle, voici à peu près comment les choses se passèrent. Quelques jours après ma naissance, une délégation de grands lamas descendit du monastère de Drag Riwoché, situé à deux jours de marche de notre village. Elle annonça que j'étais l'un des enfants en qui un grand lama, mort un an auparavant, pouvait s'être réincarné. De nombreux indices attestaient le caractère singulier de ma naissance. Quand les moines arrivèrent, des corbeaux perchés d'ordinaire sur le toit du monastère s'étaient tous juchés sur notre maison. Par ailleurs, l'un des intendants du lama défunt se souvenait que ce dernier était venu en visite chez nous pour

* Le corps de manifestation d'un bouddha ou d'un bodhisattva. *(N.d.T.)*

présider à une cérémonie religieuse peu avant sa mort. Il avait déclaré se sentir comme chez lui dans notre demeure. Au moment de prendre congé, il s'était approché de ma mère et, lui imposant les mains sur la tête, lui avait dit : "Je reviendrai dans cette maison."

Ma grand-mère, elle, rapportait que, quelques jours avant d'accoucher, ma mère s'était vue en rêve, abîmée dans une profonde méditation, un *dorjé* (bâton de foudre) dans sa main gauche. Le *dorjé* symbolise l'indestructibilité des enseignements du Bouddha. Autant d'auspices heureux accompagnant généralement la naissance d'un lama réincarné.

Ma grand-mère racontait aussi que Changdzo-la*, premier intendant du lama décédé, avait agité deux chapelets devant mes yeux et que j'avais tendu mes menottes pour me saisir de l'un d'eux. Elle secouait alors la tête, tapait dans ses mains et m'expliquait, tout excitée, que le lama avait souri et confirmé que le chapelet choisi avait effectivement appartenu au lama de Riwoché.

Grand-mère adorait me répéter cette histoire. C'était une petite femme au visage minuscule, aux traits de poupée. Elle avait coutume de se frictionner les cheveux avec des petits morceaux de beurre pour les rendre plus brillants, sa figure rayonnait sous le casque étincelant de sa chevelure impeccablement peignée. Je l'écoutais avec un bonheur infini. Quand les noms des différents candidats furent soumis à l'approbation de Lhassa, le mien ne fut pas retenu. "C'est que notre famille n'a pas ses entrées chez les gens influents de la capitale", expliquait-elle. Malgré mon jeune âge, je pouvais détecter une pointe de déception dans sa voix quand elle en arrivait au point culminant de son récit.

* *La* : suffixe honorifique très couramment employé en tibétain. *(N.d.T.)*

Ainsi, les signes favorables qui entourèrent ma venue au monde suscitèrent les plus grandes espérances. L'astrologue du village établit mon horoscope et déclara à mon père que j'apporterais de grands bienfaits à ma famille et à autrui. Il ne précisa pas comment. Peut-être tous les astrologues de villages chuchotaient-ils la même chose à l'oreille des riches seigneurs. Je crois que mon père en fut enchanté. Par la suite, il me rappela maintes fois cette prédiction.

On m'appela Ngodup. Au Tibet, il n'appartient pas aux parents de choisir le prénom de leurs enfants ; en général ils prient un grand lama de s'en charger. J'ignore quel moine me donna ce nom, bien que ce fût probablement l'abbé du monastère le plus proche. Je naquis l'année du Singe d'eau (1933), à Pa-Nam, une bourgade des plaines du Tsang, au centre du pays, sise à deux cents kilomètres à l'est de Lhassa, capitale du Tibet, et à soixante-dix kilomètres à l'ouest de Shigatsé, la deuxième plus grande ville du pays.

La Nyangchu serpentait à travers une vallée ceinte de montagnes escarpées. La vaste plaine était parsemée de champs verdoyants, plantés d'orge, de pois et de moutarde. Il fallait se méfier de la rivière. Parfois peu profonde, on n'y voyait que de petites vagues miroitantes onduler paisiblement vers Shigatsé, où elle se jette dans le Tsangpo*, notre plus grand fleuve. Les paysans traversaient facilement à gué pour faire paître leur bétail sur l'autre rive, mais il arrivait qu'un berger ne ramène pas ses bêtes à temps, et que les eaux montantes rendent la rivière infranchissable. Il fallait parfois deux ou trois jours avant de trouver un autre passage, et ce au prix d'un immense détour.

* Le Brahmapoutre. *(N.d.T.)*

Au printemps, à la fonte des neiges, quand les vaguelettes se changeaient en torrent, la Nyangchu devenait dangereuse, les paysans la considéraient avec effroi. On me mettait en garde de ne pas jouer sur la berge. Les gens disaient que même les animaux les plus robustes, comme les yacks, ne pouvaient résister au courant déchaîné. L'un de mes premiers souvenirs est lié à la rivière : un jour, en courant vers la rive, je vis un groupe d'hommes tirer de l'eau la carcasse d'un yack. Je restai planté là, en compagnie d'autres enfants, à les regarder découper ce cadavre gonflé comme une outre, et déposer les morceaux de viande sur un pan de tissu étendu à proximité. Depuis ce jour-là, la rivière me terrifia. Pourtant, nous dépendions d'elle ; ses eaux nous permettaient d'arroser nos champs, les régions qu'elles n'atteignaient pas restaient arides et désolées. Cette terre infertile et craquelée nous rappelait constamment cette servitude. Je ne me souviens pas d'un seul jour où il ait plu à Pa-Nam, mais les zones irriguées, d'un vert luxuriant, nous procuraient de quoi subvenir à nos besoins. Nous buvions l'eau de la rivière et l'on avait creusé de petits canaux pour faciliter l'irrigation des cultures. Tout le long du jour, on voyait un homme aller d'un champ à l'autre pour ouvrir et fermer ces canaux.

De chaque côté de la vallée, les montagnes de l'Himâlaya grimpaient à pic vers l'azur. Elles s'élevaient vers de vastes pâturages en pente semblant s'étager jusqu'au ciel. Ces murailles de roche protégeaient Pa-Nam de part et d'autre. Au printemps, au moment du dégel, quand des pousses d'un vert vif luttaient pour émerger de dessous la glace, les paysans emmenaient leurs troupeaux paître sur les hautes pâtures. Mais durant l'hiver, pendant près de trois mois, moutons, chèvres, vaches et même certains yacks demeuraient à l'abri dans les maisons. Nous habitions des bâtisses à un étage, en briques crues. Des fondations en pierre de près d'un mètre de largeur formaient une base solide sur laquelle on empilait les briques de manière à former un mur épais. Grâce à ces simples parois, il faisait chaud en hiver à l'intérieur et frais en été.

Le premier étage était réservé aux humains. Les animaux passaient les mois d'hiver au rez-de-chaussée, dans le noir. Je me revois, enfant, les chassant de leur enclos hivernal. Ils hésitaient à sortir, effrayés de se retrouver au grand air. Un à un, titubant sur leurs pattes vacillantes, clignant des yeux, éblouis par la clarté soudaine, ils quittaient la tiédeur de leur refuge. Les gens riaient, disant qu'ils étaient ivres d'avoir mangé des résidus d'orge. En effet, en hiver, à l'approche du Nouvel An tibétain, chaque famille fabriquait d'énormes quantités de *chang**, et l'on déversait le reste de l'orge réduite en bouillie dans les mangeoires des vaches. Les bêtes avaient tôt fait de s'accoutumer à la lumière aveuglante. Alors, les aînés parmi les enfants les guidaient vers un sentier étroit menant aux pâturages. Elles y passaient l'été avec un berger qui redescendait de temps à autre au village avec du fromage, du beurre et un âne chargé de bouses séchées qui servaient de combustible.

Pa-Nam vivait de l'agriculture. Le bétail fournissait des denrées précieuses telles que la viande, le beurre et le fromage. Nous possédions six cents moutons et chèvres, cheptel qui nous assurait une aisance au-dessus de la norme tibétaine. Le gouvernement louait des terres à mon père que celui-ci affermait ensuite à

* Bière faite d'orge et de millet fermentés. *(N.d.T.)*

d'autres cultivateurs. On nous appelait les *guerpa** (contribuables gouvernementaux) parce que nous acquittions nos impôts directement auprès des autorités de Lhassa, tandis que les autres agriculteurs, comme les métayers de mon père, payaient les leurs au propriétaire terrien ou au monastère. Les obligations fiscales de mon père étaient fort complexes et je n'ai jamais vraiment compris ce qu'il devait débourser, ni à quels devoirs il était soumis, même si je me souviens très bien que notre famille devait impérativement fournir cinq hommes à l'armée tibétaine. Ce n'étaient pas nécessairement des membres de la famille. Du reste, autant que je m'en souvienne, mon père se déchargeait de cette obligation sur ses locataires.

D'ailleurs, les arrangements passés avec les fermiers restaient à notre entière discrétion. Tant que nous fournissions les cinq hommes requis, le gouvernement s'en trouvait satisfait. Mon père jouait également le rôle de chef du village, on faisait souvent appel à lui pour régler des différends. On le considérait comme un homme équitable, et nos fermiers, ainsi que les villageois, l'appelaient Bari *jola*, terme exprimant à la fois l'affection et le respect. Il défendait les villageois contre les propriétaires absents, résidant à Shigatsé ou à Lhassa, qui prélevaient des taxes injustes. Notre nom de famille, Bari Lhopa, signifie "Bari du Sud". Il y avait une autre famille, vivant tout en haut de la vallée, baptisée Bari Jang, soit "Bari du Nord". Nous avions dû être parents jadis, mais tout le monde avait oublié comment nous nous étions retrouvés séparés entre le Nord et le Sud.

* Terme désignant de fait la noblesse terrienne. *(N.d.T.)*

Au XVIIIe siècle, Pa-Nam acquit une certaine notoriété en tant que lieu de naissance du septième Panchèn-Lama*, deuxième personnage hiérarchique de la religion tibétaine. On racontait qu'à la mort de son prédécesseur les oracles avaient prédit que l'on trouverait l'enfant réincarné "baignant dans le bonheur et assis dans le giron du soleil". On envoya des moines sillonner le pays en quête de cette nouvelle incarnation du Panchèn Rinpoché. L'une de ces expéditions arriva à Pa-Nam, cette prophétie encore toute fraîche à l'esprit.

En approchant de la première maison du village, ils virent une femme assise, un nouveau-né dans les bras. Quand ils lui demandèrent son nom, elle répondit : "Nyima" (soleil). Ils n'eurent pas besoin de chercher plus loin. La délégation venait de trouver le septième Panchèn-Lama blotti contre la poitrine du "soleil".

Il avait vu le jour dans la demeure la plus opulente du village, la maison voisine de la nôtre. La famille fut anoblie, et sa fortune assurée. On appelait *trungshi* (famille du domaine de la naissance) cette forme d'anoblissement. Cette distinction rejaillissait sur toute la population de la localité. Quand je vins au monde, l'excitation gagna l'ensemble de la communauté. On disait que Pa-Nam était un village béni puisqu'un autre grand lama s'y incarnait. Leur allégresse fut de courte durée.

Comme la plupart des Tibétains, nous étions très dévots et prenions notre engagement religieux très au sérieux. Un *kangyur lhakhang* (temple ou chapelle), recelant les cent huit volumes des enseignements du Bouddha, dominait notre maison. Personne d'autre au

* Titre de l'abbé du monastère de Tashilhunpo, à Shigatsé, incarnation la plus importante après le Dalaï-Lama. On l'appelle aussi Panchèn Rinpoché. *(N.d.T.)*

village ne pouvait se vanter de posséder une telle collection. J'ignore comment ma famille avait acquis ces très anciens recueils d'une valeur inestimable. Le *lhakhang* conservait aussi de nombreuses effigies du Bouddha, de bodhisattvas et des *thangka**, dont certaines vieilles de plusieurs siècles. Au-dessus de notre toit, se dressait, solitaire, un grand cylindre de cuivre appelé *gyältsän* (bannière de la victoire), privilège réservé aux demeures possédant la collection complète du *kangyur*. Chaque fois qu'une famille du village organisait une cérémonie religieuse, on venait emprunter un de ces précieux volumes.

Chaque année, en juillet, une très importante fête religieuse se déroulait au village. Quand, à l'approche de la moisson, les champs ne réclamaient plus guère de soins, le moment était venu pour tout le monde de se détendre et de fêter la promesse d'une récolte exceptionnelle. Mais il fallait aussi se concilier les esprits locaux en les exhortant à protéger les récoltes des forces maléfiques. Le village célébrait alors une cérémonie rituelle, un *chö-khor*, ce qui signifie littéralement "enveloppement dans l'enseignement du Bouddha".

Les moines du monastère voisin descendaient chez nous et sortaient un à un tous les volumes du *kangyur*, enveloppés de tissu jaune, et les brandissaient bien haut au-dessus de leur tête. Devant la maison, les villageois et les membres de ma famille rivalisaient entre eux pour avoir le privilège de porter les recueils sur leur dos. Quand les cent huit volumes avaient finalement trouvé une échine qui ne demandait qu'à leur servir de support, les moines marchaient en procession, suivis par les villageois, chacun chargé d'un ouvrage.

* Peinture sur toile, souvent sacrée. *(N.d.T.)*

Ils faisaient le tour complet du village, marquant ainsi sa lisière.

Puis toute la bande venait se reposer près d'un lieu retiré que nous appelions *yül-lha-khang* (la demeure de l'esprit du village). Là résidait le mauvais esprit, et notre bien-être dépendait des offrandes que nous lui apportions. On disait qu'il arriverait malheur au village si l'on ne prenait pas soin d'apaiser régulièrement cet esprit sourcilleux. Même si les cultures poussaient bien, elles n'avaient pas moins besoin d'être fertilisées par des voies spirituelles. La grêle pouvait s'abattre inopinément sur la région et tout détruire. Les fermiers tibétains redoutaient les averses de grêle comme d'autres craignent la sécheresse. Certains villages disposaient même d'un “empêcheur de grêler” résidant sur place, et censé détenir des pouvoirs magiques. Si quelqu'un tombait malade dans la famille, on faisait aussi des offrandes à l'esprit.

L'emplacement était marqué par un grand tas de pierres et de cornes d'animaux à demi dissimulées sous un enchevêtrement de drapeaux à prières représentant les cinq éléments : jaune pour la terre, rouge pour le feu, bleu pour le ciel, blanc pour les nuages et vert pour l'eau.

Chaque année, toutes les familles y déposaient un nouveau drapeau. Je ne me suis jamais aventuré seul en ce lieu. Ce monceau de drapeaux en décomposition dégageant une odeur de moisi créait une atmosphère lugubre. J'avais la chair de poule chaque fois que je m'en approchais. Tout le monde redoutait le *yül-lha*. La cérémonie de *chö-khor* célébrait la fidélité des villageois à “l'esprit” et servait à marquer les limites du village. Après ce rituel, tous se sentaient protégés et en sécurité.

Après avoir fait tout le tour du village, la procession allait se reposer dans un grand champ voisin de la rivière.

Chaque famille y plantait sa tente. On dansait et chantait durant plusieurs jours. Les grands jouaient à des jeux d'argent tandis que les plus jeunes se mesuraient au tir à l'arc. On pouvait enfin se détendre et profiter de la clémence de l'été. Dans deux ou trois mois, ce serait l'époque des moissons et chaque métayer de mon père devrait envoyer un homme travailler dans le champ familial. C'était la période la plus active de la vie au village, il y avait quantité de besognes à abattre. Personne ne restait les bras croisés. Après les récoltes, le moment venait de battre le grain. On le rassemblait ensuite en tas, et les femmes le vannaient pour le débarrasser de l'ivraie. Pendant que les paysannes s'attelaient à cette tâche, mon père conviait à la maison dix moines qui entreprenaient de lire simultanément à voix haute tous les volumes du *kangyur*. Il leur fallait entre cinq et dix jours pour tout lire du premier au dernier mot. Mon père disait que notre famille patronnait ce rituel chaque année depuis des siècles, que notre maison était favorisée par le sort et bénie grâce au mérite de toutes les bonnes actions accomplies par nos ancêtres.

J'avais pourtant le sentiment que cette bonne fortune n'avait pas déteint sur moi. Ma mère mourut peu de temps après ma naissance, laissant trois filles et deux fils aux soins de mon père. De quoi est-elle morte ? Ma grand-mère m'a raconté un jour que ma mère paraissait parfaitement heureuse et en bonne santé juste après ma venue au monde, mais qu'un soir elle tomba malade et ne se remit jamais. Les Tibétains pensent que lorsque la chance favorise une famille, celle-ci connaîtra forcément aussi la malchance. Peut-être est-ce une explication plausible.

Puisqu'on me considérait comme une réincarnation possible d'un grand lama, le malheur s'était abattu sur ma mère. Je n'ai jamais su son vrai nom, tout le monde l'appelait *ama-la*. Elle n'avait que quarante ans quand elle est morte. Je n'ai aucun souvenir d'elle, pas même une photographie.

Dans l'ancien Tibet, la photographie n'existait pas et l'on ne peignait pas de portraits des gens de leur vivant. Le seul cliché que j'avais jamais vu représentait le treizième Dalaï-Lama* ; il trônait sur l'autel familial. Un jour, ma tante le prit pour le poser sur ma tête. J'avais envie de le toucher, d'en sentir la texture, d'examiner la photographie de près, mais c'était un objet bien trop précieux, ma tante s'empressa de le remettre en place. Nous l'avions acheté à un marchand népalais ; même à cette époque, seulement deux familles dans le village pouvaient s'offrir un tel luxe. Je doute qu'il ait jamais existé une photographie de ma mère. J'ai demandé un jour à quelqu'un de ma famille comment elle était, il s'est contenté de me répondre que "c'était une gentille femme". Mon père ne parlait jamais d'elle. Quant à moi, j'évitais d'aborder le sujet en sa présence. Je crois qu'elle lui manquait terriblement. Il l'avait épousée quand elle n'avait que treize ans, et lui quatorze. Comme c'était toujours le cas au Tibet en ce temps-là, leurs familles avaient arrangé ce mariage.

Mes sœurs étant trop jeunes pour pouvoir s'occuper de moi, on m'envoya vivre chez ma tante paternelle. Elle s'appelait Zangmo Namling et habitait dans le village de Gyatso Shar, à six heures de marche de Pa-Nam. Elle y était allée pour se marier, des années auparavant.

* Thuptèn Gyatso (1876-1933). Considéré comme l'artisan de la modernisation du Tibet, prédécesseur de l'actuel Dalaï-Lama. *(N.d.T.)*

Mon nouveau foyer ne comptait pas moins de vingt personnes.

Ma tante avait près de quarante ans quand on me confia à elle. Elle avait deux fils que j'appelais *jola*. Ils étaient déjà grands. L'aîné, âgé de seize ans, allait bientôt se marier. Ma tante, une femme pleine de ressources, gouvernait la maisonnée. Elle gardait toujours sur elle, dans son *amba* – un pli de son vêtement traditionnel faisant office de poche –, un énorme trousseau de clés donnant accès à toutes les réserves. Quand les domestiques voulaient des provisions, il fallait lui demander les clés. Elle avait un grand visage tout rond, éclairé par les coraux rouges étincelants dont elle parait ses oreilles. J'aimais les longues tresses nouées en couronne autour de sa tête.

On m'envoya vivre chez elle parce que, quelques mois plus tôt, elle avait accouché d'une fille qu'on avait appelée Wangmo. Elle pouvait donc nous allaiter tous les deux. Gyatso Shar ne différait guère de Pa-Nam. Les maisons se ressemblaient et, comme le reste des habitants de la vallée de la Nyangchu, ceux de Gyatso Shar étaient fermiers. La vie tournait autour de l'agriculture. Tout le monde travaillait la terre. On avait perfectionné les techniques au fil des siècles, mais nous n'avions pas de machines agricoles. Tout se faisait manuellement. Aujourd'hui, quand j'y repense, cela me paraît étrange que nous ayons pu nous passer de la roue. Le pays des Neiges n'avait que faire de cette grande invention.

La famille de ma tante aussi faisait partie des *guerpa*. On disait qu'en entassant toutes les céréales provenant de leurs domaines, on pourrait édifier un barrage sur le Yarlung Tsangpo. Durant toute mon enfance, je considérai ma tante comme ma mère. Je l'appelais *ama-la*, et je me sentais chez moi dans cette maison. Plus tard, en prison, quand il me fallait décliner mon nom, mon âge et le nom de mes parents au début de chaque interrogatoire, je devais marquer une pause et réfléchir consciencieusement pour être certain de donner la bonne réponse. Ma tante m'aimait beaucoup. Elle me serrait parfois dans ses bras en chuchotant : "Mon petit orphelin."

Tous les membres de la maisonnée me témoignaient leur affection, et je ne me souviens pas d'une seule fois où j'eus le sentiment que j'avais un autre foyer, que cette famille n'était pas véritablement la mienne. Un jour, j'entendis quelqu'un parler du "père du garçon". Je pensais qu'il s'agissait de mon oncle, que j'appelais aussi *pa-la* (papa). Je l'ai toujours considéré comme mon père. Alors quand quelqu'un mentionna "la visite prochaine du père du garçon", j'avoue que je n'y compris plus rien. Puis d'autres gens évoquèrent la "maison du garçon" en ma présence. Selon moi, je n'avais qu'une seule maison, à savoir l'endroit où j'habitais. Bouleversé, je pressentais qu'on allait bientôt me révéler quelque chose d'important.

J'étais heureux à Gyatso Shar. Le village et la famille étaient toute ma vie. L'enfance se déroulait simplement. Les garçons devaient se débrouiller seuls alors que les filles suivaient leurs mères partout, besognant avec elles, les observant, acquérant ainsi une habileté que leurs mères tenaient elles-mêmes de la génération précédente. Si nos parents travaillaient dans les champs, nous les y accompagnions, nous apprenions en les imitant. Ainsi se forgeait notre éducation. On me faisait transporter certaines choses, j'aidais au désherbage, j'allais dans les prés, ouvrant et fermant les canaux d'irrigation.

Mais ce que j'aimais par-dessus tout, c'était que l'on me raconte des histoires. L'un des monastères les plus importants de la région s'appelait Tashilhunpo. L'un de mes oncles y était moine ; il passait l'hiver chez ma tante. Il savait y faire avec les enfants et nous réunissait souvent pour nous conter des histoires fabuleuses. Il nous racontait le *jigtèn chag-tsül* (la formation de l'univers). Il décrivait, d'un ton solennel, le monde immergé, puis les eaux s'évaporant peu à peu pour former la terre et les montagnes. Ensuite, Chènrézig, le bodhisattva de la Compassion, s'incarnait sous la forme d'un singe, et son épouse, Dolma, apparaissait sous les traits d'une ogresse. Ce couple du singe et de l'ogresse engendrait les premiers hommes. Leurs six enfants représentaient les six types de caractères humains. Ils se multiplièrent, et, d'après mon oncle, c'était ainsi que les premiers Tibétains avaient vu le jour.

Certaines histoires de mon oncle étaient terrifiantes. Elles évoquaient d'autres mondes, des enfers où les gens bouillaient tout vifs ou vivaient perpétuellement affamés. Il nous expliquait que, le jour de notre mort, nos bonnes et nos mauvaises actions, sous la forme de cailloux blancs ou noirs, seraient pesées sur une balance. Les cailloux blancs représentaient nos bienfaits, les noirs nos fautes. Si le plateau des cailloux noirs s'avérait le plus lourd, alors nous irions en enfer. Si le tas de cailloux blancs l'emportait, le paradis nous attendait. A ce moment-là, mon oncle se penchait vers nous jusqu'à ce que son visage touche presque nos frimousses d'enfants et disait : Si vous ne voulez pas aller en enfer, vous ne devez pas accumuler de *dig-pa* (actes non vertueux).

Tout le monde au village le respectait et venait le consulter dans toutes sortes de domaines. Un jour, il m'emmena dans son monastère, à Shigatsé. Ce fut moins une expérience religieuse qu'une chaleureuse introduction à la vie monastique. Pour la première fois de ma vie, je prenais conscience d'un monde en dehors du village, au-delà des montagnes. Je me souviens que mon oncle partageait une chambre avec un moine du Ladâkh qui me donna un caramel en forme de poisson en me précisant qu'il venait de l'Inde. Plus tard ce soir-là, je vis une lampe électrique pour la première fois et l'on m'apprit qu'elle provenait de ce même pays. Je songeais que l'Inde devait être un endroit merveilleux, plein de choses magiques. Les Tibétains vouaient à l'Inde la même vénération que les chrétiens envers Jérusalem. En revanche, les histoires relatives à la vie du Bouddha dans le *Gyagar pag-pé-yül* ("L'Inde, ce pays saint") me plongeaient dans la plus grande perplexité. En effet, on prononçait *pag-pé* de la même façon qu'un autre mot désignant le cochon, et je me demandais pourquoi on qualifiait l'Inde de "pays du cochon". J'imaginais des milliers de porcs vagabondant dans la jungle. Quand je me hasardai à faire part de ma confusion à mon oncle et aux autres moines, ils s'esclaffèrent. Mon oncle décréta qu'il était temps que j'apprenne à lire et à écrire.

Tout ce que je savais de l'univers, je le glanais au fil de ces récits. L'Inde était le lieu le plus saint de la terre ; quant au reste de la planète, il fallait le redouter. Les histoires terribles que mon oncle me rapportait sur le monde extérieur, décrit comme un endroit peuplé de gens sans culture ni compassion, tempéraient ma curiosité naturelle. Il affirmait que nous avions beaucoup de chance d'être nés au pays des Neiges. Je n'avais aucune raison d'en douter.

Je pense aujourd'hui que ces récits à propos du Tibet et des origines des Tibétains forgèrent ma compréhension de la différence fondamentale existant entre mon peuple et les Chinois. Lorsque les Chinois arrivèrent en décrétant que le Tibet avait toujours fait partie de la Chine, nous n'y comprîmes rien. Nous avions une notion distincte de l'histoire. Bien évidemment, les communistes s'efforcèrent de démythifier ces histoires sous prétexte qu'il ne s'agissait que de légendes puériles, mais elles n'en restaient pas moins des narrations puissamment évocatrices, partie intégrante de notre héritage le plus cher.

Au village, ma cousine Wangmo était ma meilleure amie. Ma tante nous appelait les "inséparables". Nous n'avions pas de jouets et nous contentions d'improviser avec ce que nous avions sous la main. Un bâton devenait une épée et le sol poussiéreux un champ de bataille où nous nous livrions à des combats imaginaires. Comme partout ailleurs, les garçons préféraient jouer entre eux, mais j'essayais toujours d'inclure Wangmo dans nos divertissements, quels qu'ils soient. Elle était assez coriace et capable de se défendre face à n'importe quelle petite brute du village.

Nous devions avoir cinq ou six ans quand Wangmo tomba malade. Ma tante tenta l'impossible et fit venir des lamas afin qu'ils accomplissent des rituels destinés à chasser les esprits nuisibles à l'origine du mal. Mais un matin, je la trouvai en larmes dans la cuisine. Je compris tout de suite. Elle resta au lit des jours entiers sans que je parvienne à la réconforter.

Les adultes continuèrent à vaquer à leurs occupations comme si de rien n'était. Ils pensaient sans doute que cela m'attristerait de les entendre parler de Wangmo et qu'en évitant de l'évoquer je ne tarderais pas à l'oublier. Il m'arrive de penser que nous autres,

Tibétains, avons tendance à éluder les sujets désagréables dans l'espoir que la souffrance disparaîtra d'elle-même. Aujourd'hui encore, j'ai les larmes aux yeux quand je pense à ma tante et à ma cousine. Ce fut la période la plus heureuse de ma vie. Wangmo et moi jouions ensemble dans l'insouciance la plus totale. Nous pataugions dans les flaques et faisions des dessins dans la boue. Nous rentrions à la maison couverts de poussière. Ma tante nous grondait et appelait l'un des domestiques pour qu'il vienne nous nettoyer.

Peu de temps après la mort de Wangmo, je fis la connaissance de plusieurs membres de ma vraie famille, ma grand-mère, mes sœurs et mon frère étant venus présenter leurs condoléances à ma tante. Quand ils arrivèrent, tout le monde se mit à pleurer. Mon père m'avait envoyé de nouveaux habits et une paire de bottes en cuir confectionnées en Inde. Je ne me souviens pas de l'avoir rencontré jusqu'au jour où ma tante me cria de rentrer et épousseta mes vêtements avant de me conduire dans la chambre des prières. Là, assis sur un siège haut, j'aperçus un homme qui sirotait du thé. Il avait de grands yeux perçants et une longue boucle d'oreille en turquoise qui atteignait son épaule.

Ma tante me poussa du coude. “Va dire bonjour à ton père”, me dit-elle. Je me comportais comme tous les enfants en présence d'un étranger : j'étais timide, nerveux, mais en même temps tout excité à la perspective de recevoir un cadeau. Je m'approchai pour le saluer. Il plongea la main au fond de sa poche et en retira une sorte de cristal blanc. Je tendis les mains, il y déposa la pierre.

Puis il se mit à me parler mais je ne pouvais détacher les yeux du cadeau qu'il m'avait fait. C'était ce que l'on appelait un *shél kara* (bonbon ressemblant à du verre).

Je le conservai des jours entiers dans ma poche en le sortant de temps en temps pour le lécher avec délices.

En dépit de notre séparation, un lien naturel nous liait indiscutablement mon père et moi. Un jour, je pris sa défense quand l'un des aînés de la maison le railla en disant qu'il s'habillait "comme une crotte", à cause de la couleur de son manteau, une *chuba* couleur de terre. Je pourchassai le garçon d'une pièce à l'autre et finis par lui administrer une bonne claque dans le dos.

On me convoquait chaque fois que mon père venait rendre visite à ma tante. Nos entretiens étaient brefs et précis. "As-tu été sage ?" me demandait-il. Je hochais la tête. "Ecoute ce que dit ta tante et obéis-lui." Après quoi il me bourrait les poches de caramels et de viande séchée. Je montrais ses cadeaux aux autres enfants, sachant bien que cela exciterait leur jalousie. Il émanait de mon père une aura de mystère, d'importance, que mes camarades m'enviaient. Lorsqu'il venait nous voir, on le recevait avec faste. Il avait droit à la meilleure chambre.

Ma tante ne se remit jamais de la mort de Wangmo. Elle se consacra entièrement à son travail. L'été, elle travaillait aux champs et passait tout l'hiver à tisser et à filer de la laine. En plus de cela, elle s'occupait de toutes les corvées de la maison. Elle me fut encore plus dévouée, si tant est que ce fût possible. Un jour, mon père revint et je sus qu'il était là pour me ramener à la maison. Je vis ma tante sangloter. J'avais neuf ans quand mon père décida que le moment était venu pour moi de regagner Pa-Nam.

Un matin d'été, ma tante me réveilla en m'apportant une tasse de thé et un bol de *dré-sil* (mélange de riz, de patates douces et de sucre). Elle avait pris le vieux bol chinois orné de deux dragons entrelacés, celui que l'on gardait généralement sur l'autel familial. Quant au *drésil*, il sert à marquer un jour propice. Elle me tendit aussi une écharpe blanche de cérémonie, une *khata*, en me disant de la disposer sur le tapis, là où j'étais assis. Cela voulait dire que je reviendrais. Elle avait rempli ma tasse à ras bord, ce qui signifiait la même chose. Elle me désigna ensuite une pile de vêtements neufs qu'elle me pria de revêtir. On les avait cousus spécialement pour l'occasion ; elle ne cessa de me tourner autour pendant que je m'habillais.

Ainsi je devais finalement quitter cette maison. J'étais triste et le chagrin se lisait aussi sur le visage de ma tante. Elle me considérait comme son propre fils. Sa fille était morte, mais elle m'avait allaité, j'avais grandi sous ses yeux. Elle fit de son mieux pour garder bonne contenance. Elle m'encouragea à me hâter et ne me quitta pas des yeux pendant que je revêtais mes nouveaux habits, avançant parfois la main vers moi pour rentrer un pan de tissu ou rectifier un pli.

Dehors, toute la famille se préparait. On avait sellé six ou sept poneys chargés de caisses en bois. Je regardais, pendant que mon père supervisait le travail. Tout le monde vint vers moi, les uns après les autres, pour me passer une *khata* autour du cou et j'eus bientôt l'impression de disparaître sous une avalanche d'écharpes blanches. Ma tante fut la dernière à accomplir ce rituel. Elle s'avança, les mains écartées, portant la plus belle *khata* en soie que l'on puisse imaginer. Quand elle m'étreignit, les larmes qui trempaient ses joues mouillèrent les miennes. Bien qu'enseveli sous toutes ces écharpes, je tendis les bras et me cramponnai à elle en poussant un cri déchirant. Même les voisins l'entendirent et sortirent dans la cour pour prendre part à l'événement. Certains m'enveloppèrent de *khata* supplémentaires.

Quelqu'un dit : "Ngodup s'en va paré comme une fiancée !" Je me ressaisis et m'essuyai les yeux. On m'installa sur un poney et les enfants du village commencèrent à psalmodier : *"Na-ma, na-ma !"*, "La fiancée, la fiancée". Je voulais que mon poney m'emmène le plus loin possible. Quand nous nous mîmes en route, les chants s'évanouirent rapidement, les enfants rebroussèrent chemin. Mon père et ma grand-mère menaient la procession. Autour de mon cou, les écharpes blanches flottaient derrière moi comme autant de bannières. Ma tante nous accompagnait. Un peu plus tard, à une certaine distance du village, elle fit stopper notre cortège. Sans quitter sa monture, elle s'approcha et m'enleva les *khata* une à une.

Mon père se retournait de temps à autre pour me jeter un coup d'œil. J'essayais d'éviter son regard. Quand nous arrivâmes à la maison, toute la famille et les voisins nous attendaient. On m'aida à mettre pied à terre. Un homme se présenta et m'offrit une autre écharpe. Ma tante resta quelques semaines avant de retourner à Gyatso Shar. Quand elle partit, elle était en larmes.

Mon retour à Pa-Nam marqua le commencement de ma vie d'adulte. En ce temps-là, au Tibet, on grandissait très vite. Mon père et mon frère avaient dû assumer tous les deux la responsabilité d'une famille alors que ce dernier avait tout juste quatorze ans. Mais à la maison, je n'avais pas grand-chose à faire. Mes sœurs et mon frère se chargeaient de toutes les corvées. Je m'ennuyais. Je me tenais à l'écart de mon père, qui, en prenant de l'âge, devenait de plus en plus digne et grave. Je me souviens du son de sa voix quand il récitait ses prières. Un murmure à peine audible qui le rendait encore plus distant, inaccessible.

Aujourd'hui, je pense que la tristesse instinctive qu'inspire un enfant orphelin de sa mère teintait l'amour que mon père me portait. S'il m'évitait, c'était seulement parce que je lui rappelais sa femme. Je crois qu'il éprouvait un sentiment d'impuissance, sachant trop bien qu'il ne pouvait pas s'occuper de moi. Il ne parlait jamais de ma mère, ne mentionnait même pas son nom. Cela ne voulait pas dire qu'il l'avait oubliée, mais plutôt qu'il n'arrivait pas à admettre qu'elle était disparue, qu'elle ne serait plus jamais là.

Mon père s'était remarié un an après la mort de ma mère. Ma belle-mère avait eu deux enfants pendant mon séjour à Gyatso Shar. L'un d'eux était déjà moine au monastère de Gadong. Gentille, affectueuse, toujours prête à me serrer tendrement dans ses bras, ma belle-mère n'avait pas la froideur de mon père. Elle se refusait à être l'archétype de la marâtre. Quand mon père mourut, mon frère aîné devint le chef de la famille ; il s'installa avec ma belle-mère. Elle était encore jeune et ma famille estima que la présence d'une nouvelle femme dans la maison ne fomenterait que des querelles. Pour conserver intacte la richesse familiale, il arrivait fréquemment que plusieurs frères partagent la même femme. Dans notre cas, toutefois, mon frère aîné vécut avec la veuve de mon père. Comme je l'ai dit, elle était jeune et pouvait encore lui donner des enfants.

La découverte du monastère de Gadong contribua à me consoler de mon retour à Pa-Nam. Il se trouvait à moins d'une heure de marche de chez nous, au-delà de vastes champs verdoyants.

Deux de mes oncles y étaient moines. On m'emmenait parfois leur rendre visite. Il m'arrivait aussi d'y aller seul quand je n'avais rien à faire. Ma grand-mère ne manqua pas de remarquer que je passais beaucoup de temps là-bas. Une fois de plus, elle me raconta l'histoire de ma naissance et me suggéra de songer à entrer dans les ordres. L'idée me plaisait. Je me sentais seul au village alors qu'au monastère j'avais de la compagnie et même les adultes semblaient plus disponibles pour moi.

II

RUPTURE AVEC LE MONDE

Ma grand-mère ne tarda pas à s'inquiéter de mon avenir. Mon père, qui me considérait toujours comme un enfant, ne s'était pas préoccupé de savoir ce que j'allais faire de mon existence. Mais grand-mère le harcelait en lui disant qu'il était temps de "tracer le chemin du futur de Ngodup" !

En ce temps-là, au Tibet, un gamin de village, même s'il appartenait à un milieu aisé, n'avait guère de choix. Il pouvait travailler dans la propriété familiale ou bien entrer au monastère. L'aîné héritait de la ferme ainsi que de toutes les obligations familiales. A quatorze ans, mon frère gérait notre domaine pour ainsi dire à lui tout seul. Il chevauchait sur nos terres, bel homme, sûr de lui, s'assurant que tout se déroulait sans anicroches, distribuant la besogne aux journaliers et répondant aux doléances des métayers. Certains jours, je l'accompagnais et je pus ainsi me rendre compte à quel point les villageois respectaient et admiraient ce fils irréprochable.

Ce fut donc ma grand-mère qui, la première, suggéra que j'opte pour la vie monastique. Elle était très religieuse et se rendait au monastère les huitième, quinzième et trentième jours de chaque mois. Cela lui prenait la journée entière. Levée de bon matin, vêtue d'habits propres, elle emportait avec elle un kilo de beurre et un récipient d'huile la plus raffinée qui soit, de l'huile de tournesol indienne, un luxe rare. J'en vins bientôt à l'accompagner lors de ses visites. Ses soixante-dix ans passés ne l'empêchaient pas de grimper allégrement la colline escarpée. Puis elle allait à pas lents dans les sanctuaires en déposant quelques gouttes d'huile ou des petits morceaux de beurre dans les lampes. Chaque fois qu'elle arrivait devant l'effigie d'une divinité, elle joignait les mains et marmonnait des prières, puis s'inclinait, et effleurait du front le bas de l'image.

A midi, elle interrompait sa ronde pour rendre visite à l'un de ses deux fils. Mes oncles avaient préparé un déjeuner composé de *tsampa** et de viande séchée. Quelquefois, elle faisait un petit somme et, moi, j'allais me balader et jouer avec les plus jeunes novices. Ils apprenaient à lire et à écrire. Je les enviais. Après sa sieste, ma grand-mère faisait ses ultimes offrandes au temple ; elle se tournait vers le sanctuaire principal, levait ses minuscules mains toutes ridées, pareilles à des pattes d'oiseau devant son visage, et avec des gestes lents, précis, récitait une prière. Quand je lui demandais quelles en étaient les intentions, elle me répondait qu'elle la destinait au bien-être de tous les êtres sensibles, pour que personne ne soit malade. Elle disait toujours qu'une bonne santé était la chose la plus précieuse qui soit, que l'argent ne pouvait acheter. Quant à la maladie, selon elle, elle frappait au hasard, affligeant aussi bien les riches que les pauvres.

Je me rends compte aujourd'hui que son inquiétude reflétait la situation du Tibet d'alors : il existait bien des remèdes tibétains traditionnels et des docteurs appelés *amchi*, mais à Pa-Nam il n'y en avait pas un seul. Il fallait

* Farine d'orge grillée, nourriture de base des Tibétains. *(N.d.T.)*

marcher un ou deux jours pour aller consulter un *amchi* à Shigatsé ou Gyantsé. Lorsque quelqu'un tombait malade, sa famille ne pouvait pas faire grand-chose. Nous comptions sur des moyens d'ordre spirituel pour guérir le mal, et l'on assistait parfois à ce qui s'apparentait fort à des guérisons miraculeuses.

De grands prés séparaient le village du monastère. Depuis la maison de mon père, on en apercevait parfois les murs blanchis à la chaux, étincelants dans la lumière du soleil. Là où les champs finissaient, les versants de la montagne s'élevaient à pic, le monastère, perché en haut d'une butte, dominait toute la vallée. On voyait la Nyangchu sinuer en direction de Shigatsé.

Le monastère, fondé par le grand maître indien Khaché-Sakyashri, un saint venu enseigner le bouddhisme au Tibet au XIe siècle, avait plus de neuf cents ans.

L'origine du nom du monastère a suscité de nombreux litiges. On pensait généralement qu'il venait du nom attribué dans la région à la montagne au pied de laquelle se situait le village : *ga*, qui signifie selle, et *dong* qui veut dire "en face". Selon cette version, le monastère de Gadong se trouvait "en face de la montagne en forme de selle". Mais des érudits ont soutenu qu'en réalité le couvent s'appelait "l'Arbre du bonheur". Peu après son introduction au Tibet, le bouddhisme déclina et la religion indigène, le *bön**, s'imposa de nouveau. Les années passèrent, et si certains monastères continuaient d'exister, on y manquait aux observances de la vie monastique. La chronique populaire prétendait que seuls les moines de Pa-Nam avaient persisté à en respecter la règle rigoureuse. Plus tard, ils avaient sillonné le pays

* Religion originelle du Tibet de nature animiste qui a fortement influencé le bouddhisme tibétain. *(N.d.T.)*

afin d'en enseigner les principes ancestraux et leur redonner vie. Aussi le site fut-il appelé "l'Arbre du bonheur".

A un moment donné, près de deux cents moines vivaient à Gadong. Aussi loin que l'on puisse s'en souvenir, il s'est toujours trouvé un membre de notre famille parmi cette communauté religieuse. Le monastère et les villages voisins étaient liés par le fait que toutes les familles du voisinage, ou presque, avaient un fils là-haut. C'était *notre* monastère.

Quand mon père m'appela, je montai dans la petite pièce au dernier étage de la maison où il passait le plus clair de ses journées à lire des textes sacrés. Un pot de thé trônait sur le réchaud en terre. Mon oncle moine était présent. Ma grand-mère se joignit à nous. Mon père leva sa tasse, souffla sur le thé pour le refroidir avant d'en boire une gorgée. Puis il se tourna vers moi et me dit : "*Bu* (mon garçon), ton oncle et moi pensons que tu devrais entrer au monastère." Ensuite, il se tourna vers ma grand-mère comme s'il espérait qu'elle achèverait la conversation à sa place. Mais à peine avais-je entendu ses paroles que j'acquiesçai d'un signe de tête, c'était "Oui".

Il y avait longtemps que je souhaitais rejoindre le monastère, mais j'ignorais comment on devait s'y prendre pour se faire moine. J'hésitai à aborder la question avec mon père de peur qu'il ne s'imagine que j'étais malheureux à la maison. Grand-mère se mit à raconter l'histoire de ma naissance, comme si nous ne l'avions jamais entendue. Mais cette fois-ci, elle avait une bonne raison de le faire : je devrais entrer au monastère de Riwoché, puisque l'intendant principal avait dit que si je devenais moine un jour, il serait heureux de m'avoir là-bas. Elle demeurait convaincue que j'étais l'incarnation d'un grand lama de Riwoché et que l'on m'avait écarté parce que nous n'avions pas les relations nécessaires à Lhassa. Mais mon père désapprouva sa suggestion et insista pour que j'aille à Gadong. En se tournant vers mon oncle, il objecta que notre famille était liée à Gadong depuis des siècles et que nous ne devions pas rompre avec cette tradition. Mon oncle hocha la tête. Père s'opposa à ce que l'on débattît plus avant de la question.

Si l'on m'avait laissé le choix, j'aurais dit que je voulais aller à Shigatsé, au monastère de Tashilhunpo, l'un des plus grands du Tibet. C'était la demeure du Panchèn Rinpoché. Les gens de notre région lui vouaient une vénération particulière. J'avais visité Shigatsé avec ma tante et cet endroit m'avait profondément marqué. Et puis j'avais de nombreux parents à Tashilhunpo. Cela ne veut pas dire que je n'aimais pas Gadong. Le monastère était magnifique et si près de ma maison que j'aurais eu l'impression d'y être chez moi, mais j'estimais que ce n'était pas un grand centre d'apprentissage. En dépit de son ancienneté et de sa renommée, en 1943, Gadong n'était plus qu'un simple monastère qui pourvoyait aux besoins spirituels limités des campagnards. Quoi qu'il en fût, je n'avais pas mon mot à dire dans cette affaire.

Il fut donc décidé que je me joindrais à la communauté de *notre* monastère. Je ne devais pas être celui qui briserait les liens établis depuis des siècles entre Gadong et notre famille. De plus, mon oncle tenait beaucoup à ce que je vienne à Gadong. Il était âgé et avait peu de disciples. Il avait hérité d'un *shag* (logis de moine) spacieux, transmis de génération en génération au sein de notre famille. Il était plus sérieux que mes autres oncles vivant à Gyatso Shar. Il me parlait d'importantes questions familiales comme si j'étais un adulte. Nos rapports seraient ceux d'un maître et d'un disciple.

Ma grand-mère se chargea de me procurer un lot de robes : une pour l'été, une pour l'hiver et une troisième pour les cérémonies. Le tailleur passait tous les deux ou trois jours. Mes nouveaux habits étaient soigneusement empilés dans la chapelle. Parfois ma grand-mère me convoquait et les plaquait contre moi pour s'assurer qu'ils m'allaient. Deux jours avant la date prévue pour mon départ, ma tante arriva. Dès qu'elle me vit, elle sauta au bas de son poney et se précipita vers moi, les bras grands ouverts. J'essayai de réprimer mes larmes. J'espérais secrètement qu'elle venait me chercher. Je repensais à Wangmo et à l'époque où je vivais à Gyatso Shar, ma tante aussi, je crois. Elle se cramponna à moi un long moment, nous gagnâmes la maison main dans la main.

Aux petits soins avec moi, elle entreprit de passer en revue toutes mes affaires. Ma grand-mère était ravie de la laisser prendre la relève. On emballa mes effets dans deux malles en bois recouvertes de peaux de yack que l'on chargea sur deux robustes poneys afin de les emmener au *shag* de mon oncle. Depuis l'arrivée de ma tante, je me sentais mal à l'aise à l'idée d'aller vivre au monastère. En la voyant s'affairer dans la maison, une foule de souvenirs me revenaient à l'esprit. Et puis, son comportement envers moi n'était plus le même : je crois qu'elle aussi avait cessé de me considérer comme un enfant.

Je ne redoutais en aucune manière de devenir moine. Je connaissais le monastère comme ma poche et presque tous ses occupants m'étaient familiers. On y tenait ma famille en haute estime et certains moines qualifiaient mon père de *jin-dag* (bienfaiteur). De fait, il avait été très prodigue à l'endroit de la communauté. Lorsque j'y entrai moi-même, il fit un don généreux de céréales et de beurre.

Je me souviens de ce jour-là comme si c'était hier. Ma tante vint me réveiller en m'apportant une tasse de thé beurré, suivie de ma grand-mère chargée d'un bol de riz et de patates douces. Elles m'aidèrent à revêtir ma belle *chuba* de laine. Pendant ce temps-là, ma belle-mère s'occupait de servir le thé à tout le monde. Mon oncle aussi était là, mon père lui ayant demandé de me prendre sous son aile.

Conformément à la coutume, je m'en fus donc vivre dans le *shag* de mon oncle, où, sous sa tutelle, je m'initiai à la vie monastique. Son vrai nom était Lobsang Wangpo, mais tout le monde l'appelait Wangpo-la. Il n'avait qu'une cinquantaine d'années mais se croyait très vieux. Il ressemblait à mon père ; ils avaient les mêmes attitudes, mais le crâne rasé de mon oncle et sa tenue de moine permettaient de les distinguer sans peine. Malgré sa réputation d'être strict avec les enfants, il se montrait gentil et indulgent envers moi, il ne me grondait jamais.

Je crois que c'était en 1942, l'année du Cheval d'eau, que je suis allé vivre au couvent. Certains voisins vinrent m'offrir des *khata*. Mon père et ma belle-mère me les passèrent autour du cou, et celle-ci se mit à pleurer en fourrant de l'orge grillée dans les plis de mon vêtement sous prétexte que cela portait malheur de quitter la maison les poches vides.

On me mit sur un poney et l'on m'entraîna en direction du monastère. Le brouhaha de la maison se dissipa peu à peu derrière moi. Je ne me retournai pas. Bientôt je n'entendis plus que le bruit des sabots de ma monture sur le sol mou. Mon oncle ouvrait la marche, il jetait un coup d'œil de temps en temps par-dessus son épaule pour s'assurer que tout le monde suivait.

D'autres parents nous attendaient au *shag* de Wangpo-la. Mon demi-frère, de deux ans mon cadet, s'était fait moine l'année précédente. Il vivait avec un autre oncle. Wangpo m'emmena faire le tour du monastère. Il me montra le *shag*, que nous visitâmes dans ses moindres recoins, tels des explorateurs. Il y avait quatre pièces et une cuisine, des armoires pleines d'objets rituels, de bols en bois et en porcelaine. Deux des pièces donnaient sur la vallée de Pa-Nam et les méandres de la Nyangchu. J'apercevais la maison de mon père dans le village. Je distinguais de minuscules silhouettes entrant et sortant, la forme sombre de ma belle-mère trottinant dans la cour. Je reconnaissais les membres de ma famille et les voisins à leur démarche.

Mon oncle devint mon maître, je devais l'appeler Gyän-la. Désormais, il était responsable de mon bien-être. Cet après-midi-là, un moine vint me raser les cheveux, n'en laissant qu'une toute petite mèche au sommet de mon crâne. Le lendemain, je devins officiellement un *guétsül* (novice). Mon oncle me réveilla de très bonne heure. Il me montra comment mettre ma tunique en laine, si lourde que j'arrivais à peine à marcher. Il m'expliqua le protocole lié au port de la tenue de moine. Le bas de la robe ne devait pas être plissé dans le dos, ceci étant un signe de vanité. En haut, le châle ne devait pas couvrir la tête ou le visage, symbole d'arrogance. C'était tout un art de revêtir ce vêtement. J'ai remarqué que, de nos jours, de nombreux moines ne suivaient plus ces consignes.

On nous conduisit dans la grande salle de prières. Je sentais les regards de tous les autres moines braqués sur moi tandis que je descendais l'allée centrale dans le sillage de mon oncle. L'abbé prit place sur un siège élevé. Il s'appelait Kunsang Dodèn, mais nous le connaissions sous le nom de Khèn Rinpoché (Abbé précieux). Agé d'une quarantaine d'années, un sourire perpétuel illuminait son visage. Il avait étudié à Séra, l'un des trois grands monastères de Lhassa et on le traitait avec une grande déférence.

De temps à autre, durant la cérémonie, l'abbé tendait les mains avec des gestes lents, pondérés, pour saisir une cloche ou un *dorjé* sur la table devant lui. Je me souviens de sa voix profonde et mélodieuse s'élevant au-dessus du chœur des autres moines. Il se balançait doucement tout en psalmodiant, tel un champ d'orge oscillant sous la brise.

Au moment où les chants se turent, je me trouvais juste en face de Khèn Rinpoché. Il allongea le bras et m'effleura la joue. Un moine lui tendit une paire de ciseaux sur un petit plateau. D'une main, il prit la mèche de cheveux qui me restait au sommet du crâne, puis saisit les ciseaux et la coupa.

Khyö chö-la tro-ham ? me demanda-t-il. Est-ce que tu seras heureux de pratiquer le *dharma* ?

Tro-la, répondis-je, ce qui signifie "je le serai".

On me donna alors un nouveau nom, celui que je porte aujourd'hui : Päldèn Gyatso. Cette cérémonie marquait la rupture de tous mes liens avec ma vie temporelle. Bien que je n'eusse pas encore prononcé mes vœux, on m'informa que, dorénavant, je devais me comporter comme un moine, et me préoccuper exclusivement de religion.

Je prononçai mes vœux un an plus tard. Un novice prend quatre engagements fondamentaux : ne pas tuer, ne pas voler, ne pas mentir, et rester chaste. Ces vœux se décomposent en dix préceptes que je comprenais mieux. Il existe une telle multitude de créatures vivantes qu'il est impossible d'éviter de causer la mort, celle des insectes écrasés sous nos pieds par exemple. Pourtant, cela aussi est considéré comme une façon de tuer. Il fallait donc qu'il y ait différents degrés en la matière. Un novice ou un moine ordonné ne rompt ce vœu que s'il tue un être humain ou provoque intentionnellement la mort d'un animal. Un moine doit mépriser l'or, l'argent et tout autre matériau précieux. Il doit aussi éviter les boissons alcoolisées et s'abstenir de danser. Les spectacles lui sont interdits, ceux-ci étant considérés comme des occupations temporelles susceptibles de détourner un jeune esprit de ses études.

Pendant quelque temps, on m'autorisa à déambuler dans le monastère en observant les différentes activités en cours. La plupart des garçons étaient plus jeunes que moi : on recrutait les *guétsül* dès l'âge de sept ans. On disait qu'un enfant pouvait faire son noviciat dès qu'il était capable de chasser un corbeau.

Mes premières années au monastère se déroulèrent comme si j'allais à l'école. Je commençai à apprendre à lire et à écrire. Je devais retracer ce que mon maître avait écrit sur une planchette en bois. On appelait cela "l'écriture sèche". A l'aide d'un poinçon en bambou, je suivais les traits et les fioritures des lettres qu'il avait dessinées. Mais je n'avais pas le droit de tremper la plume dans l'encre. Au bout d'une semaine, on me permit de passer à "l'écriture mouillée". Je copiais toujours les lettres de mon maître, mais à présent je les inscrivais sur une planche recouverte d'une fine couche de suie. Ces exercices durèrent plusieurs mois. Un an s'écoula avant que l'on consente à ce que j'écrive sur du papier, une expérience rare en soi, même pour les moines plus âgés. La fabrication du papier était un processus coûteux et laborieux, l'on n'en gaspillait jamais une feuille.

L'apprentissage de la lecture fut aussi une lutte ardue. Chaque école monastique possédait sa propre collection de textes liturgiques bouddhiques que tous les moines récitaient chaque matin. Un autre de mes oncles, Chodèn-la, m'enseigna les *pé-cha* (Ecritures). Chaque jour, je devais déclamer un texte que j'avais appris par cœur la veille. Si je faisais une erreur, il me fallait tendre la main gauche afin que mon maître puisse la frapper avec une canne. Maître Chodèn avait plusieurs fouets en cuir suspendus à un pilier. Il disait toujours : "Si tu travailles dur, les fouets resteront là où ils sont." Mais le plus souvent, il se servait d'une canne en bambou. "Pense à la canne quand tu mémorises ton texte", me répétait-il souvent.

La vie de novice n'était pas une partie de plaisir. Mais la camaraderie des jeunes moines, les soins attentifs que me prodiguait mon maître et oncle Wangpo-la facilitaient un peu les choses. Très vite, je fus absorbé par mes études ou bien occupé à accomplir de simples besognes, par exemple nettoyer les lampes ou aller puiser de l'eau.

La journée commençait très tôt. Nous étions debout à quatre heures et devions avoir achevé toutes nos études personnelles au lever du soleil. Chaque matin, je récitais et mémorisais des textes pendant deux ou trois heures. Mon oncle disait que c'était le meilleur moment pour apprendre, l'esprit étant particulièrement réceptif. Quand le soleil pointait, on soufflait dans une conque pour nous convoquer à l'assemblée matinale. Mon oncle ainsi que plusieurs autres moines déjà âgés en étaient dispensés, privilège réservé à ceux ayant exercé de hautes fonctions.

Tous les novices se mettaient en rangs à l'entrée de la salle. La longue trompe de cuivre retentissait, les aînés parmi les moines gagnaient alors leurs places. Puis, les jeunes *guétsül* récitaient une prière dédiée à Tsongkhapa, fondateur de l'ordre des *guélugpa** auquel appartenait le monastère de Gadong. Après quoi, nous allions nous asseoir à notre tour. Nous priions pour que le Bouddha prête longue vie au Dalaï-Lama, pour que le monde entier soit délivré de la famine et de la peste, pour que tous les hommes vivent en paix. Durant cette grande assemblée, on nous servait deux tasses de thé. L'un des devoirs du novice consistait à distribuer cette boisson : il allait chercher dans les cuisines situées à quelques centaines de mètres de la grande salle un énorme pot en cuivre rempli de thé brûlant. Parfois, ce pot était plus gros que lui.

Cette tâche ne me fut jamais assignée. S'il appartenait à une famille de riches bienfaiteurs, le *guétsül* échappait à certaines corvées. Cela ne m'empêchait pas de devoir balayer, laver les vitres et allumer les centaines de lampes à beurre. A l'occasion des festivals, nous en allumions des milliers, après quoi nous devions les nettoyer et les polir. Et mon oncle me chargeait toujours de toutes sortes de commissions.

Je consacrais l'essentiel de mon temps à mes études. Dans un monastère, trois modes de vie distincts s'offraient aux moines. Ceux qui jouissaient de capacités intellectuelles pouvaient se vouer entièrement à l'étude. D'autres se spécialisaient dans l'accomplissement des rituels : ils devenaient experts en cérémonies diverses, offrandes, ainsi que dans les complexes mandalas** tracés sur le

* Ecole des Vertueux, autrement nommée des Bonnets jaunes : fondée au XIVe siècle, elle devint l'école la plus puissante du Tibet. *(N.d.T.)*
** Représentation cosmographique destinée à la méditation et aux initiations. Ils symbolisent l'univers et la conscience collective. *(N.d.T.)*

sable, représentant les demeures des différentes déités. Les moines ne possédant pas ces aptitudes, et qui la plupart du temps s'ennuyaient pendant les cérémonies, devenaient pour leur part des sortes de gestionnaires chargés des intérêts économiques de la communauté. Ils administraient les affaires courantes, récoltaient prêts et impôts auprès des métayers ; certains faisaient même du commerce au nom du monastère.

Un jour, j'avais douze ou treize ans, je rentrais au *shag* pour déjeuner quand mon oncle m'appela dans sa chambre. Je pensai aussitôt que j'avais fait quelque chose de mal. Il me pria de m'asseoir et me proposa du thé. Puis il me désigna un petit paquet contenant du thé, du beurre, de la *tsampa* et des vêtements en m'apprenant que ces cadeaux provenaient de chez ma tante. Finalement, en baissant la voix, il m'annonça que ma tante était morte. Je me souviens encore que je me mis à trembler en pensant à toutes les fois où elle m'avait témoigné son affection. C'était la seule personne que j'avais véritablement aimée, celle avec qui je m'étais senti le plus à mon aise. Mais j'étais grand à présent, je devais assumer certaines responsabilités, notamment superviser d'autres novices dans l'accomplissement de leurs besognes.

J'en vins à oublier qu'il existait un monde au-dehors. Je m'absorbais tout entier dans mes études, mémorisant de plus en plus de textes. J'avais toutes les raisons de travailler assidûment, car j'avais remarqué que les moines illettrés ou paresseux écopaient des corvées les plus viles. J'avais beaucoup de peine à apprendre par cœur alors que d'autres élèves y parvenaient sans effort. Chaque fois qu'un d'entre eux avait appris un texte essentiel, son maître demandait à l'abbé de l'autoriser à le réciter devant l'assemblée. C'était une expérience assez terrifiante. Après la liturgie quotidienne, le jeune moine se plantait devant tout le monde et déclamait son texte. Je dus le faire moi-même à plusieurs reprises, je me souviens du silence qui régnait dans la salle, rompu seulement par le bruit du thé bu à grandes gorgées. Quand un moine réussissait à réciter ainsi tous les textes liturgiques, on disait qu'il avait passé son examen. Mais s'il "séchait" devant l'assemblée, c'était la disgrâce, pour lui, mais aussi pour son maître. Fort heureusement, je m'en sortis sans dommage.

Comme nous récitions ces prières tous les jours, nous nous en souvenons généralement notre vie durant. Cependant, du fait de ma longue détention, j'ai oublié la plupart des prières apprises à Gadong.

Quand nous connaissions toutes les prières de base, nous avions la possibilité de pousser nos études plus avant. Cet apprentissage s'effectuait soit directement sous la houlette de notre maître, seul ou par groupes de trois ou quatre, soit à partir des sermons prononcés par un grand érudit. N'étant qu'un simple monastère de village, Gadong n'avait pas une très haute réputation en matière d'érudition. Mais l'abbé avait mis sur pied ce que nous appelons une *ché-tra* (une classe de philosophie). Il invita un moine instruit de Lhassa à venir passer quelques semaines au monastère afin de nous enseigner cette discipline.

Guéshé* Rigzin était l'un des illustres maîtres du monastère de Drépung, à Lhassa. Il avait même formé notre abbé. Je commençai à suivre ses enseignements. Son comportement et son apparence étaient empreints de simplicité et fleuraient l'ascétisme. Il avait une voix très douce, parfois à peine audible. Il parlait le dialecte

* Docteur en philosophie bouddhique. *(N.d.T.)*

limpide de Lhassa, mais on pouvait y déceler des traces d'un accent étranger : Rigzin avait vu le jour à Kinaur, dans l'Etat indien de l'Himâchal Pradesh. Il était venu étudier à Drépung à l'âge de seize ans. Nous l'appelions *gyän*, ou maître. Tous les jours, durant quatre mois, il prêcha pour nous et nous fit découvrir les aspects les plus complexes de la dialectique bouddhique. Il disait que ceux d'entre nous qui voulaient vraiment apprendre devraient entrer dans l'un des trois grands monastères de Lhassa. Selon lui, Gadong s'apparentait à un puits : il y avait bien de l'eau, mais pas suffisamment pour nager. Si l'on voulait nager, nous devions gagner l'océan.

A l'âge de dix-huit ans, j'ignorais encore tout de l'univers qui s'étendait au-delà de la vallée. Nous ne savions même pas qu'une guerre civile faisait rage en Chine. Je ne me souviens pas d'avoir évoqué des événements se déroulant ailleurs. Ce monde extérieur nous apparaissait comme quelque pays merveilleux peuplé de machines magiques, d'inventions et d'aventures fabuleuses. Lhassa nous semblait à des lieues de Gadong et la politique tibétaine nous était parfaitement étrangère. Plus tard, en prison, les Chinois nous montreraient des films sur la guerre sino-japonaise et la Seconde Guerre mondiale, mais en ce temps-là, à Pa-Nam, nous n'étions au courant de rien. Pour nous, seul le changement des saisons marquait le passage du temps.

Cette quiétude vola brutalement en éclats en octobre 1950. Des rumeurs circulèrent selon lesquelles les Chinois s'apprêtaient à attaquer le Tibet. On disait que le Dalaï-Lama* avait fui Lhassa pour se réfugier en Inde. Un matin, certains moines affirmèrent avoir senti des

* Tènzin Gyatso, né en 1935, quatorzième et actuel Dalaï-Lama. *(N.d.T.)*

secousses sismiques. Beaucoup plus tard, on apprit qu'un tremblement de terre avait effectivement affecté certaines régions du Kham et du Kongpo. On estima qu'il s'agissait d'un mauvais présage. Ce séisme, survenant si peu de temps après la fuite du Dalaï-Lama, paraissait confirmer nos pires craintes.

Je me souviens de nombreuses cérémonies religieuses. Nous accomplîmes des rituels invoquant les divinités protectrices afin qu'elles garantissent la sécurité du Dalaï-Lama et du pays des Neiges. Cependant, quelques mois plus tard, on sut que les Chinois avaient franchi le Dri-chu*, le fleuve qui marque la frontière entre le Tibet et la Chine. Cet hiver-là, les hommes de notre village revinrent de Chamdo et nous relatèrent en détail la bataille livrée par la minuscule armée tibétaine dans la province du Kham.

Deux hommes vinrent rendre visite à mon oncle. L'un d'eux passa la tête par l'entrebâillement de la porte, tira la langue en signe de respect et demanda s'il s'agissait bien du *shag* de Kusho Wangpo-la. Je les priai d'entrer et reconnus immédiatement les métayers de mon père, Yugyäl et Topgyäl.

"Nous arrivons de Chamdo", nous annoncèrent-ils.

J'allai chercher mon oncle. Le *shag* fut rapidement envahi de moines avides d'entendre ce que Yugyäl et Topgyäl avaient à raconter. Ils nous parlèrent de Zhango Dora, lui aussi métayer de mon père, un homme costaud, intrépide, qui portait une amulette afin de se protéger des balles. Il avait mené l'offensive contre l'armée chinoise, mais la petite force tibétaine ne faisait pas le poids face à l'envahisseur, et, très vite, Zhango, armé seulement d'une longue épée, s'était retrouvé dans un

* Le Yang-tsê kiang. *(N.d.T.)*

combat au corps à corps. Yugyäl et Topgyäl se relayaient dans leur récit, ne s'arrêtant que pour boire une gorgée de thé. Quand Yugyäl marquait une pause, Topgyäl enchaînait sans perdre une seconde. Il agitait les mains en tous sens afin de figurer les jeux d'épée de Zhango Dora. Nous étions suspendus à ses lèvres. Zhango tua de nombreux soldats chinois. Mais, à bout de forces, il finit par s'asseoir sous un pont pour prendre un peu de repos. Un filet de sang dégoulina du pont sur son amulette, la privant ainsi de son pouvoir protecteur. Un obus éclata à proximité du pont, Zhango fut tué.

Nous écoutâmes ce récit comme s'il s'agissait d'un poème épique, et non de la vie réelle. Nous n'éprouvions aucun sentiment de panique, car nous ne nous rendions pas vraiment compte que notre pays venait d'être envahi et se trouvait sur le point d'être conquis par les Chinois. Je ne me souviens pas d'avoir éprouvé de l'inquiétude. Dans les jours qui suivirent, la famille de Zhango vint au monastère pour s'entretenir avec l'abbé et faire une offrande. En dehors de cela, la vie continua comme si de rien n'était.

Quelques mois plus tard, on apprit que le Dalaï-Lama était revenu à Lhassa. En juillet 1951, il vint donner un enseignement à Gyantsé, située à quelques jours de marche de Pa-Nam, plaque tournante du commerce avec l'Inde. Mon père vint nous trouver au monastère en déclarant que nous devions tous aller le voir, que c'était la chance de notre vie. Pour la première fois, il nous serait donné d'apercevoir l'homme que nous vénérions tous comme l'incarnation du bodhisattva de la Compassion.

Nous nous mîmes en route de bon matin. La nouvelle de l'arrivée du Dalaï-Lama s'étant propagée comme une traînée de poudre, nous rencontrâmes des dizaines de groupes de moines et de paysans venant de toutes les directions, cheminant vers Gyantsé. Quand je vis la foule rassemblée là, je n'en crus pas mes yeux. Les gens s'étaient installés partout où il y avait de la place, autour de fours de fortune : trois grandes pierres disposées en triangle surmontées de casseroles. Le soir, on se serrait les uns contre les autres et tout le monde dormait à la belle étoile. On avait mis une clairière à la disposition des moines ; nous y trouvâmes un emplacement où établir notre campement.

Je n'avais jamais vu autant de monde. Dans tous les coins, des gens campaient auprès des fours improvisés, des colonnes de fumée s'élevaient dans l'air. Les femmes arboraient leurs plus beaux bijoux et des coiffures compliquées en forme d'arcs incrustés de coraux et de turquoises. Des marchands entreprenants avaient installé des étals chargés de toutes sortes de babioles importées d'Inde. J'arpentai les sentiers poussiéreux le long desquels ces vendeurs, assis en tailleur, tentaient les chalands avec leurs étalages de briques de thé chinois, de miroirs, d'ustensiles de cuisine, d'épices, de vêtements tissés, de bottes et de jouets.

Il se fit soudain un grand mouvement dans la foule, les marchands s'empressèrent de remballer leur marchandise. Une fanfare militaire éclata dans l'air, et des soldats tibétains défilèrent devant nous, celui qui menait la parade portait une peau de tigre. Un groupe d'aristocrates, vêtus de précieux brocarts jaunes, agitant les bras de côté, suivi de près par des moines porteurs d'encensoirs dispensant des volutes de fumée odoriférante, venait ensuite. Enfin, derrière eux, dans un palanquin jaune richement décoré, porté par plusieurs hommes vigoureux, le jeune Dalaï-Lama promenait son regard sur la foule.

C'était la première fois que je l'entrevoyais. Son visage radieux m'apparut un bref instant derrière un rideau. Je n'oublierai jamais cette vision. Le Précieux Protecteur est notre point d'ancrage spirituel et politique. Il sauvegarde non seulement les enseignements du Bouddha, mais aussi le bien-être de tous les hommes.

Avant ce voyage à Gyantsé, j'ignorais tout de l'activité trépidante d'une ville frontalière commerçante. Je rencontrai des gens venus des coins les plus reculés du pays. Si j'avais toujours considéré mon village comme le centre de l'univers, je découvrais à présent que le Tibet était une nation. Mais parmi la multitude de ces pèlerins, marchands et moines, personne ne pouvait prévoir qu'un cataclysme bouleverserait bientôt notre monde et que la prochaine fois que nous serions rassemblés en si grand nombre, ce serait dans des prisons et des camps de travail, sous la surveillance de gardiens chinois.

Le bruit courait pourtant que certains riches aristocrates de Lhassa transféraient leurs capitaux à Kâlimpong, en Inde. Eux savaient ce qui se préparait. En attendant, une ambiance de fête régnait à Gyantsé : les gens se mêlaient, faisaient du négoce, priaient ensemble. Surtout, ils priaient. Je me souviens de cet air de contentement et de béatitude baignant leurs visages. Jamais ils n'oublieraient cet instant où ils avaient aperçu le Dalaï-Lama, "l'Océan de Sagesse".

Nous restâmes plusieurs jours à Gyantsé. J'allais et venais dans le bazar improvisé. Un jour, une foule s'était rassemblée pour regarder passer une procession et les gens chuchotaient : "*Gya-mi, Gya-mi*" (Les Chinois... les Chinois). Je n'en avais encore jamais vu. Couverts de décorations, montés sur nos solides poneys tibétains, ils portaient ces uniformes bleus tout simples qui passeraient à la postérité sous le nom de "costumes Mao".

Cette vision avait je ne sais quoi d'incongru. Les gens s'écartèrent pour les laisser passer : cinq cavaliers chinois, suivis par des officiels tibétains en tuniques de brocart fin, coiffés de somptueux chapeaux. J'appris plus tard que l'un de ces hommes n'était autre que Zhang Jingwu, le représentant chinois au Tibet. Mais cela ne ressemblait en rien à l'entrée triomphale d'un conquérant : pas d'armée marchant dans son sillage, et personne ne portait d'armes.

Beaucoup plus tard, quand j'étais en prison, les Chinois publièrent une photographie du grand attroupement de Gyantsé au moment de l'arrivée de Zhang Jingwu. "Les masses tibétaines accueillent le représentant du gouvernement central", disait la légende. Quel mensonge ! Nous étions venus pour apercevoir notre chef, le Dalaï-Lama. Une occasion exceptionnelle. Pas un seul Tibétain n'avait fait le voyage jusqu'à Gyantsé pour souhaiter la bienvenue à Zhang Jingwu. L'ingéniosité avec laquelle les autorités chinoises fabriquaient toutes sortes de "faits" nous deviendrait bientôt familière.

Nous regagnâmes Pa-Nam pareils à des enfants revenant d'une grande aventure. Mon père déclara que cela avait été l'expérience la plus heureuse de sa vie et que, même s'il devait mourir le lendemain, il serait heureux. Les Tibétains pensent qu'entendre un enseignement du Dalaï-Lama les assure de bienfaits dans leur vie à venir. De retour au village, nous organisâmes un grand banquet pour célébrer notre bonne fortune et le fait que le Dalaï-Lama ait pris en charge la direction politique et spirituelle du Tibet. En effet, en attendant sa majorité, un régent avait gouverné notre pays. Cependant, maintenant que les Chinois étaient là et que nous allions clairement au-devant d'une période difficile, l'aristocratie tibétaine lui avait demandé de prendre les rênes du pouvoir. Il n'avait pas encore dix-huit ans.

Un an plus tard, nous sûmes que le Panchèn Rinpoché était sur le point de rentrer à Shigatsé, au monastère de Tashilhunpo, après une absence de vingt-trois ans. Le neuvième Panchèn-Lama avait fui Shigatsé suite à un différend l'opposant au gouvernement de Lhassa, il était mort en Chine. On avait trouvé son incarnation dans la province de l'Amdo. On disait que le Panchèn Rinpoché* ferait sans doute halte à Gadong pour une nuit sur le chemin de Shigatsé. En avril 1952, nous œuvrâmes tous ensemble pour nettoyer le monastère de fond en comble et l'embellir. Un groupe de moines blanchit les murs à la chaux. Un autre s'occupa des allées. Nous dressâmes des tentes. Je devais marcher derrière le Panchèn Rinpoché et tenir un grand parasol au-dessus de sa tête. Quand le jour vint enfin, son escorte et lui s'arrêtèrent brièvement à proximité du monastère, mais ne le visitèrent même pas. Nous fûmes tous très déçus. En revanche, les villageois étaient tout excités de l'avoir aperçu. Mon père souligna combien ces années étaient fastes, puisque nous avions eu le privilège de contempler deux grands lamas de nos propres yeux.

Les Tibétains comparent le Dalaï-Lama et le Panchèn Rinpoché au soleil et à la lune. Il semblait que tout irait bien désormais, maintenant que ces deux astres brillaient sur le pays des Neiges.

* Kälsang Tsétèn (1938-1989).

III

LA RÉVOLTE

Le voyage à Gyantsé me renforça dans ma détermination à poursuivre mes études et à me consacrer à la pratique religieuse. J'avais atteint l'âge où un jeune moine devait décider s'il souhaitait rester novice ou être ordonné. A presque vingt ans, je n'étais toujours qu'un simple moine de village. A Gadong, l'éducation était une affaire personnelle et l'application au travail laissée à la discrétion de chacun. Comme je l'ai déjà mentionné, certains moines restaient illettrés et servaient le monastère en s'acquittant des tâches domestiques. Mes maîtres m'avaient encouragé à mémoriser tous les textes requis. J'avais appris à accomplir des rituels complexes et à jouer de certains instruments les accompagnant. Je travaillais assidûment et passai tous les examens. Mais je ne pouvais faire davantage à Gadong. J'avais le choix entre me rendre à Lhassa pour y continuer mes études ou rester sur place et assumer certaines responsabilités administratives.

Mon oncle me demanda si j'avais songé à prononcer le vœu pour devenir *guélong*. Presque tous les *guétsül* finissent par le faire, mes maîtres me le conseillaient. Je craignais pourtant de ne pas être apte à observer les deux cent cinquante-trois règles de ce vœu. Quoi qu'il en soit, en 1952 et en compagnie de vingt autres novices, je m'engageai solennellement devant notre abbé, devenant ainsi un moine ordonné. Aujourd'hui, je suis le seul de ces vingt moines à être encore de ce monde. Certains périrent en prison. D'autres furent battus à mort durant la révolution culturelle.

Au monastère, des rumeurs relatives à une présence croissante de Chinois en territoire tibétain se faisaient de plus en plus insistantes. Des manifestations antichinoises avaient éclaté à Lhassa. Les paysans entreprirent de cacher leurs biens les plus précieux. Ma famille fit de même avec une partie de ses bijoux, alors que des moines s'occupaient de faire disparaître certains des objets de très grande valeur appartenant au monastère. Chaque jour nous recevions des rapports concernant l'arrivée de soldats de l'Armée populaire de libération dans d'autres villages. Les Chinois, soucieux de se faire remarquer, organisaient des représentations théâtrales et projetaient même des films. J'imagine mal comment les paysans réagissaient face à cette merveille de la technologie moderne.

Les premières troupes chinoises débarquèrent à Gadong le huitième mois du calendrier tibétain, en 1952. Je lisais dans ma chambre, lorsqu'un moine fit brusquement irruption pour m'annoncer qu'ils arrivaient. Dehors, trois officiels chinois, en costumes Mao, mettaient pied à terre. Depuis leurs fenêtres, les moines les observaient à la dérobée.

Cette délégation alla trouver l'abbé. L'un des hommes portait un plateau chargé de plusieurs rouleaux de soie, un deuxième, un plateau du meilleur thé chinois. A son accent, il était évident que l'interprète qui les accompagnait venait de la province du Kham, à l'est du pays. Il avait troqué sa tenue tibétaine traditionnelle contre un costume Mao bleu foncé, comme les autres. Je n'assistais pas personnellement à leur entretien, mais plus tard je les regardai partir, suivis de l'abbé et d'autres dignitaires religieux, qui, tous, arboraient à présent un petit badge à l'effigie de Mao, du côté gauche de leur robe de moine. Les Chinois semblaient très heureux que l'abbé eût accepté de le porter.

Notre *changdzo* (trésorier) se montra particulièrement courtois envers ces Chinois. Il dit du ton le plus obséquieux qui soit : "Nous chérirons le présent de *pön-po-la.*" Je fus choqué qu'il emploie ce mot qui signifie "chef" ou "leader". Comme la plupart des Tibétains n'arrivaient pas à faire la différence entre les officiers et les soldats ordinaires, ce qualificatif s'appliquait d'office à tous les Chinois. Ce n'était là qu'un élément du nouveau vocabulaire qui, tel un virus, devait contaminer notre langue. Les Tibétains avaient déjà peur. Dès qu'ils rencontraient des Chinois, ils adoptaient une attitude servile. Aujourd'hui encore, nous qualifions de *pön-po-la* tous les officiels chinois.

Dès que nos visiteurs eurent disparu, l'abbé et les autres s'empressèrent d'ôter leur badge. Après avoir enlevé le sien, le *chotrimpa* (maître de discipline) le considéra d'un air dégoûté avant de le jeter par-dessus le mur. Plus tard, en prison, je redoutais que quelqu'un n'eût rapporté cet incident. Les Chinois appellent ce type de comportement : "ne pas montrer un visage agréable". Une manière codée de dire : "Est opposé au socialisme."

Les Chinois firent valoir certaines exigences au monastère, auxquelles l'abbé pouvait difficilement se soustraire. La même délégation revint bientôt, toujours accompagnée de l'interprète, et réclama un prêt en céréales. Ils assurèrent qu'une fois achevée la route qu'ils construisaient alors, ils auraient du grain en abondance, suffisamment pour rembourser cet emprunt, capital et intérêts. L'abbé obtempéra.

Les Chinois établirent un bureau à Pa-Nam et organisèrent les premières réunions. Un beau jour d'été, un groupe d'entre eux défila dans les rues en battant le tambour, jouant des cymbales, tous les enfants du village sur leurs talons. Des danseurs brandissaient de gigantesques drapeaux rouges qu'ils agitaient gracieusement en l'air. Ils allèrent de maison en maison pour annoncer qu'une représentation aurait lieu ce soir-là. Ils montèrent jusqu'aux portes du monastère afin d'inviter les moines à assister au spectacle. Je n'arrivais pas à distinguer s'il s'agissait d'hommes ou de femmes car ils portaient tous le même uniforme, leurs cheveux dissimulés sous des casquettes identiques.

Ce soir-là, presque tout le village se rendit à la représentation. J'étais trop curieux pour m'en abstenir, bien qu'en règle générale les moines n'aient pas le droit d'assister à ce genre de manifestation. En arrivant, je trouvai tous les autres moines déjà installés, attendant que le spectacle commence. Les Chinois nous avaient réservé une partie des sièges.

Nous regardâmes les danseurs se maquiller sous une tente improvisée. C'était déjà tout un spectacle, mais un interprète nous pria bientôt de partir, disant que si nous restions là, à les lorgner ainsi, les danseuses ne pourraient pas se changer. Un roulement de tambour accompagné d'un fracas de cymbales retentit, puis les danseurs, en uniforme de l'APL, se ruèrent sur la scène en bondissant, brandissant des mitrailleuses en bois. Leur impressionnante gymnastique devint vite répétitive. Le thème étant invariable, nous n'avions guère de difficultés à suivre l'intrigue... Des soldats de l'APL prêtaient main-forte à de pauvres paysans en train de moissonner, ou bien ils sauvaient une jeune fille des griffes d'un méchant hobereau. On nous forcerait à assister à ce genre de spectacles de bout en bout un nombre incalculable de fois.

Des groupes de soldats de l'APL se rendaient dans les villages les plus reculés pour projeter des films. Tout comme les troupes de danseurs, ces séances attiraient des foules considérables, les gens se pressant les uns contre les autres, en plein air, attendant avec excitation que débutent ces jeux de lumière magiques. Ces illusions lumineuses stupéfiaient certains Tibétains qui contournaient l'écran blanc tendu entre deux piliers s'attendant à trouver les acteurs en chair et en os derrière. La plupart des films montraient les soldats de l'APL se battant contre le Kuo-min-tang ou les Japonais. Ils s'achevaient inévitablement par une victoire des communistes. Je me souviens qu'un jour quelqu'un me demanda pourquoi les Japonais ne gagnaient jamais.

Les Chinois, voyez-vous, avaient un "message" à transmettre. Ces projections de films et les spectacles de danse affirmaient le pouvoir des communistes. Leur message avait aussi une teneur sociale. Les officiels chinois rendaient visite aux familles pauvres en manifestant un grand souci de leur bien-être. Ils accordaient aux fermiers démunis des prêts sans intérêts, mais ne négligeaient pas les riches pour autant. En 1952, les Chinois ouvrirent plusieurs bureaux dans notre région et invitèrent des Tibétains influents à s'intégrer à divers comités.

On ne peut pas dire qu'ils manquaient de générosité, ils payaient les autochtones qui travaillaient pour eux en pièces d'argent pur, appelées *da-yuan.* Notre monastère lui-même en reçut d'énormes quantités que nous fondîmes plus tard pour en faire des lampes et des bols destinés à offrir de l'eau aux divinités.

Les représentations théâtrales ne tardaient pas à se transformer en rassemblements politiques. Un officier chinois se dressait sur une caisse et se lançait dans un laïus interminable expliquant que le président Mao les avait dépêchés, ses troupes et lui, afin d'aider le peuple tibétain. Il soulignait qu'une fois leur mission accomplie, ils retourneraient dans leur pays. Le mot "communisme" n'était jamais prononcé. Tous leurs discours ne parlaient que de l'essor du Tibet et de l'amélioration de notre qualité de vie.

Il ne s'écoula guère de temps avant que nous ne subissions tous la présence des Chinois. Pa-Nam se situe à la croisée des trois principales villes du pays et nous assistions chaque jour à de nouvelles arrivées de troupes qui marchaient depuis des mois, sans avoir grand-chose à manger. On voyait bien que ces soldats avaient tout juste dix-huit ou dix-neuf ans, mais avec leurs visages crevassés par le vent, leurs lèvres sèches et gercées, on aurait dit des vieillards.

Un jour, je vis des femmes leur offrir des morceaux de beurre. Ils n'avaient aucune idée de ce qu'ils devaient en faire. L'une d'elles se frotta les mains l'une contre l'autre, puis fit mine de se frictionner le visage. Un jeune soldat hocha la tête et l'imita, s'enduisant les mains et la figure de ce corps gras. Les femmes éclatèrent de rire.

Au monastère, la vie quotidienne se déroulait à peu près comme avant. Il semblait que les Chinois prenaient soin de ne pas s'immiscer dans nos études. J'avais appris à composer des mandalas complexes représentant l'univers conceptuel de différentes divinités. Les mandalas, faits avec du sable fin et coloré, requièrent beaucoup de patience et des doigts agiles. Cet hiver-là, Gyän Rigzin Tènpa, l'un des moines les plus érudits du monastère de Drépung, à Lhassa, suggéra à notre abbé d'y envoyer certains d'entre nous afin qu'ils puissent y suivre le cursus leur permettant d'obtenir un diplôme de *guéshé*, titre réservé aux maîtres les plus accomplis de la philosophie bouddhique.

L'abbé suivit le conseil de Rigzin Tènpa. Avoir étudié dans l'un des trois grands monastères – Drépung, Séra et Gandèn – conférait un grand prestige. Il s'agissait des grandes universités monastiques du Tibet, toutes situées à quelques kilomètres de la capitale. Très peu de moines de Gadong avaient eu le privilège d'accéder à l'un de ces hauts lieux du savoir. A leur retour, ils étaient autorisés à s'asseoir "à la tête d'une rangée" pendant l'assemblée du matin.

Je suppose que quiconque entre en religion chez nous rêve de fréquenter un jour l'une de ces trois grandes institutions. Je ne faisais pas exception. Quoi qu'il en fût, quand l'abbé donna la liste des noms de ceux qui partiraient à Lhassa, le mien n'y figurait pas. Je me souviens de ma terrible déception. Les moines eux aussi ont leur fierté. Je sais maintenant que mon oncle avait demandé que l'on me garde sur place, probablement parce qu'il estimait que mon avenir était à Gadong, que l'on m'y confierait peut-être un poste de responsabilité, celui de trésorier ou de maître des rituels, fonctions prestigieuses certes, mais j'étais jeune, plein d'ardeur et je me languissais d'intégrer l'une des célèbres universités monastiques ! Fuir me paraissait l'unique issue envisageable.

Deux ou trois jours plus tard, les trois moines sélectionnés se préparèrent à partir. J'allai leur faire mes adieux. Je leur passai une *khata* autour du cou en leur souhaitant bonne chance. Mais secrètement, j'avais prévu de m'en aller avec eux. J'avais réuni mes effets dans un baluchon. Quelques heures après leur départ, je m'en fus sur leurs traces, mon petit ballot sur l'épaule. Je sortis du monastère par la porte de derrière pour que personne ne me voie et pris le sentier de montagne en direction des hauts pâturages. Je courus aussi vite que je pus afin de les rattraper. Quand je m'arrêtai finalement, à bout de souffle, je fus soulagé de voir que personne ne m'avait suivi.

Dès qu'ils me virent, les trois moines comprirent que je m'étais enfui. Durant deux heures, ils s'efforcèrent de me convaincre de rebrousser chemin. Je leur répondis que je ne reviendrais pas sur ma décision. Je peux être très obstiné.

En chemin, je ne cessais de penser à Drépung. De temps à autre, tandis que nous marchions, l'un de mes compagnons me rappelait que j'avais quitté le monastère sans la permission de l'abbé. Il me disait : "Allons, Päldèn. Ne crois-tu pas que tu devrais rentrer ?" Je secouais la tête et continuais à avancer. Je savais que j'aurais de gros ennuis si je retournais à Gadong. En revanche, si je poursuivais ma route jusqu'à Drépung, peut-être mon maître et mon nouvel abbé se rendraient-ils compte de l'honorabilité de mes intentions. Jusque-là, j'étais un fuyard !

Il nous fallut treize jours pour atteindre Drépung. On nous avait beaucoup parlé des splendeurs de ce monastère et nous accélérâmes le pas à mesure que nous en approchions. Je me souviens d'être arrivé au bout d'une crête et, en levant les yeux, là-bas au loin, d'avoir aperçu les grands bâtiments. Nous restâmes immobiles à contempler avec émerveillement la silhouette du monastère déformée par la lumière éblouissante, si distante qu'on ne voyait que de petites taches blanches, pareilles à des grains de riz. *Drépung* signifie "tas de riz" ; de fait, les bâtisses du monastère nous apparaissaient comme un amoncellement de grains de cette céréale. La clarté du soleil se reflétant sur les toits dorés était si vive que je dus m'abriter les yeux du revers de la main. Les édifices d'un blanc étincelant se détachaient sur l'étendue grise des montagnes et les bosquets d'arbres plus sombres en contrebas. Cet endroit devait être notre demeure pour les dix ans à venir. En nous approchant encore, nous pénétrâmes dans un parc où les moines venaient lire et méditer à l'ombre fraîche des saules.

Le monastère s'étend, pareil à une cité, sur le flanc de la montagne, à mi-hauteur, avec en toile de fond trois pics majestueux. Mais l'on ne peut pas vraiment juger de son ampleur de loin, tant le labyrinthe d'allées étroites et de cours contenues derrière les murs d'enceinte blanchis à la chaux est complexe.

Nous posâmes nos sacs et nous alignâmes face au monastère, en levant nos mains jointes haut au-dessus de nos têtes avant de les abaisser lentement devant notre visage, puis de les maintenir devant notre poitrine. Ensuite nous nous prosternâmes. A trois reprises : une fois pour le Bouddha, une fois pour ses enseignements, et une fois pour la communauté des moines.

"Nous sommes arrivés", dit l'un de mes compagnons. Nous ramassâmes nos affaires et commençâmes l'escalade.

Ce ne fut guère difficile de trouver d'autres moines de Gadong, dans la mesure où tous les religieux de Drépung étaient regroupés en collèges selon leur région d'origine. Il y avait quatre grands collèges ou *dratsang*, chacun étant subdivisé en *khamtsèn* (foyers d'étudiants).

Les moines de Gadong se joignaient généralement au collège de Loseling qui comptait trente-deux *khamtsèn.* En 1995, j'ai visité l'université d'Oxford dont les différents collèges et les étudiants grouillant partout dans la ville me rappelèrent Drépung et son organisation.

Quand il fut bâti, en 1416, Drépung était probablement le plus grand établissement religieux du monde. Dans les années 1950, plus de dix mille moines en provenance de l'ensemble du monde bouddhique y vivaient et y étudiaient. Certains étaient venus de sites aussi éloignés que la Kalmoukie, sur les rives de la Volga, en Union soviétique, d'autres du Ladâkh ou de Gyälthang, à la frontière birmane, voire de Chine et du Japon.

Durant plusieurs jours, nous logeâmes dans la maison sombre, à peine meublée, d'un moine originaire de Gadong. J'étais soucieux de trouver un maître et un *dratsang* qui accepteraient de me prendre comme disciple. Mes compagnons ayant une lettre d'introduction de notre monastère n'auraient aucune peine à se faire admettre. Mais moi, le fugitif, je n'avais rien.

Quelques-uns d'entre nous partirent pour Lhassa, à cinq ou six kilomètres de Drépung, la ville que tous les Tibétains considèrent comme le centre de leur monde spirituel. Chacun espère y faire un pèlerinage au moins une fois dans sa vie. Tandis que je m'acheminais sur le sentier de gravier, j'aperçus tout à coup le toit étincelant du Potala dominant la vallée. Quelle explosion de couleurs ! Ce toit doré, les murs rouges délimitant la résidence du Dalaï-Lama et, en deçà, l'enceinte chaulée de la base du palais.

Tandis que nous nous approchions de la ville, je vis un éléphant pour la première fois de ma vie. De loin, on aurait dit un énorme rocher qui s'avançait vers nous en soulevant des nuages de poussière. Les gens qui m'entouraient se découvrirent et tirèrent la langue en guise de salutation. L'éléphant resta planté devant nous. "*Salam !*" ordonna le cornac, et l'animal roula sa trompe, puis la leva en l'air. La foule lança de l'argent et du pain. L'éléphant ramassa l'argent et le donna au cornac.

Je passai quelques jours à faire des provisions et à visiter d'autres lieux saints. Je me joignis à la longue file de pèlerins patientant devant le Tsuklhakhang, gardien de l'effigie la plus sacrée du Tibet : une statue de *Jowo* au visage doré, gracieux, parsemée de centaines de pierres semi-précieuses, coraux, turquoises et jades. Deux préposés, postés au pied de la statue, recevaient les offrandes et faisaient avancer le flot de visiteurs. Les lumières vacillantes des lampes incendiaient les gemmes.

Il faisait une chaleur étouffante dans le sanctuaire à cause des centaines de lampes à beurre dont la fumée rendait l'air presque irrespirable. Je ne tardai pas à m'évanouir. On m'emmena dans une cour où l'air glacial me ranima. L'un de mes compagnons me tapota l'épaule et nous nous acheminâmes vers le *barkhor*, le chemin de pèlerinage qui encerclait le Tsuklhakhang.

Lhassa grouillait de monde. Une multitude de boutiques et d'étals bordaient le *barkhor*. Les acheteurs barguignaient âprement. Des marchands du Népal coudoyaient d'autres négociants venus du Cachemire. Je remarquai la présence d'une mosquée, la vision de Tibétains musulmans me fascina. Nous les appelions *Kaché*, prononciation déformée de Cachemire, car la plupart de leurs ancêtres venaient de cette province. Les Chinois étaient là eux aussi : des soldats marchant à grandes enjambées le long du *barkhor*, suivis de nuées d'enfants tibétains imitant bruyamment leur langage. Quelques jeeps et camions avaient réussi à franchir les chemins accidentés depuis l'est du Tibet. Aux abords de Lhassa, les Chinois s'occupaient activement de construire des routes.

J'avais un certain nombre de questions pratiques à régler à Drépung. Si d'ordinaire les moines de Gadong intégraient le *khamtsèn tsangpa*, le foyer destiné aux moines de la région du Tsang, je n'y fus pourtant pas admis. Fort heureusement, les règles d'admission au sein d'un foyer n'étaient pas très strictes dès lors que l'on se débrouillait pour trouver un "maître bienfaiteur". Shènrab Thönmi, un moine de Gadong plus âgé que moi, m'emmena voir son propre maître, Gyän Yongzin, le tuteur d'un jeune lama réincarné nommé Tirab Trülku. Je me prosternai devant lui et lui présentai une *khata*. Gyän Yongzin me considéra d'un air songeur, comme s'il évaluait une marchandise, puis m'informa qu'il pouvait seulement me parrainer au sein de son propre *khamtsèn*, celui de Kongpo. J'y fus agréé en bonne et due forme : on inscrivit mon nom au registre et je devins ainsi membre du monastère à part entière.

Après quoi il me fallut trouver un logement. Shènrab m'autorisa à partager le sien. Il hébergeait déjà plusieurs moines sous son toit. Hormis un petit fourneau en terre posé dans un coin et quelques tas de bois et de bouses de vache, ma minuscule chambre était dépouillée. Un tapis usé jusqu'à la corde recouvrait le sol inégal. La fenêtre, minuscule elle aussi, donnait sur un mur blanc. Deux matelas étroits et deux tables en bois complétaient cet ameublement sommaire.

Maintenant que j'étais membre d'un collège et que j'avais un toit, je pouvais assister à tous les cours donnés à Drépung. J'allai à une conférence de Gyän Péma

Gyältsèn, le plus célèbre lama du monastère. Nous nous rendîmes dans son *shag* et l'on nous conduisit dans une grande salle où Gyän siégeait déjà dans un grand fauteuil. D'un geste, il désigna des rangées de matelas recouverts de beaux tapis tibétains et nous fit signe de nous asseoir. Je me souviens qu'il nous conseilla d'étudier avec assiduité. Il ajouta que nous étions venus de loin avec pour seuls guides "la terre dure et les nuages".

La vie à Drépung ne différait guère de celle que j'avais connue à Gadong. Je me levais vers cinq heures. Dès l'aube, on entendait la voix d'un jeune novice psalmodier les Ecritures sacrées, puis le son d'une conque convoquait tous les moines au thé matinal. Chacun apportait sa propre *tsampa* et buvait quatre tasses de thé. La quatrième avait une couleur crémeuse et un goût légèrement amer. On attribuait cela au fait qu'autrefois, à Drépung, le thé était additionné de lait provenant du lion des neiges, une créature mythique censée rôder dans les montagnes du Tibet.

La matinée était réservée aux études personnelles. Je priais pour la longue vie du Dalaï-Lama et des autres grands maîtres. J'achevais mes prières en dédiant tout le mérite que j'avais accumulé grâce à mes bonnes actions au bénéfice de tous les êtres sensibles. Après quoi, je révisais les textes philosophiques que mon maître nous avait expliqués et commentés la veille.

A midi, nous nous rassemblions dans la *chöra* (la cour du monastère) ombragée par des saules, où les moines se réunissaient pour écouter les enseignements de l'abbé ou des autres grands lamas. Ensuite, ils se répartissaient en groupes et débattaient d'un thème choisi, soit de l'enseignement qu'ils venaient d'entendre, soit d'un texte philosophique. Nous, les jeunes étudiants, étions regroupés pour apprendre l'art du débat.

Nous ne tardâmes pas à nous accoutumer à cette routine. Cependant, nous ne pouvions ignorer la détérioration de la situation politique à Lhassa. On apprit que de nouvelles manifestations avaient éclaté. Des affiches antichinoises avaient fait leur apparition dans les rues. Des officiels chinois vinrent au monastère pour s'entretenir avec les abbés et d'autres dignitaires. Plus tard, certains d'entre eux furent contraints de participer à des réunions politiques à Lhassa.

Durant l'hiver 1953, un important groupe de moines arriva du Kham et de l'Amdo et nous sûmes ainsi ce qui se passait à l'autre bout du pays, notamment que les Chinois avaient confisqué des terres appartenant aux lamas et aux monastères.

Je m'efforçais de me concentrer sur mes études, mais les événements se déroulant hors du monastère empiétaient de plus en plus sur nos vies. Au début de 1954, on apprit que le Dalaï-Lama et le Panchèn-Lama devaient se rendre en Chine. Cette nouvelle nous inquiéta : les Chinois ne risquaient-ils pas de les garder en otages à Pékin ? Les moines qui avaient réussi à fuir le Kham et l'Amdo nous avaient raconté que les Chinois avaient convié des lamas et des chefs de village à des réunions politiques dans le seul but de les arrêter.

Un ami me prêta un petit recueil écorné contenant le dernier testament du treizième Dalaï-Lama, décédé en 1933. L'une de ses prophéties me stupéfia : il mettait en garde contre la montée de "l'idéologie rouge" qui chercherait à anéantir le système politique et religieux tibétain. Il affirmait que cela s'était déjà produit en Mongolie. (Des semaines plus tard, un vieux moine mongol me révélerait que les Chinois avaient détruit les monastères de son pays et jeté tous les moines en prison.) Le lama prédisait qu'un jour les Chinois, désormais contaminés par "l'idéologie rouge", détruiraient la religion tibétaine.

"L'Océan de Sagesse" et les autres grands lamas partirent donc pour la Chine. Chaque jour, nous apprenions que de nouveaux combats faisaient rage. De plus en plus de moines de l'est du Tibet venaient se réfugier à Drépung. A Lhassa, on arrêtait les organisateurs des manifestations antichinoises et forçait les abbés à prendre part à des "séances d'étude"...

Sur ces entrefaites, je reçus une lettre de Pa-Nam m'informant que mon père était très malade. Je fis donc le long voyage de retour. En arrivant, j'entrai dans la maison et m'assis auprès de ma belle-mère. Elle n'avait pas du tout l'air inquiet. Quand je lui demandai comment allait *pa-la*, elle se contenta de m'offrir une tasse de thé. Je me préparais au pire. Soudain, mon père entra dans la pièce. Il paraissait en pleine forme. J'étais sidéré. Puis il devint clair que mon père et mon oncle m'avaient convoqué sous un faux prétexte. Ils voulaient que je rentre parce que mon oncle se faisait vieux et qu'il lui fallait quelqu'un pour prendre soin de lui. Ils firent tout ce qu'ils purent pour me convaincre de demeurer à Gadong. Je ne pouvais pas refuser, estimant qu'il était de mon devoir de leur obéir, tant sur le plan religieux que familial. Je n'avais pas d'autre solution que de rester.

Bien sûr, j'étais très déçu de ne pas retourner à Drépung où mes études avançaient si bien, où j'avais eu le privilège de m'asseoir aux pieds de certains des plus grands lamas de notre temps. Je pourrais continuer à étudier à Gadong, mais il n'y avait personne pour me guider. Je m'occupais en faisant des corvées au monastère, en rendant visite aux villageois et en accomplissant des rituels.

Je me souviens de l'inondation de juin 1954. C'était une magnifique journée d'été. Tous les moines étaient réunis dans la grande salle de l'assemblée, quand un *guétsül* entra en courant et parla avec le maître de discipline, assis à sa place habituelle, près de la porte. Celui-ci se leva, interrompant la cérémonie. Il nous annonça que la rivière avait débordé et qu'elle avait inondé le village. Nous sortîmes tous précipitamment. Pa-Nam était entièrement submergé. La moitié de notre maison disparaissait sous l'eau.

Un lac situé à soixante-dix kilomètres environ à l'ouest, près de Gyantsé, avait rompu ses digues. Quand l'inondation avait atteint Pa-Nam, la plupart des gens étaient réveillés et avaient pu se réfugier sur les hauteurs. Mais plus au fond dans la vallée, des centaines de villages avaient été emportés par les flots, et plus tard, de nombreux cadavres vinrent s'échouer sur les berges. L'eau recouvrait toute la vallée. Les fragiles maisons en terre s'effritaient. Durant l'après-midi, le niveau de l'eau baissa lentement et nous entrâmes dans les habitations du village pour tâcher de sauver ce qui pouvait l'être.

Il n'y eut pas de moisson cette année-là : toutes les récoltes avaient été détruites et il nous fallut puiser dans les réserves de grains. L'inondation obligea de nombreux paysans démunis à travailler comme terrassiers sur la route que construisaient les Chinois. Pendant qu'ils rebâtissaient leurs maisons, un grand nombre de villageois s'installa au monastère avec leurs familles. Mon *shag* devint un havre familial. Toutefois, les femmes n'ayant pas le droit de dormir au monastère, le soir, elles descendaient par groupes de trois ou quatre pour gagner un autre bâtiment.

En prison, j'ai entendu les Chinois affirmer qu'ils nous avaient prêté assistance durant l'inondation. Aucun d'eux n'est venu nous aider à Pa-Nam. Ils étaient partout, mais se préoccupaient beaucoup plus d'ouvrir des bureaux et d'établir des fondations institutionnelles solides afin de renforcer leur mainmise. Pareille à une araignée, la Chine tissait une toile autour du Tibet et nous ne pouvions strictement rien faire pour l'en empêcher.

En 1955, les Chinois annoncèrent la constitution du "Comité préparatoire pour l'établissement de la Région autonome du Tibet (CPERAT)". Des cadres chinois vinrent dans notre village pour nous communiquer la nouvelle. Mon frère avait été nommé secrétaire du comité local, c'était un bon administrateur, et à Pa-Nam il jouissait de l'estime générale. Les Chinois lui donnèrent même un salaire de quatre-vingts yuans par mois. Mon père disait que les Chinois s'apparentaient à des pêcheurs : ils lançaient des appâts aux Tibétains, mais un jour, nous nous tortillerions au bout d'un hameçon. Il voulait les combattre et les bouter hors du pays, mais soutenait qu'une fois la route construite, il n'y aurait plus moyen de s'en débarrasser.

Plusieurs officiels chinois se rendirent au monastère et distribuèrent à tous les moines des timbales en métal émaillé blanc, portant le slogan : "En célébration de l'instauration du CPERAT", écrit en tibétain et en chinois. Ce gobelet deviendrait le symbole de l'hégémonie chinoise. Nous avions coutume de dire que nous n'échangerions jamais un bol en bois tibétain contre une timbale émaillée chinoise. Du reste, ces timbales ne valaient rien car lorsqu'on y versait du thé, le métal conduisait si bien la chaleur qu'on se brûlait inévitablement les lèvres.

Les Chinois redoublèrent d'audace dans leur campagne de propagande. Pour dresser les pauvres contre les propriétaires terriens, ils présentaient des films et des spectacles montrant de méchants seigneurs. On nous projeta un film intitulé *La Fille aux cheveux blancs* qui racontait l'histoire d'une ravissante jeune fille asservie par un hobereau cruel. Elle réussissait à s'enfuir dans la montagne où les communistes la sauvaient... Les Chinois étaient rusés : ils ne disaient jamais franchement qu'une réforme agraire s'imposait au Tibet. Pas plus qu'ils ne négligeaient ces propriétaires terriens supposés malveillants. Quand ils établissaient des bureaux, ils s'arrangeaient toujours pour que ceux-ci siègent au sein de tous les comités.

Derrière les murs du monastère, nous nous efforcions de continuer à vivre comme avant. Gyän Rigzin Tènpa nous rendait fréquemment visite. Durant tout l'hiver, l'abbé nous dispensa son savoir philosophique et introduisit des cours de débat. Les moines de Gadong recommencèrent à recevoir une bonne éducation. Gyän était un maître de renom fréquemment convié dans d'autres monastères, mais à Gadong, il avait trouvé un lieu où il se sentait chez lui.

Cet automne-là, celui de 1955, mon oncle et maître, Gyän Wangpo-la, tomba malade. Un matin, il me dit qu'il n'arrivait plus à remuer les orteils. La paralysie gagna peu à peu ses jambes, son tronc, jusqu'à ce qu'il devienne totalement impotent et ne puisse plus quitter son lit. J'estimais qu'il était de mon devoir de m'occuper de lui. "Tout ce qui naît dans ce monde doit un jour affronter la mort", me dit-il. Quelques jours plus tard, il me demanda de le couvrir de sa tunique jaune de cérémonie, puis de déposer près de lui le *Lam-rim Chènmo* ("Les Etapes du chemin de l'illumination"), l'un des plus importants textes du bouddhisme. Il se mit à en réciter des passages à haute voix. Assis par terre, je l'écoutais. Sa voix faiblit peu à peu et ne fut bientôt plus qu'un râle. En levant les yeux, je vis ses mains jointes en prière et je compris alors qu'il était mort.

L'année suivante, nous apprîmes que le Dalaï-Lama et le Panchèn Rinpoché iraient en Inde pour célébrer le deux mille cinq centième anniversaire de la naissance du Bouddha. Il semblait probable que le Dalaï-Lama séjournerait à Gadong soit à l'aller, soit au retour. Je ne pouvais donc pas retourner tout de suite à Drépung.

Le Dalaï-Lama arriva à Gadong avec sa suite plus tôt que prévu, en février 1957, quelques jours après le Nouvel An tibétain. Notre petit monastère fourmillait de monde. Des jeunes gens portèrent leurs parents âgés ou leurs grands-parents sur leur dos depuis les villages alentour afin qu'ils puissent apercevoir le Dalaï-Lama. Nous dûmes évacuer nos *shag* afin de laisser la place aux dignitaires en visite. Plus de mille personnes occupaient la cour. Je me tenais près du trône du Dalaï-Lama. Je me souviens que quand Sa Sainteté me demanda si j'avais été à Lhassa, je restai là à trembler, trop apeuré pour parler. Un officiel me donna un petit coup de coude et je parvins à balbutier un "oui" timide. Sa Sainteté voulut alors savoir le nom de mon maître et je lui répondis "Gyän Péma Gyältsèn". "Vous devez retourner là-bas pour continuer vos études", me dit-il.

Une semaine plus tard, je me mis en route pour Lhassa. Cette fois-ci, ma famille accepta de me laisser partir. Il leur aurait été difficile de s'opposer au commandement du Dalaï-Lama. En 1957, les Chinois avaient achevé une route reliant Shigatsé à Lhassa et je l'empruntai pour la première fois à bord d'un camion de l'armée chinoise, transportant des fournitures militaires. Le voyage prit deux jours. A pied, il nous en avait fallu treize. Installés à l'arrière du camion, les passagers étaient secoués comme des haricots dans une boîte. Le soir venu, j'avais mal partout et quand je sautai au bas du véhicule tout tournait autour de moi. Nous arrivâmes à Lhassa le lendemain, couverts de poussière.

J'appartenais toujours au *khamtsèn* Kongpo, mais si je voulais y revenir, il me faudrait y assumer les fonctions de *mang-ja*, ce qui m'obligerait à servir le thé à tous les moines du foyer. Etant l'un des moines les plus âgés, je devrais accepter en outre d'autres responsabilités. Je m'inquiétais de ne plus avoir assez de temps pour étudier. Je décidai finalement d'essayer de me faire admettre dans un autre *khamtsèn* où, en tant que nouvel arrivant, je ne serais chargé d'aucun office. J'intégrai donc celui de Tsa regroupant principalement des moines originaires du Kham. Les moines en provenance du centre du Tibet n'étaient pas autorisés à y occuper des fonctions, ce qui me convenait parfaitement.

Toutefois, ce ne fut pas si facile de me replonger dans mes études. Au *khamtsèn* Tsa, nous fûmes les premiers à entendre parler de la destruction des monastères de Lithang et de Dergué. Les réfugiés venus de l'est nous annonçaient la fermeture d'un nombre croissant de monastères par les Chinois. On disait aussi qu'ils envoyaient les moines travailler dans les champs.

Les nouvelles devenaient de plus en plus alarmantes chaque jour. En 1958, le conflit s'était étendu du Kham au centre du pays. Des milliers de Khampas affluèrent à Lhassa. Les cours de débat du matin étaient interrompus par la communication des derniers événements survenus dans la capitale. On apprenait quotidiennement que de nouveaux affrontements avaient opposé Khampas et Chinois.

Nous, Tibétains du centre, avions toujours considéré les Khampas comme des individus directs et prompts à s'emporter. A présent, nous admirions leur courage et leur vigueur. Des réfugiés venus de leur province arrivaient sans cesse plus nombreux au monastère. C'étaient des gens robustes et fiers. Les hommes ne se séparaient jamais de leurs armes ; les femmes avaient des joues rubicondes et se couvraient de bijoux. A l'est, les Khampas se préparaient à la guérilla. Ils venaient à Drépung afin d'obtenir la bénédiction des grands lamas. Ils chevauchaient des poneys, leur arme en bandoulière. Les lamas leur remirent des amulettes protectrices.

1958 était censé être une année propice : le Dalaï-Lama devait passer son ultime examen. Aux célébrations du Nouvel An succéda *Mönlam Chènmo*, la fête de la Grande Prière. Les années précédentes, cet événement avait donné lieu à des manifestations antichinoises, mais cette fois-ci le maître de discipline du *khamtsèn* nous prescrivit de nous tenir tranquilles et de regagner le monastère dès la fin du festival. Des moines accouraient de tout le pays pour prendre part au *mönlam*. Ils venaient assister à la remise du *guéshé lam-rim*, le diplôme le plus élevé qu'il soit possible d'obtenir. Parmi tous les Dalaï-Lamas, seuls le treizième et le quatorzième l'avaient reçu.

Les cérémonies du *mönlam* commençaient à la fin du mois de février, le troisième jour de la nouvelle année tibétaine. Je me joignis à la foule et priai parmi les moines et les laïcs. On sentait une vive tension dans l'air. Les Chinois gardaient leurs distances. On ne parlait que de la manière dont le Dalaï-Lama avait brillamment réussi ses examens. Mais l'avenir ne présageait rien de bon.

Le 10 mars, je reçus la consigne de me rendre à Lhassa afin de régler certaines affaires concernant le monastère. Dix d'entre nous se mirent en route à l'aube. Alors que nous approchions du Norbulingka*, le palais d'été du Dalaï-Lama, nous vîmes un homme à bicyclette, pédalant à toute vitesse, des petits nuages de buée s'échappant de sa bouche. Il s'arrêta à quelques mètres de nous et descendit de son vélo d'un bond. A en juger d'après sa tenue, il s'agissait d'un jeune fonctionnaire du gouvernement. Il nous expliqua qu'on l'avait envoyé chercher tous les moines afin de les réunir au Norbulingka et ajouta que la population de Lhassa se regroupait autour du palais pour protéger le Dalaï-Lama. Les Chinois l'avaient apparemment "invité" dans un nouveau camp militaire et il avait "accepté". La voix du jeune fonctionnaire commença à trembler quand il nous annonça que les Chinois avaient l'intention d'emmener Sa Sainteté en Chine.

Nous gagnâmes le Norbulingka en toute hâte, une foule immense s'était effectivement massée devant le portail. Même si on ne le comprit que longtemps plus tard, ce fut le point de départ du soulèvement tibétain. La foule était déchaînée. Tout le monde criait. Une jeep essayait de se frayer un passage parmi les manifestants. On conduisait au palais un ministre du cabinet tibétain du nom de Sampho, accompagné d'un garde du corps. Quelqu'un lança une pierre qui atterrit sur le toit de toile de la jeep. Puis une autre pierre frappa Sampho en pleine tête et il fallut l'emmener à l'hôpital. Ensuite la foule tourna sa colère contre un autre officiel tibétain : Chamdo Khènchung. Les contestataires criaient son nom en le bousculant et en le bourrant de coups de poing. Un vieux moine essaya de s'interposer, mais ils ignorèrent ses protestations et continuèrent à le malmener.

* Littéralement : le parc du Joyau. *(N.d.T.)*

La foule s'était changée en une véritable cohue. Chamdo Khènchung avait disparu, comme avalé par la masse. Nous nous extirpâmes de ce tumulte pour prendre la direction de Lhassa. Je me souviens d'avoir vu un aveugle que l'on emmenait à la manifestation et d'avoir pensé combien il était étrange que même un homme tel que lui fût attiré par un tel événement, comme s'il voulait lui aussi protéger notre chef spirituel menacé par les Chinois.

A Lhassa même, d'autres manifestants envahissaient les rues, scandant : "Les Chinois hors du Tibet ! Les Chinois hors du Tibet !" La foule déferla sur le centre-ville, traînant le cadavre de Chamdo Khènchung derrière elle.

Nous regagnâmes Drépung en silence, incapables de croire à ce que nous venions de voir. L'endroit nous parut désert : aucun novice dans la cour, rien que les lents battements de tambour provenant du temple des Divinités courroucées. Je trouvai plusieurs moines réunis dans mon *shag*. Ils n'arrivaient pas à dormir. Nous grimpâmes sur le toit et regardâmes vers Lhassa.

Le lendemain matin, le maître de discipline nous informa qu'il cherchait des volontaires. Je me proposai aussitôt. On répartit les moines par groupes de cent afin de monter la garde. Mon équipe fut chargée de surveiller la zone située derrière le monastère. On avait remis à un certain nombre de moines des fusils anglais. Les Chinois avaient envoyé des soldats assiéger Drépung. On les voyait camper au pied du monastère, là où le versant de la colline commençait à s'aplanir.

Un matin, l'abbé du collège de Loseling me dépêcha au Norbulingka en compagnie d'une poignée d'autres moines. Il nous donna pour unique instruction de nous rendre à la porte nord. Aux abords du palais, des sentinelles armées étaient postées tous les dix ou quinze mètres.

A l'intérieur du palais lui-même, les moines avaient troqué leurs tuniques contre des vêtements laïques et des fusils.

Nous attendîmes là plusieurs heures. Puis cinq d'entre nous reçurent l'ordre de se rendre à la Shöl Parkhang, l'une des plus vieilles imprimeries du Tibet. Un homme rondouillard, proche de la cinquantaine, descendit les marches du bâtiment à notre rencontre. Il entreprit aussitôt de nous faire la leçon en nous disant qu'il était de notre devoir de défendre les enseignements du bouddhisme contre les assauts des communistes athées. Moi je voulais simplement savoir pourquoi on nous avait envoyés là. L'homme alla chercher une liasse d'affiches et plusieurs seaux de colle. Nous parcourûmes le centre de Lhassa en placardant ces proclamations que je ne lus qu'une fois qu'elles furent posées. Elles exigeaient le départ des Chinois, et revendiquaient l'indépendance de notre pays.

Autour de nous, le chaos le plus total régnait dans la ville. Les gens pillaient les boutiques. Tandis que nous nous dépêchions de regagner Drépung, nous entendîmes d'autres slogans scandés par la foule : "Dehors les Chinois !" et "Longue vie au Dalaï-Lama !". J'appris par la suite que les femmes de Lhassa avaient organisé leur propre manifestation sous la houlette de Kundaling Kunsang-la. Je devais assister à son exécution en prison.

Des nouveaux venus envahissaient Drépung : des moines en tenue laïque, reconnaissables à leur crâne rasé. Certains portaient une épée à la ceinture. Durant toute la nuit, j'entendis des fusillades, des crépitements de mitraillettes et des explosions de mortiers. Nous étions sur le toit du monastère, le regard braqué sur la ville. Les coups de feu et les déflagrations illuminaient le ciel comme des feux d'artifice.

A l'aube, une odeur de poudre à canon flottait dans l'air. Le bruit des tirs d'artillerie et de mortiers continuait sans répit. On nous ordonna de retourner à nos logements, de rester calmes et de ne rien faire qui puisse alarmer les soldats chinois cantonnés au pied du monastère. Nous n'avions aucun moyen de savoir ce qui se passait à Lhassa, si la population gagnait du terrain ou si les Chinois avaient maté la révolte.

Cet après-midi-là, une silhouette solitaire monta le sentier menant au monastère. L'homme apportait un message indiquant que la population de Lhassa avait pris le camp militaire chinois. Il ajouta que les moines ne devaient sortir de Drépung sous aucun prétexte. Cependant, il ne nous fallut guère de temps pour nous apercevoir qu'il s'agissait d'un espion à la solde des Chinois. J'appris plus tard, en prison, que d'autres communautés monastiques avaient reçu des messages semblables.

Nous savions que les Chinois attaqueraient le monastère : ce n'était qu'une question de temps. On voyait bien qu'ils étaient en train de renforcer leur camp situé à un peu plus d'un kilomètre de Drépung. Des camions défilaient sans cesse. Les moines commencèrent à s'enfuir dans la montagne. Je ne savais pas quoi faire. J'essayai de dormir un peu, mais les fusillades continuelles m'en empêchèrent. Le matin venu, ce vacarme fit place à un silence inquiétant. Seul le fracas des tirs d'obus sur Lhassa brisait la quiétude du monastère. Partout où j'allais, les moines se préparaient à filer ; beaucoup étaient déjà en route. La plupart d'entre eux s'étaient échappés pendant la nuit. Il ne restait plus que deux autres moines de Gadong.

Nous nous précipitâmes tous les trois dans le *shag* de Gyän Rigzin Tènpa, que je considérais toujours comme mon mentor. Tous les moines de Gadong le tenaient en haute estime. En temps normal, il aurait passé l'hiver à Gadong, mais cette année-là, il avait été convié à Lhassa pour participer à la cérémonie de remise de diplôme du Dalaï-Lama. Il avait soixante-douze ans et c'était un homme fragile.

"Vous êtes encore là ?" nous demanda-t-il en souriant. Nous lui expliquâmes que la plupart des moines avaient déjà fui. Il hocha la tête en disant : "Les choses s'annoncent mal." Nous le pressâmes de venir avec nous à Gadong. Il nous répondit qu'il était trop vieux, qu'il serait un fardeau. Cependant, nous le convainquîmes de gagner au moins une retraite dans la montagne derrière Drépung. Je pris un peu de *tsampa* que j'avais dans mon *shag* et Gyän me pria d'empaqueter une partie de ses livres. Ce fut tout ce que j'emportai avec moi en gravissant la sente qui conduisait dans la montagne tandis que le vacarme des obus qui s'abattaient sur Lhassa continuait de retentir derrière moi. En chemin, nous rencontrâmes une foule de moines et de paysans qui eux aussi fuyaient vers les hauteurs.

Drépung était désormais complètement coupé de Lhassa. Des soldats chinois gardaient les chemins menant au monastère. Les fermiers des villages en contrebas s'y étaient réfugiés avec leurs bêtes. Le petit chemin de montagne était encombré de moines, de paysans et d'enfants poussant devant eux le bétail familial. Gyän respirait péniblement, son cœur battait la chamade. Nous devions nous arrêter toutes les deux ou trois minutes pour qu'il se repose. Nous atteignîmes le sommet du col un peu après le coucher du soleil et passâmes la nuit dans une grotte.

Le lendemain matin, nous fûmes réveillés par une violente explosion. Les Chinois bombardaient le monastère.

Nous restâmes plantés là à regarder les obus pleuvoir sur les bâtiments. Je vis que Gyän pleurait. Des nuages de fumée et de poussière s'élevaient en tourbillons dans le ciel chaque fois qu'un projectile s'abattait sur les collèges, les cours et les temples. Mais nous ne pouvions pas nous attarder plus longtemps. Gyän n'arrivait plus à marcher et nous nous relayâmes pour le porter sur notre dos.

Au bout de quelques jours, nous parvînmes au monastère de Chimcha Ling, un lieu de retraite pour les moines de Drépung. L'abbé, qui avait étudié avec Gyän Rigzin Tènpa, nous accueillit chaleureusement. Nous apprîmes que les Chinois avaient pénétré dans l'enceinte de Drépung et appréhendé tous les moines qui s'y trouvaient encore. Ils étaient détenus dans la salle de l'assemblée, les mains liées derrière le dos. Je savais que nous devions nous hâter de rallier Gadong. Nous trouverions notre chemin grâce aux repères que constituaient les pics des montagnes.

Mars est un mois froid au Tibet et le voyage fut épuisant. Une épaisse couche de neige fraîche couvrait les cols et à l'aube l'air était glacial. Pendant la journée, le soleil nous tapait sur le crâne et, déjà affaiblis, nous étions rapidement à bout de forces. Il nous fallut près de vingt jours pour atteindre Pa-Nam où le contour des pics montagneux m'était aussi familier qu'un vieil ami. Gyän semblait s'être détendu et nos compagnons étaient plus loquaces qu'ils ne l'avaient été durant toute l'expédition. Quoi qu'il en fût, nous ne savions pas à quoi nous attendre. Les Chinois étaient-ils là aussi ? Nous nous arrêtâmes un instant à la lisière du village. Rien n'indiquait qu'il se passait quelque chose d'inhabituel. L'après-midi touchait à sa fin et la plupart des villageois étaient chez eux.

Nous montâmes lentement jusqu'au monastère, franchîmes le portail. Au milieu de la cour, nous vîmes un moine en train de caresser un chien. Notre apparition parut le déconcerter. D'autres moines surgirent bientôt d'un peu partout pour nous accueillir. En découvrant que cet homme frêle qui nous accompagnait n'était autre que Gyän Rigzin Tènpa, ils n'en croyaient pas leurs yeux. Jadis, son arrivée aurait été marquée par un concert de trompettes et les moines auraient défilé devant lui pour recevoir sa bénédiction, aujourd'hui ils le recevaient sans cérémonie. Mais l'abbé, soucieux du protocole, descendit les marches de pierre pour venir se prosterner devant Gyän et lui offrir une *khata* de soie blanche.

Les gens du monastère ignoraient à peu près tout des événements qui s'étaient déroulés à Lhassa. Les moines faisaient habituellement la sourde oreille aux rumeurs qui leur parvenaient continuellement de la ville. Un homme avait même été chassé d'un village voisin pour avoir annoncé que Lhassa était tombée aux mains des Chinois et que le Dalaï-Lama avait pris la fuite*. Les Tibétains pensent que de tels augures portent malheur. Il nous fallut pourtant révéler aux moines tout ce que nous avions vu. Nous priâmes tous ensemble pour la sécurité du Dalaï-Lama. L'abbé nous félicita, mes compagnons et moi, et les dignitaires du couvent passèrent des *khata* autour de nos cous fatigués.

* Le Dalaï-Lama fuit Lhassa le 17 mars 1959 à l'occasion d'un soulèvement dont la répression par les Chinois fit des milliers de morts. *(N.d.T.)*

IV

L'ARRESTATION

Nous nous sentions en sécurité à Gadong. La population de Pa-Nam vaquait à ses occupations comme à l'accoutumée. Les gens pensaient qu'il leur suffirait de baisser la tête et de continuer à labourer leurs champs avec application pour que la vie du village demeure inchangée, immuable, comme elle l'était depuis des siècles, et ce malgré les événements violents survenus à Lhassa.

Du toit du monastère, je voyais tout le village blotti au fond de la vallée. J'observais les vieux assis au soleil, les femmes en train de sarcler les champs, les jeunes gens ouvrant et fermant les canaux d'irrigation. J'avais assisté à toutes ces scènes depuis le jour où j'étais entré en religion. Elles ne laissaient rien présager de ce qui se préparait.

Gyän se rétablit rapidement et se remit à enseigner. Les communautés voisines l'invitèrent et, au mois de mai de cette année-là, je l'accompagnai au monastère d'Ingon situé dans une région reculée au nord de Gadong. Personne n'y semblait perturbé par les répressions subies à Lhassa. Gyän y passa un mois à dispenser son savoir. J'en profitai pour revenir à Gadong, rendre visite à ma famille et faire une retraite, convaincu que je retournerais à Lhassa d'ici peu.

En juin 1959, trois officiels chinois débarquèrent au village, accompagnés d'un interprète. Ils décrétèrent que tout le monde devait troquer sa monnaie tibétaine contre des billets chinois. Ils ouvrirent un bureau temporaire où trônaient deux grandes malles en métal remplies de billets flamblant neufs, et les villageois y firent la queue pour remettre leur argent tibétain en échange de ce nouveau papier-monnaie craquant.

On apprit bientôt que les Chinois s'étaient emparés du monastère de Gyantsé et avaient arrêté tous les moines. Je persistais néanmoins à ne pas m'inquiéter : notre monastère n'avait pas pris part à la révolte et je n'avais joué moi-même qu'un rôle insignifiant lors du soulèvement de Lhassa. De quoi les Chinois pouvaient-ils nous accuser ? En juillet, je retournai à Ingon chercher Gyän Rigzin Tènpa, et son retour à Gadong fut célébré en grande pompe. Cela faisait un drôle d'effet de penser que, quelques mois plus tôt, nous étions arrivés dans ce monastère comme des mendiants.

Un matin, j'étais en train de psalmodier un texte dans ma chambre quand j'entendis le tambour du temple des Divinités courroucées. Je m'arrêtai net. On frappa à ma porte. Un novice entra et m'annonça que tous les moines devaient se rassembler dans la cour. Il était dans tous ses états. Dehors, tous les regards étaient braqués sur les soldats chinois postés le long des murs extérieurs du monastère, baïonnette au canon. Certains parmi eux s'affairaient autour d'une table. Un vieux moine nous demanda d'y disposer des fleurs et on envoya un novice en chercher d'autres, en pots. Les officiels chinois observaient ces préparatifs sans dire un mot. Conformément à la coutume, nous leur proposâmes du thé. Ils refusèrent.

Les moines s'assirent par terre. Je me trouvais à côté de Gyän Rigzin Tènpa. Les officiels chinois nous faisaient face de l'autre côté de tables basses. Nous ne reconnaissions parmi eux aucun des militaires stationnés dans la région de Pa-Nam. Les soldats postés sur le toit et autour de l'enceinte ne nous quittaient pas des yeux. Le soleil projetait leurs ombres sur les murs chaulés, leurs fusils à baïonnettes se découpant nettement sur la surface aveuglante. D'autres sentinelles montaient la garde devant le portail.

L'officiel du plus haut rang se leva. Il annonça que des "bandits réactionnaires" avaient trahi l'unité de la mère patrie et kidnappé le Dalaï-Lama. Il parlait à toute vitesse, le poing brandi. Le monastère de Gadong devait déclarer à qui il entendait être fidèle. Puis un Tibétain du village, nommé Samling, se dressa à son tour et affirma que Gadong s'était ligué avec ces réactionnaires. Le monastère aussi avait "trahi l'unité de la patrie", ajouta-t-il. Samling, qui s'exprimait dans le dialecte de Lhassa, dit aussi que les moines devaient purifier leurs esprits et apprendre à identifier les véritables ennemis du peuple. Il nous gronda comme un professeur s'adressant à des enfants qui auraient commis des bêtises et ne cessa d'arpenter la cour tout en lançant ces accusations bizarres.

Au début, je ne comprenais pas ce qu'il disait. Il marquait souvent des pauses, comme s'il attendait notre réaction. Puis il tira un petit carnet de sa poche, le montra à l'officiel chinois et commença à énumérer le nom des moines qui détenaient des responsabilités au sein du monastère : Tènpa Chöpèl, le trésorier ; Chödrak, son adjoint ; Trinlay, le maître des rituels ; le maître de discipline. Chaque fois qu'il énonçait un nom, l'intéressé recevait l'ordre de s'avancer. Puis les soldats approchèrent. Ils braquèrent leur fusil vers le visage de chaque moine tandis qu'un autre soldat leur immobilisait les mains dans le dos avec des menottes.

Tout cela advint avec la vitesse de l'éclair. Les Tibétains ont une expression qui suggère que "le cœur bondit hors de la bouche". Ce fut exactement la sensation que j'éprouvai. Nous étions pétrifiés de terreur. Je regardai Gyän Rigzin Tènpa. Il avait les yeux embués de larmes. Cependant les moines enchaînés devant nous ne manifestaient pas leur peur. Leurs visages d'hommes innocents exprimaient plutôt une interrogation : "Pourquoi nous traitez-vous ainsi ?"

L'officiel chinois s'avança et Samling traduisit sa diatribe. Il pointa son doigt vers les moines qu'il accusa d'être de connivence avec les bandits. Les moines restaient debout en silence, tête baissée, tandis que l'officiel faisait les cent pas devant eux en les insultant. Puis il leur lança un avertissement : "Certains d'entre vous doivent encore avouer leurs crimes et se soumettre à la volonté des masses populaires." Il déclara que nous n'étions rien d'autre que des loups déguisés en agneaux et qu'il aurait tôt fait de nous démasquer. Ce n'était qu'une question de temps. Après quoi, les soldats emmenèrent les moines sous la menace de leurs armes pour les enfermer dans une pièce.

Ensuite, on nous imposa une "séance d'étude". Un nouveau contingent d'officiels était arrivé sous la garde de jeunes soldats. Vêtus de costumes Mao bleu foncé, un stylo semblable à un badge dépassait de leur poche de poitrine droite. Certains en avaient même plusieurs et ils nous semblaient la marque de leur rang : celui qui en avait le plus grand nombre devait être le supérieur hiérarchique. Les communistes prétendaient que tout le monde devait porter le même uniforme en signe d'égalité, mais ils manifestaient leur supériorité par d'autres moyens. Le costume d'un officiel de haut rang comptait tout bonnement un plus grand nombre de poches. En réalité, les Chinois attachaient beaucoup plus d'importance à ces questions d'échelon et de statut que les officiels tibétains qu'ils étaient sur le point d'évincer.

La “séance d’étude” fut présidée par un Chinois du nom de Zhu Xi, secrétaire local du Parti. Son teint sombre et ses joues fendillées laissaient supposer qu’il vivait au Tibet depuis longtemps, car cette peau sèche et gercée est la signature des vents de l’Himâlaya. La leçon de Zhu Xi avait trait à l’identification des “trois classes exploitantes”.

“Le peuple tibétain a vécu en supportant le poids de trois montagnes, déclara-t-il. Aujourd’hui, nous les avons écartées toutes les trois. Nous avons ouvert un nouveau chapitre de l’histoire du Tibet. Les masses exploitées ont détrôné leur maître, un maître qui a vécu grassement pendant des siècles sur le dos du peuple. Aujourd’hui, le ciel et la terre ont échangé leurs places !”

Une fois encore nous étions sidérés. Nous n’étions que de simples moines de la campagne qui n’entendaient absolument rien au jargon de cet homme. Les masses exploitées ? Trois montagnes ? De quoi parlait-il donc ? Il se mit en devoir de nous l’expliquer.

“Ecoutez attentivement, poursuivit-il. Les trois fardeaux qui pèsent sur les épaules des masses comme des montagnes sont le vieux gouvernement féodal tibétain, l’aristocratie et les monastères. Ces trois classes ont opprimé et exploité le peuple depuis des siècles.”

Nous n’avions toujours pas la moindre idée de ce qu’il entendait par “exploité”.

“Reconnaissez-vous vos exploiteurs ?” demanda-t-il. Nous secouâmes la tête. Il marqua une pause, cherchant une analogie. Puis il ajouta : “L’exploitation des masses s’apparente au charpentier se servant d’un rabot pour donner forme à un bloc de bois. Les masses sont le bois. L’exploiteur, le charpentier.”

Nous continuâmes à le considérer d’un air interdit. Alors il perdit son sang-froid, prenant notre incompréhension pour de l'obstination. La séance s'acheva par une nouvelle mise en garde nous incitant à nous débarrasser de nos "vieilles pensées". Ce jour-là, nous apprîmes que nous avions "des cerveaux verts"... Autre formule concoctée par les Chinois et qui par la suite deviendrait une injure.

Le lendemain, nous eûmes droit à une répétition de la même séance. Le terme "étude" sous-entend une noble quête, mais les Chinois lui donnaient un sens tout différent. Leurs "séances d'étude" consistaient à nous maintenir par groupes dans une sorte de quarantaine, puis à nous soumettre à un déluge d'accusations et d'intimidations. Les soldats patrouillaient tout autour du monastère où nous fûmes confinés durant un mois entier, contraints d'assister quotidiennement à ces prétendues "séances d'étude". De ma fenêtre, je voyais que l'on regroupait de force les paysans dans les champs, parqués comme du bétail, afin de leur faire subir le même sort.

La fin du mois de juillet et le début d'août étaient généralement des périodes d'activité intense. La population aurait dû se préparer aux moissons imminentes, mais plus personne ne s'occupait des champs d'orge, les Chinois ayant décrété qu'il y avait des choses plus importantes que les récoltes. Je m'inquiétais pour ma famille au village. Les vieillards et les infirmes devaient eux aussi assister aux "séances d'étude", de même que les enfants.

La deuxième leçon consista à nous expliquer la différence entre "oppression" et "exploitation". Samling servait d'interprète. Il parla de l'exploitation des "trois grandes montagnes". Il sortit quelques notes et commença à nous en faire la lecture en haussant la voix : "Pareil à un bœuf, le peuple vit sous le joug de l'oppression. Le bœuf est soumis au joug. Il ne peut lui échapper.

Les masses tibétaines ont vécu sous le joug du féodalisme. Mais à présent, aidées par le parti communiste, elles l'ont secoué."

Il était apparemment très important que nous fassions bien la distinction subtile entre oppression et exploitation. Les moines étaient-ils des exploiteurs ou des exploités ? Nos inquisiteurs chinois ne se satisfaisaient pas aisément des réponses que nous leur donnions. On les avait formés avec soin et leurs arguments étaient sophistiqués. Ils avaient organisé suffisamment de séances d'étude dans les villages de la Chine entière pour avoir eu tout le loisir de perfectionner leurs techniques.

A midi, on nous répartit par groupes de dix en nous intimant l'ordre de débattre de la leçon du matin. Je pris la main de Gyän Rigzin Tènpa et l'entraînai vers un des groupes. Personne ne savait comment entamer la discussion. Nous restâmes là à nous regarder. Puis un officier chinois et un jeune interprète nous rejoignirent. Nous étions assis par terre ; les Chinois, eux, avaient des petits tabourets en bois. L'officier nous expliqua à quel point l'ancien système féodal avait été néfaste. Puis il commença à nous exposer la nature des classes et de la lutte des classes.

Il en énuméra quatre : les propriétaires terriens, les riches fermiers, les fermiers moyens et les pauvres. Il nous demanda à laquelle nous appartenions. Je répondis que j'étais moine. Il n'approuva pas cette réponse et précisa que, même au sein d'un monastère, les distinctions de classe s'appliquaient. Il ajouta que nous n'avions pas vraiment saisi le concept marxiste de classe et de lutte des classes. Plus tard, nous serions rangés par catégories de moines riches, moines moyens et moines pauvres. Etant donné mes antécédents familiaux, je faisais partie de la première. Ce qui signifiait que je n'avais aucun avenir au sein de la nouvelle société prolétarienne. La classe de chaque individu serait désormais indiquée noir sur blanc sur ses papiers d'identité. Et très vite, cette étiquette déterminerait absolument tout, y compris l'accès à l'éducation et à l'emploi.

Ces réunions devinrent de dangereux forums. Personne n'en était dispensé. Nous devions dire si nous étions des opprimés ou des exploités. Plus important encore, il nous fallait déclarer si nous étions les oppresseurs ou les exploiteurs. Pendant quelques jours, nous essayâmes d'éluder ces questions. Pour finir, nous reconnûmes que nous ne comprenions pas vraiment les sujets débattus.

Un jour, un autre jeune officier prit part à notre réunion. "Les moines ne sont pas opprimés, dit-il. Comment cela serait-il possible ? Quand on souffle dans la conque à l'aube, il vous suffit d'emmener votre bol vide à l'assemblée et d'attendre qu'on vous serve." Il mit l'accent sur le mot "vide". "Mais d'où vient votre thé ?" demanda-t-il. Il marqua une pause, comme s'il attendait une réponse. Seulement nous avions eu le temps d'apprendre que le silence était la meilleure stratégie et il finit par répondre lui-même à sa question : "Tout ce qui se trouve dans ce monastère provient de l'exploitation des masses tibétaines !"

Ces réunions et séances d'étude se tenaient tous les jours. Notre mutisme finit par agacer prodigieusement les Chinois, persuadés que nous faisions preuve d'entêtement. Ils s'attendaient à ce que les moines se dénoncent les uns les autres et arrivent à une brusque compréhension du concept de la lutte des classes. Aussi finirent-ils par adopter une autre méthode. Les moines issus de familles défavorisées furent convoqués à des réunions à part. On leur expliqua qu'ils appartenaient à la classe "pauvre" et devaient par conséquent s'identifier aux masses opprimées. Mais ils répondirent que le monastère avait été bon avec tout le monde. Puis un officier chinois annonça, non sans une certaine jubilation, que les paysans avaient dénoncé le monastère en déclarant qu'il s'agissait d'un grand exploiteur et oppresseur des masses. Nous n'avions aucun moyen de savoir si c'était la vérité pour la bonne raison que nous n'étions pas autorisés à avoir de contact avec nos familles. Plus tard, nous sûmes qu'à peu près à la même époque on avait affirmé à la population locale que nous avions reconnu l'avoir escroquée.

Faute d'avoir pu arracher des aveux et des dénonciations, les Chinois commencèrent à punir les gens individuellement. Leur première victime fut un vieux moine sorti, comme moi, d'un milieu aisé. Les Chinois transportèrent tous ses biens dans la cour. A côté, ils entassèrent le contenu du *shag* d'un moine démuni. Les deux hommes se tenaient en silence devant ces deux tas représentant tout leur avoir terrestre. L'officiel chinois se lança dans une envolée d'accusations en pointant un index agressif vers les deux monceaux. On interrogea le vieux moine. Un officier extirpa de la pile lui appartenant une tunique en grosse laine marron.

"D'où est-ce que ça vient ?" demanda-t-il d'un ton sévère.

"C'est de la laine", répondit le moine. La simplicité de cette réponse laissa le Chinois perplexe. Il supposa que quelque chose avait dû se perdre dans la traduction et se tourna vers l'interprète. Celui-ci répéta la question.

"D'où est-ce que ça vient ?"

"D'un mouton", dit le moine qui se mit à pleurer. Nous trouvions tous qu'il se débrouillait très bien en répondant si correctement et intelligemment à ces questions.

Mais ses réponses étaient inacceptables. Il avait omis de prendre en compte le travail des serfs ! Conformément à la *dialectique du matérialisme*, et à la *théorie de la lutte des classes*, il aurait dû répliquer que le vêtement en question était le fruit du labeur de serfs exploités.

Nous étions confrontés à cette énigme en permanence. Un jour, on nous demanda : "Qui vous a nourris lorsque vous étiez enfants ?" Nous répondîmes, bien sûr : "Nos mères." Ce n'était pas la bonne réponse. Nous aurions dû dire que nous avions été nourris grâce au travail du prolétariat. Les Chinois attribuaient notre lenteur à nos "cerveaux verts". Mais nous n'étions tout simplement pas prêts à digérer tous les nouveaux termes dont on nous accablait durant les séances d'étude. Ce fut seulement beaucoup plus tard que nous apprîmes à déguiser nos réponses en recourant à leur jargon.

Après nous avoir maintenus à l'écart des villageois pendant des mois, les Chinois décidèrent finalement que le moment était venu de nous mettre face à face avec eux. Un matin du mois d'août, j'entendis des voix psalmodiant *Nga-dag sum tsa-méd so* (A bas les trois exploiteurs !). De ma fenêtre, je vis les gens du village marcher en direction du monastère par groupes de quatre en agitant d'amples bannières couvertes de slogans en tibétain et en chinois. Deux enfants portant un grand drapeau rouge précédaient la procession de quelques mètres. En atteignant l'étroit sentier qui menait à nos portes, la colonne bien ordonnée se dispersa en tous sens : les gens tapaient énergiquement du pied en soulevant des nuages de poussière. Ils hurlaient en brandissant leurs poings serrés au-dessus de leurs têtes. En temps normal, les visiteurs adoptent une attitude humble lorsqu'ils approchent de l'entrée d'un monastère : ils inclinent la tête en signe de respect. On voyait bien que tout ce vacarme en gênait certains et les mettait mal à l'aise.

Les Chinois avaient transformé le monastère en salle d'exposition. Ils avaient fait venir les habitants du fond de la vallée pour qu'ils assistent à un déballage des biens de Changdzo Tènpa Chöpèl, notre trésorier. Tout le contenu de son *shag* s'étalait sous nos yeux : des rouleaux de laine fine, des lampes en argent incrustées de joyaux, des métrages de soie et de brocart chinois magnifiques, des objets cultuels précieux, un service de bols en bois rehaussés d'argent. A côté de cet amoncellement, on avait entassé toute la fortune d'un moine pauvre : une théière cassée, de vieux bols en bois rudimentaires, une couverture rapiécée, une paire de bottes usées.

"Regardez ces richesses ! commenta avec enthousiasme un jeune Tibétain. Les exploiteurs vivent dans le luxe. L'exploiteur porte de la soie. Il boit dans des tasses en argent fabriquées par la classe ouvrière à la sueur de son front et dans les larmes." Après quoi, il désigna les maigres biens du moine pauvre en disant : "Voici comment vit un moine pauvre. Il n'a que cette mince couverture pour se protéger du froid les nuits d'hiver."

Désormais experts de la *théorie de la lutte des classes*, les villageois paraissaient choqués par ce qu'on leur montrait. Ils secouaient la tête aux moments opportuns et regardaient la scène bouche bée, comme il convenait. On nous obligea nous aussi à défiler dans la cour pour contempler cet étalage. Le commentateur parla d'un ton indigné des inégalités régnant au monastère.

Changdzo n'était pas là pour se défendre. Les Chinois l'avaient déjà arrêté ainsi que d'autres moines. Nous les avions vus peiner dans le camp temporaire établi juste au-dessous du monastère. Deux seaux en fer-blanc se balançaient aux extrémités de la perche en bambou que Changdzo portait péniblement sur son épaule. Cette méthode de transport était nouvelle au Tibet. Tout l'après-midi, on voyait le trésorier descendre au fleuve avec ses deux récipients. Il devait approvisionner le camp en eau.

Nous avions baptisé cette période *gya-mi dong-pa ngö-su tön* (l'époque où les Chinois montraient leur vrai visage). Nous vivions dans l'espoir que le Dalaï-Lama reviendrait et que tout rentrerait dans l'ordre. Nous nous disions que le soleil réapparaîtrait derrière les nuages.

A l'été 1959, les réunions se succédèrent à une cadence accélérée, destinées à provoquer nos dénonciations, à obtenir nos aveux, à critiquer les réactionnaires, à marquer notre opposition aux impérialistes. Il y avait même des meetings appelés "souvenirs amers" au cours desquels nous écoutions un "serf" raconter les souffrances endurées sous l'oppression des propriétaires terriens. Durant ces rassemblements, nous étions censés pleurer.

A Pa-Nam, les Chinois redistribuaient les terres. Ils confisquèrent tous les biens de ma famille. Nous étions classés parmi les "propriétaires aisés", ce qui signifiait que nous n'avions pas une chance. En tant que fils de riche, j'étais bien évidemment un membre de la classe exploitante à part entière.

Mais on pouvait difficilement parler d'une brusque montée de zèle révolutionnaire parmi les fermiers démunis. Je me souviens d'un jeune homme très pauvre du nom de Kunchok qui vivait dans un taudis. Il gagnait sa vie bon an mal an allant de village en village, acceptant tous les menus travaux qu'on voulait bien lui confier. Il se chargeait souvent de porter le grain au moulin. Quand les Chinois lui donnèrent son propre lopin de terre, il ne fut pas content du tout parce qu'il ne voulait en aucun cas être fermier. Il composa une chanson dont je me rappelle encore à peu près les paroles : *Le parti communiste est généreux, mais je n'ai que faire d'un terrain ! S'il vous plaît, laissez-moi aller où j'ai envie d'aller !*

Les réunions cessèrent à la fin du mois de novembre 1959. Je pense maintenant que les Chinois trouvaient tout simplement qu'il faisait trop froid. Un jour, on nous fit mettre en rangs et on nous donna une feuille de papier. Le texte était rédigé en chinois et aucun d'entre nous n'y comprenait goutte. On nous informa que nous devions garder constamment ce document sur nous, et le présenter à tous les officiels en visite. Des mois plus tard, un jeune Tibétain de Gyantsé me traduisit le texte en question : *Nom : Päldèn Gyatso. Age : vingt-sept ans. Classe : fils d'un riche propriétaire terrien. Antécédents politiques : pas encore établis.*

Cette ultime précision indiquait un autre mode de catégorisation. Certains Tibétains étaient qualifiés de *tsang-ma* (propres). En règle générale, ces gens-là appartenaient à une famille pauvre et n'avaient jamais pris part à des activités antichinoises. Les autres étaient des *tsang-ma méd-pa* (souillés). On ne m'avait pas encore rangé dans l'une ou l'autre catégorie ; les autorités ne s'étaient pas prononcées sur mon pedigree politique.

Les officiels chinois venus à Pa-Nam et Gadong pour organiser ces séances d'étude plièrent bagage afin de se rendre à Gyantsé, laissant le village à sa propre gestion. Ils étaient aussi anonymes en partant qu'en arrivant. Nous les connaissions simplement sous le nom de *Gya-mi* (les Chinois). Ils ne s'étaient jamais présentés à nous. Quand ils parlaient les uns des autres, ils recouraient à leur titre respectif tel que *zhuxi* (président), *zhuren* (chef) ou *shuji* (commissaire politique).

Tout espoir d'un retour à la vie normale ne tarda pas à être anéanti. Les hautes autorités chinoises avaient décidé que les officiels n'avaient pas été suffisamment minutieux dans leurs efforts pour éradiquer nos réactionnaires et éliminer les ennemis du Parti et de la mère patrie. Aussi, dès le début de 1960, lancèrent-ils une campagne de "réinvestigation". Cela voulait dire une reprise des réunions et des séances d'étude. Mes antécédents politiques n'ayant pas encore été "établis", je savais que je serais inéluctablement l'une des cibles de cette nouvelle offensive.

Je me souviens d'un officier chinois paradant dans la cour, clamant que les moines restaient attachés à des principes féodaux archaïques. Nous devions admettre que le servage de l'ancien Tibet avait été vaincu, et que ni la puissance de l'impérialisme américain, ni celle de nos vieilles divinités ne parviendrait à le restaurer, déclara-t-il. Mais ce n'était là qu'un préambule. Les Chinois nous demandèrent ensuite si nous étions présents à Lhassa durant le soulèvement. Personne ne pipa mot. Manifestement frustrés, ils décidèrent alors que le monastère entier s'était rendu coupable en soutenant les bandits réactionnaires. Ils organisèrent une fouille systématique, inspectant tous les *shag* dans l'espoir d'y découvrir des armes cachées. Ils en furent pour leurs frais.

J'avais hérité du *shag* de mon oncle. Gyän Rigzin Tènpa disposait de la meilleure chambre et l'abbé m'avait chargé de prendre soin de lui. Je lui préparais son petit déjeuner et lui fournissais toutes les commodités possibles. Gyän, invité peu exigeant, avait des goûts simples.

Nos vies s'étaient trouvées liées et nous étions très proches. En tant que ressortissant indien, il aurait pu demander aux Chinois de le laisser rentrer dans son pays. Un grand nombre de moines du Ladâkh et de Spiti vivant à Tashilhunpo et Lhassa avaient été rapatriés. Mais Gyän avait choisi de rester à Gadong.

La nouvelle équipe d'investigation venait de Lhassa. Des rumeurs coururent selon lesquelles les précédents enquêteurs avaient été disgraciés et soumis eux-mêmes à des séances d'étude. Le contingent récent était plus autoritaire, plus chic aussi. Gyän et moi attendîmes dans la cour, tandis que l'on fouillait notre *shag*. Les affaires de Gyän mirent les Chinois dans un état de surexcitation. Nous vîmes un jeune soldat fourrer une photographie entre les mains d'un officier avant de disparaître tous les deux dans une pièce. Ils en ressortirent vingt minutes plus tard et s'approchèrent de nous. L'officier à l'élégant costume bleu et à l'air dédaigneux nous déclara que, si incroyable que cela pût paraître, il y avait encore des gens qui refusaient de confesser leurs crimes et qui continuaient à cacher leurs activités traîtresses au Parti et au peuple. Il ne faisait pas l'ombre d'un doute qu'il parlait de Gyän et moi.

Gyän dit à l'interprète qu'il était un citoyen indien venu étudier à Lhassa lorsqu'il était très jeune. Il lui expliqua que je l'avais accompagné à Gadong depuis la capitale. Puis il demanda poliment qu'on le rapatrie dans son pays. Mais avant même que l'interprète achève de traduire sa requête, l'officier lui fourra une vieille photographie noir et blanc sous le nez en réclamant une explication.

Le cliché montrait un groupe de Tibétains posant en compagnie de leaders du mouvement d'indépendance indien. En mars 1946, le gouvernement tibétain avait envoyé une délégation de dignitaires en Inde et en Chine, chargée de féliciter les Alliés victorieux après la Seconde Guerre mondiale. Gyän Rigzin Tènpa, en qualité de représentant ecclésiastique, avait accompagné ladite délégation en Inde où elle avait été reçue par le vice-roi Lord Wavell. Comme l'Inde était sur le point d'accéder à l'indépendance, ils avaient également eu un entretien avec les leaders nationalistes indiens. On reconnaissait clairement Nehru et Gândhi sur cette photographie que les Chinois venaient de confisquer.

On m'autorisa à raccompagner Gyän dans sa chambre. Nous emballâmes une partie de ses livres et de ses effets dans un petit sac. Je ne le quittai pas des yeux tandis qu'on l'entraînait hors du monastère, où une jeep l'attendait. Je me précipitai pour lui faire mes adieux. "Je resterai au Sikkim quelque temps" fut tout ce qu'il me dit. Deux gardes chinois braquèrent leurs armes sur lui en beuglant : *Zou, zou* (Grouille-toi ! Grouille-toi !). Il monta dans le véhicule. Je ne devais jamais le revoir.

Un soldat m'emmena dans une petite pièce ayant jadis appartenu à un moine, mais qui ne servait plus désormais qu'aux interrogatoires. Elle était vide, mis à part trois tabourets et une haute caisse en bois en guise de table. On avait glissé une liasse de papiers pliés sous un côté de cette caisse afin qu'elle tienne droit malgré le sol en pierre inégal. Deux sentinelles gardaient la porte.

L'officier chargé de m'interroger se présenta sous le nom de Liao. Des gerçures profondes lui griffaient le visage et les lèvres. Encore les vents de l'Himâlaya. Il avait les dents très écartées et fumait cigarette sur cigarette. Gyältsèn, son interprète tibétain, assis sur l'un des tabourets branlants, attendait ses instructions.

Liao affichait un air sévère et indigné. Il aboyait plus qu'il ne parlait.

"Tu as dissimulé ton identité pendant longtemps. Tu as eu maintes occasions d'avouer tes crimes. Les travailleurs du Parti se sont montrés extrêmement indulgents à ton égard. Et pourtant tu as choisi de leur cacher tes méfaits. C'est très grave. Et maintenant j'apprends que tu t'élèves contre la mère patrie et que tu as pris part aux manifestations de Lhassa." Il marqua une pause pour tirer sur sa cigarette. "Le parti communiste se montrera compréhensif tant que tu admettras tes erreurs. Il consentira à ignorer tes… erreurs de jugement."

Il prit une autre cigarette. Puis il désigna la photographie posée sur sa table de fortune.

"Ceci, nous ne pouvons pas l'oublier", dit-il. Il voulait tout savoir sur Gyän et ma relation avec lui dans les moindres détails. Je lui révélai tout ce que je savais du passé de mon maître. A Drépung, ce n'était un mystère pour personne.

Liao n'était pas impressionné.

"Nous savons que ton maître faisait de l'espionnage pour le gouvernement indien", lança-t-il d'un ton rageur. Je protestai en soutenant que Gyän ne s'intéressait pas le moins du monde à la politique. Mais les Chinois avaient décidé une fois pour toutes que Gyän Rigzin Tènpa était un espion.

"Tu dois reconnaître que ton maître était un espion", insista-t-il. Mais j'étais déterminé et refusai de proférer la fausse accusation qu'ils s'efforçaient de m'arracher. Plusieurs heures passèrent. Mon entêtement finit par irriter mon interrogateur au plus haut point. Puis il me dit quelque chose qui, je le comprendrais plus tard, constituait une mise en garde courante. Je devais l'entendre à diverses reprises pendant mon incarcération. Sa voix se radoucit soudain et je remarquai que l'interprète prenait la même intonation comme si les deux hommes se transmettaient un secret.

“Connais-tu la politique du Parti ?” me demanda-t-il.

“Non”, répondis-je.

Liao souligna alors que cette politique se fondait sur l’indulgence : ils seraient disposés à oublier mes crimes si seulement je les avouais. En revanche, si je résistais, le Parti “riposterait”. Je répétai une fois de plus que Gyän Rigzin Tènpa n’était pas un espion. Liao durcit le ton et réitéra ses accusations contre mon maître.

“Vous pouvez dire ce que vous voulez”, fis-je.

L’instant d’après, sa paume s’abattait à toute volée sur ma joue, m’expédiant en arrière. Les deux sentinelles en faction près de la porte s’avancèrent et me saisirent par les bras. Je vis Gyältsèn reculer d’un pas, l’air épouvanté. Les deux gardes commencèrent à me bourrer de coups de pied.

“Est-ce que tu avoues ? demanda Liao. Oui ou non ?”

“Faites de moi ce que vous voulez !” hurlai-je. J’étais fou de rage. J’avais perdu l’esprit.

Les gardes m’attachèrent les bras derrière le dos avec une corde avant d’en passer l’extrémité par-dessus une poutre de bois. Ils tirèrent ensuite dessus d’un coup sec en me forçant à lever les bras en l’air et me disloquant ainsi les épaules. Je poussai un hurlement et urinai sans pouvoir me contrôler. Je n’entendais plus rien, hormis mes cris et le bruit sourd des coups de poing que m’assenaient les deux hommes.

Au bout d’un moment, l’un d’eux détacha la corde et avant que j’aie le temps de retrouver mes esprits Liao recommença à me questionner. Il voulait savoir si j’étais prêt à avouer. Je lui répondis que je n’avais pas d’autres informations à lui donner, que j’avais dit tout ce que je savais. Il fit alors signe aux gardes qui me passèrent des menottes et m’enchaînèrent les pieds. “Réfléchis bien, me dit Liao en me regardant dans le blanc des yeux. Je te conseille d’avouer.”

Ils me laissèrent seul dans une autre pièce. Plus tard, dans l'après-midi, un Tibétain m'apporta un peu de nourriture. "Pourquoi n'avouez-vous pas ? me chuchota-t-il. Ils vous tueront sinon."

Cet interrogatoire se prolongea pendant plusieurs jours. Je répétai encore et encore mon histoire, expliquant ma relation avec Gyän Rigzin Tènpa. Que j'aie pris part à la rébellion, les Chinois n'en avaient cure. Tout ce qu'ils voulaient, c'était que je dénonce Gyän. Comment aurais-je pu faire une chose pareille ? Dans le bouddhisme tibétain, le lien entre le maître et son disciple se fonde sur le dévouement et la confiance. Je considérais Gyän comme mon mentor. Comment pouvais-je le trahir sans me torturer la conscience jusqu'à la fin de mes jours ? Et si les Chinois ne l'avaient pas rapatrié ? S'ils le gardaient prisonnier quelque part ? En imaginant que je le dénonce, qu'arriverait-il alors ? Je n'avais rien à avouer.

Un matin, on me réveilla à la première heure. Les gardes me traînèrent dans une autre pièce. Un officiel chinois de haute taille entra ; il portait une longue veste en laine matelassée, preuve qu'il était d'un rang élevé. Cet homme deviendrait par la suite le directeur de la fameuse prison de Drapchi. On le connaissait sous le nom de président Yin et je n'avais jamais de mal à l'identifier grâce à son grand nez. Il était suivi d'une jeune fille qui, à en juger d'après ses deux dents en or et son doux accent de Lhassa, devait être la fille d'un marchand bien nanti de cette ville, bien qu'elle eût troqué la tenue traditionnelle contre l'uniforme des cadres chinois. J'appris plus tard que cette jeune fille du nom de Dolkar était responsable de la prison de Lhassa.

Le Chinois portait un pistolet dans un étui à sa ceinture. Dolkar commença par me demander mon nom.

Elle sortit un carnet et récapitula certains détails me concernant. Je hochais la tête en confirmant que les renseignements dont elle disposait à mon sujet étaient exacts.

"Nous savons tout sur toi", me dit-elle. Elle me dévisagea et, voyant les meurtrissures sombres sur mon visage, me demanda ce qui s'était passé. Je m'abstins de répondre. Elle s'adressa alors à voix basse à Yin en chinois, et ordonna au garde de m'enlever mes menottes, ainsi que la chaîne qui m'entravait les chevilles.

Dolkar était beaucoup plus sûre d'elle que les autres interprètes tibétains. Il semblait même qu'elle eût une certaine influence sur Yin. Ce fut elle qui parla durant presque tout l'interrogatoire. Elle me pria de lui raconter ma vie depuis l'âge de huit ans tandis qu'un autre officier chinois, assis derrière moi, prenait des notes. Elle m'interrompait seulement pour traduire ce que je disais à Yin et à son collègue. Tout était consigné en chinois. Pendant des jours, Dolkar me questionna sur mon passé en revenant inlassablement sur certains détails. L'officier assis avec nous dans la pièce comparait tout ce que je disais avec ses notes, à la recherche d'incohérences. On me demanda d'expliquer la moindre divergence entre deux versions d'un même fait. Après quoi, l'officier insérait une correction dans ma déposition et l'on me contraignait à y apposer ma signature.

Les autorités firent des recoupements entre mes aveux et ceux des autres moines et villageois. Les Chinois utilisaient cette méthode avec tout le monde. Ils comparaient vos déclarations avec les témoignages de vos frères et sœurs et de tous ceux qui pouvaient avoir un rapport, si ténu fût-il, avec vous. Ils établissaient des dossiers très précis sur chacun d'entre nous, s'assurant que vous vous rendiez compte à quel point ils étaient méticuleux.

“Mais ton frère a dit ceci, déclarait votre interrogateur. Comment se fait-il que tu ne t’en souviennes pas ?” Dans ces cas-là, on se mettait à réfléchir à toute vitesse : *Savent-ils vraiment tout ? Se peut-il que mon frère leur ait dit ça ? Que faut-il que je leur révèle exactement ?*

Durant dix jours, pas une seule fois Dolkar et Yin ne perdirent leur sang-froid. Dolkar était particulièrement polie, s’exprimant comme il convient à une jeune fille bien élevée de Lhassa. Un jour, on me demanda de signer le carnet. Dolkar commença à m’en lire des passages au hasard pour m’assurer que les notes étaient exactes. Je le signai et mis l’empreinte de mon pouce sur la dernière page.

“Il y a encore un problème que nous n’avons pas résolu, dit le président Yin. A savoir ton implication avec l’espion indien Rigzin.”

L’atmosphère qui régnait dans la pièce changea brusquement. Dolkar se mit à me traiter de réactionnaire. Et Yin me reprocha le rôle que j’avais joué lors du soulèvement de Lhassa.

“Je vous ai déjà tout dit !” m’exclamai-je. Yin me gifla à toute volée et les deux gardes m’obligèrent à m’agenouiller sur le sol en me baissant la tête de force. Yin se pencha alors vers moi sans cesser de répéter : *“Avoue !”* Il prit son pistolet et le pressa contre ma tempe.

“C’est la seule issue qu’il te reste”, me dit-il. A cet instant, comme si j’avais le sentiment qu’il valait mieux mourir plutôt que d’endurer cette souffrance une seconde de plus, je m’écriai : “Tuez-moi ! Tuez-moi !”

Yin parut déconcerté. Dolkar me donna des coups de pied. Les gardes me crachèrent des insultes à la figure et m’attachèrent les mains. Une fois encore, ils jetèrent la corde par-dessus la poutre et me soulevèrent du sol. Je dus m’évanouir puisque tout ce dont je me souviens ensuite, c'est de m'être retrouvé couché par terre, pieds et poings liés. Yin se tenait debout au-dessus de moi.

"Ton cas est très sérieux, me dit-il. Nous n'en avons pas fini avec toi."

"Tu es un réactionnaire insolent, ajouta Dolkar. Je n'hésiterai pas une seconde à t'abattre."

Finalement, durant l'été 1960, mon interrogatoire prit fin. Yin et Dolkar cessèrent de me questionner à propos de Gyän Rigzin Tènpa. On m'emmena dans la cour du monastère et je fus touché par l'air épuisé des moines, comme si toute ardeur en eux s'était éteinte. Ils paraissaient hébétés. Personne ne dit mot. Je reconnaissais à peine mes vieux amis. Et eux, me reconnaissaient-ils ? Nous portions tous une *chuba*, une robe laïque.

Ils emmenèrent sept d'entre nous sur la sente qui descendait du monastère, les mains liées derrière le dos, tous attachés à une longue corde, comme le font les montagnards. Les Chinois conduisaient des animaux devant nous pour bien montrer que nous étions des créatures viles. Quand nous approchâmes de Pa-Nam, j'entendis des gens pleurer. J'entrevis pour la dernière fois ma belle-mère, mon père, mes frères et sœurs. Je passai devant eux, tête baissée.

On nous conduisit dans un petit monastère appelé Norbukhungtsé, à quelques heures de marche de Pa-Nam. Ainsi débuta mon incarcération au sein de la "nouvelle société".

V

LA FUITE

J'avais seulement vu Norbukhungtsé de loin, et tout ce que je savais de l'histoire de ce site était qu'on l'avait jadis abandonné. Les Chinois avaient érigé deux tours de guet en bois sur le toit du monastère. Les soldats, des adolescents, nous lorgnaient tandis qu'on nous poussait sur le chemin, à la pointe du fusil. D'autres nous attendaient dans la cour. On nous remit entre les mains d'un officier supérieur. Deux gardes entreprirent de fouiller nos effets.

J'avais apporté ma literie et les quelques vêtements que ma famille avait dénichés pour moi. J'avais aussi emmené mon bien le plus précieux : la montre Rolex en or que mon frère m'avait donnée lorsque j'étais parti pour Drépung en 1956. "Lhassa est loin d'ici, m'avait-il dit. Si tu as des ennuis, tu pourras toujours la vendre." Les moines n'ont pas le droit de porter des montres ou des bijoux, aussi ne l'avais-je jamais mise. Mais j'avais suivi le conseil de mon frère et l'avais gardée en permanence sur moi. A Norbukhungtsé, les Chinois me la confisquèrent. On me remit un bout de papier en guise de reçu. Les gardes saisirent une grande partie de ce que nous possédions. Ils nous prirent nos ceintures et les longues cordes dont nous nous servons pour attacher notre *chuba*. On nous donna de la ficelle pour maintenir nos pantalons en place.

On m'escorta dans une grande pièce rectangulaire où sept matelas couvraient le sol poussiéreux. Il était évident que cette pièce avait jadis été richement décorée, mais la peinture des ornements avait perdu de son éclat. Ma literie souleva un nuage de poussière quand les gardes la jetèrent par terre. Les autres prisonniers se précipitèrent vers moi, les mains tendues en me proposant de porter mes sacs. On aurait dit qu'ils m'accueillaient comme un invité dans leur propre maison. Un vieil homme me trouva un espace, et y étendit mes couvertures.

Tous mes camarades détenus portaient une tenue laïque, mais je reconnus trois moines, grâce à leur tête rasée. Ils voulaient tous savoir d'où je venais et pour quelle raison on m'avait arrêté. La plupart d'entre eux avaient été appréhendés à cause de leur "implication" dans la révolte tibétaine. Bien que nous eussions participé à ce mouvement de façon marginale, les Chinois soutenaient que nous nous étions rendus coupables d'opposition au parti communiste et à la mère patrie. C'était un crime grave. A Gadong, on nous avait dit que le Parti écraserait ses ennemis sans merci.

La majorité des deux cents prisonniers de Norbukhungtsé provenait des villages voisins. J'y fus incarcéré pendant plusieurs mois, sans qu'on me déliât jamais les poignets et les chevilles. J'avais les mains attachées dans le dos et ne pouvais même pas manger sans assistance.

Le lendemain matin, je fus réveillé par le bruit d'une démarche traînante. Un garde ouvrit la lourde porte en bois et apporta une bouilloire de thé noir. Nous vécûmes de ce thé et de ce que nos familles pouvaient nous fournir.

Mon frère aîné lui aussi était prisonnier à Norbukhungtsé. Nous n'avions pas le droit de parler, mais nous échangions des coups d'œil chaque fois que nous

nous croisions dans la cour. Je me demandais avec inquiétude comment ma famille pourrait nous procurer suffisamment de nourriture à tous les deux, ainsi que du combustible pour faire la cuisine. Ils se débrouillèrent pourtant, je ne sais comment, pour nous approvisionner en *tsampa*, beurre et *khabsé* (beignets). Il nous était interdit de les voir ; ils remettaient leurs colis à nos geôliers.

Grâce à ce système judicieux, les citoyens tibétains couvraient les frais d'entretien des prisonniers. On précisait aux familles que le traitement réservé à chaque détenu dépendrait de leur volonté à coopérer avec les autorités. Aussi s'imaginaient-elles qu'en apportant régulièrement des provisions, elles seraient assurées que leurs parents bien-aimés ne seraient pas malmenés. Mais cela ne fonctionnait pas du tout comme ça. Plus les familles restaient longtemps en contact avec un prisonnier politiquement douteux et condamné, plus elles manifestaient un comportement qui serait cité, durant la révolution culturelle, comme une preuve à charge de leur mentalité réactionnaire.

Vers dix heures du matin, le premier jour, on me convoqua pour un autre interrogatoire. L'officier chinois portait la veste couleur terre de l'uniforme du soldat, mais assortie du pantalon bleu caractéristique des officiers supérieurs. Je revois encore son grand visage rond, ses cheveux coupés ras. L'interprète se présenta à moi sous le nom de Dhundup. Comme la plupart des Tibétains au service de l'occupant, il paraissait nerveux, peu sûr de lui et arborait l'uniforme bleu des cadres chinois.

L'interrogatoire débuta en douceur par la question habituelle : *Connais-tu la politique du Parti ?* La réponse était aussi inévitable qu'un refrain. Si j'avouais, le Parti se montrerait indulgent. Si je refusais, il ferait preuve de violence. L'interprète énonçait ces formules avec la douce scansion de la poésie.

"Comprends-tu le sens du mot «indulgence» ?" me demanda l'officier d'un ton péremptoire.

Je gardai le silence.

"Indulgence, poursuivit-il, ne signifie pas que le Parti entende fermer les yeux sur tous les crimes commis par un réactionnaire. Si quelqu'un mérite la mort et que le Parti décide de le condamner à une peine d'emprisonnement à vie, cela doit également être considéré comme une preuve d'indulgence."

Je hochai la tête, ce qui ne voulait pas dire que j'acquiesçais.

Le lendemain, on m'emmena dans une autre pièce plus sombre. Un rai de lumière s'infiltrait par l'unique fenêtre étroite, et, grâce à cette lueur, je pus distinguer les instruments posés sur la table près du mur : un bâton et plusieurs longueurs de corde. Un tas de menottes, des chaînes et des fers s'entassaient dans un coin.

L'officier me soumit à un feu roulant de questions sur ma vie depuis l'âge de huit ans. Une fois de plus, on notait mes réponses avant de les comparer avec les déclarations que j'avais faites précédemment. Mon interrogateur m'écoutait tranquillement, en me priant de temps à autre d'éclaircir un point mineur. Les instruments de torture restèrent sur la table et les fers dans leur coin.

Au bout du quatrième jour, nous en étions arrivés aux événements de 1959. L'officier était plus vigilant maintenant, il analysait avec soin chacun de mes propos. Il tenait tout particulièrement à savoir si la révolte de Lhassa avait été organisée, et si oui, par qui. Il répétait inlassablement un certain nombre de questions : *Qui t'a donné des instructions ? Qui étaient tes amis ?*

Sur le moment, je ne me rendis pas compte que chaque nom que je citais devenait immédiatement suspect.

J'insistai sur le fait que personne ne m'avait dit de me rendre à la manifestation devant le Norbulingka, le palais d'été du Dalaï-Lama, le 10 mars. Tout à coup, l'officier abattit violemment son poing sur la table. Il s'empara d'une paire de menottes qu'il me balança sous le nez. Je clignais des yeux au moindre mouvement de sa main.

Il entreprit de m'interroger à propos de Gyän Rigzin Tènpa qu'il accusa à maintes reprises d'être un espion vendu aux Indiens. Curieusement, la mention de son nom m'affermissait dans ma détermination. Quand il me déclara qu'il avait des preuves contre Gyän, je sus qu'il bluffait. Je lui répondis qu'il devrait le questionner directement et m'abstins d'en dire davantage. Alors il tapota un carnet en disant : "Toutes les preuves sont là." Quoi qu'il en fût, je continuai à refuser de corroborer leurs allégations.

Il prit alors un stylo, le posa en équilibre à l'extrémité de la table et me le désigna en disant que j'étais moi aussi au bord du gouffre et qu'avouer était la seule manière de sauver ma peau. C'était son dernier avertissement. Deux gardes commencèrent à me taper sur le dos avec la crosse de leurs fusils. Je glissai de ma chaise et tombai à genoux, je tremblais des pieds à la tête.

"Avoue ! Avoue !" hurla l'officier. Dhundup, qui s'était mis lui aussi à me rouer de coups, traduisait les ordres de l'officier dans notre langue.

Les Chinois exigeaient que je dénonce mon propre maître spirituel. Mais comment aurais-je pu faire quoi que ce soit qui puisse causer du tort à Gyän Rigzin Tènpa ? Je n'avais pas la moindre idée de ce qui lui était advenu, s'il était incarcéré ou s'il avait été rapatrié en Inde. A mon avis, je n'avais rien fait qui pût être considéré comme ayant une quelconque portée politique. Je n'avais rien à avouer ! Ils auraient beau me battre comme plâtre, je n'impliquerais jamais Gyän Rigzin Tènpa dans ces machinations grotesques.

Je compris longtemps plus tard l'importance extrême que les Chinois accordaient aux aveux. Toutes les réunions débutaient par une exaltation des vertus de la confession et de la futilité de résister à l'Armée populaire de libération. Je me souviens d'un officier chinois comparant les Tibétains qui tenaient tête à l'APL à des œufs s'écrasant contre une falaise. Tous les prisonniers devaient reconnaître leur culpabilité. Les Chinois estimaient qu'ils n'avaient pas fait leur travail tant qu'un détenu n'avait pas avoué.

Chaque fois qu'on arrêtait un Tibétain, on trouvait quelque chef d'accusation pour le garder en prison. Après quoi les Chinois recouraient à tous les moyens possibles et imaginables pour lui arracher des aveux. Ils interrogeaient sa famille, ses amis, et tous ceux qui avaient pu avoir le moindre contact avec lui. Et si cela ne suffisait pas, ils dénichaient quelqu'un prêt à le dénoncer comme réactionnaire. Ils en arrivaient même à faire du chantage sur les plus proches parents du détenu.

A Norbukhungtsé, il y avait un prisonnier originaire de Pa-Nam du nom de Sumshi Wangyäl, un homme têtu qui refusait d'admettre qu'il eût commis le moindre crime. L'officier chinois ne lui avait jamais dit pourquoi on l'avait arrêté, de sorte qu'il n'avait aucune idée de ce qu'il était censé confesser. "Je n'ai rien fait de mal", ne cessait-il de répéter. Mais un jour, on lui annonça que sa femme était passée aux aveux et l'accusait d'être un bandit réactionnaire.

En réalité, les Chinois avaient découvert que Sumshi avait eu une liaison avec une femme de Pa-Nam. Ils l'avaient révélé à son épouse, qui, folle de rage, leur avait déclaré qu'ils avaient logé chez eux des guérilleros khampas. Sumshi ne savait probablement même pas si ces hommes étaient des réfugiés ou des guerriers. Mais c'était exactement l'information dont les Chinois avaient besoin.

Au début, cette obstination des autorités chinoises à obtenir des aveux coûte que coûte m'ahurissait. Mais je compris vite que c'était là un élément essentiel de la politique du parti communiste. Admettre sa culpabilité revenait à dire : "Le Parti a raison et moi, j'ai tort." Peu importait que cette confession fût fondée ou non. Tout ce qui comptait, c'était de prouver au Parti qu'on avait éliminé un ennemi du peuple de plus.

Je reconnus ma présence durant le soulèvement de Lhassa. Cela ne me paraissait pas très important. Après tout, si les Chinois devaient arrêter tous les gens qui y avaient pris part, il leur faudrait incarcérer la population de la ville entière. On m'inculpa donc pour avoir participé à la révolte de Lhassa en mars.

Un matin, on nous aligna à la queue leu leu dans la cour. Plusieurs officiels chinois venaient d'arriver. L'un des officiers supérieurs monta sur une marche et annonça que les investigations étaient achevées. Le tribunal militaire nous avait déclarés coupables. Depuis le soulèvement de Lhassa, on avait placé tout le Tibet sous le contrôle de l'armée et la juridiction de tribunaux militaires.

On m'appela. Je m'avançai et l'on me remit une feuille de papier. L'en-tête était rédigé à l'encre rouge ;

le reste en caractères gras chinois, en noir. "Division militaire de Gyantsé" était la seule chose écrite en tibétain. Je n'avais pas la moindre idée de la portée de ce document. Dès que la réunion toucha à sa fin, nous nous ruâmes tous sur le jeune interprète avec nos papiers. Il y jeta un coup d'œil, et nous indiqua le nombre d'années spécifié sur chacun. Lorsqu'il prit ma feuille, il cria : "Sept ans."

L'annonce de mon verdict ne me fit pas peur car depuis longtemps j'avais le sentiment étrange que cette épreuve ne durerait pas, que je serais bientôt libéré. Je n'étais d'ailleurs pas le seul à le penser : les autres prisonniers s'imaginaient eux aussi que nous recouvrerions tous la liberté dès que le Dalaï-Lama rentrerait d'Inde. J'étais loin de me douter alors que je serais emprisonné pendant plus de trente ans.

Nous reçûmes notre condamnation officielle d'un tribunal militaire chinois. Il n'y avait pas eu de procès et le document douteux qu'on nous avait remis était l'unique preuve d'une procédure quelconque. Toutes les décisions avaient été prises à huis clos. Nous ne pouvions pas faire appel. J'avais écopé d'une peine d'emprisonnement de sept ans et l'on m'avait qualifié de "réactionnaire", une étiquette qui me resterait durant trois ans encore après que j'aurais purgé ma peine, de même que la privation de tous mes droits politiques.

Maintenant que le Parti l'avait emporté, les interrogatoires officiels et les raclées cessèrent, pour un moment tout au moins. Mais on continuait à nous assaillir de questions. On nous interrogeait chaque jour en nous demandant ce que nous pensions et si nous nous opposions toujours au socialisme. Sous le régime communiste, nous expliqua-t-on, l'incarcération n'était pas seulement un châtiment, mais l'occasion de nous réformer par le travail. Telle était la principale tâche qui nous incombait maintenant : corriger notre mode de pensée. Je devais renoncer à tout ce dont je me souvenais de l'ancien Tibet et apprendre à chérir la nouvelle société socialiste. Notre labeur devait contribuer à l'édification de ladite société.

On nous mit donc au travail. Chaque matin, on nous répartissait par groupes pour l'appel, après quoi on nous conduisait dans un grand champ qui servait normalement de pâturage pour les chevaux. Les paysans savaient qu'il s'agissait d'un terrain désolé et difficilement cultivable. Aussi l'avaient-ils sagement réservé à cet usage. Les Chinois, eux, avaient décidé que cette terre serait labourée et cultivée. Durant le printemps 1961, particulièrement froid, on força six d'entre nous à y porter une énorme charrue en métal. Nous devions trouver un moyen de la tirer. Un jeune soldat de l'APL montait dessus, de façon que les lames s'enfoncent dans le sol grâce à son poids, et nous la tirions avec des cordes, à trois de chaque côté.

Il s'amusait beaucoup à monter la charrue comme un char. Lorsqu'il trouvait que nous ne tirions pas suffisamment fort, son fouet en cordes de chanvre s'abattait sur nos dos. Le déjeuner était notre seul moment de répit, mais ils en profitaient tout de même pour parfaire notre éducation socialiste. L'un des officiels nous lisait le *Quotidien du peuple*, puis nous parlait des autres pays socialistes et de leurs leaders. Nous avions appris les noms des nations "sœurs" : l'Albanie, la Bulgarie, la Tchécoslovaquie, la Pologne, la Roumanie, la Yougoslavie. L'URSS faisait aussi partie du lot : elle était encore amie avec la Chine* à cette époque-là. Nous

* La rupture sino-soviétique sera pleinement consommée en 1963. *(N.d.T.)*

devions également mémoriser le nom des pays ennemis du socialisme, en commençant, bien évidemment, par les Etats-Unis et la Grande-Bretagne impérialistes.

Il nous fallait aussi apprendre les noms des grands leaders socialistes : Marx, Engels, Lénine, Staline et Mao. D'immenses portraits de ces hommes trônaient, en évidence, dans la prison. Staline faisait l'objet d'une vénération particulière. Plus tard, durant la révolution culturelle, le portrait de Mao occuperait la place de choix.

Nous labourâmes le même champ pendant près de cinq mois, traînant la charrue jour après jour sur le sol rocailleux. Nous en vînmes à haïr le bruit du soc tranchant se heurtant aux cailloux dans la mince couche de terre. Notre unique consolation était la nourriture que nous apportaient nos familles.

On nous transféra à Lhassa. Je pense que c'était en juillet 1961. Un matin, sans avertissement, on vint me chercher au champ pour me ramener à la prison. D'autres détenus attendaient déjà dans la cour. Les soldats m'ordonnèrent de plier ma literie.

Quand je ressortis, mon paquet de couvertures sous le bras, quarante à cinquante soldats faisaient cercle autour des prisonniers rassemblés. Cinq camions militaires étaient garés devant le monastère. On empila nos couvertures dans l'un d'entre eux, puis les soldats nous attachèrent les mains derrière le dos avec des cordes grossières. Je ne savais pas s'il fallait rire ou pleurer en voyant les prisonniers essayer de grimper dans les camions, sans pouvoir se servir de leurs mains. Ils trébuchaient ; certains pouffaient de rire. Mais les soldats s'impatientèrent : deux d'entre eux saisirent un détenu par les épaules et le jetèrent sans ménagement dans le véhicule. On m'y expédia de la même manière. En définitive, nous nous retrouvâmes une trentaine entassés à l'arrière du camion. En nous tortillant dans tous les sens, nous nous installâmes le mieux possible.

Quatre jeunes soldats manifestement nerveux étaient assis avec nous et ne cessaient de tripoter leurs fusils. Les autres soldats se tenaient sur le toit du camion et sur une plateforme surélevée entre nous. De part et d'autre du pare-brise, ils avaient arrimé deux immenses drapeaux rouges. D'autres drapeaux flottaient sur le toit du véhicule. Dès que nous atteignîmes la route, le camion prit de la vitesse : les soldats commencèrent à jouer du tambour et des cymbales. Ils nous firent signe de chanter. Nous n'étions autorisés à chanter qu'un seul air : *Le socialisme est bon*, devenu une sorte d'hymne. Les paroles n'étaient pas vraiment ce qu'on qualifierait d'entraînantes.

Le socialisme est bon.
Le socialisme est bon.
Dans une société socialiste, les gens sont tenus en haute estime.
Eliminons les réactionnaires.
Les impérialistes prennent la fuite,
Comme des chiens, la queue entre les jambes.
Le peuple chinois est uni.
Que le socialisme s'élève telle une vague déferlante.

Nous devions chanter cela avec beaucoup d'enthousiasme si nous ne voulions pas être accusés de manifester une attitude négative à l'égard du socialisme. Alors nous nous époumonions : Le socialisme est bon. Plus tard, cette chanson deviendrait célèbre pour une autre raison. Un prisonnier tibétain que nous connaissions ne savait pas comment faire pour avertir sa famille qu'il avait été arrêté. En voyant un autre paysan du nom de Dhargyäl travailler dans un champ, il entonna l'air *Le socialisme est bon* en en changeant les paroles.

Frère Dhargyäl-la,
Frère Dhargyäl-la,
Peux-tu transmettre un message à Lhobdrak ?
Dis à ma famille que j'ai de quoi manger et me vêtir.
Qu'ils prennent soin de mes enfants.
Qu'ils ne s'inquiètent pas.
Dis-leur qu'on m'a emmené à Lhassa.
Emmené à Lhassa.

Comme les gardes chinois ne connaissaient que l'air, ils ne se rendaient pas compte que les paroles n'étaient pas tout à fait orthodoxes.

Le camion filait à toute allure, les drapeaux rouges claquant au vent, le bruit du moteur noyé dans le vacarme des tambours et des cymbales. Les gens qui travaillaient dans les champs nous saluaient au passage. Sans doute nous prenaient-ils pour une troupe de comédiens. Ils ne pouvaient pas deviner que les véhicules défilant sous leurs yeux étaient remplis de prisonniers.

Deux jours plus tard, nous arrivâmes à Taglung Drag, un village voisin de Lhassa, transformé en un immense camp militaire par les Chinois. On nous remit alors nos premiers uniformes : de vieux habits militaires aux poches déchirées, dont la couleur kaki ressortait ici et là malgré l'épaisse teinture bleu foncé dont on les avait badigeonnés.

De là, on nous conduisit à Drapchi, une ancienne garnison militaire tibétaine aux abords de la capitale. Cette nuit-là, on nous entassa dans une grande salle et nous dormîmes là où nous pûmes trouver un peu de place. Nous n'avions rien mangé de la journée et le voyage nous avait épuisés.

Le lendemain matin, un homme imposant ouvrit la porte et ordonna à deux prisonniers d'aller chercher du thé au mess. J'avais un sac de *tsampa* que ma famille m'avait envoyé, je le mélangeai au thé noir. L'atmosphère ne tarda pas à se détendre dans la salle. Tout le monde bavardait. On garda la porte ouverte pour que nous puissions aller et venir à notre guise. Au début, nous hésitâmes à sortir, mais, lentement, un par un, nous allâmes explorer notre nouvelle prison.

Les détenus s'entassaient dans tous les espaces disponibles, calés les uns contre les autres. On reconnaissait parmi eux d'anciens soldats de l'armée tibétaine maintenant prisonniers des Chinois, ainsi que des centaines de moines, identifiables seulement à leurs cheveux coupés ras. Plus de six mille hommes étaient emprisonnés à Drapchi.

Pendant quelques jours, on nous laissa tranquilles : ni interrogatoires, ni réunions, ni consignes de travail. Nous commençâmes à nous décontracter un peu. Je rencontrai plusieurs anciens moines de Drépung ; nous nous assîmes au soleil pour bavarder, nous raconter ce que nous avions vécu, échanger le peu de renseignements dont nous disposions. Un soir, quand je regagnai notre dortoir improvisé, mes compagnons m'informèrent que j'avais raté une réunion au cours de laquelle un officiel chinois avait noté tous les noms des présents et divers détails les concernant. Le lendemain matin, ils firent l'appel et annoncèrent à mes codétenus qu'ils allaient être transférés ailleurs. Mon nom ne figurait pas sur la liste.

Les prisonniers furent emmenés dans différentes prisons au Tibet et en Chine. On conduisit mes compagnons de Norbukhungtsé à Kongpo, un pénitencier perdu dans une jungle épaisse au sud du Tibet. Kongpo se révélerait en définitive un camp de la mort. Bon nombre de mes anciens camarades y mourraient de faim ou de maladie. Je m'y serais retrouvé moi-même si je n'avais pas manqué à l'appel ce jour-là. On m'intégra à une équipe de travail déplacée de site en site le long de la vallée de Lhassa afin de participer à des projets de construction pour l'armée chinoise.

Nous campions au milieu d'un champ, dans des tentes alignées les unes à côté des autres. Nous ne possédions rien, en dehors de notre literie et de nos quelques effets personnels. Il fallait que nous ayons notre propre literie car, à cette époque-là, les Chinois ne fournissaient jamais de couvertures aux prisonniers. Un réseau de barbelés si dense qu'on ne pouvait même pas y passer la main encerclait les tentes. Un segment amovible de ce treillage barbelé, gardé par deux soldats de jour comme de nuit, faisait office de portail. Des sentinelles arpentaient le périmètre du camp, le fusil à l'épaule. Chaque matin, on nous emmenait sur l'un des sites de construction. Les Chinois s'empressaient de construire des routes et de créer des institutions dans tout le pays.

J'ignore si le manque de nourriture et autres produits élémentaires faisait partie de notre châtiment, ou si les Chinois n'étaient tout bonnement pas préparés au grand nombre de prisonniers auxquels ils auraient à faire face. Les ustensiles de cuisine manquaient et ce n'était pas une mince affaire de s'en procurer, dans la mesure où la plupart d'entre nous avaient été arrêtés subitement, sans avoir le temps d'emporter cuillères, tasses et bols. Sans récipient, pas de nourriture. Certains prisonniers avaient apporté leurs propres bols en bois, mais ceux-ci ne tardèrent pas à se fendre et à devenir inutilisables.

Le thé beurré tibétain graissait les bols et les faisait briller. Mais les rations de bouillon chaud qu'on nous servait en prison les rendaient ternes, entamaient la graisse et les bols finissaient par se désintégrer.

La nourriture devint rapidement un grave problème à Taglung Drag. Ma famille ne pouvait plus m'approvisionner ; ils ne savaient même pas où j'étais. Je ne pensais plus qu'à manger. Nous étions tous préoccupés par la recherche d'aliments. On nous servait du thé noir le matin et un bol de soupe claire où nageaient quelques lambeaux de chou le soir. Ce menu ne variait jamais. Dans la soirée, on nous donnait aussi une portion de *tsampa* de cent grammes dont nous étions censés faire usage le lendemain. Mais la plupart des prisonniers ne pouvaient attendre si longtemps et engloutissaient le tout immédiatement. Ce qui voulait dire qu'ils n'auraient rien pour le déjeuner du lendemain.

Le soir, nous regagnions le campement pour notre louche de soupe. Si l'on avait la chance d'avoir un grand bol, on avait droit au contenu de la louche en entier. Mais si l'on n'en avait qu'un petit, on ne vous donnait parfois qu'une demi-portion. Il n'y avait pas de deuxième service : tout dépendait de la taille du récipient.

Du coup, ces ustensiles étaient les biens les plus prisés dans la prison. Certains détenus avaient réussi à dénicher de vieilles boîtes de conserve qui à l'origine contenaient les rations des soldats chinois. Nous passions au crible les tas de détritus en quête de ces précieux récipients. Ils rouillaient très vite : des trous apparaissaient au bout d'un mois environ, les rendant inutilisables. Les prisonniers essayaient de les réparer en les façonnant à coups de marteau en un ustensile plus petit. Mais les récipients les plus recherchés de tous étaient les boîtes de conserve galvanisées, avec un revêtement jaune à l'intérieur indiquant qu'elles étaient à l'épreuve de la rouille.

Nous apprîmes à ne pas les laver trop fréquemment et à ne pas les frotter avec quoi que ce soit d'abrasif. Si on grattait le revêtement, la boîte rouillerait et se retrouverait avec les mêmes trous que les récipients bon marché. Ces boîtes galvanisées avaient contenu du porc dont il restait parfois de minuscules fibres dans les soudures. Nous les savourions comme quelque mets extraordinairement délicat.

Je trouvai une de ces boîtes près d'un baraquement et je la chérissais tellement que j'allai jusqu'à fabriquer une pochette en laine pour la garder sur moi en permanence. On pouvait échanger une boîte galvanisée contre du corail, une turquoise ou une bague en or, car ces pierres précieuses n'avaient pas la moindre valeur pour des prisonniers exclusivement préoccupés de leur survie.

La pénurie d'aliments devint rapidement critique*. Notre maigre ration de *tsampa* ne nous suffisait pas pour tenir le coup. J'arrivais à peine à supporter le poids de mon propre corps. C'est ainsi qu'on commence à mourir de faim. En me réveillant un matin, je m'aperçus que deux prisonniers étaient morts dans la nuit et bientôt, nous ne nous couchions plus jamais sans nous demander lesquels d'entre nous vivraient encore au réveil.

La vie au monastère m'avait enseigné la discipline. Je divisais ma ration de *tsampa* en portions minuscules en ne m'autorisant qu'une bouchée à intervalles réguliers. Nous faisions bouillir le cuir de nos bottes pour concocter un porridge épais. Les prisonniers mangeaient tout ce qui leur tombait sous la main. Certains dévoraient

* Période du Grand Bond en avant. *(N.d.T.)*

même de l'herbe qui leur gonflait le ventre et les rendait très malades.

Nous endurâmes ces privations durant plus d'une année. Par la suite, les Chinois nous expliqueraient comment l'URSS, jadis une fidèle alliée socialiste de la Chine, avait supprimé toute aide à celle-ci, et réclamait le remboursement de tous les prêts qu'elle lui avait accordés. L'un des officiers chinois nous précisa que les Soviétiques avaient exigé ces remboursements en céréales ; c'était la raison pour laquelle la Chine entière connaissait une terrible famine. Les Chinois n'admirent jamais que l'échec de leur propre politique agricole pût être la cause de cette pénurie de grains.

Vers la fin de 1962, nous fûmes à nouveau réunis à Drapchi. On nous força à assister à des réunions de masse au cours desquelles on nous demanda de rendre compte de nos expériences. Les prisonniers rassemblés à Lhassa venaient de tous les coins du Tibet et nous découvrîmes peu à peu qu'un grand nombre de ceux arrêtés en 1960 avaient péri au cours des deux années précédentes. Pourtant les autorités continuaient à appeler les noms figurant sur les anciennes listes. On clamait un nom. Personne ne répondait. Alors les détenus criaient : "Mort de faim."

Les officiers supérieurs chinois savaient bien que quelque chose n'allait pas, mais ils ne pouvaient pas l'admettre. On nous interdisait de parler de mort par inanition. Comment pouvait-on mourir de faim dans une société socialiste ? C'était là une cause de grand embarras pour les Chinois. On recommençait l'appel. Un long silence suivait quand l'appelé était mort. Les officiers attendaient une réaction, fouillant la foule du regard, mais rien ne venait. Puis un jour quelqu'un s'exclama : *U-chi log-la dön pa-ré*, ce qui signifie "le souffle l'a quitté". Les Chinois semblaient heureux de cette réponse parce qu'elle ne sous-entendait aucune responsabilité de la part de la nouvelle société socialiste. Aussi, tandis que l'appel continuait, chaque fois qu'ils clamaient le nom d'un mort, nous répondions simplement : "Le souffle l'a quitté."

Ensuite, on nous réunit en petits groupes et un officier, accompagné d'un interprète tibétain, vint nous parler. Il parut sincèrement touché par nos histoires et nous informa que nous serions tous renvoyés dans nos prisons locales respectives, dans mon cas, Norbukhungtsé. Les Chinois n'entreprenaient jamais rien sans une bonne raison et il devint bientôt clair qu'il s'agissait pour eux de disperser les prisonniers tibétains de manière à éviter une émeute. L'Inde et la Chine étant à la veille d'entrer en guerre, les Chinois se rendaient parfaitement compte que des centaines de milliers de reclusionnaires tibétains représentaient une grave menace pour leur sécurité intérieure. Cette compassion apparente était en réalité une stratégie de plus, une ruse pour nous forcer à rester calmes.

Quelques mois avant mon retour à Norbukhungtsé, un thème nouveau s'imposa dans les réunions : la dénonciation de l'Inde "expansionniste" et de son leader, Nehru, que les Chinois qualifiaient de "chien à la botte des impérialistes". Plus les officiels vilipendaient l'Inde, plus notre espoir de voir le Tibet bientôt libéré grandissait. Nous ignorions tout de ce qui se passait hors de l'enceinte de la prison, mais la véhémence des accusations de la Chine à l'encontre de l'Inde finit par nous convaincre que le Dalaï-Lama avait réussi à trouver un soutien international. Nous priions pour notre libération prochaine. Tout le monde à la prison ne cessait de chuchoter : *C'est pour bientôt.*

En novembre, on enfourna un groupe d'entre nous à l'arrière d'un camion afin de nous reconduire à Norbukhungtsé. Les Chinois s'inquiétaient manifestement de la tournure que prenaient les événements. Leur indignation face à la manière dont l'Inde "grignotait" leur territoire nous faisait rire. Certains prisonniers audacieux n'hésitaient pas à dire : "Mais c'est exactement ce que vous avez fait au Tibet." Les Chinois toléraient étonnamment bien ces remarques. Chaque fois que la situation devenait alarmante hors de la prison, le règlement à l'intérieur de son enceinte s'assouplissait. Nous commençâmes à recevoir davantage de nouvelles de nos familles. J'appris que les miens avaient beaucoup souffert et que toutes nos terres avaient été confisquées.

Les Chinois en vinrent même à libérer des prisonniers. Chaque jour, on autorisait cinq à dix hommes à rentrer chez eux. Cette perspective de liberté nous redonnait courage. Nous nous rassemblions dans la cour pour dire au revoir à ceux qui avaient la chance de partir, ils nous disaient de ne pas nous inquiéter, que ce serait bientôt notre tour. Entre les mois d'octobre et décembre 1962, notre moral fut au beau fixe. Il semblait que nous n'ayons rien d'autre à faire qu'attendre.

Je n'avais aucune raison de penser que je ne serais pas relâché. J'avais décidé que je retournerais au monastère de Gadong, ayant appris qu'un certain nombre de moines y vivaient encore. Chaque jour, j'imaginais que j'allais moi aussi prendre congé des autres détenus, franchir le portail et grimper dans le camion pour rentrer chez moi. Puis, un matin glacial de décembre, cinq des vingt prisonniers avec lesquels je partageais une chambre reçurent l'ordre de préparer leurs affaires. Je faisais partie du lot.

Je serrai mes quelques effets dans un baluchon. On riait et jacassait autour de moi. Tout le monde souriait. Je sortis dans la cour où les autres attendaient déjà. Nous pensions qu'après quelques formalités on nous ramènerait chez nous. Mais nous attendîmes longtemps, longtemps, et rien ne se produisit.

Deux jeeps pénétrèrent dans la cour avec à leur bord un groupe d'officiels de haut rang, reconnaissables à leurs uniformes en laine bleue. Les responsables de la prison se précipitèrent pour les accueillir. Ils riaient tous en échangeant des poignées de main. Nous attendîmes encore des heures entières, mais il ne se passait toujours rien.

Dans l'après-midi, un interprète tibétain nous enjoignit de retourner dans nos chambres en nous précisant que nous serions libérés dans la soirée. Je patientai sans savoir si je devais défaire mon baluchon. L'anxiété nous gagna peu à peu. Puis un garde vint verrouiller la porte de notre cellule et nous annonça que notre départ était différé.

Le lendemain matin, un gros titre du journal proclamait : “Victoire de la Chine !” C'était tout ce que nous avions besoin de savoir. Tous mes espoirs de recouvrer la liberté s'anéantirent d'un coup et je pensai à ce qui m'attendait désormais : la faim, de maigres rations, le travail forcé, les bastonnades. Mais je devais garder ma colère pour moi : il n'y avait rien à faire.

On nous convoqua à une réunion dans la cour où nous trouvâmes les Chinois d'humeur joviale. Ils circulaient avec plus d'allant, l'air orgueilleux. L'un des officiers prononça un discours sur la victoire chinoise en vantant la puissance de son pays et la magnanimité de l'APL qui avait déclaré le cessez-le-feu. Après quoi, il dénonça le Dalaï-Lama.

Un brusque changement d'attitude vis-à-vis de notre chef spirituel et politique s'était produit. Jadis, les communistes s'étaient gardés de condamner le Dalaï-Lama personnellement. A présent, ils le traitaient sans détour de réactionnaire. On nous disait que, tôt ou tard, les Indiens le renverraient au Tibet. L'un des officiers nous déclara : "Votre espoir de séparer le Tibet de la mère patrie a été détruit pour toujours."

Je compris alors que je n'avais aucune chance d'être libéré et envisageai de m'évader. Après une enquête prudente, en évitant d'avertir de mes projets les vingt codétenus de ma cellule, je pus trouver six autres prisonniers prêts à tenter leur chance. Parmi eux se trouvait un homme de soixante-huit ans, Gyälpo, son fils, Wangyäl (Gyälpo déclara qu'il préférait mourir en essayant de s'échapper plutôt que de rester en prison), un autre moine de Gadong, du nom de Lodèn Kälsang, et un jeune nomade appelé Dhargyé. Je ne connaissais pas très bien Lodèn Kälsang, mais comme nous venions du même monastère, j'avais le sentiment que je pouvais lui faire confiance. Quant à Dhargyé, sa connaissance approfondie des montagnes et des hauts plateaux pouvait nous être précieuse. Sa famille avait déjà fui en Inde, et il voulait les rejoindre.

Il fut convenu que je serais le seul à organiser notre évasion. Nous ne pouvions évidemment rien tenter durant les heures de travail : la seule solution serait de fuir la nuit. Je connaissais parfaitement les lieux à Norbukhungtsé, et je pensais savoir comment sortir de la prison. Notre cellule servait jadis de cuisine ; tout au fond, il y avait une porte par laquelle on amenait du bois et des bouses de yack dans le monastère. La première fois que j'étais venu à Norbukhungtsé, on m'avait chargé de murer cette issue et je savais que nous n'aurions aucune peine à retirer quelques briques.

Un matin, lorsque le garde vint nous chercher pour nous emmener sur notre lieu de travail, je lui dis que je ne me sentais pas bien. J'eus de la chance. Il ne fit aucun commentaire et me laissa seul en fermant la porte à clé derrière lui. Je courus au fond de la cellule et commençai à gratter les briques en terre molle avec un bâtonnet. La terre s'émiettait facilement et je ne tardai pas à sentir les briques bouger. Je ne pouvais pas les pousser vers l'extérieur de peur que le bruit n'alerte une sentinelle. Je m'arrangeai donc pour ménager suffisamment d'espace afin de glisser les doigts autour des briques et les retirer une à une. Nous allions devoir filer le soir même, avant que mes travaux d'excavation ne soient découverts. Quand mes camarades de cellule rentrèrent du travail, j'annonçai au vieil homme que nous tenterions l'aventure à la nuit tombée et le priai de faire passer le message.

Vers minuit, je me glissai au fond de la cellule et enlevai les briques de terre de l'ancienne porte. Dès que je vis une étoile briller à travers le trou, je sus que je pourrais y passer les épaules. Le vieil homme se glissa dans l'ouverture derrière moi, suivi de son fils et des autres prisonniers. Je leur recommandai de rester plaqués contre le mur. Des gardes faisaient les cent pas au-dessus de nos têtes, mais le mur était trop haut pour qu'ils puissent nous apercevoir dans l'obscurité. Le dernier prisonnier franchit le passage et nous commençâmes à descendre la colline.

Des chiens aboyèrent lorsque nous approchâmes du village et je redoutais que ce bruit n'alerte les gardes. J'imaginais le faisceau de leurs lampes de poche se posant sur nous tandis que nous dévalions le versant de la colline. Nous marchâmes toute la nuit sous une lune brillante, en direction des montagnes. Le soleil se levait quand nous atteignîmes le sommet d'une crête dominant toute la vallée inondée de la lueur orangée de l'aube. Nous nous arrêtâmes pour nous reposer dans une petite grotte et ne tardâmes pas à nous endormir.

Dhargyé me réveilla. Il m'emmena à l'entrée de la grotte et désigna un groupe de cavaliers chinois se dirigeant droit sur nous. En regardant dans la vallée, nous vîmes des soldats venant de toutes les directions converger vers le village. Ils nous cherchaient. Nous décidâmes aussitôt de continuer à grimper dans la montagne avec l'espoir d'atteindre la frontière du Bhoutan, à quatre ou cinq jours de marche de là.

Nous étions au cœur de l'hiver, les cols croulaient sous la neige. Nous laissions des empreintes de pas qui nous trahiraient, lorsque nos poursuivants retrouveraient notre trace. Nous marchions la nuit et nous reposions le jour : une fois le soleil disparu, la température descendait au-dessous de zéro et nous serions morts de froid si nous étions restés sans bouger dans nos habits légers. Marcher nous réchauffait et, grâce au clair de lune, nous trouvions notre chemin. Dans la journée, il faisait bon ; la réverbération du soleil sur la neige épaisse nous éblouissait. Nous n'avions rien d'autre à manger que de la *tsampa* à laquelle nous ajoutions un peu d'eau. Telle était notre maigre pitance.

Pendant quatre nuits et cinq jours, nous marchâmes ainsi dans les montagnes, sachant qu'une patrouille était à nos trousses. Dhargyé nous guidait ; il connaissait le pays comme sa poche. Le cinquième jour, nous descendîmes un col élevé pour déboucher dans une vallée appelée Gamba Changthang. Dhargyé nous informa qu'il ne nous restait plus qu'à franchir un petit défilé avant d'être en sécurité de l'autre côté de la frontière.

Mais juste au moment où nous regardions vers le Bhoutan, nous vîmes un groupe de soldats se détachant dans la neige sur leurs montures noires. Ils chevauchaient droit vers nous depuis l'est. Au même instant, une fusillade éclata derrière notre petit groupe. Mes compagnons se mirent à courir. Je bondis derrière un muret de pierre, un corral construit par des nomades. Une balle frappa un caillou près de moi, le sifflement brutal de l'impact m'assourdit. Je me tapis contre le mur en retenant mon souffle, à l'affût des coups de feu et des pas étouffés des soldats courant vers moi dans la neige. L'instant d'après, la crosse d'un fusil s'abattait sur mon crâne et sur mon dos. Je n'entendais plus rien, hormis un tintement au fond de mon crâne, et avant que je puisse retrouver mon équilibre deux jeunes soldats m'avaient ligoté les mains derrière le dos et me hissaient par les épaules. Mes compagnons aussi s'étaient fait prendre et je vis que trois soldats battaient sauvagement le vieil homme, tandis que d'autres se déchaînaient sur son fils.

On nous conduisit au village de Wangdèn Bartso. Les gens s'agglutinèrent de part et d'autre de l'étroit sentier boueux en criant : "A bas les réactionnaires !", brandissant leurs poings au-dessus de leur tête. On nous fit défiler devant les villageois et certains hurlèrent : "Les réactionnaires doivent être punis !" Ils avaient tout simplement peur des Chinois et savaient que s'ils ne nous condamnaient pas, on les accuserait d'aider ces réactionnaires à s'échapper. Je m'efforçai de ne pas penser à ce qui nous attendait.

Cette nuit-là, on nous entassa dans une étable. Au beau milieu de la nuit, nous entendîmes des pas feutrés s'approcher, s'arrêter, puis s'éloigner. A l'aube, nous découvrîmes que quelqu'un avait déposé de la nourriture pour nous, nous la dévorâmes comme des animaux.

VI

PAS D'ÉVASION SOUS LE CIEL BLEU

Nous arrivâmes à Norbukhungtsé au coucher du soleil. La prison semblait très paisible dans la lumière du soir. Le grand portail grinça sous la poussée des gardes, et ce bruit suffit à informer les autres prisonniers que nous étions de retour. On les rassembla dans la cour pour assister aux formalités de notre réintégration. Seul le bruit des pas des geôliers troublait le silence. L'un d'eux nous ordonna de nous incliner ; nous baissâmes tous la tête. Les détenus se mirent alors à brailler : "A bas les exploiteurs ! A bas les exploiteurs !" Nous avions déjà entendu cela, mais pas le slogan qui suivit : *Log-chöpa tsa-méd dang*, hurlèrent-ils encore. Ils réclamaient maintenant l'exécution des réactionnaires.

Le vacarme se tut et un prisonnier que je connaissais, un nommé Yamphel, s'approcha de nous. C'était un brave homme, très respecté des autres détenus. Mais il apparut rapidement qu'il avait reçu l'ordre de se livrer à un *thamzing* (séance de lutte). Il se lança dans l'incontournable dénonciation des réactionnaires qui avaient trahi "la bonté du Parti", ceci en tremblant de tous ses membres et bafouillant tant et plus. Puis un autre prisonnier s'avança à son tour – l'un des rares barbus du lot – et entreprit de nous vilipender avec véhémence. Il brandit le poing et se pencha vers nous en disant : "Votre passage sur cette terre touche à sa fin." Je fus très ébranlé par ses propos. Je craignais que les Chinois ne fussent désormais en mesure de dire que nos codétenus avaient exigé notre exécution.

Ce soir-là, on nous laissa dehors sans couvertures pour nous protéger du froid intense. J'avais mal partout. L'acier glacial de mes chaînes m'entamait les poignets et les chevilles. J'essayai de glisser mes manches et les ourlets de mon pantalon entre le métal et ma peau, mais ils s'en échappaient aussitôt. Trop épuisés pour lutter contre la faim et le froid, nous finîmes par nous endormir. La caresse du soleil sur mon visage me réveilla.

On nous transféra à Gyantsé, où se trouvait désormais l'une des principales prisons de la région du Tsang. Ils chargèrent sept d'entre nous sur deux chariots. Des gardes nous accompagnaient. On nous avait interdit de parler et le voyage dura toute la journée. Tout était éteint lorsque nous arrivâmes : quelques gardes sortirent avec des lampes de poche et nous poussèrent sans ménagement dans une pièce. Je dis à mes compagnons que nous ne pouvions nier notre tentative d'évasion. C'était un fait. L'important était de ne pas nous incriminer les uns les autres et de n'impliquer personne d'autre.

C'était à Gyantsé que j'avais été témoin de l'invasion chinoise pour la première fois. J'y revenais à présent prisonnier de nos envahisseurs. Mais j'avais aussi des souvenirs heureux de cette ville, car j'y avais vu le Dalaï-Lama. La prison était un ancien domaine seigneurial du gouvernement tibétain, en briques traditionnelles, et les Chinois n'avaient eu que quelques modifications à faire pour convertir le site en établissement carcéral. Plus de deux mille personnes y étaient enfermées, la plupart ayant appartenu à l'armée tibétaine du temps où il y en avait une !

Le lendemain de mon arrivée, on me sépara de mes six compagnons. Dès lors, je ne les vis plus que durant les réunions dans la cour. On me plaça dans la *tsuk* (cellule) numéro un avec onze autres hommes qui m'accueillirent comme un invité. La cellule était neuve, toute propre, et je supposai que les détenus l'avaient bâtie eux-mêmes conformément à ce que les communistes appelaient "contribuer à la construction socialiste".

Il s'agissait d'une pièce rectangulaire toute simple, en briques, avec des plateformes surélevées de part et d'autre, couvertes de minces paillasses en guise de lits. Je me souviens de l'odeur de terre fraîche. Deux avis épinglés sur la porte, l'un en tibétain, l'autre en chinois, rappelaient les règlements de la prison. Règle numéro un : Obéir aux gardiens en toute circonstance. Règle numéro deux : Les détenus ne doivent pas répandre de commérages ou diffamer le socialisme. Règle numéro trois : Les détenus ne doivent pas communiquer avec leurs parents ou amis en dehors de la prison. Règle numéro quatre : Il est interdit d'introduire dans la cellule des bâtons, des pierres ou des cordes. Etc.

Deux ouvertures étroites tout en haut du mur servaient de fenêtres. L'espace réservé à chaque homme sur la plateforme devenait vite son domaine privé. Il était tacitement convenu que nous ne devions pas empiéter sur nos territoires respectifs. Nous savions tous l'importance que chacun attribuait à cet endroit. Quelque temps plus tard, les autorités nous transféreraient d'une cellule à l'autre à intervalles réguliers et nous serions privés de la sécurité de notre petit espace. Deux énormes tinettes occupaient un coin de la pièce et, l'été, la puanteur des excréments couvrait le parfum de terre fraîche. Chaque matin, à tour de rôle, deux d'entre nous vidaient ces baquets. La journée, nous allions travailler et, le soir, la porte de la cellule se refermait derrière nous.

On m'interrogea de nouveau, cette fois-ci durant un mois entier. Cet interrogatoire commença dès le lendemain de mon arrivée à Gyantsé. On m'emmena dans une pièce où plusieurs officiers chinois attendaient déjà, ils portaient l'uniforme foncé des autorités judiciaires. Grand, les dents jaunies par le tabac, l'officier supérieur s'appelait Fang Yuan. Il me cuisina pendant six jours, par l'intermédiaire d'un interprète, et pas un instant ne s'écoula sans qu'il eût une cigarette aux lèvres. Il adressait ses questions à l'interprète d'une manière particulière, très précise. Durant trois jours, il ne s'intéressa qu'à mon passé, et une fois de plus je me retrouvais en train de raconter l'histoire de ma vie depuis l'âge de huit ans.

Le quatrième jour, Fang révéla l'objet principal de son interrogatoire.

"Pourquoi t'es-tu échappé ?" me demanda-t-il brusquement. J'attendais cette question depuis mon arrestation et je savais que c'était l'occasion ou jamais de dire ce que j'avais sur le cœur. Je rongeais mon frein depuis deux ans. Je répondis à Fang que les motifs qui m'avaient poussé à vouloir m'échapper étaient évidents. On m'avait tabassé durant les interrogatoires de 1960, j'avais vu des prisonniers mourir de faim pendant mon séjour à la prison de Taglung et les survivants avaient enduré tout du long la douleur de la faim et la peur de mourir.

Les Chinois écoutèrent mon récit sans m'interrompre, mais quand je commençai à leur parler des pénuries de nourriture, Fang Yuan se leva et, de son ton mesuré et pédant, accusa les Soviétiques d'être responsables de cette famine. Il me resservit l'histoire des dettes chinoises contractées auprès de l'URSS, et l'exigence de cette dernière d'être remboursée en céréales. Puis il se rassit et on me laissa poursuivre. Je leur avouai combien j'avais été déçu de ne pas avoir été libéré avec les autres prisonniers en décembre 1962.

Souvent, durant ces semaines, on venait me chercher dans ma cellule sans prévenir. Fang Yuan était plutôt de bonne composition ; il ne se mettait jamais en colère. Mais vers la fin, les questions se compliquèrent. Ils voulaient savoir où je serais allé, qui j'aurais retrouvé si je n'avais pas été capturé près de la frontière bhoutanaise. Autant de questions hypothétiques. Aussi me contentais-je de répéter que ma seule intention avait été d'aller rejoindre le Dalaï-Lama. Un beau jour, mon interrogatoire cessa aussi subitement qu'il avait commencé.

On ne me confiait aucun travail. De toute façon, pieds et poings liés, je n'aurais pas pu faire grand-chose. Les Chinois se servaient de différents types de menottes : de gros bracelets en fer reliés par une courte chaîne ; d'autres plus légers, mais aux bords en dents de scie, dotés d'une chaîne plus longue. Parfois, durant l'interrogatoire, le garde pressait dessus avec force et les dents métalliques acérées mordaient dans la chair.

Il existait aussi deux types d'entraves. Les unes consistaient en une barre métallique reliant deux larges anneaux encerclant les chevilles qui rendait la marche pour ainsi dire impossible. Les prisonniers chargés de cet attirail se dandinaient péniblement dans l'enceinte de la prison, le métal leur entamant les chairs jusqu'à l'os. L'été, la peau devenait très sensible sous les anneaux, l'hiver le froid provoquait de terribles gerçures. Je portais, pour ma part, des fers réunis par une courte chaîne et me déplaçais en traînant les pieds.

Pendant six mois, je dépendis entièrement de mes compagnons de cellule. Je ne pouvais même pas manger sans leur aide. Ils se relayaient pour me prêter assistance. Ils me nourrissaient, me lavaient et me conduisaient aux tinettes. Je pense encore à eux aujourd'hui et je donnerais cher pour pouvoir leur manifester ma gratitude. Plusieurs sont toujours au Tibet, même si certains ont réussi à s'enfuir en Inde. Je me souviens que l'un d'entre eux prenait une poignée de *tsampa* et en faisait une sorte de pâte qu'il posait sur mon lit, près de ma bouche, de façon que je puisse en manger par petites bouchées. La gentillesse de mes codétenus allégeait ma détresse.

Les Chinois réfléchissaient soigneusement au modèle de chaînes à attribuer à chaque prisonnier. Tout ce qu'ils entreprenaient se rapportait aux idéaux socialistes. Notre captivité, nos punitions et nos récompenses occasionnelles étaient autant de manifestations du pouvoir du parti communiste. Chaque discours, chaque interrogatoire débutait par un éloge du Parti. Pour les communistes, l'incarcération était un moyen de maîtriser nos pensées : chaque réunion commençait par un laïus relatif à la nécessité de réformer nos idées et nos convictions. Ils nous expliquaient que nous devions apprendre à aimer le Parti dans nos cœurs et dans nos esprits. Mais les fers n'entravaient pas ma pensée. Ma formation religieuse me procurait la paix de l'esprit. Les contraintes physiques n'étaient qu'un signe extérieur d'emprisonnement : je continuais à avoir le pouvoir de laisser errer mes pensées comme bon me semblait.

Un jour, Yéshi Wangyäl, le chef de notre cellule, vint me trouver. Tout le monde l'appelait Gyantsé *pa-la* (papa de Gyantsé), car il se comportait comme un vieillard bien qu'il n'eût pas atteint la cinquantaine. Yéshi prenait ses responsabilités très au sérieux, nous mettant sans cesse en garde de ne pas éveiller l'hostilité des autorités et de nous assurer que personne n'écoutait nos conversations. Il m'expliqua qu'il venait de participer à une réunion des responsables de cellule, où l'on avait annoncé que tous ceux qui avaient tenté de s'évader seraient soumis à une séance de *thamzing*.

J'avais assisté à plusieurs de ces "séances de lutte" depuis l'invasion des Chinois. Ma propre famille y avait eu droit, en raison de sa classe sociale. Le Parti soutenait que ces séances permettaient aux gens de décharger leur colère à l'encontre des propriétaires terriens et autres représentants de la classe exploitante. Le *thamzing* débutait toujours par une condamnation verbale, généralement suivie d'un passage à tabac. Les autorités chinoises y assistaient de loin, comme de simples badauds. Elles n'intervenaient pour ainsi dire jamais. A leurs yeux, ces déchaînements de violence manifestaient tout simplement la "rage des serfs". Cela absolvait le Parti et ses officiels de toute responsabilité. Si quelqu'un était blessé, c'était l'affaire du peuple, pas celle du Parti !

Paysans, prisonniers, équipes de travail – les cadres chinois nous surveillaient tous d'un œil vigilant –, et quiconque ne participait pas aux *thamzing* avec l'enthousiasme requis pouvait être assuré de recevoir la visite des officiels du Parti, le soir même ou le lendemain. D'un air profondément soucieux, l'officiel dirait avoir remarqué que vous n'aviez pas montré *nam-gyur yag-po* (un visage agréable). Cela signifiait que vous étiez "repéré". A la prochaine réunion, on vous obligerait à tirer quelque innocente victime par les cheveux et à l'injurier à qui mieux mieux, de manière à prouver votre amour pour le Parti et votre soutien à la cause du peuple. Presque tous les grands lamas et dignitaires tibétains furent soumis à ce type de violence. Plus que toute autre chose, le *thamzing* témoignait de la puissance du Parti.

A Gyantsé, il y avait aussi une réunion mensuelle appelée "récompenses et punitions", au cours de laquelle on récompensait les prisonniers "réformés", quand ceux qui n'avaient pas réussi à se corriger étaient sanctionnés. Ces châtiments prenaient le plus souvent la forme d'un *thamzing*. L'avertissement de Gyantsé *pa-la* m'aida à me préparer à cette éventualité, mais je l'appréhendais tout de même : personne ne savait jamais vraiment à quoi s'attendre lors de ces réunions.

Mon tour vint le lundi matin. Les officiels chinois s'étaient installés autour d'une grande table dans la cour, encerclée par des gardiens et des soldats baïonnette au canon. On nous conduisit dehors où l'on nous aligna. Mon cœur battait à tout rompre. Tout ce cérémonial montrait qu'il ne s'agirait pas d'une simple séance de lutte. Six mois s'étaient écoulés depuis notre tentative d'évasion et nous n'avions toujours pas été jugés. Peut-être allait-on me condamner à mort, car on mettait généralement des fers aux prisonniers devant être exécutés pour les empêcher de se suicider.

Un officier de taille imposante que je n'avais jamais vu se leva et annonça que nous allions assister à une réunion de "récompenses et punitions". Un garde tibétain cria : "Les prisonniers qui se sont échappés de Norbukhungtsé, approchez !" Mes compagnons et moi sortîmes des rangs d'une démarche traînante, nos talons soulevant des petits nuages de poussière. Nous nous retrouvâmes devant le grand officier. Les autres prisonniers reçurent l'ordre de s'asseoir et on nous força à nous tourner dans leur direction.

Un jeune interprète tibétain se dressa à son tour pour nous dénoncer. Nous étions des réactionnaires, nous avions trahi la mère patrie et combattu le peuple, déclara-t-il. Il devait venir de Gyantsé car il parlait le dialecte local, émaillé de mots issus du nouveau jargon socialiste. Il exhorta les autres détenus à exposer nos crimes et à se préparer à nous punir parce que nous avions tourné le dos au gouvernement du peuple. Les autres se mirent à crier en chœur : “A bas les réactionnaires ! A bas les réactionnaires !” Les voix de deux mille prisonniers tibétains résonnèrent à nos oreilles. Quand la clameur se tut finalement, un prisonnier robuste s’approcha de nous, remonta ses manches et se lança dans une fougueuse dénonciation. Je crus qu’il allait me frapper.

“Pourquoi avez-vous voulu vous échapper ? demanda-t-il. La prison est un lieu qui doit vous permettre de vous réformer et de vous éduquer. Vous avez trahi le Parti et le pays.” Puis il réitéra sa question en s’adressant à chacun de nous, l’un après l’autre. “Pourquoi avez-vous voulu vous échapper ?”

Il fallait que je décide si j’allais répondre ou me taire. Malgré le concert de dénonciations qui s’élevait à nouveau dans la foule, je savais que tous les prisonniers me soutenaient. Je me rendis compte que je ne pouvais pas garder le silence : c’était l’occasion ou jamais de discréditer les Chinois et de manifester ma liberté de pensée.

“La raison est évidente”, répliquai-je. Puis j’entrepris d’énumérer tous mes griefs, y compris la famine régnant dans les prisons. Les officiels présents étaient manifestement très mal à l’aise tandis que les détenus se réjouissaient secrètement de ma bravade. Ils savaient tous pertinemment pourquoi je m’étais échappé. Le prisonnier robuste paraissait abasourdi par la réponse que sa question avait suscitée. Les gardes lui enjoignirent de regagner sa place.

Après quoi, ils appelèrent un autre détenu, Thangtsé Worpa, qui, lors de la révolte de Lhassa, occupait un poste de petit fonctionnaire dans la région de Gyantsé. Son appartenance à la classe privilégiée lui avait valu l'emprisonnement, et il était déterminé à coopérer au maximum avec les Chinois. Worpa avait la réputation de battre ses codétenus, aussi le regardai-je avec effroi s'avancer vers moi. Il vanta les mérites du Parti et du socialisme, avant de me demander : "Pourquoi as-tu cherché à t'échapper ?"

"Je me suis enfui parce que j'avais peur de mourir de faim", répondis-je.

Il me gifla la joue gauche à toute volée et je tombai à terre. Il me saisit alors par le cou et me fourra le nez dans la poussière.

"La terre, c'est le Parti, le ciel bleu, c'est le peuple, et entre la terre et le ciel, tu n'as aucun moyen de t'échapper."

Thangtsé s'approcha de chacun des prisonniers, l'un après l'autre, leur tira les cheveux, leur cracha au visage tout en continuant à hurler comme un fou. Un garde lui intima l'ordre de ne pas nous frapper, mais c'était une fausse manifestation de bienveillance destinée à prouver la magnanimité du Parti, car tout ce qui advenait lors de ces réunions s'intégrait dans sa stratégie. Si l'on battait quelqu'un, c'était avec l'approbation absolue des autorités communistes.

Le *thamzing* se termina abruptement et un officier se leva pour donner lecture des verdicts. Nous fûmes qualifiés de prisonniers "hautement coupables". Il commença par moi : "Pälden Gyatso, de Pa-Nam, huit ans à purger consécutivement, suivis de trois années de privation de tous droits politiques." Je ne savais plus quoi penser. J'étais content d'avoir échappé à l'exécution, mais à présent je devrais purger une peine totale de quinze ans.

Les autres écopèrent de condamnations similaires. Pour le vieux Gyälpo, celui-ci ayant déjà été condamné à vingt ans, ils s'abstinrent d'en rajouter. Mais on lui entrava les chevilles de deux bracelets en fer reliés par une courte chaîne, pour quatre ans.

J'étais déterminé à tenter de m'évader à nouveau. Enchantés de leur victoire sur l'Inde, les Chinois, plus arrogants que jamais, répétaient inlassablement leur formule favorite : "Sous le ciel bleu, il n'y a pas moyen d'échapper au Parti." Les prisonniers étaient très abattus, tout espoir d'être libéré prochainement s'était envolé.

Fang Yuan vint me parler quelques jours après l'annonce de ma condamnation. Il m'expliqua que mon incarcération devait me permettre de "me réformer" et de m'intégrer à la "nouvelle société". Je ne répondis rien. Il m'informa que je devrais assister aux cours de rééducation organisés par la prison afin de me rendre compte que le parti communiste ne se préoccupait que du bien-être du peuple. Mais je savais ce que les Chinois entendaient par "réforme". Cela voulait dire tout accepter de leur part et nier la vie tibétaine sous tous ses aspects. Je refusai de céder. J'étais résolu à ne pas me plier à leurs exigences.

Quelques jours plus tard, l'un des gardiens-chefs, un homme nerveux, d'âge moyen, vint me trouver à son tour. En règle générale, les prisonniers n'avaient guère de contact avec les officiels chinois : nous avions surtout affaire aux Tibétains employés comme interprètes. C'était la première fois que je rencontrais l'un de ces hommes. Il me somma de lui dire si j'avais l'intention de m'évader à nouveau et je lui répondis que non. "As-tu quelque chose à dire ?" ajouta-t-il.

Je le priai de me détacher les mains, mais il refusa net. Il se lança dans un grand discours à propos des crimes contre le peuple. En conclusion, il me demanda si je voulais apprendre un métier. J'étais jeune, me dit-il, et je devrais contribuer à l'édification socialiste. Je gardai le silence. Il prit un air renfrogné et se tourna vers l'interprète. "Parle ! Parle !" beugla-t-il.

"Je ne peux même pas me nourrir seul, répliquai-je. Comment voulez-vous que j'apprenne quoi que ce soit avec les pieds et les mains liés ?" L'interprète traduisit. L'homme perdit son sang-froid et ordonna aux geôliers de m'emmener.

Plus tard, quand je racontai à mes camarades de cellule ce qui s'était passé, ils me dirent tous que j'avais été stupide de refuser la proposition du gardien. Ils secouèrent la tête, et Yéshi me demanda pourquoi je me compliquais la vie de la sorte.

Le lendemain, deux gardes se présentèrent avec l'interprète pour m'annoncer que j'avais été sélectionné pour prendre part à un cours d'initiation au tissage de tapis traditionnels. L'un des hommes m'enleva mes menottes et j'eus l'impression que l'on m'arrachait un bout de chair. Mes mains restèrent dans la même position. Je tentai de les ramener devant moi. En vain. J'essayai de nouveau, mais mes bras raides refusaient de bouger de derrière mon dos. En concentrant toute mon énergie dans mes épaules, je poussai mes bras en avant bien que je fusse toujours incapable de remuer les mains. Une douleur épouvantable me transperça les épaules et toute la longueur des bras.

Mon cœur s'affola à la pensée que j'avais peut-être perdu l'usage de mes mains. Les sept derniers mois avaient été la pire période de mon emprisonnement. L'incapacité d'effectuer les tâches les plus simples m'avait rendu totalement dépendant de mes camarades de captivité. J'avais rêvé de pouvoir accomplir les gestes les plus banals : porter une tasse à mes lèvres, défaire ma ceinture, me passer une main dans les cheveux, ils avaient repoussé et les poux me causaient d'insupportables démangeaisons. L'idée de ne plus pouvoir me servir de mes mains m'épouvanta.

Le directeur de la prison ordonna à l'un de mes compagnons de me masser les bras mais cela ne fit qu'aviver la douleur. On me conduisit au dispensaire où un médecin chinois me fit une piqûre et me massa à son tour. Près de deux semaines s'écoulèrent avant que je récupère en partie l'usage de mes mains. Mais il fallut plusieurs mois avant qu'elles retrouvent leur souplesse et leur dextérité.

Un vieil homme nommé Rabsäl m'apprit à tisser. C'était un maître tisserand réputé dans toute la région de Gyantsé. Dès qu'il vit mes fers, il déclara au garde : "Il ne peut pas travailler avec les pieds enchaînés." Il supplia qu'on me les enlève. Mais le garde rétorqua que j'étais un prisonnier "hautement coupable" et ignora sa requête.

Mes chaînes me compliquaient considérablement la tâche. Les métiers à tisser tibétains traditionnels sont en bois et adossés à un mur ; le tisserand s'assoit par terre, les jambes croisées. Je ne pouvais évidemment pas croiser les miennes. Rabsäl et moi devions trouver un moyen pour me permettre de m'asseoir. Pour finir, nous eûmes l'idée de creuser un trou d'une soixantaine de centimètres de large et d'un mètre de profondeur devant le métier à tisser de manière que je puisse y mettre les jambes.

Le tissage requiert de l'adresse et de la vélocité, je progressais très lentement. Mes doigts étaient si faibles que faire des nœuds me causait de terribles souffrances. J'avais à peine la force de manier la navette qui alignait le fil de laine en rangs serrés sur la trame. Rabsäl était aussi calme et patient qu'il pouvait l'être avec moi : ma maladresse ne l'énervait jamais, il se contentait de dire : "Recommençons", et il me montrait à nouveau comment je devais m'y prendre.

A la fin de 1963, la routine s'était installée dans notre vie à la prison. Les Chinois étaient mieux organisés. Les réunions devinrent des démonstrations d'arrogance et d'orgueil suscitées par les exploits de la Chine. On ne cessait de nous répéter que les Tibétains qui s'étaient réfugiés en Inde vivaient comme des mendiants et que, tôt ou tard, on renverrait le Dalaï-Lama en Chine.

Ma vie s'écoulait au rythme de mon travail, des réunions, du sommeil. On sonnait le réveil à l'aube. Nous nous précipitions hors de notre cellule, quelle que soit la température. Cette ruée à l'extérieur nous procurait à tous un sentiment de liberté éphémère. De plus, l'air frais s'engouffrant dans notre cellule chassait la puanteur des baquets sanitaires.

Comme je l'ai dit, deux prisonniers, à tour de rôle, se chargeaient d'aller les vider. Mes fers me dispensaient de cette corvée, rare privilège... On déversait toutes les déjections dans un immense dépotoir situé dans le coin le plus reculé de la prison où elles restaient jusqu'au printemps. On s'en servait ensuite comme engrais pour fertiliser les champs. Après la sonnerie du clairon, durant les deux heures qui s'écoulaient avant que nous ne partions travailler, des "prisonniers en cours de réforme par le travail" passaient avec deux bouilloires contenant du thé noir insipide.

Chaque détenu recevait vingt-quatre *gya-ma* de *tsampa* par mois – environ douze kilos. En rentrant, on nous remettait notre ration quotidienne ; elle devait durer jusqu'au lendemain soir. Ceux qui travaillaient dans les carrières de pierre avaient droit à des rations supplémentaires car leur besogne était plus fatigante. Après la guerre sino-indienne, notre alimentation s'améliora légèrement. Les prisonniers qui avaient des parents à proximité furent autorisés à recevoir des colis de nourriture une fois par mois, mais parfois les gardes les réquisitionnaient pour eux-mêmes.

A midi, une cloche annonçait l'heure du déjeuner et nous regagnions nos cellules. Des "prisonniers en cours de réforme par le travail" nous apportaient encore du thé noir dont le seul mérite était d'être chaud. On avait ajouté une poignée de feuilles de thé dans l'eau pour la colorer un peu, mais ce breuvage n'avait aucun goût. Après quoi, nous avions deux heures à nous.

Les officiels de la prison faisaient eux aussi une pause dont ils profitaient généralement pour dormir. Nous apprîmes à concentrer toutes nos pensées et nos efforts pour nous décontracter durant ce précieux laps de temps. Je m'asseyais au bout de ma paillasse et récitais des prières et des textes. Certains prisonniers faisaient la sieste ; d'autres parlaient de leur passé ou se racontaient des histoires à propos de leurs familles.

Il était difficile de nouer des liens avec les autres reclusionnaires car les autorités s'assuraient qu'il n'y ait aucune chance que nous puissions bien nous connaître. On nous changeait de cellule tous les trois mois afin d'empêcher tout risque de conspiration. On brisait rapidement les amitiés naissantes ; des visages différents vous accueillaient chaque matin. Nous ne savions jamais quand nous reverrions nos anciens camarades. On infiltrait dans chaque cellule des prisonniers de droit commun chargés de moucharder. A l'affût de tout brin de conversation ayant trait au socialisme, ils ne relâchaient jamais leur surveillance. Si quelqu'un faisait ne serait-ce qu'une remarque en passant à propos de notre pitance, ils s'empressaient de rapporter qu'il avait calomnié le socialisme.

Nous étions supposés trimer six jours par semaine et nous reposer le dimanche, mais on ne respectait jamais ce règlement. Même s'il n'y avait pas de travail, la journée du dimanche était occupée par une suite ininterrompue de réunions et de séances d'étude. Ces réunions étaient de véritables traquenards. Les officiels chargés de la surveillance notaient nos moindres commentaires qu'ils consignaient ensuite systématiquement dans nos dossiers personnels. Quant aux séances d'étude, il ne s'agissait ni plus ni moins que d'endoctrinement. Nous préférions tous le travail manuel à ces assemblées.

En 1963, il n'y avait pas d'électricité à la prison, aussi la lumière du jour gouvernait-elle notre routine quotidienne. Juste avant le coucher du soleil, une vibrante lumière orangée se répandait sur la prison. Les gardes vérifiaient que nous avions tous regagné nos cellules. Nous grimpions dans nos lits en entendant les verrous des autres *tsuk* se fermer avec un bruit sec, puis des pas approchaient et l'on verrouillait notre porte à son tour, la targette claquant inexorablement. La clarté du jour disparaissait, la nuit s'abattait sur nous. Il n'y avait rien à faire hormis dormir et attendre le matin que l'on vienne ouvrir.

J'aimais bien mon travail. Comparé à d'autres corvées, le tissage me semblait une sinécure. La plupart des prisonniers peinaient sur des chantiers de construction. L'hiver, on rentrait les métiers à tisser afin que nous soyons abrités de la neige et du vent glacial. Mais les bracelets de fer autour de mes chevilles me faisaient l'effet de carcans de glace collés à ma peau. Je parvins finalement à y glisser des bouts de laine, en guise de coussinets protecteurs.

Vers le milieu de l'année 1964, des rumeurs circulèrent selon lesquelles on allait disperser le contingent de la prison de Gyantsé, et expédier les prisonniers dans différentes régions du Tibet. Un matin, on nous donna l'ordre de démanteler les métiers à tisser, tous les tisserands devant être transférés à Shigatsé. Le lendemain, tout aussi subitement, on m'ordonna de plier ma literie. Une heure plus tard, je me retrouvais dans un camion militaire.

J'aperçus Gadong au passage. Durant plus de trois ans, je n'avais rien vu d'autre que l'enceinte grisâtre de la prison. A présent, je voyais mon ancien monastère et la curieuse enfilade de pics montagneux qui se déployait jusqu'à l'horizon. Gadong se dressait là, immuable depuis des siècles. De loin, rien ne transparaissait du chagrin qui accablait la vallée. L'absence de nouveaux drapeaux de prières flottant dans la brise au-dessus du monastère était l'unique indice que les choses n'allaient peut-être pas si bien.

A Gyantsé, je recevais parfois des nouvelles de ma famille. Je savais qu'ils avaient été battus et que tous leurs biens avaient été confisqués. On avait contraint mon père et ma belle-mère à évacuer la maison familiale ; on leur avait assigné une petite chambre qui servait jadis de réserve. En tant qu'ex-propriétaires terriens, ils étaient encore plus mal traités que nous. Les villageois et leurs anciens métayers les évitaient comme des pestiférés. Au sein de la nouvelle société socialiste, on les considérait comme des moins que rien. N'importe qui pouvait leur taper dessus, notamment les anciens *serfs*.

Il faisait nuit lorsque nous parvînmes à Shigatsé. Plusieurs gardes, une torche électrique au poing, nous conduisirent dans une grande cour : nous y passâmes la nuit à la belle étoile. Le lendemain matin, on nous transporta dans une pièce aveugle, percée seulement d'une porte très basse. Sur le sol en terre battue, dur et inégal, pas de paillasses. Le tas de chiffons qui me tenait lieu de literie servirait à la fois de matelas et de couverture.

Je devais monter une fabrique de tapis dans ce nouvel établissement. Toutefois, peu de temps après notre arrivée à Shigatsé, nous nous rendîmes compte que le moment de notre transfert n'aurait pas pu être plus mal choisi.

En octobre 1964, les Chinois firent exploser leur première bombe atomique. Un matin, on nous réunit tous pour nous annoncer la nouvelle. Les officiels chinois jubilaient, rayonnants de fierté. L'un d'eux, vêtu d'un costume en laine bleue à pantalon bouffant, se leva et déclara que la Chine était une grande puissance qui n'aurait jamais à s'humilier devant les impérialistes. Il dénonça l'Amérique impérialiste et les révisionnistes soviétiques qui jusqu'à présent avaient fait chanter le monde entier avec leur arsenal nucléaire.

Je me souviens, une semaine plus tard, je feuilletais le *Quotidien du Tibet*, lecture obligatoire pour tous les prisonniers, dans ma cellule. Durant les séances d'étude, on nous forçait à débattre de l'éditorial du jour. Je fus frappé par un titre en gros caractères : “La clique du Panchèn-Lama.” Le terme “clique” était une insulte appliquée spécifiquement à ceux que l’on accusait de se regrouper pour renverser le parti communiste. L’article en question dénonçait le Panchèn Rinpoché auquel on imputait la mise sur pied d’une “organisation noire” opposée à la dictature du prolétariat et manigançant la séparation du Tibet de la mère patrie*.

Cet article me choqua tout particulièrement parce que je vivais juste en dessous de la résidence du Panchèn Rinpoché, notre prison occupant l’ancien grenier à blé en contrebas du monastère de Tashilhunpo. Je n’en croyais pas mes yeux ! Pourquoi s’en prenait-on si violemment au Panchèn Rinpoché, considéré comme un “lama patriote”, son monastère lui-même faisant figure de “monastère patriote” par excellence ? Lorsque, en 1960, on avait confisqué les terres de tous les monastères, celles du domaine de Tashilhunpo étaient restées intactes.

Un matin, je remarquai que des troupes de soldats encerclaient le monastère. Quand on nous informa que nous n’irions pas travailler ce jour-là, nous comprîmes ce que cela signifiait : une réunion. Nous nous rassemblâmes dans la cour en attendant l’arrivée des officiers chinois. Ils s’empressèrent de dénoncer le Panchèn Rinpoché en décrétant qu’il s’était rendu coupable d’un crime de haute trahison et avait bafoué la confiance du Parti. L’un des officiels fulmina longuement contre la “clique” du Panchèn qui avait rompu tout lien avec les

* Tombé en disgrâce en 1964-1965 pour avoir discuté la légitimité de l’occupation chinoise au Tibet, le Panchèn-Lama ne sera réinstitué qu’en 1978. Il meurt le 29 janvier 1989 non sans s’être à nouveau exprimé sur le bilan négatif de près de quarante ans de régime chinois. *(N.d.T.)*

masses et s'était liguée avec les bandits réactionnaires de la "clique du Dalaï". A un moment donné, il adoucit même le ton, feignant d'être profondément blessé par les réactions du Panchèn Rinpoché. Mais nous ignorions toujours ce qu'on lui reprochait au juste.

Ma première pensée fut qu'il avait dû s'enfuir en Inde pour y rejoindre le Dalaï-Lama. Les Chinois qualifiaient les deux hommes "d'esclavagistes soutenus par les expansionnistes indiens". Ce fut seulement beaucoup plus tard que la presse chinoise mentionna la pétition de soixante-dix mille caractères que le Panchèn Rinpoché avait adressée au leader chinois. Nos occupants l'accusaient de calomnier le Parti et le gouvernement du peuple. La campagne lancée contre lui s'intensifia. Nous apprîmes que les Chinois avaient arrêté un grand nombre de dignitaires de Tashilhunpo, désormais incarcérés à la prison de Shigatsé, bien que je ne les visse jamais.

Ces événements m'inquiétaient énormément. Le Dalaï-Lama ayant dû fuir son pays, nous considérions tous le Panchèn Rinpoché comme la figure de proue du Tibet. Dans la région de Pa-Nam, il avait toujours fait l'objet d'une dévotion particulière, même si, par le passé, certains Tibétains lui avaient reproché d'être prochinois. Sa chute brutale m'attristait beaucoup. Nous savions comment les Chinois avaient traité d'autres leaders tibétains. Les responsables de la prison nous annoncèrent alors que nous devions réévaluer notre point de vue sur le Panchèn Rinpoché et déclarer publiquement notre position à son égard. Autrement dit, nous n'allions pas tarder à être obligés de le dénoncer.

Mon séjour à Shigatsé fut de courte durée. Une nuit, je fus réveillé par le faisceau d'une torche en pleine figure.

"Lequel d'entre vous est Päldèn Gyatso ?" demanda la silhouette qui tenait la lampe.

"C'est moi", murmurai-je d'une voix ensommeillée.

Il m'ordonna de rouler ma literie, puis de sortir de la cellule. Je compris que je devais déménager une fois de plus. Je pensai qu'on allait m'intégrer à une nouvelle équipe de travail ou me mettre dans une autre cellule. La torche éclaira d'une lueur vacillante les formes endormies de mes camarades. L'homme appela mon ami, Lodèn Kälsang, qui se réveilla en sursaut, puis regarda dans ma direction d'un air hagard comme pour me demander ce qui se passait. Il reçut les mêmes consignes que moi. Mes fers cliquetaient tandis que je roulais mes couvertures. Je serrai mes quelques effets en un baluchon bien net. En prison, on apprend à apprécier l'importance du moindre objet et je glissai ma main sur le sol rugueux pour m'assurer que je n'avais rien oublié. Je n'avais toujours pas vu le visage de l'homme qui m'avait brutalement tiré du sommeil, mais, d'après sa voix, je savais qu'il s'agissait d'un des interprètes tibétains. Une fois dehors, il nous désigna un endroit où nous devions nous asseoir. On nous apporta un peu d'eau chaude, et, tandis que je l'avalais à petites gorgées, l'interprète nous apprit qu'on nous transférait à Lhassa.

A l'en croire cette décision avait été prise parce qu'on voulait monter une fabrique de tapis à la prison de Drapchi ; ils avaient besoin de nous pour former d'autres prisonniers. Pour la première fois on se donnait la peine de me préciser où l'on m'envoyait et pourquoi. L'interprète ajouta que nous prendrions le car pour Lhassa à l'aube.

D'autres bonnes nouvelles nous attendaient. Quatre gardes accompagnés d'un officier arrivèrent. Le comportement de l'interprète changea aussitôt ; il attendit tranquillement de recevoir ses ordres. L'officier lui adressa quelques mots. Il hocha la tête, et, à ma grande surprise, me retira mes fers.

Je me sentis transporté. Depuis deux ans, ces chaînes faisaient partie de mon corps. Je m'étais habitué aux restrictions de mouvements que m'imposait la courte chaîne reliant les deux bracelets et au cliquetis de mes entraves se heurtant aux pierres de la cour. Je m'étais aussi accoutumé à ne pouvoir courir aussi vite que les autres prisonniers le matin, au moment de la ruée vers les latrines. Depuis le temps que je portais des chaînes, j'avais maintenant une démarche qui paraissait à peu près naturelle et relativement aisée.

On nous ordonna de prendre nos bagages, puis, flanqués de quatre gardes, on nous emmena au terminus du car. L'officier et l'interprète tibétain nous emboîtèrent le pas. Il nous fallut plus d'une heure pour arriver à destination et le simple fait de marcher exigeait toute ma concentration. J'avais toutes les peines du monde à avancer sans mes chaînes. Rien qu'à me voir mettre un pied devant l'autre, n'importe quel autre détenu aurait pu dire que j'avais porté des fers pendant des années.

Une foule de Tibétains et de Chinois s'était rassemblée devant le terminus ; ces badauds eurent vite fait de nous identifier comme des prisonniers "hautement coupables". Nous nous arrêtâmes à quelques mètres des autres passagers, nos bagages à nos pieds, debout au milieu d'un cercle de soldats. L'officier s'éclipsa un moment. Il revint avec des papiers que nous supposions être des permis de circuler. Il nous recommanda de bien nous tenir, puis ouvrit un sac d'où il tira deux paires de menottes. Il avait reçu l'ordre de nous garder enchaînés en permanence, mais, nous précisa-t-il, il prenait sur lui de nous éviter cette gêne.

Nous montâmes à l'arrière du car avec nos gardes ; une douzaine d'autres passagers se joignirent à nous. La route de Shigatsé à Lhassa n'était que cahots et poussière, et celle-ci s'engouffrait par les fenêtres, nous recouvrant de la tête aux pieds. Les femmes dissimulaient leur visage sous des foulards. Dès que la route s'aplanit, l'une des passagères sortit un panier rempli de beignets qu'elle fit passer à la ronde. Lorsqu'il arriva à proximité de Lodèn et moi, une jeune Tibétaine parlant le chinois demanda à l'un des gardes la permission de nous en donner. Il agita la main en signe d'acquiescement. Je pris un beignet. Lodèn m'imita. "Reprenez-en", nous dit la jeune femme. Je résistai à la tentation et repoussai le panier. Elle prit alors une poignée de beignets qu'elle me déposa sur les genoux ; puis elle fit de même pour Lodèn. Sa sollicitude me toucha profondément. Il y avait quatre ans que je n'avais rien mangé d'aussi bon. La prison apprend à être frugal. Aussi gardai-je ma part pour plus tard.

Ce soir-là, au moment où le soleil disparaissait derrière la chaîne des montagnes, nous atteignîmes Yangpachèn, à mi-chemin entre Shigatsé et Lhassa. Je me souvenais d'avoir traversé cette ville lorsque j'étais venu dans la capitale pour la seconde fois. Entre-temps, les Chinois avaient construit des dizaines de maisons, une longue file de camions bordait la route, on se serait cru dans un gigantesque camp militaire.

On nous conduisit dans un mess spacieux, un relais pour tous les camionneurs. Nos gardes nous apportèrent un bol de nouilles fumantes, si délicieuses que je les engloutis goulûment. Lodèn s'empiffrait comme moi. Les autres passagers tibétains nous virent nous jeter sur cette nourriture, comme si c'était la première fois de notre vie que nous mangions ! Plus tard, dans la nuit, lorsqu'on nous apporta une deuxième assiettée, je décidai, là encore, de la garder pour plus tard.

Nous passâmes la nuit à Yangpachèn avant de reprendre la route pour Lhassa dès le point du jour. Les passagers étaient maintenant autorisés à nous parler, ils nous posaient une foule de questions. J'aurais voulu les interroger sur la situation dans le pays. En prison, les seules nouvelles du monde extérieur que nous avions provenaient des Chinois, de sorte que l'on pouvait difficilement s'y fier.

Nous arrivâmes enfin à Lhassa. Au moment où nous descendions du car, plusieurs passagers nous glissèrent de la monnaie chinoise dans la main. J'essayai de la leur rendre, mais prompts à s'éloigner ils avaient déjà disparu dans la cohue.

Le terminus grouillait d'une foule venue de tous les coins du Tibet. Je constatai que bien des choses avaient changé durant mes années d'incarcération. Les gens n'avaient plus la même apparence ; ils se vêtaient à la chinoise. Presque tous les jeunes avaient troqué la *chuba* traditionnelle contre l'uniforme bleu des prolétaires. Hommes et femmes s'habillaient de la même manière. Au début, je crus qu'ils étaient tous dans l'armée. Je découvris par la suite que c'était une mode encouragée par les autorités.

Une jeep vint nous chercher et fonça dans les rues de la ville pour nous conduire à Drapchi. Ce bâtiment aussi avait changé. Désormais, il ressemblait plus à une prison moderne qu'à un camp militaire. Lodèn paraissait inquiet. Je le rassurai : peut-être retrouverions-nous d'anciens amis de Drépung et puis, après tout, on nous demandait simplement de donner des cours de tissage.

En 1964, Drapchi était une prison modèle, le *nec plus ultra* en matière d'incarcération. Les prisonniers portaient des uniformes corrects. Nous avions l'électricité. Une ampoule nue pendait au plafond de notre cellule. C'était la première fois que je me trouvais dans une pièce ainsi éclairée. Je restai planté là, les yeux écarquillés, à admirer la lumière. Les autres détenus riaient et me traitaient de "paysan". On laissa brûler la lampe toute la nuit.

Drapchi abritait certains des plus célèbres prisonniers et dissidents du Tibet. L'établissement était divisé en cinq *rukha* (brigade). La cinquième *rukha* regroupait tous les anciens dignitaires du gouvernement et hauts lamas tibétains, notamment Lobsang Tashi, notre dernier premier ministre, et Lhalu, l'ex-commandant en chef de l'armée tibétaine dans l'est du pays. On réservait la première *rukha* aux prisonniers condamnés à perpétuité. La deuxième était connue sous le nom de *po-rukha* (brigade des "grands-pères"), alors que la troisième comptait exclusivement des femmes. On m'intégra dans la quatrième.

Chaque brigade était elle-même divisée en *tsuk* regroupant entre douze et seize détenus. Nous dormions et nous reposions dans ces cellules, chacune régie par un *zuzhang* (chef de cellule), de loin le personnage le plus important de tout le système carcéral.

Le lendemain, on m'emmena dans un gigantesque entrepôt où des hommes cardaient de la laine avant de la filer. On se serait plutôt cru dans une usine que dans une prison. On nous présenta, Lodèn et moi, comme des maîtres tisserands de sorte que les autres prisonniers se montrèrent très déférents à notre égard tandis que nous déambulions dans le bâtiment.

Quelques semaines plus tard, les autorités de Drapchi annoncèrent qu'en définitive elles renonçaient à ouvrir une fabrique de tapis. On apprit du même coup que les prisonniers qui venaient d'arriver seraient à nouveau transférés ailleurs. On fit l'appel et tous ceux que l'on avait fait venir là pour enseigner le tissage reçurent l'ordre de plier bagage. Tous, sauf Lodèn et moi.

Nous n'avions pas la moindre idée de ce qui se tramait. L'atmosphère de la prison était relativement détendue, il n'y avait pas de réunions régulières, ce qui laissait croire que les responsables étaient occupés ou indécis quant à la politique du Parti. Il semblait que de nombreux changements administratifs étaient en cours, mais nous ne savions pas du tout l'impact que cela aurait sur notre avenir, plus incertain que jamais.

VII

LE MAÎTRE TISSERAND

Au début de 1965, la campagne contre le Panchèn Rinpoché s'intensifia encore, et diverses rumeurs relatives à son sort se propagèrent dans la prison. On emmena notre brigade voir une exposition qui apportait, soi-disant, des preuves incriminant ce grand lama et ses complices. Elle était censée montrer de quelle manière il avait recruté une armée privée et amassé une fortune personnelle. Je me souviens d'un cliché en noir et blanc accompagné d'une légende stipulant : "Espion impérialiste dépêché par l'Inde afin d'établir des contacts clandestins avec la clique du Panchèn." Je reconnus l'"espion" en question. Il s'agissait de Tséwang Namgyäl, un jeune homme efflanqué qui avait fui en Inde avec sa mère en 1959 avant de se retrouver avec moi à la prison de Gyantsé. Tséwang avait regagné Shigatsé l'année suivante, après le décès de sa mère, parce que, avant de mourir, elle avait souhaité qu'il se rende à Tashilhunpo afin de faire une offrande au monastère où elle avait coutume de prier. C'était la seule raison pour laquelle il était revenu au Tibet où on l'avait arrêté, puis accusé d'espionnage. Cette photographie prouvait bien que les accusations portées contre le Panchèn Rinpoché tenaient de la pure fiction.

Voilà qu'à présent l'on diffamait un autre de nos leaders. Je commençais à comprendre comment les Chinois fonctionnaient, la manière dont ils utilisaient les gens pour servir leurs intérêts. Le Panchèn Rinpoché ne leur était plus d'aucune utilité ; il fallait le détruire. Il en allait de même en prison : on faisait l'éloge des prisonniers et on les récompensait tant qu'ils rendaient service aux autorités. Durant les séances d'étude et de lutte, ils nous exhortaient à nous dénoncer les uns les autres afin de pouvoir nous blâmer si les choses tournaient mal.

La vie en prison était de plus en plus organisée et routinière. Nos rations s'améliorèrent quelque peu : on ajouta des légumes à notre ordinaire. Cette période (1964-1965) paraissait marquée par une plus grande clémence et décontraction, les dénonciations et les *thamzing* se faisaient moins fréquents. Peut-être était-ce simplement que nous commencions à nous y habituer ou que nous nous étions résignés à notre sort.

On se souvient qu'au départ on m'avait envoyé à Drapchi pour enseigner le tissage. Les autorités avaient amassé une énorme quantité de laine ; j'avais donné des consignes au charpentier pour la construction des métiers à tisser et l'on avait fait venir des gens de tout le Tibet pour établir une fabrique. Et puis le Parti avait changé d'avis. On m'informa qu'il n'en était plus question. Lorsque je réclamais une explication aux gardiens les plus sympathiques, leur réponse ne variait jamais : "C'est la politique du Parti." Quand on passe autant de temps en prison, on s'habitue à accomplir des tâches absurdes dans un état d'ignorance absolue.

En attendant, mes conditions de vie s'étaient considérablement adoucies. On m'avait finalement débarrassé de mes fers et j'éprouvais une merveilleuse sensation de liberté à pouvoir marcher et courir comme les autres. Maintenant que je n'avais plus de chaînes aux chevilles, j'arrivais enfin à trouver le repos. Je n'avais jamais pu m'accoutumer à dormir entravé. Je passais mes nuits à essayer de trouver une position à peu près confortable. Dès que je cherchais à me tourner, une terrible douleur me taraudait. Dans la mesure où le projet de fabrique n'avait pas abouti, mes talents de tisserand n'avaient plus guère d'utilité. Je redoutais que l'on ne m'expédie sur un chantier quelconque pour casser des pierres.

Un jour, je mentionnai à un vieux moine de Drépung que l'on ne m'avait assigné aucune besogne. Il me suggéra de venir l'aider dans son travail de charpentier. Les autorités de la prison étaient trop occupées pour prêter attention à des petites combines de ce genre. Cependant, cette nouvelle activité ne fut pas durable. On me commanda en effet de m'initier au métier de tailleur. C'était une bonne nouvelle : j'étais soulagé qu'une fois de plus on m'eût épargné un travail pénible. Ma situation n'avait jamais été aussi favorable depuis mon arrestation.

Je n'avais pas vraiment de raisons de me réjouir pour autant : nous étions tous conscients que les Chinois tenaient le Tibet dans un étau, et rien n'indiquait que les choses allaient s'arranger. Ils ne cessaient de se vanter de leur mainmise sur notre pays, des progrès qu'ils y accomplissaient, et de la rapidité avec laquelle le niveau de vie de la population augmentait. Pourtant, les nouveaux prisonniers nous informaient des grandes souffrances endurées par les petites gens.

Un matin, alors que je me rendais au travail, je vis une jeune femme que je reconnus immédiatement. C'était Dolkar, la jeune fille de Lhassa qui m'avait interrogé à Norbukhungtsé. Elle était vêtue d'un costume bleu et portait deux courtes tresses. Elle me considéra d'un air désapprobateur, mais on aurait dit qu'elle ne me reconnaissait pas. Je me souvenais pourtant de ce qu'elle m'avait dit : *Je n'hésiterais pas à t'abattre.*

Dolkar était désormais l'une des gardiennes-chefs de la brigade des femmes, et à Drapchi on la connaissait comme le loup blanc. Les prisonniers laïques vantaient sa beauté. Elle était au sommet de sa gloire et de son pouvoir. Tout le monde la craignait. C'était aussi la chouchoute des Chinois, le cadre modèle. Elle venait d'épouser un officier, le responsable de la brigade de construction, que nous avions surnommé Tro-Tro Lha-Lo, parce qu'il parlait à toute allure, comme une mitraillette.

Au début de 1965, le règlement de la prison s'assouplit. On encouragea même les prisonniers à formuler des critiques, mais nous savions bien que tout ce que nous dirions serait retenu contre nous par la suite. Par conséquent, la plupart d'entre nous chantèrent les louanges du Parti, comme d'habitude.

Un seul homme, un Khampa, osa se plaindre. Lors d'une fouille de sa cellule, l'un des gardiens lui avait volé un *zi*, une pierre précieuse à laquelle nous attribuons divers pouvoirs miraculeux. Ce joyau lui venait de sa mère, il appartenait à sa famille depuis des générations. Il accusa Dolkar de l'avoir dérobé. Un silence figé tomba sur la cour. Tout le monde se tourna vers Tro-Tro Lha-Lo qui affichait un visage crispé.

Le courage de cet homme me stupéfia. On n'avait jamais entendu parler d'un prisonnier dénonçant ouvertement un gardien en particulier. Mais l'indulgence des Chinois n'était pas sans motif : pour marquer la fondation de la région autonome du Tibet qui ferait de notre pays une partie intégrante de la Chine, ils projetaient d'impressionnantes festivités. De hauts dignitaires venus de Pékin débarquèrent d'ailleurs à Lhassa et une délégation se rendit à la prison. Les autorités tenaient à apaiser les prisonniers et à s'assurer qu'il n'y aurait pas de grabuge durant les fêtes. Aussi prirent-elles au sérieux les griefs du jeune Khampa et sa hardiesse en incita d'autres à dire ce qu'ils avaient sur le cœur.

Presque toutes les doléances mettaient Dolkar en cause. La brigade des femmes se plaignit qu'elle accaparait leurs rations. Une autre unité l'accusa d'avoir exigé un approvisionnement supplémentaire en lait frais auprès de la ferme de la prison. Les autorités agirent sans perdre de temps. Dolkar fut rétrogradée et se vit confier une tâche vile : à savoir la surveillance des prisonniers chargés de prendre soin du bétail.

Quelques jours plus tard, son comportement avait changé du tout au tout. Plus rien ne subsistait de son aplomb, elle marchait à petits pas pressés pour éviter d'avoir à croiser notre regard. Elle avait cessé de déambuler dans l'enceinte de la prison avec son air arrogant. Si j'étais content qu'on lui ait remis les pieds sur terre, elle me faisait tout de même un peu pitié. Sa destitution serait de courte durée.

Pendant ce temps-là, comme toujours, toutes nos pensées allaient vers le Dalaï-Lama. Nous nous disions que, tant qu'il œuvrait pour l'affranchissement du Tibet, nous avions encore une chance de recouvrer notre indépendance. Cet espoir s'accrut quand le *Quotidien du Tibet* rapporta officiellement, sur un ton profondément indigné, que le Dalaï-Lama ouvrait un bureau aux Etats-Unis.

Aux Etats-Unis ! Cette preuve du soutien américain au peuple tibétain avait de quoi nous mettre en émoi et la bonne nouvelle circula de bouche à oreille dans toute la prison. Je me souviens d'avoir entendu un prisonnier du nom de Tèndar Nagbo demander à Nyima Tènzin s'il était au courant. Nyima sachant de quoi Tèndar parlait lui répondit : "Nous devons persévérer encore un peu. A présent, les Etats-Unis, la nation la plus puissante du monde, aident le Dalaï-Lama. Nous serons bientôt libres !"

Nous prenions des risques en parlant de la sorte, nous le savions pertinemment. En prison, on apprenait avant toute chose à garder ses pensées pour soi. On s'initiait à des techniques de camouflage de manière à ne jamais manifester ni joie ni tristesse. Des sentiments aussi naturels ne pouvaient s'exprimer librement. On ne manifestait sa joie ou sa colère que lorsque le Parti l'estimait approprié. On se confiait rarement, y compris à nos camarades les plus proches.

Il se trouvait toujours quelques détenus pour chercher à s'attirer des faveurs en colportant les écarts de conduite des autres, et la conversation entre Tèndar et Nyima parvint bien entendu aux oreilles de nos geôliers. Dolkar elle-même fut mise au courant, elle n'attendait que cette occasion.

Les autorités lui donnèrent la permission d'enquêter, et le lendemain matin, escortée de trois gardes et d'un officier, elle fit irruption dans notre cellule pour nous annoncer que nous étions consignés dans l'enceinte de la prison. Aucun doute, elle menait à nouveau la danse.

On emmena des prisonniers d'autres unités dans la cour et on nous fit mettre en rangs, comme pour l'appel. Dolkar s'adressa à nous d'un ton furieux : "Certains d'entre vous ont fait de la propagande contre-révolutionnaire, donnant ainsi de faux espoirs à leurs camarades." *Faux espoir* était l'une des nouvelles formules fabriquées par les communistes qui s'en servaient fréquemment durant les réunions. Cela signifiait qu'il était vain d'espérer l'indépendance du Tibet ou le retour du Dalaï-Lama.

Dolkar arpentait la cour en hurlant ses accusations. "Ces criminels prétendent s'être réformés. En réalité, ils s'obstinent à conspirer contre le Parti et le peuple." Elle conclut son discours en exigeant que lesdits "criminels" se lèvent et reconnaissent leurs crimes, puis, dans l'expectative, cloua son regard sur les rangées de prisonniers lui faisant face.

Nous attendions en silence. Pourquoi cette réunion ? Accusait-elle quelqu'un en particulier ? Nous n'avions jamais la moindre idée de ce qui se passerait durant ces assemblées improvisées ; elles s'achevaient parfois par des exécutions. Personne ne s'avançait. Nous restions plantés là, muets. Les gardiens semblaient éprouver un plaisir intense à nous regarder trembler de peur.

Dolkar résolut alors d'être plus précise. "Hier, reprit-elle, pendant qu'ils étaient au dispensaire, certains prisonniers ont profité de l'occasion pour conspirer et marquer leur opposition au Parti." On entendit des soupirs de soulagement : la plupart d'entre nous n'étions pas allés au dispensaire ce jour-là. Cependant, Nyima Tènzin sortit du rang d'un air penaud. "J'étais au dispensaire hier", dit-il. Deux gardiens s'emparèrent aussitôt de lui et le tournèrent vers nous. "Tu avoues ?" vociféra Dolkar. Je savais que Nyima avait une volonté de fer et n'était pas du genre à s'effondrer à la moindre menace. Il se rendait compte qu'il ne devait rien dire tant que Dolkar n'aurait pas dévoilé ce qu'elle savait vraiment. Elle semblait ravie d'avoir réussi à débusquer ce qu'elle aimait appeler "un méchant bandit réactionnaire". Mais Nyima flageolait sur ses jambes, au bord des larmes.

Les interrogatoires et les *thamzing* étaient de véritables épreuves de force entre le prisonnier et son interrogateur. L'objectif de celui-ci consistait à arracher une confession sans révéler le crime soupçonné.

Avoue ! Tel était le mot clé de ces séances. Le détenu demandait : "De quoi m'accuse-t-on ?" Et l'interrogateur répondait : “Tu as commis des crimes et nous avons une montagne de preuves contre toi. Tu ferais mieux d’avouer.”

Le prisonnier devait alors se creuser la cervelle pour tâcher de se souvenir s’il avait calomnié le Parti ou s’y était opposé par inadvertance. Comme tout acte, ou presque, pouvait être jugé criminel, s’il avait un tant soit peu d’expérience, l’accusé attendait d’obtenir des indices quant aux aveux qu’il était censé faire. Mais sous la pression, il perdait facilement les pédales. Il arrivait souvent que des prisonniers confessent des forfaits qu’ils n’avaient pas commis ou qu’ils se livrent à de faux aveux afin d’éviter une rossée. Aussi Nyima s’efforça-t-il de gagner du temps, attendant de voir ce que Dolkar savait exactement et de déterminer de façon précise ce qu’il était supposé avoir fait. Mais ses atermoiements ne firent qu’exaspérer la jeune femme. “Avoue ! Avoue !” beugla-t-elle en agitant furieusement le poing en l’air.

Un officier, un des hauts responsables de la prison, assistait à cette scène. Nous apprîmes par la suite qu’une inquisition similaire avait eu lieu au même instant au sein de la brigade de construction où travaillait Tèndar Nagbo. Tro-Tro Lha-Lo dirigeait cette réunion. Tèndar refusa d’admettre quoi que ce soit. En revanche, Nyima finit par céder et reconnut qu’il avait parlé avec Tèndar.

Dolkar jubilait. “Les méchants réactionnaires Tèndar et Nyima ont conspiré et fait de la propagande contre-révolutionnaire. Ils ont glorifié l’ennemi de la mère patrie.” Sur ce, on entraîna Nyima de force afin de le confronter avec Tèndar, qui, lui, s’entêtait toujours à nier.

L’enquête se prolongea durant plusieurs jours. Nous fûmes tous convoqués à une autre réunion pour y dénoncer Tèndar et Nyima. Puis un soir, un grand désordre se produisit au moment de la fermeture des cellules. Un moine du nom de Guédün Sönam manquait à l'appel ; les gardiens se lancèrent aussitôt à sa recherche. Des jeeps franchirent le portail de la prison dans un bruit de tonnerre ; les soldats postés dans les tours de guet étaient en état d'alerte maximale. L'un des gardes appela même Sönam en précisant qu'il était temps de rentrer dans sa cellule, comme s'il se pouvait que le moine eût momentanément oublié l'heure qu'il était et l'endroit où il se trouvait. Je me demandais si Sönam avait osé s'évader. Beaucoup plus âgé que moi, il venait de Drépung et travaillait dans la brigade affectée à la cuisine. C'était un homme jovial et sympathique, on le disait très cultivé.

On finit par le trouver derrière le bâtiment des cuisines. Il s'était tranché la gorge avec un hachoir à viande.

Ce suicide chamboula tout le cours de l'affaire Nyima-Tèndar. Les autorités annoncèrent que ces événements étaient liés et que la responsabilité de cette mort incombait aux deux hommes. Ils furent condamnés à perpétuité. Une semaine plus tard, Nyima se supprima à son tour. Quelqu'un de son dortoir me raconta qu'il avait d'abord trouvé un morceau de métal tranchant, puis qu'il s'était couché tranquillement, la tête enfouie sous sa couverture. Le matin, voyant qu'il ne se levait pas, le *zuzhang* avait soulevé la couverture, elle était gorgée de sang. Nyima s'était planté le morceau de métal dans la gorge sans proférer un son, de sorte que ses voisins de paillasse n'avaient rien entendu.

Beaucoup de prisonniers se suicidaient. Certains estimaient que c'était faire preuve de courage, d'autres de lâcheté. Moi je n'osais pas me prononcer. Personne ne peut comprendre le désespoir extrême qui accule un être à une pareille mort. Moine bouddhiste, j'avais appris à considérer la vie humaine comme la chose la plus précieuse qui soit au monde et je puisais de la force dans ma détermination à montrer à mes persécuteurs qu'ils ne triompheraient pas de moi, que j'avais encore le courage de vivre.

L'unique crime de Tèndar et Nyima était d'avoir imaginé la perspective d'une libération. Les communistes redoutaient plus que tout ce genre de rêves. Mais l'espoir de recouvrer la liberté nous permettait à nous, prisonniers, de tenir le coup. La liberté du Dalaï-Lama donnait corps à ce rêve.

Les Chinois prenaient plaisir à commencer chaque réunion en nous disant : "Vous devez abandonner vos vains espoirs." On nous reprochait souvent notre *a-yong go-kar*, ce qui pourrait se traduire par "volonté d'indépendance jusqu'aux cheveux blancs". Cela signifiait que nous attendrions l'indépendance du Tibet jusqu'à ce que nos cheveux aient blanchi. Exprimer un espoir, quel qu'il soit, passait pour un crime grave.

Après les suicides de Nyima et de Guédün Sönam, Dolkar fut récompensée en qualité de championne zélée du socialisme. On lui confia à nouveau la brigade des femmes et nous la vîmes encore marcher à grands pas dans l'enceinte de la prison comme si elle arpentait son fief. Je sentais qu'elle était à l'affût de victimes et nous faisions tout ce que nous pouvions pour l'éviter.

Mais il était quasiment impossible de ne pas s'attirer des ennuis. Ce que nous prenions pour un comportement innocent, les autorités le considéraient aisément comme une transgression de quelque loi inconnue. En octobre 1965, des festivités célébrèrent la date anniversaire de la prise de pouvoir du parti communiste en Chine. On m'avait envoyé aider aux cuisines. Je trouvai le cuisinier, que je connaissais depuis l'époque de mon séjour à Drépung, d'humeur joviale, un sourire fendu jusqu'aux oreilles illuminant son visage. Il m'informa que nous allions avoir des boulettes de viande cuites à la vapeur. "Tu ne trouves pas ça formidable ?" me demanda-t-il.

Pour toute réponse, je lui citai un vers du sixième Dalaï-Lama, réputé comme étant le plus grand poète romantique tibétain : "Quand on ne peut avoir sa bien-aimée en permanence, à quoi bon l'avoir un seul jour ?"

Je n'y pensai plus. Quelques semaines plus tard, lors d'une réunion d'évaluation de routine, le cuisinier fut mis sur la sellette. Ces assemblées avaient lieu dans toutes les cellules dans le but de "démasquer les criminels". Nous restions assis en silence, nos cœurs battant à tout rompre. Nous vivions tous dans la terreur d'être choisi comme la victime du jour.

Je savais, bien sûr, que je n'avais commis aucun crime. Mais tout prisonnier devait maîtriser l'art de faire des aveux qui agréaient au Parti. D'ordinaire, je recourais à la technique consistant à reconnaître quelque infraction mineure en agrémentant cette confession d'un exposé idéologique grandiloquent. Je reconnaissais par exemple être allé aux latrines fréquemment pour couper au travail, m'élevant ainsi contre le socialisme et gênant la production. Puis, je protestais de mon désir de contribuer à une augmentation de la production. Nous redoutions plus que tout le moment où on nous demanderait d'accuser les autres et de les critiquer.

Ce jour-là, le cuisinier reçut l'ordre de critiquer quelqu'un et il se trouva qu'il opta pour moi. Il transforma la remarque que j'avais faite en passant à la cuisine en une diffamation du socialisme et un éloge de l'ancien système féodal. Le vers que j'avais choisi attestait ma volonté de réinstaurer l'ordre ancien…

On m'obligea à me lever et un garde riva sur moi un regard faussement étonné. "Tu n'es qu'un insolent réactionnaire, me dit-il. Comment oses-tu comparer les conditions de l'époque féodale avec celles de la nouvelle société ?" Il demanda ensuite à l'ensemble des détenus s'ils pensaient que la situation était meilleure avant l'arrivée des Chinois. Il affirma que, du temps de l'ancien régime, on ne nourrissait jamais les prisonniers, qu'on les laissait mourir de faim dans leurs cachots, tandis qu'au sein de la nouvelle société même les criminels qui avaient descendu le Parti en flammes avaient la chance de se réformer.

Je me taisais. Cela n'aurait servi à rien d'essayer de m'expliquer. Une fois accusé, nous n'avions aucun moyen de nous défendre. On me prescrivit d'examiner mes pensées et ma conduite. "On t'aura à l'œil, m'informa le garde. Tu dois rompre tout net avec tes inclinations féodales et épouser la cause de la nouvelle société." Après cela, durant dix-huit jours, on m'interrogea afin de déterminer si je pensais vraiment que l'ancien système valait mieux que la nouvelle ère socialiste.

Je vivais en prison depuis cinq ans, mais je ne m'étais toujours pas habitué au régime carcéral. La privation de liberté est si tangible. A Drapchi, mon travail n'était pas épuisant physiquement, mais la crainte d'être critiqué ne cessait de me tourmenter moralement. Pour aggraver les choses, je n'avais plus aucun contact avec ma famille. Nous n'étions pas autorisés à correspondre car toute forme de relation avec le monde extérieur éveillait instantanément la suspicion.

Dans le même temps, on forçait nos parents à nous dénoncer. Toute communication avec un prisonnier politique passait pour un acte criminel. Un officiel du Parti se rendait dans une famille et la soumettait à ce que l'on appelait une "rééducation". Il leur demandait s'ils étaient partisans du socialisme et du peuple travailleur ou s'ils s'alliaient avec les "réactionnaires qui s'opposaient au Parti et divisaient l'unité de la mère patrie" ? Cette question n'appelait bien évidemment qu'une seule réponse.

Il était beaucoup plus sûr pour tout le monde d'oublier les êtres que nous aimions. Nous apprîmes tous à vivre comme des orphelins, sans parents, ni frères ni sœurs, et même sans amis dans le monde extérieur. C'était sans doute plus facile pour moi qui étais moine que pour certains autres prisonniers. La solitude m'était coutumière. Je n'avais pas de liens étroits avec qui que ce fût, pas de souvenirs d'une épouse ou d'enfants me déchirant le cœur. Dans de nombreux cas, les femmes se remariaient pour prouver qu'elles avaient rompu une fois pour toutes avec leur mari réactionnaire. Le Parti appréciait particulièrement ce genre de démonstrations publiques.

En février 1966, on me transféra une fois de plus dans une nouvelle prison. En apprenant que nous devions rassembler nos affaires, nous redoutions tous d'être expédiés à Kongpo, dans le Sud-Est du pays, près de la frontière birmane. Les prisonniers y vivaient au cœur d'une jungle inextricable, si éloignés de Lhassa et de tout autre centre d'autorité que les gardes leur administraient impunément raclées et autres châtiments.

On ne nous disait jamais pourquoi on nous transférait. Ces déplacements s'effectuaient pour des raisons administratives, mais aussi dans le but spécifique d'empêcher toute collusion entre les prisonniers. Le Parti voyait des conspirateurs partout.

Tous les deux ou trois mois, on nous changeait tous de cellule afin que personne ne reste trop longtemps dans la même. Si les autorités soupçonnaient deux prisonniers de nouer des liens, on les séparait immédiatement. Toute manifestation de compassion provoquait des froncements de sourcils. On qualifiait officiellement une amitié de "balle enrobée de sucre", surtout s'il s'agissait de gens issus de la classe ouvrière ou d'une famille de propriétaires terriens. Je me souviens d'un ancien aristocrate tibétain soumis séance tenante à un *thamzing* parce qu'il avait donné une cigarette à un prisonnier de droit commun. Un tel acte était jugé comme une tentative "d'acheter" la classe ouvrière.

Nous étions prévenus contre les "balles enrobées de sucre" tirées par les ennemis de classe afin de contrecarrer la révolution socialiste. Les détenus apprenaient à éviter tout contact social inutile. On exhortait les repris de justice et les prisonniers politiques provenant de milieux démunis à contribuer à la révolution socialiste en dénonçant les ennemis de classe. Certains prenaient ces instructions très à cœur.

On me changea un nombre incalculable de fois de cellule et parfois aussi de brigade. Un matin glacial de février, je fus transféré à Sangyib, une nouvelle prison portant le nom d'un petit village situé au fond d'une étroite vallée à environ vingt-cinq kilomètres au nord-ouest de Lhassa.

Les flancs escarpés de la vallée protégeaient Sangyib des vents les plus violents. Cet endroit était appelé à devenir un vaste complexe carcéral comportant trois geôles distinctes, ainsi que l'école de formation de la Police armée du peuple et le centre administratif de toutes les prisons du Tibet. En 1966, toutefois, lorsqu'on m'y emmena, les Chinois n'y avaient ouvert que deux établissements : Yi-tritu et U-tritu (prison n° 1 et prison n° 5). On m'envoya dans cette dernière, subdivisée en cinq brigades. La mienne campait dans la nature et changeait de lieu de travail selon les besoins.

Tous les détenus logeaient dans des tentes entourées d'épais barbelés. Les gardes patrouillaient le périmètre jour et nuit. Chaque tente, qui pouvait abriter jusqu'à quinze prisonniers, composait une unité. La mienne exécutait toutes sortes de besognes : travaux de peinture, cassage de pierres ou fabrication de briques destinées aux chantiers de construction.

La nuit, le thermomètre descendait au-dessous de zéro et nous nous blottissions les uns contre les autres pour nous tenir chaud. Il m'arrivait souvent de ne pas fermer l'œil tant les rafales de vent battaient sauvagement notre tente. Chaque matin, une épaisse couche de gel raidissait la toile goudronnée.

Les Chinois se hâtaient d'édifier les bâtiments carcéraux qui domineraient bientôt Sangyib. A l'évidence, ils se préparaient à accueillir d'importants arrivages de prisonniers. Je fus chargé de concasser de grosses pierres avec un lourd marteau. Plus tard, on me confia une tâche plus facile ; peindre les encadrements de fenêtres.

Les réunions hebdomadaires sous la tente étaient une source d'inquiétude constante. Au bout de six années de captivité, j'avais de la peine à trouver de nouvelles révélations, et la veille de ces assemblées je me creusais la cervelle pour essayer de concocter une faute que je pourrais admettre. En règle générale, je me rabattais sur une confession ayant trait à ma paresse. Si j'avais de la chance, les chefs de cellule ne tiquaient pas et je m'en tirais avec une réprimande. Parfois ils s'acharnaient sur une infraction mineure, m'accusant de m'opposer au Parti. Il n'y avait pas de crime plus grave.

Au printemps 1966, j'observai un changement dans la politique du Parti. Chaque jour, durant la pause du déjeuner, nous avions droit à une lecture en groupe de l'éditorial du *Quotidien du Tibet*, suivie d'un débat. Le plus souvent, cette discussion consistait à dénoncer la cible de l'éditorial en question : les Etats-Unis impérialistes, les révisionnistes soviétiques ou encore les expansionnistes indiens. Nous nous contentions de nous aligner sur le point de vue officiel exprimé dans le journal.

Mais, ce printemps-là, ces éditoriaux devinrent nettement moins précis. On n'y trouvait plus que de vagues calomnies à l'encontre des ennemis de classe et des révisionnistes. Les officiels chinois eux-mêmes ne comprenaient plus très bien : le journal ne donnait plus de directives nettes quant aux objets de ses attaques. Plus tard, lorsque j'en vins à saisir la manière dont le parti communiste opérait, je compris que le manque de clarté des éditoriaux du *Quotidien du Tibet* était la preuve de l'incertitude qui régnait parmi les leaders du Parti ou d'une lutte de pouvoir les opposant. Cette confusion annonçait le début de la révolution culturelle.

Un jour du mois de mai 1966, on nous intima l'ordre de cesser le travail et de démonter nos tentes, puis on nous entassa dans des camions afin de nous ramener à la prison. Trois brigades sur cinq seulement logeaient en permanence à l'intérieur de son enceinte, mais cet après-midi-là, l'endroit fourmillait de monde. Un officier tibétain nous somma de remonter nos tentes dans la cour. Chaque unité s'empressa de trouver un emplacement et le sol poussiéreux de la cour ne tarda pas à disparaître sous ce nouveau village de tentes.

Mai était une période inhabituelle pour ce genre de rassemblement. De coutume, on ne nous regroupait ainsi que l'hiver, à l'occasion d'une réunion de "récompenses et punitions" qui se prolongeait tout un mois. Je savais, par expérience, que ces brusques changements laissaient présager des périodes pénibles.

Nous eûmes du mal à dormir cette nuit-là dans ces tentes serrées les unes contre les autres, et la peur de ce qui nous attendait nous tenaillait. Le lendemain matin, ce ne fut pas la précipitation coutumière. Pas de gardes pour nous tirer brusquement hors de nos abris. Nous allâmes nous prélasser dans la cour. On avait même laissé les portes des cellules ouvertes.

Puis un groupe d'officiers sortit dans la cour et le leader de chaque brigade fit l'appel. Un officier supérieur prit la direction des opérations. Il déclara que le président Mao avait personnellement donné l'ordre que chaque homme, chaque femme, chaque enfant de Chine participe à la révolution culturelle et contribue à purger le Parti des révisionnistes.

On nous remit un petit recueil contenant les directives en seize points du président Mao. L'officier nous avertit d'un ton ferme que nous devions les apprendre par cœur. On attendait aussi de nous que nous exprimions clairement notre opposition à tous les ennemis du Parti auxquels nous devions être déterminés à faire la guerre. J'étais ébahi par la rapidité avec laquelle les autorités chinoises avaient produit ce petit livre et sa traduction tibétaine. Cela prouvait que la nouvelle campagne devait être prise très au sérieux.

On nous dit aussi que nous pouvions formuler nos doutes et nos critiques. Apparemment, Mao lui-même avait décrété que personne ne serait puni pour avoir exprimé ses vues. L'officier qui nous parlait semblait sincère. En dépit de son ton doux et mélodieux, je n'étais pas convaincu. Je ne cessais de penser au préambule de chaque interrogatoire que j'avais subi : *Si tu avoues, on te traitera avec indulgence*.

Nous étions si avides de parler librement que cette promesse de clémence incita un grand nombre de prisonniers à exprimer leurs doléances et donner libre cours à des sentiments gardés secrets durant des années. Aucun de nous ne s'était jamais plaint de sa détention, des intimidations endurées durant les réunions hebdomadaires, de la cruauté des chefs de cellule. Avant toute chose, nous voulions pouvoir discuter librement entre nous sans craindre que nos propos fussent interprétés comme des diffamations du socialisme ou du Parti. Cette prétendue indulgence n'était évidemment qu'un piège, une tactique que les Chinois définiraient plus tard par : "comment attirer le serpent hors de son trou par la ruse". Cette promesse marquait le commencement de la révolution culturelle qui, durant les dix années à venir, plongerait le Tibet dans l'enfer.

VIII

LA RÉVOLUTION CULTURELLE : LE PIRE DES ENFERS

Un matin de ce même été, on m'envoya peindre une nouvelle maison près de Drapchi. Je venais juste de me mettre au travail quand je fus distrait par une nuée de drapeaux d'un rouge intense se détachant sur le ciel bleu, qui s'approchait de moi en claquant dans le vent. J'entendis des battements de tambour et un fracas de cymbales, ainsi que des slogans qui couvraient ce tintamarre : *Mao wansui ! Mao wansui !* Longue vie à Mao !

A la vue de cette foule agitant des bannières, je m'imaginais une bande de gamins défilant à l'occasion d'un festival. Aucun des manifestants n'avait l'air d'avoir plus de quinze ans. Plus tard, on appellerait ces adolescents l'avant-garde de la révolution. De tout jeunes enfants suivaient le gros de la troupe en tapant dans leurs mains avec beaucoup d'enthousiasme. Tous les manifestants portaient des brassards rouges pour montrer leur appartenance aux gardes rouges. Ils ne prêtèrent aucune attention aux prisonniers qui les regardaient passer.

Ce soir-là, j'appris qu'un autre groupe de jeunes s'était rendu à la prison pour y présenter une proclamation exigeant que l'ensemble des cadres s'engagent dans la révolution culturelle et débarrassent le Parti de tous les réactionnaires. Les gardes rouges allaient causer des ravages dans les années à venir. Cette jeunesse impressionnable adopta le slogan de Mao : "Il est bon de se rebeller." Elle descendit dans la rue pour détruire tout ce qu'elle considérait comme un obstacle au progrès de la révolution. Je me sens un peu redevable envers la prison de nous avoir au moins sauvés des sévices exercés par les gardes rouges.

Un jour, à Seitru, j'ai vu des gardes rouges mettre à sac tout un immeuble de bureaux de l'administration. Ils confectionnèrent de hauts bonnets d'âne en papier, en coiffèrent les officiers supérieurs avant de déchirer leurs habits et de les expulser du bâtiment. Ils les obligèrent à s'aligner dans la petite cour devant l'édifice blanchi à la chaux. C'était étrange de les voir courber l'échine si bas, les mains en appui sur leurs genoux. Ils tremblaient comme des feuilles.

Le lendemain, on vit les officiels errer dans l'enceinte de la prison, le dos rond. Ils semblaient humiliés et désorientés. Suivant la consigne des gardes rouges, les officiers du pénitencier organisèrent des réunions au cours desquelles ils reconnurent ne pas avoir manifesté suffisamment de zèle en faveur de la révolution. Ce fut à leur tour de subir des séances d'étude.

Notre brigade eut droit à sa propre séance qui débuta à la mi-mai 1966 et dura tout un mois. Nous devions analyser les directives de Mao et suivre les progrès de la révolution tels que les rapportaient les éditoriaux du *Quotidien du Tibet*. On nous montra un film où Mao passait en revue des milliers de gardes rouges à Pékin, sur la place Tian Anmen.

On annonça que la révolution culturelle était placée sous le commandement direct du président Mao et de Lin Biao. J'entendais pour la première fois le nom de cet homme, considéré comme le "partisan numéro un de notre bien-aimé président Mao". Au cours des deux années qui suivirent, pas une seule réunion ne se déroulerait sans que ces deux noms fussent mentionnés.

La révolution culturelle, nous expliqua-t-on, avait été lancée à l'initiative du président Mao dans le but de supprimer les éléments qui entravaient le progrès du socialisme et d'éliminer les ennemis qui tentaient de subvertir la révolution. Nous devions embrasser cette cause en toute sincérité, corriger nos pensées et nos actions. On nous avertit que quiconque s'écarterait du chemin du progrès serait exterminé comme de la vermine.

Je ne comprenais pas en quoi tout cela concernait le Tibet.

Un matin, on nous avisa que nous étions dispensés de travail pour la journée. J'eus un serrement de cœur. La plupart d'entre nous préféraient encore les travaux forcés aux réunions interminables. Nos corvées nous permettaient de nous soustraire à l'obligation de chanter les louanges du Parti et du président Mao. Donc ce matin-là, nous nous retrouvâmes debout dans la cour face à une estrade où siégaient les officiers de la prison et divers autres responsables. Le chef de la prison, un Chinois dégingandé, proche de la cinquantaine, nous déclara alors : "L'ancienne société féodale est morte. Le socialisme est l'unique voie. Vous devez vous réformer et apprendre à aimer le Parti et les masses." La première étape, poursuivit-il, consistait à renoncer aux *"quatre vieux piliers"* : notre ancienne culture, nos coutumes, nos habitudes et nos pensées. Puis il brandit le poing et déclara : "Il n'y a pas moyen d'échapper à la poigne de fer du prolétariat !"

Après plusieurs autres discours du même acabit, l'assemblée fut dispersée et on nous somma de regagner nos cellules afin de débattre des questions soulevées.

Notre *zuzhang* y était déjà ; il entreprit de répéter ce qui avait été dit durant la réunion. Pendant qu'il parlait, nous entendîmes un grand vacarme dehors. Nous nous précipitâmes vers la porte et vîmes une gigantesque pile de couvertures en laine, de livres, de chaussures et de vêtements au milieu de la cour, des prisonniers jetant pêle-mêle leurs maigres possessions sur le tas.

Ils renonçaient ainsi à leurs *"vieux piliers"*. Nous étions censés détruire tout "le vieux". On mit le feu à ce monceau qui ne tarda pas à s'enflammer comme un bûcher funéraire. On nous encouragea nous aussi à jeter nos effets dans le brasier. J'avais conservé tout un lot de tuniques de moine qui me servaient de couvertures. Je les lançai dans les flammes. D'autres prisonniers se défirent de leurs biens les plus précieux, y compris des livres et des objets religieux. D'épais nuages de fumée noire s'élevaient au-dessus de cette formidable flambée.

Un jeune garde entra dans notre *tsuk* d'un pas décidé, désigna une paire de chaussures en cuir et ordonna qu'elle soit brûlée. "Mais elles sont neuves", s'exclama son propriétaire, stupéfait. "Elles ont été confectionnées par des expansionnistes indiens", répliqua le garde. Puis il arrêta son regard sur une *thang* (bourse en cuir) et me demanda : "Pourquoi te cramponnes-tu aux vieilles choses ?" Tous les bergers tibétains transportent leur *tsampa* dans une *thang*. Les pèlerins en portent toujours une sous leur ceinture. Elles servent aussi de bols.

"C'est un objet prisé par la classe ouvrière", lui répondis-je.

"C'est un vestige du féodalisme et nous n'avons que faire de ce genre de choses", riposta-t-il d'un ton sec. Puis il ajouta : "Grâce à la bonté du Parti, les prisonniers eux-mêmes peuvent manger dans des assiettes «modernes», un privilège réservé jadis aux membres de la classe exploitante."

Je sortis, jetai ma *thang* féodale au feu et regardai le cuir se recroqueviller sous les flammes en me demandant s'il fallait rire ou pleurer. Une simple bourse en cuir pouvait déclencher l'ire de nos nouveaux dirigeants.

A partir de ce moment-là, tous les objets appartenaient à l'une ou l'autre des deux catégories : "vestiges de l'ancienne société féodale" ou "nouveaux objets socialistes". Certains prisonniers furent obligés de brûler leurs bols en bois traditionnels. Les gardes passèrent toutes nos affaires au peigne fin pour être sûrs que nous ne cachions rien. A moins que nous ne soyons disposés à le teindre en rouge ou en vert foncé, comme l'uniforme de l'Armée populaire de libération, nous devions détruire tout ce qui était jaune ou bordeaux, ces deux couleurs étant indissociables de notre religion. Je préférai teindre tout ce qui m'appartenait. D'autres brûlèrent leurs effets pour prouver leur enthousiasme pour la révolution. Le chaos le plus total régnait dans la prison.

Quelques jours plus tard, je vis un gros nuage de fumée venant du monastère de Séra, le troisième en importance au Tibet, situé à quelques kilomètres à l'est de notre prison. Durant près d'une semaine, des volutes s'élevèrent dans toutes les directions autour de nous, preuve de la frénésie destructrice par le feu qui sévissait. Livres, tuniques, chaussures, tout ce que nous chérissions. Je compris seulement au moment de ma libération qu'on avait ainsi anéanti une grande partie de l'héritage de mon pays.

Un jour que je traversais la cour en sortant du grand hall, je vis une page à moitié carbonisée plaquée au sol comme une feuille d'automne. Je la ramassai et m'aperçus qu'il s'agissait d'un des textes liturgiques que j'avais appris par cœur lorsque j'étais novice. Le texte noirci s'émietta dans le creux de ma main. Je me mis à pleurer, mais m'empressai d'essuyer mes larmes du revers de ma manche. En rentrant au baraquement, je trouvai un immense portrait de Mao suspendu sur la façade.

La campagne contre les *"quatre piliers"* provoqua chez nous tous une sorte de paralysie. Je ne pouvais plus rien faire ni dire sans craindre d'être accusé de me raccrocher au passé, à mes anciennes pensées ou coutumes, à ma culture ou à mes habitudes. Mais bientôt on nous annonça que nous nous étions affranchis de ces travers réactionnaires, et qu'à partir de maintenant nous devions adopter des coutumes et des habitudes socialistes. Nous apprîmes à parler et écrire différemment, selon le nouveau jargon approprié à la récente culture prolétarienne. Si nous voulions survivre, il fallait au moins donner l'impression que nous nous y conformions.

Les réunions quotidiennes devenaient de plus en plus redoutables. Après le travail, nous retournions aux baraquements pour le repas du soir, suivi d'une courte séance d'étude au cours de laquelle nous lisions le *Petit Livre rouge* ou les éditoriaux du *Quotidien du Tibet*. Une fois par semaine, se déroulait une séance spéciale d'"aveux et critiques".

Ma tactique éprouvée de longue date, qui consistait à reconnaître ma propre indolence et à dénigrer la paresse des autres prisonniers, ne satisfaisait plus les autorités. Le chef de cellule devait obtenir que nous nous critiquions tous mutuellement. Je me revois encore, assis sur mon lit, attendant mon tour, incapable de concocter un aveu. Agacé par mes hésitations, le chef dit d'un ton moqueur : "Päldèn est totalement réformé et pense qu'il devrait être libéré ! Pas vrai ?"

Il me provoquait, bien évidemment, et j'avais tout intérêt à ne pas répondre. Mais c'était un homme impitoyable et je savais pertinemment qu'il ne me laisserait pas m'en tirer à si bon compte. Il s'acharnerait jusqu'à ce qu'il me force à dire quelque chose qu'il pourrait rapporter comme une remarque dénigrant le Parti. En définitive, il nota que je refusais d'avouer et que j'avais l'impudence de me considérer comme réformé.

Le lendemain soir, deux dirigeants du pénitencier surgirent dans notre *tsuk*. Le plus âgé s'assit près de la porte, une cigarette au coin des lèvres, tandis que l'autre traversait la cellule pour aller se planter à l'autre extrémité. J'avais la nette impression qu'ils étaient venus pour moi. La note du chef de la cellule me concernant avait dû parvenir au bureau. Les autres prisonniers restèrent muets quand le plus vieux des gardiens s'approcha de moi, les bras croisés. "Certains prisonniers pensent qu'ils sont désormais des citoyens de la nouvelle société, dit-il, mais les détenus coupables et réactionnaires ne changent pas du jour au lendemain. Ils s'apparentent à des pierres enveloppées dans du coton : mous à l'extérieur, mais durs dedans." Puis il se tourna de manière à s'adresser directement à moi : "Päldèn, crois-tu que nous devrions te libérer ?" Je ne répondis pas. Il sourit vaguement avant d'ajouter : "Ceux qui refusent d'avouer prouvent leur mépris envers le socialisme."

Soudain, il haussa le ton pour m'ordonner d'aller me mettre au milieu de la pièce. Il me réprimanda comme un enfant. "Il ne te reste qu'une seule voie !" hurla-t-il. Il hocha la tête à l'adresse du chef de cellule qui brandit le poing et hurla : "Eliminons les réactionnaires !" Les autres prisonniers reprirent ce slogan en chœur. Le garde et le chef de cellule se mirent alors à me frapper et je me protégeai le visage avec les mains. Les vingt minutes que dura cette dérouillée me parurent une éternité. Une fois les gardes partis, je rampai jusqu'à mon lit et sombrai dans le sommeil malgré la douleur. En me réveillant, j'enlevai ma chemise pour inspecter les meurtrissures qui me couvraient les épaules et les côtes. Lorsque, d'une démarche mal assurée, je me rendis aux latrines, les autres prisonniers feignirent de s'affairer afin d'éviter mon regard.

La révolution culturelle se perpétua jusqu'à la mort du président Mao et, durant cette période, je subis probablement trente à quarante passages à tabac. Aucun prisonnier n'était à l'abri de ces *thamzing*. Et parce que d'autres détenus y trempaient systématiquement, le Parti déclinait d'office toute responsabilité. Nous devînmes des marionnettes, totalement manipulées. Si les autorités nous avaient dit que le soleil se levait à l'ouest, nous aurions opiné du bonnet.

Le Tibet était désormais scindé en deux factions opposées : les *gyänlog* (les rebelles résistants) et les *nyamdrél* (les alliés collaborateurs). Chaque bureau, unité de travail, chaque famille était divisé en conséquence, et il arrivait très souvent que les membres d'une même famille se retrouvent dans deux camps opposés. Les dirigeants et les gardes de la prison n'échappaient pas à cette dissension. Les plus jeunes traitaient leurs supérieurs de "détenteurs de pouvoir" s'étant opposés au progrès de la révolution. Les éditoriaux du *Quotidien du Tibet* exhortaient les masses à éliminer les agents de Liu Shaoqi, l'ancien président de la Chine, désormais désigné comme le chef des agents capitalistes noyautant le Parti.

Toutes ces querelles internes ne nous apportaient aucune paix. Les réunions et les châtiments continuaient comme auparavant. On voyait arriver régulièrement de nouveaux prisonniers, pour la plupart des jeunes

Tibétains et des cadres chinois. Un grand nombre d'entre eux étaient d'anciens officiels du Parti ou du gouvernement, supposés à la solde de Liu ou de Deng, au Tibet. Dès l'été 1967, l'affrontement entre les factions *gyänlog* et *nyamdrél* avait mis le pays au point mort. L'armée demeurait la seule institution qui fonctionnât encore de sorte que l'administration quotidienne de la prison fut reprise en main par des soldats que nous devions qualifier de "défenseurs de la mère patrie".

Je pris brusquement conscience de la confusion régnante un jour où je me rendais à la cuisine communautaire. Un groupe de prisonniers chinois assis par terre se prélassait au soleil. Leurs tenues propres prouvaient qu'il s'agissait de nouveaux arrivants. Je crus reconnaître l'un d'eux. Il fumait et parlait avec les autres, mais quand je passai devant lui, son regard se fixa sur moi.

"Bienvenue, Cai Juzhang !" m'exclamai-je. Il se leva d'un bond et s'avança pour me serrer la main en riant de bon cœur.

Cai avait dirigé la prison de Norbukhungtsé où j'avais été incarcéré en 1960. Il ne m'avait jamais interrogé, mais j'avais tout de même appris à le connaître assez bien. Il avait un visage poupin et ce n'était pas un mauvais homme, bien qu'il fût soupe au lait. Il s'emportait facilement, mais se calmait presque aussi vite et nous laissait partir sans faire d'histoires. Je fus choqué de le voir là, emprisonné à son tour.

Je fus tout aussi surpris de voir Wangyäl, un jeune Tibétain originaire de Gyantsé, l'interprète personnel de Cai. Wangyäl avait bénéficié de l'invasion chinoise : il venait d'une famille pauvre, mais les communistes l'avaient envoyé en Chine pour parfaire son éducation. Il avait l'air tout désorienté et très abattu à présent. Il se garda de faire le moindre commentaire, bien qu'il m'eût reconnu lui aussi, peut-être parce qu'il avait honte ou bien peur qu'on ne lui fît grief de frayer avec un prisonnier réactionnaire.

Cai resta en prison jusqu'en 1976. On les accusait, Wangyäl et lui, de détournements de fonds, diffamation sans fondement affectant de nombreux officiels.

Les journées passaient lentement, le travail étant l'unique distraction susceptible de nous faire oublier la crainte d'être dénoncés. On nous incitait inlassablement à avouer nos crimes et à critiquer les autres, d'où l'atmosphère de méfiance réciproque qui régnait dans les lieux. Des centaines de paires d'yeux observaient nos moindres gestes. La peur nous rendait apparemment plus dociles et soumis, même si au fond de moi, les autorités chinoises et leurs cruautés mesquines me répugnaient.

Une compréhension et une compassion mutuelles unissaient pourtant les détenus. Nous étions tous logés à la même enseigne et nous le savions. Même si une critique suscitait d'abord de l'hostilité, nous apprîmes rapidement à nous pardonner les accusations que nous portions les uns contre les autres et à réprimer toute rancune.

Il n'y avait pas moyen de se dérober. En refusant de prendre part à ces séances de “critique”, on passait pour un antisocialiste, ou pire pour un révolté. Durant les “séances de lutte”, les soldats notaient mot pour mot tout ce que nous disions. S'ils trouvaient que nous n'y participions pas de tout cœur, ils nous reprochaient de manquer d'enthousiasme révolutionnaire. Nous étions censés nous acharner contre nos camarades prisonniers comme s'ils étaient nos pires ennemis.

En tant que réactionnaire issu de la classe exploitante, j'étais une cible facile. En prison, comme en dehors, les seuls bénéficiaires de la révolution culturelle appartenaient tous à la catégorie dite des “paysans pauvres”. Un repris de justice sortant d’un milieu défavorisé jouissait d’un traitement nettement préférable à celui réservé aux autres Tibétains. Nous appelions “gros cous” ces privilégiés que leur nouveau statut gonflait d’arrogance. On disait de ces “paysans pauvres” qu’ils avaient un passé politique irréprochable ; ils n’étaient pas entachés du désir de restaurer les anciens privilèges féodaux. Des criminels circulaient dans l’enceinte de la prison la tête haute, tels des élus, et s’ils n’étaient pas eux non plus à l’abri des critiques, il fallait pourtant s’en méfier, car ils pouvaient aisément réfuter toute accusation en prétextant qu’il s’agissait d’une tentative de représailles contre la classe ouvrière.

De part et d’autre des murs de la prison, la valeur de chacun se définissait désormais par rapport à la classe sociale à laquelle il appartenait jadis. Si un prisonnier de droit commun travaillait assidûment, émettait régulièrement des critiques et criait haut et fort son enthousiasme pour la guerre des classes, il avait des chances d’obtenir rapidement une remise de peine et d’être libéré.

Vers la fin de 1967, les réunions se réduisaient à des litanies d’accusations mesquines et d’aveux de fautes triviales. En revanche, les punitions n’avaient rien perdu de leur cruauté et de leur violence. On allait jusqu’à critiquer la manière dont nous nous asseyions. Lorsque nous adoptions la posture traditionnelle, jambes croisées, présumée imiter le Bouddha en méditation, on nous accusait aussitôt de manifester un respect d’inspiration féodale au Bouddha. On nous força à imiter la position accroupie des soldats de l’APL. Je la trouvais très inconfortable et j’étais convaincu que cette idée paraissait tout aussi absurde aux autres prisonniers.

Nos jambes affaiblies tremblaient dans cette attitude inhabituelle. Au bout de quelques minutes, je devais me lever sous prétexte d'aller chercher quelque chose.

Durant le printemps 1968, on m'envoya travailler dans une briqueterie voisine de la prison. Plusieurs mois s'écoulèrent sans critiques ni tabassages. Les soirées se passaient à étudier, ce qui se résumait à la lecture du *Petit Livre rouge*. Un soir, alors que je lisais, deux militaires suivis d'un officiel tibétain du nom de Chung-la, chef de notre brigade, un homme au teint basané, d'une nature irritable, firent irruption dans notre cellule.

L'un des militaires, un officier supérieur, prit la parole : "Le Parti a été bon et patient, dit-il d'un ton faussement indigné. Il a donné à tous les criminels réactionnaires une chance de se réformer, mais ceux-ci s'obstinent à s'opposer au peuple et au Parti. Ils s'apparentent à des bouchers qui ne vendent que de la viande de chèvre filandreuse alors qu'ils ont des têtes de moutons en vitrine."

Ce soldat était incontestablement doué pour le mélodrame. Nous savions cependant qu'un tel emportement ne pouvait signifier qu'une seule chose : l'un de nous allait devoir affronter le pire châtiment. Le *zuzhang* lui-même n'en menait pas large : en omettant de rapporter l'infraction la plus insignifiante, il courait le risque d'être accusé de complicité. L'officier supérieur jeta un coup d'œil à l'autre soldat qui s'exclama aussitôt : "Päldèn Gyatso." Je me figeai.

Tous les visages autour de moi se détendirent dès qu'on clama mon nom. Mes camarades de *tsuk* poussèrent des soupirs de soulagement. Je n'avais pas la moindre idée de ce que j'étais supposé avoir fait. Je me levai pour aller me planter au milieu de la pièce. L'officier exigea des aveux immédiats. Il m'accusa d'avoir "tiré des missiles enveloppés de coton".

"Avoue ! Avoue !" hurla-t-il. Certains prisonniers auraient été ébranlés au point de bredouiller leur secret le plus intime. Je savais que je devais rester calme et me taire en attendant que l'officier révèle la nature de ma faute. Mon silence les rendit furieux. L'officier ordonna au chef de cellule et à un autre prisonnier de me saisir les mains.

Ils m'inclinèrent le cou de force et entreprirent de me tordre les bras derrière le dos. "Baisse la tête, réactionnaire insolent !" beuglait l'officier. Un chœur de "Avoue ! Avoue !" s'éleva parmi les prisonniers qui m'entouraient. Je n'avais toujours pas desserré les dents. Deux autres personnes entrèrent dans la cellule, un prisonnier et un gardien. Le *zuzhang* me releva la tête en me tirant par les cheveux et désigna le détenu qui venait d'arriver. "Tu le reconnais ?" me demanda-t-il.

Je le reconnaissais effectivement. Il s'appelait Rigzin et venait de Lhassa. Nous appartenions à la même brigade et je le croisais assez souvent. On l'avait également envoyé travailler à la briqueterie, mais je ne voyais pas quels liens il pouvait bien y avoir entre nous deux.

"Oui, je le connais", dis-je à mon interrogateur.

Le chef de cellule me rabaissa la tête et Rigzin commença sa condamnation. "Les mauvais réactionnaires comme Päldèn n'ont jamais pu admettre la défaite du féodalisme, dit-il. Ils rêvent en secret de ressusciter ce cadavre." Après quoi, il révéla le crime que j'avais apparemment commis. Il déclara que plus tôt dans l'après-midi j'avais accompli le "rituel de l'offrande de l'eau". Tous les Tibétains s'y prêtaient : il s'agissait simplement de tremper un doigt dans de l'eau, puis d'en asperger l'air en guise d'offrande aux divinités. Je m'étais abstenu de le faire depuis le début de la révolution culturelle, sachant pertinemment ce que je risquais si quelqu'un me surprenait.

"Admets-tu ton erreur ?" me demanda l'officier.

"Je n'ai jamais fait une telle offrande", ripostai-je.

L'officier se tourna vers Rigzin et le pria de décrire mon crime en détail. Je n'en croyais pas mes oreilles. Rigzin raconta que j'avais plongé les mains dans un ruisseau avant de les lancer en l'air. J'avais un tout autre souvenir de cet épisode. Après le travail, pour regagner la prison, nous avions marché le long d'un étroit cours d'eau. J'avais laissé tomber mon gant dans le ruisseau, m'étais penché pour le ramasser et j'en avais profité pour boire une gorgée d'eau fraîche dans le creux de mes paumes. C'était tellement rafraîchissant que je m'étais aspergé la figure. Après quoi j'avais agité les mains pour les sécher.

Rigzin avait déformé cet acte tout simple en un rituel religieux. L'officier ordonna aussitôt aux autres prisonniers de me soumettre à un *thamzing*. Ils se jetèrent sur moi et me cognèrent sur le dos et dans les flancs. Certains me donnèrent même des coups de pied. Le chef de cellule enroula une vieille corde épaisse autour de moi en me plaquant les bras de part et d'autre du corps. Je ne pouvais plus bouger. Les coups pleuvaient sur ma poitrine, mes bras, mes épaules et mes côtes. Ils savaient que s'ils ne tapaient pas assez fort, on les accuserait de ne pas soutenir le socialisme avec suffisamment de conviction. Je ne pouvais même pas lever les mains pour me protéger la tête.

J'avais vu des prisonniers mourir durant ces séances de *thamzing*. Un vieil homme doux du nom de Shölkhang Yöntèn, scribe du treizième Dalaï-Lama, ayant refusé de condamner Sa Sainteté, avait subi une de ces terribles épreuves. Il perdit conscience durant ce passage à tabac et mourut pendant son transport à l'hôpital.

J'aurais accueilli avec bonheur une mort rapide et demandai aux gardes de me tuer. Mon audace les estomaqua et, pour toute réponse, ils m'administrèrent des coups supplémentaires sur le côté de la tête et dans les côtes.

Lorsque cette volée s'acheva finalement, les gardes haletaient comme des chiens. Une odeur de transpiration empestait l'atmosphère. Je m'effondrai à terre comme une masse. Le chef de cellule détacha la corde et je pus à nouveau respirer normalement. Au moment où les gardiens quittaient la pièce, l'officier me jeta un coup d'œil par-dessus son épaule et me dit : "Ne t'imagine pas que nous en avons fini avec toi. L'enquête se poursuivra tant que tu n'auras pas avoué ton crime."

Je rampai jusqu'à mon lit. Peu à peu, la douleur se calma et je sombrai dans le sommeil. Le lendemain matin, c'était à mon tour d'aller chercher le thé à la cuisine communautaire. J'avais le visage tout enflé, le torse et les bras couverts de bleus. Mes camarades voyaient bien que je souffrais le martyre : ils auraient volontiers pris ma place mais leur geste aurait été interprété comme la preuve qu'ils "fraternisaient avec un réactionnaire" ou "manifestaient de la sympathie à un criminel antisocialiste". Aussi se contentèrent-ils de me regarder traverser la cour en me débattant avec mon seau.

Plus tard, comme d'habitude, on nous emmena à la fabrique. Tout le monde se rendait compte que j'étais au supplice, mais les autres prisonniers détournèrent le regard. Je me mis au travail du mieux que je pus, sachant que, si je ne m'attelais pas à ma tâche, les choses ne feraient qu'empirer. Cet après-midi-là, mon anxiété alla croissant. Je redoutais de regagner la cellule. A notre retour, le *zuzhang* nous y attendait en fumant une cigarette. Alors que je m'apprêtais à grimper dans mon lit, il me demanda : "Où vas-tu comme ça ?" en me fusillant du regard.

Je lui répondis que je voulais juste m'étendre. Il commença alors à m'agonir d'injures, me traitant de rétrograde. Puis Chung-la, le chef de la brigade, pénétra dans la pièce avec les mêmes soldats que la veille. Il réitéra ses accusations, me demandant pourquoi je m'obstinais à faire des offrandes d'eau alors que je savais bien que ces rituels étaient formellement interdits. Je niai à nouveau.

On ordonna au chef de cellule de me soumettre à un autre *thamzing*. Je baissai la tête. Les prisonniers me rouèrent de coups tout en me dénonçant les uns après les autres. Certains se contentèrent d'agripper mes vêtements et de me secouer, incapables de se résoudre à frapper quelqu'un d'aussi vulnérable.

Cette même scène se répéta chaque soir durant treize jours. Je n'arrivais plus à manger. Le travail était, curieusement, mon seul moment de répit. Mais quand le coup de sifflet signalant la fin de la journée retentissait et que nous nous mettions en rangs pour regagner la prison au pas, mon estomac se serrait et la peur et l'appréhension m'envahissaient.

Je me souviens que durant cette pénible période un autre prisonnier se supprima. On l'avait surnommé Mei Matok à cause des gros grains de beauté sur sa figure ; il avait été moine au monastère de Namgyäl, au Potala. On l'avait arrêté en 1959 à cause de sa participation au soulèvement de Lhassa, et au moment de son suicide il faisait lui aussi l'objet d'un *thamzing*.

Mei travaillait avec moi à la briqueterie. Un chemin de terre menait de la fabrique aux portes de la prison. Chaque jour, à l'aller comme au retour, nous longions ce sentier, dans la poussière soulevée par le passage des camions. Mei marchait trois rangs devant moi. Un soir, alors que nous regagnions nos cellules, il sortit brusquement de la file pour se jeter sous les roues d'un camion qui venait de franchir le portail principal. Le véhicule s'arrêta, mais trop tard. Je me souviens des pieds de Mei agités de violents soubresauts, puis immobiles sur le sol. Je détournai les yeux. On nous fit rentrer à la prison en hâtant le pas.

Personne ne commenta la mort de Mei. On la passa sous silence comme si ce genre d'incident se produisait tous les jours, ce qui était peut-être le cas. Nous avions bien trop peur pour montrer ce que nous ressentions vraiment. Même nos larmes restaient secrètes.

Si pénible était notre existence quotidienne que nous avions dû apprendre à paraître indifférents aux passages à tabac et à la torture. Cependant je commençais à m'épuiser nerveusement. Le fardeau moral, le poids de l'anxiété qui revenaient chaque matin avaient fini par m'accabler. J'en vins à envisager de suivre l'exemple de Mei Matok. De retour à la cellule, les séances de *thamzing* reprirent, mais les corrections étaient moins violentes. Chung lui-même semblait se contenir.

Pendant quinze jours, je refusai de faire le moindre aveu, m'en tenant strictement à mon récit. L'officier finit par abandonner la partie en décrétant qu'on prendrait mon cas en considération lors de la réunion d'évaluation annuelle. Je crois que mon opiniâtreté me valut l'admiration de mes compagnons de cellule.

La réunion d'évaluation annuelle avait lieu chaque hiver. On y rassemblait tous les prisonniers et on lisait à haute voix les rapports établis par les chefs de brigade. Les détenus "zélés" qui s'étaient livrés à des dénonciations recevaient généralement une photographie de Mao ou une copie du *Petit Livre rouge* en guise de récompense. Quant aux prisonniers qui n'avaient pas réussi à se corriger, ils avaient droit à une prolongation de leur peine. Chaque année, on condamnait à mort un certain nombre d'entre eux au motif de leur inaptitude à se réformer.

Un matin de novembre 1970, nous fûmes réveillés par le raclement du grand portail métallique sur le sol. On l'ouvrait rarement. Ensuite, nous entendîmes la voix du chef de notre brigade appelant les gardiens à tue-tête pour leur dire d'aller nous chercher. La porte de notre cellule s'ouvrit à la volée et les gardes entrèrent précipitamment, nous tirant brusquement de nos lits. Nous nous rassemblâmes dans la cour. Il faisait encore nuit, des milliers d'étoiles parsemaient le ciel. Un vent glacial nous cinglait le visage. Des camions pénétrèrent dans l'enceinte et notre chef de cellule nous informa qu'on nous ramenait à Drapchi pour prendre part à une réunion annuelle de "récompenses et châtiments". En d'autres termes, nous allions assister à une exécution.

Le jour n'était toujours pas levé quand nous atteignîmes notre lieu de destination. Nous sautâmes au bas des camions et les gardes nous firent asseoir sur le sol boueux. D'autres véhicules arrivèrent et des centaines de prisonniers en descendirent à leur tour. On avait convoqué les occupants de toutes les prisons voisines de Lhassa à cette assemblée. A l'aube, on nous conduisit dans la cour de la prison. Les numéros de chaque prison et brigade étaient inscrits sur le sol à la craie.

Un officier nous signifia les trois règles en vigueur pour la réunion : interdiction de parler, de dormir et de se rendre aux latrines. Nous accueillîmes avec bonheur la chaleur du soleil matinal. Des officiels du bureau judiciaire surgirent de leurs locaux et prirent place sur un long banc devant nous. L'un d'eux donna le signal et les gardes firent sortir des rangs les prisonniers sur le point d'être exécutés. Je fus soulagé de ne pas faire partie du lot, mais ce qui allait se produire me dégoûtait.

Des gardes armés traînèrent les condamnés l'un après l'autre dans la cour, tous étroitement ligotés avec des cordes en jute et bâillonnés. Ils portaient autour du cou une grande pancarte en bois couverte de caractères chinois que je ne pouvais déchiffrer. J'imagine qu'elle indiquait leur nom ainsi que des précisions sur leur crime présumé. Il ne cessait d'en arriver de nouveaux, tous arborant le même écriteau. Ils furent bientôt plus d'une cinquantaine debout devant nous.

Un garde fit signe aux chefs des cellules et aux activistes de se mettre à psalmodier : “Mort aux contre-révolutionnaires !” Des milliers de voix se joignirent à ce cri de condamnation.

Je reconnus deux détenus de ma brigade parmi les condamnés et me souvins que Dikhung Päldar et Lhabchug, de Méldrogonkar, avaient été convoqués deux jours plus tôt. Le bruit avait couru qu'on les avait libérés. Nous n'imaginions pas une seule seconde qu'en réalité ils étaient près d'être assassinés. Pourtant ils se tenaient là, devant nous. C'est difficile de regarder, impuissant, quelqu'un que l'on connaît alors qu'il va mourir quelques instants plus tard.

Un des officiers siégeant sur l'estrade prononça mon nom. On me cria de m'approcher et de faire face à l'une des personnes agenouillées, immobiles, attendant son exécution. Un garde la saisit par les cheveux et l'obligea à lever son visage vers moi. C'était une vieille femme édentée, aux rides profondes. Le visage enflé, couvert de meurtrissures, elle pouvait à peine respirer. Aujourd'hui encore, je frémis au souvenir de ce visage.

Deux gardiens me saisirent à bras-le-corps et me baissèrent la tête de force. On aboya le nom de la femme, suivi d'une énumération de ses "crimes" : elle s'était opposée à la mère patrie, avait participé à des activités contre-révolutionnaires et cherché à renverser la dictature du prolétariat. Mais je ne prêtais pas vraiment attention à ces accusations. En entendant son nom, mon sang s'était figé dans mes veines : Kundaling Kusang-la.

J'avais entendu parler d'elle d'innombrables fois. Elle venait d'une des grandes familles aristocratiques du Tibet et le courage avec lequel elle avait tenu tête aux Chinois lui valait l'admiration de tous. Elle avait organisé et mené une importante manifestation de femmes à Lhassa, le 12 mars 1959, et on racontait que durant les séances de *thamzing* elle s'obstinait à déclarer que le Tibet était un pays indépendant. Elle était incontestablement l'héroïne de ce soulèvement.

Nous nous regardâmes intensément. Les yeux rougis, le regard flou, quelque chose dans son visage semblait implorer mes prières. C'était l'hiver, mais un soleil éclatant brillait dans la cour et la chaleur de ses rayons m'étourdissait. J'imaginai un aigle haut dans le ciel sans nuages et j'eus l'impression qu'il s'apprêtait à fondre sur moi pour me saisir et m'emporter loin de cet endroit, loin de l'insoutenable imminence de la mort.

La présence d'un soldat à mon côté me fit tressaillir. Il posa les mains sur mes épaules. Puis le chef de ma brigade surgit devant moi.

"Päldèn Gyatso", dit-il.

J'avais la gorge sèche. Mais il n'attendait pas de réponse. "Sais-tu que tu es sur le point de tomber du haut d'une falaise ? Tu es à *ça* du bord – il me montra l'espace séparant son pouce de son index –, à *ça* de connaître le même sort que ces prisonniers ?" ajouta-t-il en désignant les condamnés. Mais j'étais en proie à une telle peur et un tel dégoût que j'entendais à peine ses menaces.

La réunion s'éternisa. La lecture des antécédents des prisonniers condamnés à l'exécution se poursuivit tard dans l'après-midi. On nous dit que le Parti avait décidé de priver ces criminels du droit à la vie, et d'une seule voix tonitruante, l'assemblée réclama la mort des contre-révolutionnaires et de tous les ennemis du peuple. On entassa ensuite les condamnés à l'arrière d'un camion qui roula au pas devant chaque brigade avant de s'arrêter à proximité d'une tranchée d'un mètre cinquante de profondeur, creusée par les détenus juste en dehors du portail de la prison. Les officiers grimpèrent sur le terre-plein en haut de l'enceinte afin d'avoir une meilleure vue. Certains avaient même prévu des jumelles.

On força les prisonniers à s'agenouiller au bord de la tranchée. Ils furent abattus par un peloton d'exécution. L'impact des balles les fit basculer dans le trou. Les soldats visèrent une nouvelle fois et tirèrent à bout portant sur les condamnés épargnés par la première rafale. Combien semble profond le silence qui suit une minute de coups de feu assourdissants. Quinze personnes trouvèrent ainsi la mort ce jour-là.

Leurs familles furent informées de leur exécution par une facture spécifiant le nombre de balles tirées et la longueur de corde en jute ayant servi à les ligoter. Tout était dûment répertorié et chaque coût indiqué.

La mort était notre compagne de tous les instants, expression parfaite du pouvoir du Parti. Chacun l'affrontait à sa manière. Durant l'automne 1971, nous fûmes convoqués un par un dans un petit bureau. La porte laissée ouverte permettait d'observer ce qui se passait à l'intérieur. Un moine âgé du nom de Jampa Chöpèl passa avant moi.

Jampa, ancien abbé du monastère de Shang Pétok, était le moine le plus érudit de Gandèn. Corpulent, le visage rond, les pires tortures n'avaient pas suffi à le convaincre de se soumettre et de renier ses vœux religieux. Mais personne n'aurait pu prévoir sa réaction lorsqu'il apprit qu'il était condamné à mort. Il supplia qu'on l'épargne, se prosternant devant l'officier chinois, comme les moines le faisaient jadis devant leur maître ou un haut lama, sanglotant sans retenue. Des soldats se ruèrent sur lui et le traînèrent jusqu'à une table, où on l'obligea à apposer son empreinte sur un document. Après quoi ils le ficelèrent comme un sac et le jetèrent dans un coin de la pièce.

Ensuite ce fut le tour d'un certain Péma Dhönden, jadis intendant principal du régent Takdrag* qui avait régné sur le Tibet avant la majorité du Dalaï-Lama. Tout le monde l'aimait bien à la prison. Péma ne savait pas non plus qu'il s'apprêtait à être condamné à mort. Il s'avança jusqu'à la table et un officier lui annonça que le Parti avait décidé de le priver de son droit à la vie. "*Thug jé-ché*", dit Péma. (Merci !) Il paraissait sincèrement ravi. J'étais abasourdi et les Chinois aussi. Mais nous fûmes encore plus ébahis par ce qu'il ajouta ensuite. Il cita un vieux proverbe tibétain : "*Duk-po mi-tsé thung-na ga, kyi-po mi-tsé ring-na ga.*" (Si tu souffres mieux vaut une courte vie, si tu es heureux mieux vaut une longue vie.) Puis, avec la plus parfaite assurance, il pressa son doigt sur le tampon encreur et le roula avec fermeté sur le document.

En y repensant, je me rends compte que Péma était un laïc ignorant tout de la méditation et de la philosophie bouddhique. Comment pouvait-il affronter la mort avec

* Takdrag Rinpoché, régent de 1941 à 1950. *(N.d.T.)*

tant de courage alors qu'un moine érudit ayant consacré sa vie à la contemplation de la mort et convaincu que son être physique n'était rien d'autre qu'une enveloppe éphémère s'était effondré en implorant miséricorde ? La réaction de Péma avait laminé le pouvoir des Chinois, sa désinvolture avait rendu leur cruauté insignifiante.

Un autre prisonnier fut condamné à mort pour avoir accidentellement endommagé un portrait de Mao. Son méfait fut révélé lors d'une réunion hebdomadaire, présidée, comme d'habitude, par notre chef de cellule. Un détenu accusa en effet un de nos camarades de nourrir une haine profonde pour le Grand Timonier, la preuve invoquée étant que quelqu'un avait trouvé une marque d'ongle sur son portrait de Mao. On précisa même les dimensions exactes de ladite marque. Les autorités sommèrent l'accusé de leur dire comment cela était arrivé. Il fut dans l'incapacité de le leur expliquer et le paya de sa vie.

Durant cette période, au Tibet, le Parti lança des campagnes à l'encontre du Dalaï-Lama et du Panchèn Rinpoché. Nous savions tous que les Chinois voulaient que nous dénoncions Sa Sainteté en sa qualité d'ennemi public numéro un du Parti et de la nouvelle société socialiste. Nous rusions en nous en prenant plutôt à l'aristocratie tibétaine. Les cadres répétaient inlassablement la même question : Qui est la source de toute la misère au Tibet ?

Un jour, lors d'un meeting, un prisonnier du nom de Thuptèn Kunga se leva. Il purgeait une peine de vingt ans pour avoir pris part à la révolte de 1959. Très calmement, il déclara ce que nous avions désespérément tu : "Le Dalaï-Lama est la source de toute la misère au Tibet."

Nous n'en croyions pas nos oreilles. “Le Dalaï-Lama est un esclavagiste qui a trahi la mère patrie, poursuivit-il. Nous devons dénoncer ses crimes.”

Sa peine fut réduite à sept ans et, par la suite, il fut nommé chef de cellule.

Fin 1970, la plupart des querelles entre factions avaient cessé. L'armée tenait la situation bien en main. Tous les temples et monastères étaient fermés ou avaient été détruits. La population tibétaine vivait désormais en communautés, mode de vie considéré comme la “plus haute étape de développement”.

IX

LA RÉFORME PAR LE TRAVAIL

A la fin de 1970, j'avais passé dix années en prison. Je commençais à croire que je ne connaîtrais plus jamais la liberté. J'étais très faible tant sur le plan psychique que physique et continuellement à bout de souffle. Je demandai au chef de ma brigade l'autorisation de me rendre au dispensaire, mais il me la refusa.

On envoya deux cents d'entre nous travailler sur le chantier de construction d'une centrale hydro-électrique, à Tolung, au sud de Lhassa. On nous expliqua que cette usine était le symbole de l'intégration et du développement du Tibet au sein d'une société moderne. Nous creusâmes des canaux pour détourner l'eau du fleuve en travaillant si dur que nous abattîmes la besogne d'une semaine en trois jours. Les responsables du bureau de l'usine nous félicitèrent et nous récompensèrent en nous remettant à chacun un savon et une serviette de toilette. Nous nous donnions à fond car c'était une manière d'échapper au fardeau mental que nous portions tous. Une sorte de soulagement.

Quand je retournai à Sangyib, mon état de santé s'était encore aggravé. On me défendit une fois de plus de me rendre à la clinique, les gardes estimant que ma prétendue maladie n'était qu'une ruse pour couper à la tâche. On m'envoya alors travailler dans une carrière, une des corvées les plus pénibles qui soient. Un jour, je m'évanouis.

Je repris connaissance au dispensaire local, dans une pièce reluisante de propreté où régnait une suffocante odeur d'antiseptique. Un médecin m'annonça que j'étais à l'hôpital. "Pourquoi n'êtes-vous pas venu avant ?" me demanda-t-il. Je lui répondis que le chef de la brigade s'y était opposé. Le docteur était furieux. Il m'expliqua que j'étais très malade et qu'il fallait me transférer dans un établissement plus important. On me ramena donc à Drapchi.

Pour la première fois de ma vie, on me fit un bilan de santé complet. Un jeune médecin chinois du nom de Wang m'examina. Il parlait un peu le tibétain et ne cessait de répéter : *"Yag-po min-dug"* (Ce n'est pas bon). Je gardais le silence. Une fois son examen terminé, il fit venir un jeune infirmier tibétain afin qu'il me traduise les termes médicaux. Il m'informa que j'avais un problème cardiaque, mais les détails du diagnostic se perdirent dans la traduction.

Cela faisait un drôle d'effet de dormir dans un vrai lit, loin de la cohue des cellules. Les draps propres en coton blanc me paraissaient un luxe incroyable. On me donna aussi des vêtements neufs. J'avais droit à trois repas par jour, plus des collations. Le matin, nous buvions du vrai thé beurré tibétain et on nous servait souvent du riz et même des légumes.

Wang se préoccupait sincèrement du bien-être de ses patients, mais l'influence du Parti déteignait aussi sur le personnel médical. On avait remis mon dossier au médecin et il connaissait mes antécédents. Il me demandait fréquemment pourquoi je me cramponnais à mes idées réactionnaires et me conseillait d'épouser la cause du socialisme, synonyme selon lui de progrès dans le monde entier.

Amadoués par la gentillesse et les attentions des médecins et infirmières, nombre de prisonniers en venaient à divulguer des secrets qu'ils avaient gardés durant des années. J'étais résolu à ne pas tomber dans le piège. Un jour, pourtant, pris au dépourvu, je me laissai aller à faire une remarque "calomnieuse" à l'encontre du socialisme. Les autorités plaçaient un observateur de confiance dans chaque cellule, unité de travail et salle d'hôpital de sorte qu'elles étaient au courant de tout ce qui se passait parmi les prisonniers. Ces indicateurs étaient le plus souvent des criminels issus de milieux "irréprochables". Ils avaient pour consigne de rapporter tout ce qu'ils voyaient et entendaient. On les exhortait aussi à critiquer directement chaque individu.

Le lendemain de mon arrivée à l'hôpital, je réalisai qu'il y avait un mouchard dans notre salle. On avait en effet installé dans le lit voisin du mien un jeune homme originaire de Nagchu, dans le Nord-Est du Tibet. Il n'avait pas l'air très malade. En se présentant, il m'avoua avec une surprenante désinvolture qu'il avait tué sa femme. Il ajouta qu'il appartenait à une famille de "nomades pauvres". Ce qui laissait entendre qu'il avait largement bénéficié de l'occupation chinoise. Tout le monde le surnommait Marpo (Rouge) à cause de ses inclinations révolutionnaires.

Je me méfiais de lui, prenant comme un avertissement le fait qu'il eût mentionné sa classe sociale. Mais j'étais déterminé à ne pas lui donner l'occasion de me provoquer. Il me harcelait continuellement. Un jour, je m'emportai quand il exigea que je lui donne mon nouveau pyjama, calé sous mon oreiller.

"Parce que tu étais un nomade pauvre, le Parti t'a donné tout ce que tu voulais, hurlai-je. Moi, j'appartiens à la classe exploitante, alors, on m'a tout pris."

Marpo semblait ravi. J'imaginais fort bien la manière dont mes propos irréfléchis seraient déformés et amplifiés de façon à démontrer mon opposition profonde au socialisme. Le chef de brigade ne tarda pas à venir à mon chevet et me fit la leçon à propos des "réactionnaires qui n'arrivaient pas à se résigner à la défaite du féodalisme".

Durant les deux semaines qui suivirent, je fus soumis à des séances de *thamzing* durant lesquelles on me pressa sans cesse de reconnaître mes crimes. A la place de l'habituelle pluie de coups de poing, un déluge d'injures s'abattit sur moi. Mes camarades malades firent de leur mieux pour paraître outrés par mon attitude. Les uns après les autres, ils se livrèrent aux incontournables accusations. Je finis par avouer. Marpo affichait une mine arrogante, enchanté d'avoir accompli son devoir en dénonçant un réactionnaire.

Dès que j'eus repris un peu de forces, on me confia quelques menues besognes à l'hôpital : ménage, préparation de pansements ou de tampons d'ouate. J'étais toujours très essoufflé et une violente douleur me taraudait à présent la poitrine. Au début de 1971, je quittai l'établissement pour regagner la prison de Sangyib. On me conduisit à la brigade numéro un, connue pour son régime particulièrement draconien.

Après trois jours de dispense, je repris le chemin de la carrière où je rejoignis des centaines d'autres prisonniers chargés de casser des pierres pour en faire ensuite des blocs bien carrés. Au départ, on me confia la tâche de les tailler, mais très vite, on me força à les porter à dos nu, jusqu'au chantier de construction distant d'une centaine de mètres.

Le lendemain de mon retour, je vis un jeune homme gisant immobile sur le dos, une énorme pierre sur la poitrine. La cruauté des gardes et des officiels ne connaissait point de limites. Un mois plus tard, Wangyäl, le chef de notre cellule, fendit le crâne d'un prisonnier avec une barre métallique.

La peau de mes doigts et de mes paumes se durcit et devint calleuse. Certains prisonniers se confectionnaient des protège-mains avec de vieilles semelles de chaussures, et je commençai moi aussi à en ramasser autant que je pus en trouver. J'en cousus six ensemble avec du fil de fer. J'en vins à chérir plus que toute autre chose ce coussinet qui me protégeait les mains des angles tranchants des pierres.

En septembre, cette année-là, je remarquai deux soldats en train d'enlever les portraits de Lin Biao que le Congrès national du Parti avait choisi comme successeur attitré du président Mao. Pendant près de cinq ans, matin et soir, nous avions dû nous exclamer : "Longue vie à Lin Biao." La disparition soudaine de ces effigies laissait supposer que quelque chose de grave était survenu.

Quelques jours plus tard, on nous convoqua à une réunion. Le directeur de la prison nous annonça que Lin Biao avait tenté d'assassiner Mao. Il avait échoué. Ses complices et lui s'étaient enfuis à bord d'un avion qui s'était écrasé, personne n'avait survécu. Les officiels chinois paraissaient abasourdis par ces événements.

Une nouvelle campagne visant à discréditer Lin Biao venait donc d'être lancée. Nous étudiâmes le *Quotidien du Tibet* afin de nous livrer aux dénonciations appropriées. Ces délations étaient désormais pour nous comme une seconde nature. On s'empressa d'éliminer toute référence à Lin Biao dans les brochures du Parti. Fresques et peintures furent modifiées ou détruites et l'on arracha sans cérémonie les pages des livres sur lesquelles son nom figurait.

Lors d'une autre réunion, un jeune officiel tibétain nommé Tènpa nous raconta que Henry Kissinger* se trouvait en visite officielle en Chine. Ce nom ne me disait rien. Tènpa nous expliqua de qui il s'agissait et nous précisa que les liens entre les Etats-Unis et la Chine se resserraient. Quelques mois plus tard, nous apprîmes que le président Nixon s'apprêtait lui aussi à se rendre en Chine**.

On estimait que cette visite constituait une victoire pour la Chine et la révolution prolétarienne. Quant à nous, elle ne nous causa qu'une profonde désillusion. Depuis 1960, nous espérions que les Etats-Unis libéreraient notre pays. A Drapchi, en 1961, j'avais entendu dire qu'une armée tibétaine s'était formée en Inde et que des Américains se chargeaient de l'entraîner. Le prisonnier qui m'avait rapporté cette information avait lui-même été envoyé aux Etats-Unis pour y recevoir un entraînement militaire, après quoi on l'avait parachuté au Tibet.

La véhémence des attaques portées par les Chinois contre les Etats-Unis nous avait alors redonné un peu d'espoir, car on accusait les Américains, qualifiés de réactionnaires, de prétendre à l'hégémonie mondiale. La Chine les considérait comme son ennemi numéro un. Nous avions passé un nombre incalculable de réunions à dénoncer l'impérialisme américain. Nous fûmes donc très déprimés d'apprendre que les Etats-Unis s'étaient inclinés devant la Chine. Les Chinois se plaisaient à dire que les vents d'est avaient prévalu sur ceux de l'ouest.

On nous obligea à écouter d'interminables discours triomphants. A les entendre nous avions espéré en vain l'aide des impérialistes américains qui ne nous seraient

* Juillet 1971. *(N.d.T.)*
** Février 1972. *(N.d.T.)*

pas d'un plus grand secours que nos dieux. On nous projeta même un film d'actualités sur la cérémonie d'accueil réservée au président Nixon à Pékin. Durant des semaines, les haut-parleurs de la prison ne clamèrent rien d'autre que l'amitié sino-américaine. On nous expliqua que le président américain était venu à Pékin comme un chien, la queue entre les jambes. En octobre 1971, la Chine fit son entrée aux Nations unies. La libération du Tibet semblait de plus en plus compromise. Notre seule consolation était que le Dalaï-Lama vivait toujours en Inde, libre.

Il semblait plus improbable que jamais que je serais libéré un jour. Non pas que la liberté fût nécessairement souhaitable. J'appris le décès d'un maître artisan du nom de Dram-la qui confectionnait des objets de rituel en bronze. On l'avait arrêté en 1960 et emprisonné pendant dix ans. Il regagna son village en 1970 ; en guise de bienvenue, il fut accueilli par un *thamzing*. Tous les villageois, y compris sa famille, s'étaient rassemblés pour témoigner contre lui. On l'accusa d'être un réactionnaire et un ennemi de classe. Au bout de quelques jours de "liberté", Dram-la se suicida.

Les autorités nous rapportèrent cette histoire à titre d'avertissement. Elles soulignèrent que nous devions nous réformer en profondeur si nous voulions échapper à la colère des masses. Le peuple tibétain débordait d'enthousiasme révolutionnaire et reconnaissait Mao comme leur guide. Les Chinois sous-entendaient qu'il n'existait pas de différence entre la prison et la vie au-dehors.

En 1975, ma peine de quinze ans aurait dû s'achever. Au matin du 24 décembre, on m'informa que je n'irais pas travailler ce jour-là, mais qu'à la place je devais me rendre au bureau administratif principal. Je savais que cela signifiait non pas ma libération, mais un nouveau transfert. D'autres prisonniers patientaient également devant la porte, conscients eux aussi qu'ils ne devaient pas s'attendre à des retrouvailles heureuses avec leur famille et leurs amis. A l'expiration de leur peine officielle, on envoyait souvent les détenus dans un *laogaï*, un autre type de prison, ce terme signifiant "réforme par le travail".

Un Tibétain sortit du bureau et m'appela. A l'intérieur, je trouvai le directeur de la prison et le chef de ma brigade. Ils s'efforcèrent d'égayer l'atmosphère pour m'encourager à croire que j'allais être libéré. Après quoi, mon chef m'annonça mon prochain lieu de résidence : Nyéthang Zhuanwa Chang.

"Zhuanwa Chang !" m'exclamai-je en riant à moitié. C'était un camp de travaux forcés notoire. Les gardes menaçaient parfois de nous y expédier. Ce camp, situé à une vingtaine de kilomètres de Lhassa, au bord du Tsangpo, abritait l'une des plus grosses usines du pays produisant une énorme quantité de tuiles et de briques. Je m'étais attendu à ce genre de destination.

En pliant mes affaires, je tombai sur un reçu concernant certains objets qu'on m'avait confisqués en 1960. Je le portai au bureau. Une vingtaine de minutes plus tard, un garde revint avec un petit paquet. J'en examinai le contenu et vis aussitôt qu'il y manquait ma montre. Je retournai à l'intérieur et en informai l'officier chinois en lui montrant mon reçu.

On me dit d'attendre dehors. Au bout de quelques minutes, le chef de brigade apparut. Il m'annonça que ma montre avait été mise en pièces.

"Mais elle est à moi et je suis encore en vie", protestai-je. On détruisait les biens des prisonniers seulement après leur décès. Il retourna dans le bureau et j'entendis des éclats de voix. Un officier tibétain surgit à son tour et demanda à voir mon reçu.

"C'est une Rolex en or, lui expliquai-je. La meilleure montre du monde. On dit qu'elle continue à fonctionner même si on la jette dans le feu ou sous la glace."

"Comment veux-tu qu'on la trouve si nous n'avons pas davantage de détails ?" me demanda-t-il.

"Il doit y avoir un original de ce reçu dans mon dossier", répliquai-je. Nous regagnâmes le bureau et le garde montra le reçu au directeur de la prison.

"Nous allons te la rembourser", me dit-il calmement.

Je n'étais pas du tout satisfait et lui précisai qu'une telle montre coûtait très cher.

"Il y a un taux de change officiel pour l'or", me répondit-il.

Je commençais à trouver la situation amusante.

"Mais mon frère ne l'a pas achetée au taux officiel. Et puis de toute façon, je préfère avoir ma montre que de l'argent."

Je feignis de piquer une vraie colère, les accusant de vol et d'infraction aux règlements de la prison. Des années de *thamzing* m'avaient appris que la meilleure stratégie d'attaque consistait à mettre en doute la position idéologique et sa loyauté au Parti d'un officiel.

"Le président Mao a appris à l'APL à observer certaines règles de conduite interdisant notamment aux soldats de dérober ne serait-ce qu'une épingle au peuple, m'exclamai-je. Seul un soldat réactionnaire volerait un prisonnier."

Pour finir, le directeur m'assura que l'on diligenterait une enquête et que la montre me serait envoyée à Nyéthang Zhuanwa Chang. Il ajouta que le tracteur attendait, alors je rassemblai mes effets à la hâte et courus jusqu'au véhicule, tout émoustillé par mon entrevue avec les officiels. Je jubilais intérieurement. Le tracteur quitta l'enceinte de Sangyib et prit la direction de Lhassa.

Il fallut trois heures pour atteindre l'usine de tuiles. Deux autres prisonniers étaient du voyage : un Chinois, autrefois comptable, et un ancien moine de Shigatsé. Nous passâmes devant le Potala ; pour la première fois depuis 1964 je revoyais ce site magnifique.

Un bâtiment neuf coiffé d'un toit en zinc abritait le bureau de l'usine. A l'intérieur, deux officiels, un Tibétain et un Chinois, siégeaient chacun à une table. Trinlay, le Tibétain, examina méticuleusement mon dossier. Quant au Chinois, il se contentait de nous regarder en tirant furieusement sur sa cigarette. Trinlay, seul, parla. Il me demanda mon nom et d'autres renseignements qu'il compara avec ceux figurant dans le dossier.

"Vous n'êtes plus un prisonnier", m'annonça-t-il. Mon silence prouvait clairement que je ne partageais pas son point de vue. Il n'en avait que faire. Il me remit une paire de gants et un masque en coton blanc semblables à ceux des chirurgiens. Il m'expliqua en quoi consisterait mon travail à l'usine et m'instruisit de mes droits et devoirs en tant que *ley-mi* (prisonnier "réformé par le travail").

Les *ley-mi* n'étaient pas autorisés à s'écarter du pourtour immédiat de l'usine ou à se rendre à Lhassa. Nous pouvions faire des emplettes au magasin de la coopérative, mais seulement avec la permission de notre chef de brigade et accompagnés d'un autre *ley-mi*, chacun devant se porter garant de l'autre.

Les baraquements ne différaient guère de ceux d'une prison : parois en terre ; sol irrégulier et boueux. Dans les coins, brillaient des flaques d'eau gelée. On retrouvait des portraits de Marx, Engels, Staline et Mao sur tous les murs. Chaque *ley-mi* avait droit à un crochet en bois pour suspendre ses vêtements et à une longue plateforme surélevée servant de lit. Je devais partager la chambre avec cinq autres hommes.

C'était la fin de l'après-midi : tout le monde travaillait. Je dormis quelques heures ; des piétinements et des bruits de voix me tirèrent de mon sommeil. Les autres prisonniers furent surpris de voir un nouveau visage. Ils me sourirent et nous échangeâmes des salutations. Les questions fusaient de toute part. Il y avait là deux anciens moines de Drépung avec qui j'avais des tas d'amis en commun. Je me sentais chez moi.

L'atmosphère était beaucoup plus détendue qu'à la prison. Les sempiternelles séances d'étude et de *thamzing* existaient ici aussi, mais les gens étaient plus ouverts ; ils parlaient plus librement. Les deux moines me prirent sous leur aile et m'apprirent tout ce que je devais connaître de la vie d'un *ley-mi*.

Chaque matin, nous nous levions avant l'aube et sortions dans la nuit avec un grand panier sur le dos, nous devions le remplir de crottins et d'excréments humains destinés à servir d'engrais. Nous rivalisions âprement entre nous pour en dénicher : deux cents prisonniers arpentaient les collines voisines à la recherche de leur quota de fumier.

Un prisonnier, un certain Tsétèn Wangchuk, refusa un jour d'aller ramasser sa part. Au moment de la pesée, il resta planté là avec son panier vide en soutenant qu'il n'y avait plus de crottes nulle part. Il fut immédiatement soumis à un *thamzing*.

En tant qu'ex-administrateur d'une famille aristocratique, Tsétèn fut traité de “représentant de la classe exploitante”. Il n'avait pas la langue dans sa poche et répondait systématiquement avec impertinence. Son ancien domaine se situait à moins d'un kilomètre de Nyéthang et les paysans du coin se moquaient de lui en le voyant chercher des bouses dans les champs. Un jour, il répondit à leurs railleries : "Quelle merveilleuse période nous vivons ! On ramasse de la merde comme s'il s'agissait d'un gâteau savoureux." Sa remarque parvint aux oreilles des autorités. Il subit un nouveau *thamzing* pour avoir diffamé le socialisme.

Le lendemain matin, il refusa de se lever. Ses camarades de cellule eurent beau le supplier, il ne broncha pas. Le chef de brigade arriva bientôt flanqué de plusieurs gardes et le réprimanda vertement. Tsétèn leur répliqua qu'il avait sillonné toutes les collines alentour sans trouver une seule crotte. Le chef lui répondit qu'il devait faire preuve de davantage de zèle et se mettre à chercher aux abords des routes.

"J'ignorais que les camions chiaient, riposta Tsétèn. Les camions socialistes doivent être nettement supérieurs à ceux des capitalistes."

Tout le monde fut dispensé de travail ce jour-là. L'ensemble des *ley-mi* et les habitants des communes voisines furent convoqués à une réunion. Les paysans des anciennes terres administrées par Tsétèn reçurent l'ordre de le dénoncer. Les prisonniers aussi durent le critiquer. On le sermonna, on le battit, puis il fut exécuté.

Une fois que j'avais ramassé mon quota de fumier, on m'emmenait à l'usine où je devais malaxer de la boue jusqu'à ce qu'elle soit suffisamment lisse pour en faire des tuiles. Il me fallait aussi les mettre à cuire dans le four. Il y avait tellement de poussière que nous respirions difficilement. Pour mon travail, je recevais un modeste salaire que je pouvais affecter à l'achat d'une ration mensuelle de céréales. Une fois cette ration épuisée, nous ne pouvions pas nous en procurer une autre avant le mois suivant. On me permettait aussi d'acheter douze mètres de tissu et cinq kilos de sucre par an. Le montant de notre rémunération dépendait de nos antécédents politiques. Bien évidemment, la mienne était l'une des plus basses.

A l'heure des repas, nous faisions la queue devant un guichet dans la grande salle, et l'on nous passait de la nourriture. Un garde notait sur une feuille, à côté de notre nom, combien de petits pains nous prenions. Chaque mois, on calculait le nombre total de petits pains consommés par chacun et l'on soustrayait de sa solde le montant équivalent. Les autorités déduisaient aussi de notre salaire les sommes correspondant à l'électricité, l'eau, le sel, le thé, les légumes et le combustible employés par chaque prisonnier.

Ce camp de travail s'autofinançait, les frais d'administration étant couverts par les retenues faites sur les rémunérations des prisonniers. Cela ne coûtait pour ainsi dire rien à l'Etat de gérer un vaste réseau de camps similaires.

Les autorités s'en tenaient à leur devise : "Consommer moins, produire plus." A la place des uniformes d'hiver et d'été, on ne nous donnait plus dorénavant qu'une seule tenue matelassée que nous devions porter toute l'année. Mes chaussures étaient en lambeaux et mon uniforme ne tarda pas à n'être plus qu'une loque.

L'ensemble du Tibet était désormais organisé en communes. On avait confisqué et redistribué toutes les propriétés privées. La production agricole ayant connu un déclin rapide, les gens étaient réduits à la portion congrue. Le pays tout entier s'était transformé en une gigantesque prison. Personne ne pouvait se déplacer ou acheter quoi que ce soit sans un permis.

En attendant, les camps de travail remplissaient deux fonctions spécifiques : isoler les ennemis de classe et fournir de la main-d'œuvre bon marché. Le seul moyen de nous en tirer, nous disait-on, était de manifester de l'enthousiasme dans notre labeur et un empressement à nous réformer. Comme en prison, on nous obligeait à prendre part à des réunions hebdomadaires au cours desquelles nous devions faire notre autocritique et dénigrer nos amis. Comme tout le monde, je fus calomnié à qui mieux mieux, et moi-même je diffamai mes camarades.

Je n'ai jamais pu m'habituer à la souffrance provoquée par la dénonciation d'un ami. Mais il nous fallait apprendre à oublier ces perpétuelles trahisons forcées. Un esprit de solidarité sincère et indubitable régnait entre nous et nous nous efforcions tous d'éviter de lancer des accusations susceptibles de valoir aux autres une prolongation de peine ou une exécution. Mais il se trouvait toujours des prisonniers prêts à prouver leur loyauté au Parti en incriminant leurs compagnons, sans égard aux conséquences. Nous appelions ces gens-là des *hur-tsön-chèn* (les zélés).

Quelque temps après mon arrivée à Nyéthang, un prisonnier du nom de Pasang se suicida après trois semaines d'un *thamzing* sauvage. Nous l'aimions tous beaucoup. Un autre prisonnier, Sönam Päldèn, était toujours à l'affût d'une occasion de montrer avec quel enthousiasme il adhérait à la nouvelle société. Sönam apprit que Pasang avait réussi à cacher un petit badge à l'effigie du Dalaï-Lama, et durant l'une des réunions hebdomadaires, il se leva pour révéler cette "traîtrise". Après sa mort, les autorités décrétèrent que Pasang s'était supprimé parce qu'il n'avait pas pu s'adapter à la nouvelle société socialiste.

X

LA MORT DU GRAND TIMONIER

Les camps de réforme par le travail servaient de lieu de transition entre la prison et la nouvelle société socialiste. Théoriquement centres de rééducation, ces camps fournissaient tout simplement une inépuisable main-d'œuvre bon marché au Parti. Il s'agissait d'une sorte de mise en quarantaine, à l'écart du reste de la société, de nos idées pernicieuses relatives à la liberté et à l'indépendance du Tibet. Les prisonniers transférés dans ces camps savaient qu'ils risquaient probablement d'y mourir.

A Nyéthang Zhuanwa Chang, le régime ne différait guère de celui d'une geôle. Nous ne nommions jamais l'officier supérieur chinois, un être méchant au tempérament violent, autrement que par son titre officiel : *changzhang* (directeur de l'usine). Il gérait la fabrique de tuiles comme s'il s'agissait de son propre domaine, même les gardes le redoutaient comme la peste. En revanche, Wangdu, son assistant tibétain, un petit homme trapu, se montrait compatissant à notre égard.

L'absence de sentinelles patrouillant l'enceinte jour et nuit laissait croire que nos baraquements ne se distinguaient en rien de n'importe quel bâtiment-dortoir voisin d'une usine. Il n'empêche que nous étions des *ley-mi* et non des hommes libres. S'il n'y avait pas de gardes, cela ne voulait pas dire que nous n'étions pas surveillés. Le Parti avait découvert un mode infiniment plus efficace pour nous épier.

Nous étions répartis en deux catégories : les "avec casquette" et les "sans casquette". Les premiers étaient des prisonniers politiques, qualifiés de "réactionnaires", les autres des prisonniers de droit commun. On avait ainsi instauré un nouveau système de surveillance : les "sans casquette" devaient avoir à l'œil ceux qui en portaient une. Une fois de plus, les autorités recouraient à la notion de lutte des classes afin de fomenter des conflits et susciter la méfiance parmi les détenus. On disait aux "sans casquette" qu'ils étaient les garants du socialisme et de la révolution.

Ils circulaient dans le camp pleins de superbe, savourant le pouvoir qu'ils avaient sur nous et rapportant au bureau central le moindre écart de conduite. En retour, on leur promettait une "fusion" rapide au sein de la nouvelle société.

Un jour, peu après que l'on m'eut transféré au camp, j'étais assis devant le mess au moment de la pause du déjeuner, quand une bande d'enfants apparut au portail. Ils se défiaient les uns les autres de pénétrer dans l'enceinte. Ils finirent par entrer, et, à mon grand étonnement, l'un d'eux s'approcha de moi pour mendier de la nourriture, m'expliquant que sa famille n'avait rien à manger depuis des jours.

Le Parti affirmait pourtant que la famine et les pénuries de vivres appartenaient au passé. Toutefois, les visages atrocement gonflés et verdâtres de ces enfants ressemblaient à ceux que j'avais vus à la prison de Tolung durant les pires années de mon existence. Les vêtements en lambeaux, pieds nus, ils arrivaient tout juste à garder les yeux ouverts. Les mendiants de l'ancienne société "féodale" eux-mêmes étaient mieux lotis : au moins ils erraient le ventre plein.

L'état pitoyable de ces gamins tenait-il au fait qu'ils étaient les fils et les filles d'anciens propriétaires terriens ? Je savais qu'une terrible discrimination s'exerçait à l'encontre des familles issues de la classe "réactionnaire" qu'on ne traitait pas mieux que du bétail, alors je leur demandai de quel milieu social ils venaient. C'était une question primordiale, une précision consignée noir sur blanc sur les cartes de rationnement, les certificats d'identité et même les fiches de rendez-vous à l'hôpital.

Ils me répondirent qu'ils venaient de la classe "paysanne pauvre". Cela m'étonna : le Parti nous disait que celle-ci bénéficiait de la révolution socialiste. Ils me précisèrent par ailleurs que toutes les communes alentour connaissaient la disette. Certaines familles en avaient même été réduites à manger de l'herbe. On la faisait cuire jusqu'à obtenir une bouillie épaisse, toujours indigeste. Je leur donnai quelques petits pains, et, dès lors, ils vinrent régulièrement au mess.

L'ensemble du Tibet avait atteint ce que le Parti appelait "la plus haute étape de développement communiste". On avait divisé la région de Nyéthang en douze gigantesques communes. Désormais, tous les biens et troupeaux étaient supposés appartenir à la collectivité, et l'on rémunérait la population selon un système complexe de "points de travail".

Pourtant, ils étaient de plus en plus nombreux à venir quêter au camp. Je commençai à noter le nom des communes auxquelles ils appartenaient, et ne tardai pas à me rendre compte que la région de Nyéthang tout entière souffrait de pénuries alimentaires. Quand des adultes venaient mendier, je les priais de m'expliquer les raisons d'une telle famine. Ils m'assuraient que cela ne résultait pas d'une catastrophe naturelle.

En réalité, les gens avaient dû renoncer à l'essentiel de ce qu'ils gagnaient pour verser une contribution "volontaire" au gouvernement. On forçait déjà la population à payer toute une kyrielle d'impôts et l'administration de chaque commune subissait d'énormes pressions pour qu'elle transmette des chiffres de production toujours plus élevés et fasse parvenir aux autorités des denrées en quantités accrues.

Dans le but de maximiser les rendements, le Parti entretenait une rivalité farouche entre les paysans. On leur avait inculqué que leur contribution était à la mesure de leur amour pour la mère patrie, le Parti et le président Mao. Dans ces circonstances, personne ne voulait passer pour indolent. Une concurrence tout aussi forte opposait les communes entre elles, chacune voulant montrer qu'elle apportait la plus grosse pierre à l'édification du socialisme, d'où la falsification des chiffres de production et une augmentation consécutive des impôts. En définitive, les paysans pauvres en arrivèrent à mourir de faim.

Au sein de la "nouvelle société socialiste", les gens se retrouvaient obligés de manger des herbages réservés jadis, dans "l'ancienne société féodale", au bétail. Personne n'ignorait cette situation épouvantable. Pourtant, aucun officiel n'aurait osé mettre en doute la sagesse du Parti et de son leader. Les camps de travail étaient là pour rappeler en permanence ce qu'il advenait à ceux qui s'opposaient à l'autorité.

Ces jeunes enfants émaciés témoignaient de la souffrance de tout un peuple. En tant que prisonniers, au moins, nous nous attendions à être mal traités, mais les citoyens ordinaires, eux, n'avaient pas ce genre de consolation : on leur avait promis qu'ils seraient les premiers bénéficiaires de la grande révolution prolétarienne. Tout l'appareil d'oppression avait soi-disant été conçu pour affranchir les fermiers pauvres et les nomades de la servitude de la société féodale. Or les vingt dernières années ne leur avaient apporté que la misère.

Lorsque le bureau régional découvrit que les prisonniers du camp de réforme donnaient de la nourriture aux paysans, une plainte fut déposée auprès des autorités de la prison. On me cita comme l'un des principaux coupables, fautif d'avoir encouragé la mendicité, une pratique capitaliste. Je fus convoqué dans le bureau du directeur qui me somma de m'expliquer. A ma grande surprise, la plainte fut retirée. Une certaine compétition régnait entre notre unité de travail et la commune voisine, et il semblait que les responsables du camp fussent plutôt contents que nous ayons contribué à ternir la réputation de celle-ci.

Au printemps 1976, j'eus enfin des nouvelles de ma famille à Pa-Nam. On m'annonça que j'avais une visite, la première depuis mon incarcération. J'étais curieux et avide de voir de qui il pouvait bien s'agir. En sortant, je vis une jeune femme potelée vêtue d'un pantalon rapiécé, d'une veste verte en coton matelassé et coiffée d'un foulard bleu. Elle avait les joues gercées et des yeux larmoyants. Elle portait une bouteille thermos et un petit panier.

Je m'excusai de ne pas la reconnaître et lui demandai son nom.

“Je suis Nangma Mingké”, me répondit-elle. Cela ne me disait rien du tout.

"Vous devez me confondre avec quelqu'un d'autre, lui dis-je. Je suis Päldèn Gyatso, un moine de Drépung."

Elle m'apprit alors qu'elle était la fille de l'ancien cuisinier de mon père. J'avais quitté Pa-Nam depuis plus de quinze ans et je ne l'aurais jamais reconnue. J'étais curieux de savoir comment elle avait su où me trouver. Elle m'expliqua qu'elle m'avait vu travailler à l'usine.

Mingké venait de s'installer dans la région de Nyéthang. Son mari et elle travaillaient à construire la route aux abords du camp. Elle m'annonça que mon père était mort en 1965. En tant qu'ex-propriétaire terrien, il avait été dénoncé à maintes reprises par les villageois et avait subi d'innombrables *thamzing*. Mon frère aîné, pour qui j'avais la plus profonde admiration, avait été tué lors d'une de ces "séances de lutte" en 1968. Ma famille était devenue l'un des boucs émissaires favoris des gardes rouges : ils avaient tous été soumis à des rossées publiques, parfois individuellement, d'autres fois ensemble. Ma belle-mère était restée paralysée après un *thamzing* particulièrement brutal.

Je ne pus dormir cette nuit-là, hanté par les visages de mes parents et les souffrances qu'ils avaient endurées. J'avais beau savoir que les gardes rouges prenaient pour cibles tous ceux qu'ils considéraient comme des propriétaires terriens féodaux, cela ne me procurait aucun réconfort.

Mingké tirait profit de ses origines sociales. En sa qualité d'ancienne domestique, elle passait pour "irréprochable" et pouvait donc aller et venir librement. Dès lors, elle me rendit régulièrement visite en apportant toujours le peu de nourriture qu'elle avait pour la partager avec moi. Un jour son mari vint me voir à son tour et il me fit cadeau d'un duvet tout neuf qui leur avait sans doute coûté une fortune.

Dans la rigueur de l'hiver, leurs visites et leur gentillesse me mettaient du baume au cœur. J'étais abattu, je souffrais de la solitude, mais Mingké me rappelait des souvenirs de jours heureux. En tant qu'ouvrière, elle pouvait rentrer de temps en temps dans sa famille, à Pa-Nam, et grâce à elle les miens surent que j'étais encore en vie.

En 1976, le premier ministre chinois, Zhou Enlai, et le fondateur de l'APL, Zhu De, moururent tous les deux*. Leurs décès furent amplement couverts par la presse et des cérémonies funèbres eurent lieu au camp. Les officiels s'efforcèrent de créer une atmosphère de deuil, les *hur-tsön-chèn* se comportant comme s'ils avaient perdu un parent proche. Les autorités profitaient de ces occasions pour évaluer notre attitude vis-à-vis du Parti. Il fallait donc à tout prix afficher une mine de circonstance ; affligée et lugubre.

Un mois après la mort de Zhu De, je lus dans le *Quotidien du Tibet* qu'un fort tremblement de terre avait frappé la Chine. Les Chinois avaient raison de soupçonner que je n'avais pas renoncé à mes idées féodales, car je pensai aussitôt que ces deux décès et ce séisme, survenus coup sur coup, présageaient de nouveaux événements. Mon esprit superstitieux fut d'autant plus attisé qu'en août je vis une comète resplendir dans le ciel.

Les Tibétains considèrent les comètes comme un mauvais augure. J'allai tout droit au dortoir dans l'intention de demander si quelqu'un d'autre l'avait vue. Mais en définitive, je me contins sachant que si je posais une question pareille on m'accuserait immanquablement d'encourager la superstition et de propager des rumeurs.

J'avais lu dans le journal qu'une "pluie de cailloux" s'était abattue quelque part en Chine et supposai qu'il

* Respectivement le 8 janvier et le 7 juillet. *(N.d.T.)*

devait s'agir de météorites. Le lendemain matin, incapable de garder ma vision pour moi, je demandai à un moine du nom de Tashi Lathar si lui aussi avait aperçu la comète. Il se contenta de hocher la tête, trop apeuré pour en parler ouvertement.

La nouvelle se propagea rapidement dans le camp. Tout le monde se souvenait qu'un tremblement de terre avait secoué le Tibet juste avant l'invasion chinoise en octobre 1950, et qu'à la même époque on avait aussi repéré une comète. En dépit de presque vingt ans de répression et de l'endoctrinement chinois, l'apparition de cet astre eut vite fait de raviver nos croyances traditionnelles.

J'étais convaincu que ces manifestations promettaient la mort imminente de Mao. Même si nous n'en parlions évidemment jamais, nous savions tous qu'il était vieux et malade. Le 9 septembre 1976, mon pressentiment se révéla exact : Mao mourut à Pékin. Je me souviens comme si c'était hier du moment où j'appris sa mort. Pendant des années, les Chinois avaient essayé de nous convaincre que le Grand Timonier était surhumain, immortel, et pourtant il avait péri comme tout ce qui vit.

Je venais de finir de travailler et attendais dans la file devant le mess, ma timbale à la main. Le haut-parleur monté sur un mât dressé au milieu de la cour se mit à crépiter. Nous ne prêtions guère attention aux inepties qu'il débitait et les prisonniers continuèrent à bavarder. De toute façon, les annonces étaient faites d'abord en chinois, de sorte que la majorité d'entre nous ignorant cette langue ne se donnait jamais la peine d'écouter la première partie de la diffusion.

Puis, la voix d'un autre annonceur, tibétain celui-là, retentit. "Message de la station de radio du gouvernement central du peuple", commença-t-il d'un ton mal assuré.

A l'évidence en proie à une grande émotion, il trébucha sur les premiers mots de son communiqué, s'arrêtant, puis reprenant. Quelqu'un près de moi demanda : "Qu'est-ce qui lui arrive ?" Finalement, il prit une grande inspiration et se lança dans l'habituelle louange de Mao, sans omettre aucun des superlatifs qui précédaient systématiquement l'évocation du Grand Timonier. Puis il ajouta : "Le Soleil rouge de nos cœurs, le président Mao cher au peuple, nous a quittés."

Nous étions abasourdis. Se pouvait-il que Mao fût vraiment mort ? Cela devait être vrai car qui aurait osé monter un tel canular ? De retour au dortoir, tandis que je commençais à mesurer l'ampleur de cet événement, un sentiment d'allégresse m'envahit. J'aurais pu bondir de joie et me mettre à chanter à l'instant même ! Mao avait été mon persécuteur et mon adversaire. Durant près de vingt ans, j'avais dû prononcer son nom matin et soir. Même quand je n'arrivais pas à ouvrir suffisamment la bouche pour boire une gorgée d'eau, on m'obligeait à la sempiternelle invocation : *"Mao Zedong wansui."* Je ne me séparais jamais de mon *Petit Livre rouge*. J'avais même confectionné un sac de la même couleur juste assez grand pour l'y ranger, car je savais qu'on avait condamné à mort certains détenus pour avoir endommagé ce précieux ouvrage.

Le nom de Mao était indissociable de tout ce que j'avais enduré et de la mort de milliers de prisonniers. Il nous liait tous les uns aux autres. Je ne pouvais m'empêcher de considérer sa mort comme la rupture d'une longue chaîne de souffrances.

Je suis sûr que les autres éprouvaient les mêmes sentiments, même si nous ne devions rien laisser paraître, bien évidemment. Je feignis d'être profondément abîmé dans mes pensées. J'ignorais si la vie allait s'améliorer, mais une chose était certaine : elle ne serait plus jamais la même. J'imaginai le Dalaï-Lama revenant au Tibet, mais ces visions se dissipèrent à l'idée que quelqu'un de pire que Mao risquait de prendre le pouvoir. J'éprouvais une joie mêlée de crainte : le grand tyran était mort. Qui allait monter sur le trône ?

Le lendemain, nous fûmes convoqués à une autre réunion. Tous les officiels de la prison portaient à présent des brassards noirs et certains arboraient des fleurs en papier blanc fichées dans la poche de leur veste. "Notre cher leader, le Soleil le plus éclatant de notre cœur, notre Guide, le grand président Mao est mort", annonça l'un d'eux. Puis une musique funèbre jaillit du haut-parleur.

Certains prisonniers éclatèrent en sanglots, pleurant ostensiblement. J'entendis l'un d'eux geindre : "Le président Mao était plus bienveillant que mes propres parents." Les autres détenus affichaient un visage morose. On nous avait prévenus que nous devions adopter l'"attitude correcte" durant ces tristes événements. L'acteur chevronné que j'étais devenu garda le silence et prit un air éploré. Bientôt la plupart des prisonniers furent en larmes ; certains allant jusqu'à simuler l'évanouissement : c'était ce que les Chinois entendaient par "attitude correcte". Sur l'estrade, les officiels eux aussi manifestaient leur chagrin sans retenue.

Deux gardes apparurent, chargés d'un sac rempli de brassards noirs qu'ils distribuèrent à tous les détenus hormis ceux étiquetés "prisonniers politiques" : le privilège du deuil était réservé aux criminels. Nous autres "réactionnaires" n'étions pas dignes de pleurer Mao. Un des prisonniers de mon unité enfila son brassard avec une évidente fierté. Il leva son bras vers moi en me faisant un clin d'œil, tel un enfant exhibant un nouveau jouet. Le lendemain, on conduisit tous les prisonniers "sans casquette" à Lhassa afin de prendre part à un grand rassemblement destiné à pleurer la disparition du Soleil rouge.

En définitive, la mort de Mao entraîna un relâchement de la discipline au sein du camp. L'interminable cycle des réunions s'interrompit. En 1978, on nous ordonna de brûler le *Petit Livre rouge*. Cela nous procura une sensation extraordinaire que de détruire ce recueil, partie intégrante de nos vies pendant près de vingt ans. On nous autorisa par ailleurs à abandonner le rituel matinal consistant à invoquer le Grand Timonier.

La vie s'améliora rapidement. On me pria de me remettre au tissage des tapis. Il y avait un troupeau de moutons dans le camp, mais par le passé, les Chinois vendaient la laine à la coopérative ou la laissaient simplement de côté. Nous en avions tout un stock à notre disposition et j'accueillis avec joie l'occasion d'échapper aux corvées de l'usine.

Toutefois, étant l'unique prisonnier à connaître quoi que ce soit au tissage, je devais tout faire moi-même, y compris filer la laine et la teindre. C'était un travail assommant, mais au moins je n'avais personne sur le dos, et j'échappais ainsi à la surveillance de mes camarades.

Les journaux parlaient continuellement de la "Bande des quatre", et en particulier de Jiang Qing, la veuve de Mao. On les accusait d'avoir essayé de prendre le contrôle du Parti après la mort du président. Toutes les exactions commises pendant la révolution culturelle leur étaient imputées. Le Parti promettait à présent de rectifier les erreurs de la dernière décennie, et nous ne tardâmes pas à ressentir les bienfaits de cette nouvelle politique au camp. Nos salaires furent augmentés et assortis d'une indemnité appelée "vent et soleil", en compensation de nos épreuves passées.

Durant l'hiver 1977, tous les prisonniers coiffés de casquettes furent convoqués à une réunion au cours de laquelle on nous interrogea une fois de plus sur notre implication dans le soulèvement de 1959. Je répétai mon histoire. Certains détenus nièrent, sottement, leur présence lors de la révolte. On ne se donna pas la peine de nous expliquer pourquoi on nous questionnait de nouveau après tout ce temps.

Quelques jours plus tard, au moment de l'appel du matin, on me fit sortir des rangs, ainsi que trois autres prisonniers. Les autorités nous informèrent que nous partions pour Lhassa. On nous conduisit dans un immense camp militaire en lisière de la ville où nous retrouvâmes des centaines de détenus en provenance d'autres camps de travail, tous rassemblés dans une vaste salle décorée comme pour un banquet. Des plats appétissants étaient disposés sur une rangée de tables le long d'un mur. Je n'avais jamais vu autant de nourriture de ma vie. D'affables soldats nous servirent du thé, nous traitant comme des dignitaires en visite. Je reconnus de nombreux visages que j'avais vus à Drapchi, Seitru et Ori-tritu, nous nous saluâmes chaleureusement. Nous avions le sentiment que le moment de notre libération approchait.

Un officiel de haut rang du Parti tibétain, nommé Wangchuk, fit son entrée dans la salle et s'adressa à nous. "Camarades et amis", commença-t-il. Camarades et amis ! Je n'en croyais pas mes oreilles. Il fit le panégyrique du Parti avant de déclarer de but en blanc que ce qui s'était passé au Tibet au cours des vingt dernières années avait été une aberration. En aucun cas nous ne devions en tenir le Parti responsable. Selon lui, tout était la faute de la Bande des quatre. Puis d'une voix douce et limpide, il annonça la suppression de toutes les étiquettes politiques et des casquettes.

Il poursuivit en disant que, sous la présidence de Hua*, nous étions à l'aube d'une ère nouvelle et que, désormais, nous devions tous contribuer à l'édification d'un Tibet socialiste. Nous avions l'habitude de ce genre de discours. J'étais assis à côté d'un moine de Drépung, Chöpèl Tharchin, un vieil homme sage à longue barbe grise – signe de longévité – comme celles que je me souvenais d'avoir vues sur les images ornant les murs du monastère.

“Qu'allez-vous faire ?” lui demandai-je.

“Je voudrais retourner au monastère”, me répondit-il, et cela me fit penser que je souhaitais moi-même regagner Drépung.

On nous pria de présenter nos requêtes par écrit le lendemain. Selon les officiels, nous serions autorisés à rentrer chez nous, bien que Wangyäl s'empressât d'ajouter qu'un grand nombre d'entre nous étant bien éduqués et instruits, nous devrions songer à aider à construire la nouvelle société.

Cette réunion dura trois jours. Nous dormions tous dans la grande salle et, chaque matin, des soldats nous apportaient du thé. Quelqu'un remarqua qu'on nous engraissait comme des moutons destinés à la boucherie. Le troisième jour, on m'informa que ma demande avait été acceptée : on m'accordait un permis de résidence afin que je puisse loger au monastère. Je jubilais

* Hua Guofeng, homme politique, nommé premier ministre et vice-président du Parti communiste chinois de 1976 à 1980. *(N.d.T.)*

et brandis mon document en l'air. Je découvris que, sur les deux cents anciens moines présents dans la salle, trois seulement avaient sollicité leur retour dans leur monastère respectif. Les autres, persuadés que leur requête serait rejetée, s'étaient contentés de poser leur candidature pour être enseignants, dans l'espoir que cela leur donnerait une meilleure chance de rentrer chez eux. Toutefois, en apprenant que nous avions obtenu gain de cause, ils changèrent tous d'avis et entreprirent de harceler le pauvre officier dont la tâche consistait à distribuer les permis. Il ne pouvait rien changer à leur sort. Le parti communiste tenait toujours les rênes, et une fois qu'un officier supérieur avait pris une décision, personne n'osait la contester ou se dispenser de l'appliquer.

Je retournai à Nyéthang tout excité à la perspective de ma libération prochaine. Certains prisonniers vinrent me féliciter de ma bonne fortune ; d'autres m'apportèrent des lettres à l'intention de leurs familles. Je m'attendais à être relâché sur-le-champ, mais il ne se passa rien pendant plusieurs jours. Enfin une jeep de l'armée pénétra dans le camp et on me convoqua au bureau en compagnie des deux autres moines, Chöpèl Tharchin et Thuptèn Dhundup. Tharchin en ressortit quelques minutes plus tard, hilare, en agitant les mains dans tous les sens. Il était libre !

J'entrai à mon tour dans le bureau. Assis à sa table, le chef de brigade parcourait des yeux un épais dossier. Il toussota pour m'indiquer qu'il avait remarqué ma présence. “Je suis censé retourner au monastère”, lui dis-je aussi poliment que possible. D'un ton tout aussi courtois il me répondit que la direction du camp avait rejeté ma demande au motif qu'on ne pouvait se passer de mes services. Conformément à la nouvelle politique du Parti, il fallait développer la production de tapis. Comme j'étais le seul prisonnier capable d'enseigner les techniques indispensables du tissage, je devais rester. Je protestai, mais en pure perte. Pour seule consolation, j'étais libre désormais de me rendre à Lhassa en fin de semaine.

A la même époque Lobsang Wangchuk arriva au camp. Je l'avais rencontré pour la première fois à Drapchi, au début de 1964, et j'allais maintenant apprendre à le vénérer comme un mentor et un ami. A la prison, tout le monde l'appelait simplement *Gyän* (maître). Je me souviens qu'un jour, à Drapchi, il s'était levé au cours d'une réunion pour dire qu'il avait écrit une prière implorant la divinité tutélaire de protéger le Tibet des catastrophes naturelles. Une pareille révélation exigeait du courage, car, selon les Chinois, cela revenait à "propager des rumeurs réactionnaires".

Gyän était grand pour un Tibétain. Il avait un visage mince et sensible, une fine moustache et une humilité naturelle qui démentait sa grande force intérieure et son érudition. Il avait été arrêté en 1960 à cause de son engagement dans la révolte de l'année précédente. Depuis 1970, il était *ley-mi* et travaillait donc dans un camp de réforme par le travail.

Je demandai au chef de brigade s'il serait possible de m'adjoindre un homme pour m'aider à filer la laine. Il me répondit d'en choisir un parmi un groupe de prisonniers travaillant dans un champ voisin ; je pris Gyän Lobsang Wangchuk, pensant que le tissage serait une tâche plus aisée pour un vieil homme maigre et fragile. Il avait alors soixante-quatre ans.

Nous commençâmes à travailler ensemble en août 1978. Rien que nous deux dans une pièce : moi dans un coin, en train de tisser ; Gyän, près de moi, filant la laine. La plupart des prisonniers s'enthousiasmaient pour les changements en cours, j'interrogeai Gyän pour savoir ce qu'il en pensait.

"Ce n'est qu'une paire de chaussures neuves marchant sur la même vieille route", me répondit-il.

Au cours des jours qui suivirent, je commençai à comprendre ce qu'il avait voulu dire. Je me rendis compte qu'il y avait deux points fondamentaux sur lesquels le parti communiste ne reviendrait jamais : l'indépendance du Tibet et la liberté religieuse. Pourtant, autour de nous, les gens semblaient très vite oublier le passé. Rien n'avait vraiment changé : nous étions toujours des prisonniers soumis aux fantaisies et caprices des officiels de la prison et de nos geôliers. Le Parti avait proclamé la naissance d'une nouvelle ère mais nous n'avions pas de raisons de nous en réjouir.

En parlant avec Gyän, tandis qu'il filait la laine que je tisserais ensuite, j'en vins à voir ma captivité sous une lumière différente. Ma réclusion n'était qu'une version réduite de l'emprisonnement de l'ensemble du Tibet. Des milliers de prisonniers innocents avaient été torturés et affamés, notre pays occupé, et nous ses habitants, incarcérés. Comment pouvions-nous nous estimer libres ? J'en arrivais à mépriser le parti communiste plus encore qu'auparavant, lui qui prétendait servir les pauvres alors qu'il provoquait leur mort par milliers, lui qui n'avait aucun respect pour la vie humaine.

Un matin glacial de février 1979, tous les *ley-mi* furent une fois encore convoqués à une réunion. Ce coup-ci, on nous pria de parler franchement et de formuler toutes nos doléances sans crainte. Ces rassemblements se tenaient généralement lorsqu'une lutte de pouvoir opposait les officiels supérieurs du Parti. On recueillait des critiques auprès des prisonniers et de la population, dont on se servait ensuite pour accabler les détenteurs du pouvoir.

Ce jour-là, la réunion fut dominée par des flagorneurs qui se lancèrent dans d'interminables discours à propos de la nouvelle ère, louant le parti communiste à n'en plus finir. Cela m'exaspéra : je trouvais que nous devrions profiter de l'occasion pour exprimer nos griefs et faire savoir à quel point nous avions souffert.

Quand je retournai à mon poste de travail, Gyän était déjà là, assis par terre au milieu de monticules de laine filée. Il leva les yeux vers moi et me demanda : "Ont-ils vraiment oublié, en l'espace de quelques jours, ce qu'ils ont enduré pendant vingt ans ?"

Il me suggéra alors que nous écrivions noir sur blanc ce que nous pensions vraiment, et que nous présentions le tout sous forme de pétition. Nous pouvions commencer en disant que nous avions voulu nous exprimer durant la réunion, mais que nous n'en avions pas eu la possibilité. J'acquiesçai immédiatement, et durant les deux jours qui suivirent, Gyän entreprit de rédiger une longue adresse, s'interrompant de temps à autre pour m'en lire des passages. En l'écoutant, je fus subjugué par son savoir ; son texte était magnifiquement composé.

Il l'écrivit dans un carnet aux pages toutes froissées. Chaque chapitre débutait par quatre vers extraits d'une prière composée par le Dalaï-Lama, *Invocation à la vérité universelle*. La première partie de la pétition énumérait en détail les souffrances endurées par le peuple tibétain ces récentes années. La deuxième relatait les deux mille sept cents ans d'histoire de notre pays et affirmait la légitimité de sa souveraineté.

La nouvelle année tibétaine approchait, tous les gardes et officiers étaient d'humeur joyeuse : pour la première fois, les Chinois autorisaient la population à célébrer l'événement. Je suggérai à Gyän que ce serait peut-être le bon moment pour faire circuler la pétition. D'accord avec moi, il la porta séance tenante au bureau. Les gardes n'avaient pas le temps de l'écouter ; ils se contentèrent de lui dire de la poser sur la table. Mais à l'instant où il sortait de la pièce, Gyän se retourna et demanda : "Le peuple est-il autorisé à lire ce document ?"

"Oui", répondit l'officier sans même lever les yeux.

Pour la nouvelle année 1979, Gyän avait obtenu la permission d'aller rendre visite à ses parents à Lhassa. Il se leva avant l'aube et gagna le centre-ville en emportant avec lui les dix-neuf pages de notre pétition que nous avions signée : "Päldèn Gyatso et Lobsang Wangchuk, prisonniers d'un camp de réforme par le travail." Il les colla toutes sur le mur de l'Institut médical tibétain. Ce fut la première affiche à apparaître dans la capitale après la mort de Mao.

De retour à Nyéthang, Gyän me raconta qu'à peine la pétition placardée une foule s'était rassemblée pour en prendre connaissance. Par d'autres prisonniers, j'appris qu'elle avait causé de sérieux remous en ville. La police mit dix jours avant de nous questionner. Gyän fut convoqué le premier, puis, au bout d'une heure, Pasang, un garde tibétain, vint me chercher à mon tour.

On nous interrogea, mais aucune accusation ne fut retenue contre nous. Nous insistâmes sur le fait que nous avions reçu une autorisation de l'officier de service. Nous avions même déposé la pétition au bureau ! Les autorités s'évertuaient à nous convaincre que nous vivions vraiment des temps meilleurs. Elles cherchaient à se montrer clémentes dans la mesure du possible. Au lieu de nous punir, on se contenta donc de transférer Gyän dans une nouvelle unité de travail en enjoignant les autres détenus à nous garder à l'œil. A partir de ce moment-là, nous ne nous vîmes plus que secrètement.

En septembre 1979, un groupe de hauts dirigeants du Parti visita le camp et nous annonça qu'au cours des deux prochaines semaines on n'autoriserait personne à se rendre à Lhassa. Nous ne tardâmes pas à apprendre qu'une délégation d'exilés tibétains, envoyée par le Dalaï-Lama, était en route pour la capitale : de toute évidence, les autorités voulaient nous empêcher de les rencontrer. Plus tard, je sus que la délégation en question avait demandé à voir Gyän Lobsang Wangchuk.

Redoutant que les Chinois n'essaient de convaincre ladite délégation que le peuple tibétain était heureux sous le nouveau régime, nous décidâmes d'afficher de nouvelles proclamations exhortant la population à se soulever et à lutter pour sa liberté. J'en rédigeai plusieurs réclamant l'indépendance et l'expulsion des Chinois du pays des Neiges. Je les montrai à Gyän qui parut satisfait. Il comptait lui aussi en écrire quelques-unes.

Ce jour-là, seul dans sa chambre, Gyän commença à travailler sur une grande affiche. Mais il se fit repérer par Rongpa, l'un des mouchards et flagorneurs notoires de la prison, qui se précipita dans le bureau du gardien pour rapporter ce qu'il avait vu. Il ajouta que j'avais rendu visite à Gyän ce même matin.

Pasang, le garde tibétain, vint me chercher dans la salle de tissage.

"Pourquoi es-tu allé voir Lobsang Wangchuk ce matin ?" me demanda-t-il.

"J'avais un livre à lui rendre", répondis-je. Il fronça les sourcils et me conduisit sans tarder au dortoir de Gyän. Nous le trouvâmes au milieu de la pièce, les mains levées au-dessus de la tête, son affiche inachevée étalée par terre. A côté, traînait un petit bout de papier froissé sur lequel il notait tous les slogans qu'il voulait y inclure. Plusieurs gardes s'activaient à fouiller ses affaires.

"Es-tu impliqué dans cette histoire ?" me demanda l'un d'eux.

"J'étais au travail. Je n'ai rien à voir là-dedans", répliquai-je en pensant aux affiches que j'avais cachées. Gyän essaya de me protéger en ajoutant : "Päldèn n'a rien à voir là-dedans."

"Pourquoi vous êtes-vous vus ce matin ?" voulut savoir Pasang.

"Il est venu me rendre un livre", répondit Gyän. Mon cœur battait à tout rompre.

Le 1er octobre, un autre prisonnier, Samtèn, qui par la suite s'enfuirait au Népal, sortit clandestinement mes affiches du camp et en tapissa les murs de Lhassa. Le lendemain, deux jeeps de la police arrivèrent au camp, Gyän et moi fûmes convoqués ensemble dans le bureau principal.

"L'un de vous est-il allé à Lhassa hier ?" nous demanda un jeune officier tibétain.

"Le chef de la brigade peut confirmer que nous n'avons pas quitté le camp", répondit Gyän d'une voix douce.

Il n'y avait aucun lien apparent entre nous et les affiches collées à Lhassa.

Bien que Gyän eût été pris en flagrant délit, les autorités n'engagèrent aucune poursuite contre nous. On le transféra à l'Institut médical tibétain où il fut chargé de compiler et de diriger la publication de textes médicaux anciens, en grande partie détruits durant la révolution culturelle. Ma demande de transfert à Drépung fut à nouveau rejetée sous prétexte que mes talents de tisserand étaient décidément indispensables.

Je découvris par la suite qu'en réalité les Chinois nous avaient placés tous les deux sous surveillance parce qu'ils nous soupçonnaient d'appartenir à une vaste organisation clandestine connue sous le nom de Tak Trug (les Bébés Tigres). Ils souhaitaient capturer autant de membres de cette organisation que possible. Trois prisonniers avaient pour mission de surveiller nos moindres mouvements. Les Chinois prenaient leur temps pour recueillir des preuves dans l'espoir de réussir un beau coup de filet.

Pendant plus de six mois, je n'eus aucun contact avec Gyän et me concentrai sur mon travail à Nyéthang. Les détenus chargés de m'espionner finirent par se lasser et relâchèrent leur vigilance. En définitive, les autorités attendirent 1981 avant de prendre des mesures contre nous : Gyän fut arrêté à Lhassa et condamné à une peine supplémentaire à la prison de Gutsa. Son transfert nous priverait de l'une des rares sources d'inspiration qui nous restait. Il m'écrivit pour m'inciter à continuer mon travail en disant que nous ne devrions jamais renoncer à lutter pour notre liberté et notre indépendance. Quelques semaines plus tard, je me rendis dans la capitale où je collai une affiche informant la population de l'arrestation de Gyän et exigeant sa libération.

Je pense que beaucoup de Tibétains éprouvaient alors un sentiment de sécurité trompeur : un grand nombre de mes amis et parents disparus depuis 1960 commençaient à rentrer chez eux et il semblait que les arrestations eussent cessé. Je voulais montrer à la population qu'il n'en était rien, même si le bureau de la Sécurité publique évitait dorénavant d'interpeller les gens en plein jour. Sur l'une de mes affiches, je rédigeai un compte rendu de la vie au quotidien dans un camp de réforme par le travail, je concluais par la déclaration suivante : "Il y a encore des prisons." Les autorités chinoises refusaient d'admettre que ces camps équivalaient à des prisons : aucune mention du temps que nous y avions passé ne figurait dans les documents officiels nous concernant. Gyän Lobsang Wangchuk, par exemple, avait été officiellement "libéré" en 1970, alors qu'il avait vécu les dix années suivantes confiné dans l'un de ces camps.

Les autres prisonniers me mettaient en garde en me disant que mes activités auraient pour seul effet de ressusciter la pénible période d'antan. Ils voulaient que j'y coupe court alléguant que nos conditions de vie s'étaient considérablement améliorées et les règlements assouplis. On aurait dit qu'ils vivaient dans une sorte d'amnésie volontaire : aucun d'eux ne tenait à se rappeler les horreurs qu'il avait vécues, ce qui se comprenait. Il était plus aisé d'accepter la maxime du Parti : "Le passé est le passé."

Le Parti souhaitait que nous oubliions ce que c'était que de mourir de faim. Il voulait que nous ne conservions aucun souvenir du goût insipide du bouillon, du poids des chaînes, de la douleur causée par les bastonnades. Ces choses-là appartenaient définitivement au passé et ne devaient jamais se reproduire. En juin 1980, Hu Yaobang, le nouveau secrétaire du parti communiste, vint à Lhassa pour présenter publiquement ses excuses au peuple tibétain : les gardes nous distribuèrent des exemplaires du *Quotidien du Tibet* afin que nous puissions tous lire le texte de son discours qui promettait davantage de liberté et, en particulier, le rétablissement de la liberté religieuse.

Quant à moi, je me réveillais chaque matin en prison. Le camp de Nyéthang comptait encore deux cents détenus alors qu'officiellement nous avions tous purgé notre peine. Nous continuions pourtant à sortir de l'enceinte dès l'aube avec notre hotte sur le dos pour ramasser bouses et excréments. On nous obligeait toujours à prendre part à des séances d'étude qui consistaient en d'interminables rabâchages de la sempiternelle promesse par le Parti d'une ère nouvelle.

En février 1982, je décidai d'aller poser une nouvelle affiche à Lhassa. Il faisait froid ce matin-là et j'étais emmitouflé dans une *chuba*. Au moins avions-nous de nouveau le droit de porter la tenue tibétaine traditionnelle. Je marchai d'un pas vif et atteignis la ville avant le lever du soleil. Je gagnai le *barkhor*, le chemin de pèlerinage entourant le Jokhang, le temple le plus sacré du Tibet, où je fus surpris de trouver tant de pèlerins de si bon matin. Les Chinois avaient enfin autorisé les gens de toutes les régions du pays à se rendre en pèlerinage à la Ville sainte.

Le centre de la capitale grouillait maintenant de pèlerins marmonnant discrètement des prières. Il y avait bien trop de témoins à cet endroit pour que je puisse y placarder mon affiche. Je ne savais pas du tout comment les gens réagiraient. Je marchai vers le quartier tranquille des bureaux gouvernementaux. Aucune sentinelle en faction devant le bureau militaire. Sans hésiter, je collai mon affiche sur le mur.

J'y appelais le peuple tibétain à se réveiller et à lutter contre ses oppresseurs. J'avais écrit que nous vivions dans la gorge d'un loup qui finirait par nous avaler, les réformes et la politique de libéralisation n'étant qu'une façade. Dès que Deng Xiaoping, le successeur de Mao, aurait assuré sa mainmise sur le pays, avais-je ajouté, il se servirait lui aussi de son pouvoir pour étouffer notre peuple.

Je regagnai Nyéthang au moment où les coqs commençaient à chanter. Mon absence était passée inaperçue. Je vis de la fumée s'échapper de la cheminée du mess et m'y rendis aussitôt pour prendre mon thé.

Deux années s'écouleraient avant que les autorités découvrent que j'étais l'auteur de ces affiches.

En septembre de la même année, Hu Yaobang fut réélu secrétaire du Parti communiste chinois. On le savait à l'origine de la politique de libéralisation et je me souviens d'avoir lu dans le *Quotidien du Tibet* que le Dalaï-Lama lui-même lui avait envoyé un télégramme pour le féliciter de sa nomination. Cela semblait encourageant. Hu avait promis de retirer une grande partie des forces chinoises stationnées au Tibet et nous en perçûmes immédiatement les effets à Nyéthang : le *changzhang* chinois fut rappelé dans son pays et Wangyäl, son assistant tibétain, fut promu chef du camp.

Un matin de cet hiver-là, alors que je me rendais au mess, je vis un groupe de prisonniers agglutinés autour d'une affiche. Je m'approchai, curieux, et découvris avec surprise qu'il s'agissait d'un avis du Comité central du Parti. Tous les camps de réforme par le travail avaient été démantelés ! Les responsables de Nyéthang n'avaient plus le pouvoir de nous séquestrer et les prisonniers commencèrent à exiger leur libération immédiate.

De fait, la plupart des *ley-mi* furent libérés, de sorte qu'à la fin de l'année nous n'étions plus que dix au camp. On allégua le même motif que précédemment pour nous retenir : des ouvriers qualifiés devaient rester sur place pour achever des travaux essentiels. Il me fallut attendre le printemps 1983 avant d'être relâché à mon tour.

Je m'étais demandé si je retournerais à Pa-Nam ou à Drépung. Je savais qu'il serait plus aisé d'obtenir un permis de résidence pour Pa-Nam, mais je n'étais pas certain d'avoir le courage d'y revenir. L'année précédente, mon neveu m'avait rendu visite. Il était arrivé à l'improviste, pieds nus, en haillons. Il m'avait raconté que mes sœurs et ma belle-mère ne se parlaient plus. Durant la révolution culturelle, mes sœurs avaient dénoncé mon père et regardé sans sourciller tandis que des soldats chinois le battaient à mort. Ma belle-mère ne le leur pardonnerait jamais. J'avais aussi appris que les assassins de mon frère étaient en liberté, que certains d'entre eux occupaient même des postes administratifs importants dans la région. Le monastère de Gadong avait été totalement détruit. Avais-je vraiment la force de retourner là-bas pour n'y trouver qu'un tas de ruines ?

XI

PARMI LES RUINES

Le car me déposa au pied de la colline et j'en grimpai le versant jusqu'à Drépung. Le monastère avait perdu de son éclat au cours des trente années qui s'étaient écoulées depuis que j'avais posé mon regard sur lui pour la première fois, après cette longue marche depuis Pa-Nam. Je gardais le souvenir d'un toit doré éblouissant, de murs blancs étincelant dans l'air pur de la haute montagne. Mais tout cela était fini. Qui aurait pu croire que ces bâtisses désolées, dont les murs lézardés et couverts de boue s'effritaient tel un visage défiguré, formaient jadis l'harmonieux ensemble d'une cité monastique bourdonnante et prospère, abritant une population de plus de six mille moines ?

Je fermai les yeux en prenant appui contre un rocher. Quand je les rouvris, c'était comme si j'avais voyagé dans le temps. Un groupe de Khampas s'avançait lentement dans ma direction. Les hommes portaient une *chuba*, leurs cheveux coiffés en tresses ornées de glands de soie rouge chatoyante. Des femmes splendides, parées de bijoux magnifiques et d'énormes boules d'ambre, les accompagnaient. Dans cette scène intemporelle, seuls leurs souliers, des chaussons en toile bleue tous identiques avec des semelles en caoutchouc, rappelaient l'époque, et la présence des Chinois.

Ces pèlerins heureux sourirent en arrivant à ma hauteur, se balançant doucement de côté. Je me joignis à eux et nous montâmes ensemble jusqu'au monastère en ruine. Nous restâmes un moment sur le seuil à regarder la vaste cour ceinte de murs délabrés. Ils secouèrent la tête, incrédules, et se laissèrent tomber sur le sol.

Je levai les mains haut au-dessus de ma tête et me prosternai à trois reprises. Pour la première fois depuis longtemps je pouvais le faire sans jeter nerveusement un coup d'œil par-dessus mon épaule. Mais l'état d'abandon qui régnait tout autour de moi m'emplit les yeux de larmes et je déambulai à pas lents parmi les ruines en m'efforçant de reconstituer mentalement la disposition des lieux de l'ancien monastère. J'essayai de situer mon premier *shag*, mais il n'en restait plus rien.

Je tombai sur un autre groupe d'anciens moines se promenant parmi les décombres, et qui, comme moi, recréaient le monastère en esprit. Un vieux moine me fixa du regard.

"A quel *dratsang* apparteniez-vous ?" me demanda-t-il.

"Loseling", lui répondis-je d'un ton enjoué, et il décrivit un cercle devant lui pour indiquer où Loseling se situait jadis. Nous nous trouvions dans la *chöra* de Loseling, la vaste cour qui faisait autrefois office de tribune de débats.

Nous nous y attardâmes à échanger des histoires sur nos amis et les endroits où nous avions été incarcérés. Ils me demandèrent si je comptais rester. Je leur répondis que j'avais la permission des autorités chargées de la réforme par le travail à condition que le monastère fût disposé à me reprendre.

Ils me conduisirent alors au bureau du Comité de gestion démocratique du monastère (CDM) de Drépung, établi par le bureau des Affaires religieuses, qui administrait tous les temples restants. Les officiels étaient censés avoir été élus par les moines, mais je ne tardai pas à apprendre que les noms de tous les candidats avaient été fournis par le Parti. Nous n'avions pas d'autre solution que de voter pour l'un d'entre eux.

Derrière le monastère, quelques bâtiments aux murs d'un ton défraîchi, barbouillés de slogans révolutionnaires écrits en caractères chinois, à l'encre rouge, tenaient encore debout. Je franchis un grand portail et pénétrai dans une cour pavée de dalles en pierre. Dans un coin, un groupe de femmes s'occupaient à faire leur lessive.

L'une d'elles, coiffée d'un foulard rouge, me désigna une porte de la même couleur. Il s'agissait du bureau du CDM. Un ancien moine, Jinpa Lhèntsog, un homme fragile au teint basané, d'apparence maladive, m'y accueillit. En réalité, Jinpa était un personnage énergique d'une grande habileté. Contrairement à sa réputation de marionnette manipulée par les Chinois, il avait en fait défendu le monastère contre les gardes rouges en maraude. Ce qui avait pu être sauvé de Drépung l'avait été grâce à lui. Il occupait les fonctions de *zhuren* (chef) du CDM. Je lui fis part de mon souhait de réintégrer le monastère.

"De quelle prison venez-vous ?" me demanda-t-il, alors que je n'avais encore rien dit à ce sujet. Il savait que presque tous les anciens moines avaient été emprisonnés par les Chinois. Je lui fis un bref compte rendu de ma vie de prisonnier et l'informai que j'étais tisserand et charpentier. Son expression changea dès qu'il sut que j'étais capable de fabriquer des tapis. Il adorait le tissage.

"Vous pourriez apprendre à tisser aux femmes", me dit-il. Sa suggestion me déconcerta. Drépung n'était-il pas un monastère ? Il est vrai que maintenant l'endroit ressemblait plutôt à un village. Tous les moines étaient mariés. Ils disaient avoir été contraints de prendre une épouse pendant la révolution culturelle afin de prouver leur enthousiasme révolutionnaire et de démontrer qu'ils n'étaient pas rétrogrades. Jinpa lui-même était marié et père de deux enfants.

Le CDM accepta volontiers de me reprendre, et en mai 1983 je m'installai à Drépung. Le *zhuren* me laissa libre de choisir mon logement et j'optai pour un petit *shag* de deux pièces avec une vue magnifique sur la vallée de Lhassa. Je ne possédais presque rien : juste ma literie et deux vieilles *chuba*. Durant des années, je n'avais porté que des uniformes de prisonnier. Je n'avais pas d'ustensiles de cuisine, mais, lors de mon séjour à Nyéthang, je m'étais procuré deux grands thermos chinois.

Les camps de réforme par le travail étant démantelés dans l'ensemble du Tibet, on assista à un soudain retour en masse de moines âgés au monastère. Les autorités monastiques tenaient beaucoup à les reprendre tous car on avait grandement besoin de leurs talents. On m'affecta à la restauration d'un grand nombre de fresques endommagées dans les temples profanés.

Cette nouvelle vie monastique avait quelque chose de burlesque. Aucun d'entre nous ne portait la robe traditionnelle. Les gens surnommaient Drépung "l'école de théâtre" car les moines changeaient continuellement de costumes. A présent, on nous imposait de porter l'uniforme bleu des travailleurs et nous n'étions autorisés à nous rassembler pour prier que trois fois par mois. En définitive, le monastère était géré comme n'importe quelle autre commune, chacun se voyant décerner des points de travail et distribuer des rations en conséquence.

Même si ces changements nous semblaient très étranges, ils n'altéraient pas notre bonheur d'être de retour.

Un jour, alors que j'enseignais à un groupe de moinillons comment mémoriser de longs textes, on me prévint qu'un groupe de policiers et de cadres des Affaires religieuses venait d'arriver à Drépung. Quelques jours plus tôt, nous avions appris qu'il y avait eu des incidents au monastère de Gandèn. J'imaginai que les autorités prenaient simplement des précautions, et je n'y pensai plus.

Pendant plusieurs jours, les cadres et la police patrouillèrent le monastère dans leurs beaux uniformes bleu et blanc flambant neufs. La réquisition et la transformation d'un vaste local en un bureau permanent m'inquiéta. Des jeeps de la police allaient et venaient toute la journée.

Un soir, on frappa chez moi. J'étais au lit à réciter des prières, quand un jeune moine passa la tête devant le rideau dissimulant la porte.

"Vous dormez ?" me demanda-t-il.

"Entrez", lui répondis-je.

"Kushog* Päldèn-la, chuchota-t-il, la police pose des questions à votre sujet. Soyez prudent."

Puis il me laissa à mes prières.

J'étais de nouveau dans ma chambre le lendemain soir quand j'entendis des jeeps approcher du monastère. Des centaines de chiens errants vagabondaient dans l'enceinte, la plupart d'entre eux ayant été chassés de Lhassa dans le cadre de l'opération de "nettoyage" organisée par la municipalité dans le but de préparer la ville à la venue de touristes étrangers. Ce soir-là, ils se mirent tous à aboyer furieusement. Je me demandais ce qui pouvait les exciter ainsi. Des pas résonnèrent sur le toit. Je restai immobile, à l'affût du moindre bruit.

* Terme honorifique signifiant "seigneur" ou "monsieur". *(N.d.T.)*

Quelques minutes s'écoulèrent, puis on frappa à ma porte.

"C'est ouvert", m'écriai-je. La pièce était plongée dans l'obscurité.

"Où est la lumière ?" demanda quelqu'un. Je le lui indiquai, et dès qu'elle brilla dans la première pièce du *shag* la gueule d'un fusil surgit de l'épaisse portière de laine. Je me redressai dans mon lit, me demandant ce qui se passait. La tenture s'écarta et deux jeunes policiers chinois se ruèrent dans ma chambre en pointant leurs armes sur moi.

Une quinzaine de leurs collègues entra derrière eux. La pièce était bondée. Un officier supérieur chinois au visage bouffi dirigeait l'opération. Il resta un moment immobile, visiblement dépaysé. Jinpa Lhèntsog, le responsable du monastère, se tenait à ses côtés. Par le truchement d'un interprète tibétain, l'officier chinois me questionna abruptement : "Qui es-tu ? Comment t'appelles-tu ?"

"Päldèn Gyatso", répondis-je calmement. J'estimai préférable de rester assis dans mon lit.

Il sortit une feuille de papier de sa poche. Il me lut un texte en chinois que l'interprète traduisit aussitôt : "Nous venons t'arrêter, sur l'ordre du juge Thuptèn Tsündro de la Haute Cour de Lhassa." Ce papier ne mentionnait aucun chef d'accusation. On m'ordonna de me lever, et tous ceux qui se trouvaient là durent reculer pour me laisser la place. Un policier me passa des menottes, d'un modèle tout nouveau, en acier léger qui étincelait dans la pâle lumière de la pièce. Une fois de plus, je sentis le contact froid des bracelets métalliques sur ma peau.

Les policiers fouillèrent ma chambre. J'avais acheté un grand morceau de coton blanc pour couvrir le plafond et empêcher la poussière de tomber par terre. L'un d'eux l'arracha brusquement et toute la poussière accumulée là se répandit comme un nuage de fumée. Ils trouvèrent une pile de textes religieux qu'ils jetèrent pêle-mêle au milieu de la pièce. Mon cœur chavira quand je vis une feuille de papier s'échapper d'un des livres : c'était le calque dont je m'étais servi pour mon affiche, les titres étaient encore clairement lisibles. Ravis de leur trouvaille, les policiers tenaient une première preuve.

Deux agents examinaient mes thermos. J'avais dissimulé un drapeau tibétain et quelques écrits du Dalaï-Lama entre le verre et la paroi métallique d'une des deux bouteilles. L'homme vida l'eau qu'elle contenait et la secoua, puis son collègue en dévissa le gainage métallique. Le drapeau et les petits bouts de papier s'éparpillèrent par terre. Ils jubilaient.

L'officier supérieur chinois me tapota l'épaule et me demanda dans un tibétain parfait : "Päldèn Gyatso, reconnais-tu tes crimes ?" Il montra les preuves qui jonchaient le sol. "Voici tes crimes. N'avons-nous pas tapé en plein dans le mille ? *Sa-gung treng-tang, nam-gung treng-tang*" (Le Parti règne sur la terre et le ciel). J'avais déjà entendu ces mots lors de ma première arrestation en 1960 et je me souvenais de la dérouillée que l'on m'avait administrée à Norbukhungtsé.

Je remarquai que Jinpa Lhèntsog tremblait. Il savait que les autorités lui demanderaient pourquoi on m'avait accordé un permis de résidence au monastère. Migmar, le sous-secrétaire du CDM, lui aussi paraissait nerveux, il me traita de "loup déguisé en agneau".

"Il est inutile de jeter des pierres à un chien qui se noie", lui dis-je.

L'officier chinois fit signe qu'on m'emmène dehors. On me poussa dans l'escalier, puis dans la cour, à la pointe du fusil, pour me flanquer ensuite dans une jeep. Deux gardes montèrent à mes côtés. Il y avait des policiers partout. Nous gagnâmes Lhassa, puis changeâmes plusieurs fois de direction avant de prendre le chemin de la vieille prison de Seitru, sinistre lieu ayant "hébergé" toutes les grandes figures tibétaines, y compris le dernier premier ministre, Lobsang Tashi.

Seitru servait désormais de lieu de détention pour des prisonniers que l'on y gardait indéfiniment en attendant que le tribunal statue officiellement sur leur sort. Parmi les quelques gardes qui nous attendaient, je reconnus Dhargyäl Zuzhang, un chef de brigade tibétain de haute taille. Quatre jeunes geôliers chinois se tenaient à proximité, armés d'une matraque électrique d'un mètre de long. Dhargyäl ouvrit la porte de la jeep et m'en extirpa en me tirant par les épaules. Il était minuit passé, il faisait nuit noire.

On me fit franchir une série de portes ; nous traversâmes une petite pièce glaciale, puis une cour bordée de dortoirs. On me conduisit à la brigade numéro six. Les gardes me retirèrent mes menottes et me jetèrent dans une cellule avec un tas de couvertures prises dans mon *shag*. La porte se referma derrière moi avec fracas.

Debout, seul dans ma cellule, je pris conscience de la réalité de mon arrestation, je songeai que je resterais probablement en prison pendant très longtemps. Aux yeux du Parti, je n'avais pas réussi à me réformer, je m'étais écarté du véritable chemin du socialisme. Mis à part une paillasse posée sur le sol en ciment peint en vert, si bien poli que j'y voyais mon reflet, ma cellule était vide. Ma liberté avait duré trois mois et dix-huit jours, et voilà que je me retrouvais à nouveau emprisonné.

Ma nouvelle cellule était nettement plus sophistiquée que toutes celles que j'avais connues auparavant. Elle sentait la peinture fraîche. Face à la porte en acier neuve percée d'un minuscule judas, une petite fenêtre garantie d'épais barreaux en fer et de barbelés laissait entrer la lumière. Au bas de la porte, il y avait une trappe verrouillée de l'extérieur.

J'étalai mes couvertures sur la paillasse et essayai de dormir. J'entendis bientôt des moteurs de jeeps et le bruit de chaînes traînant par terre. Les Chinois avaient appréhendé trois autres personnes cette nuit-là.

Une nouvelle cloche électrique fixée juste en dehors de la cellule sonnait désormais le réveil matinal. Personne ne vint ouvrir, mais après un moment, la trappe s'entrebâilla et une main poussa une timbale de thé chaud sur le sol de la cellule. Plusieurs heures s'écoulèrent avant que quelqu'un déverrouille la porte. C'était Dhargyäl Zuzhang. Il m'ordonna de sortir et m'emmena dans une autre pièce où l'on me photographia de face et de profil. Je pensais aux centaines de photographies marquées d'une croix noire que j'avais vues au fil des années : celles de prisonniers condamnés à mort.

Le lendemain, on m'emmena dans une salle d'interrogatoire, une autre pièce froide, sinistre avec cette même odeur de peinture fraîche, les mêmes sols et murs en ciment si différents de ceux des maisons tibétaines traditionnelles en briques jaunâtres, qui emplissaient les lieux d'un parfum si singulier.

Dhargyäl Zuzhang se pencha vers moi.

"Réfléchis bien, me dit-il, fais des aveux complets."

Deux officiels chinois et un interprète siégeaient derrière une longue rangée de tables. L'air distingué du plus âgé me fit penser qu'il n'allait pas me taper dessus. Il était toujours difficile de déceler quelque humanité chez ces hommes qui incarnaient l'autorité et la répression. De plus, nos contacts avec eux n'étaient jamais directs puisque tout passait par un interprète dont la présence empêchait tout échange d'ordre émotif. En fait, le prisonnier entrait en relation avec l'interprète, et non avec son interrogateur.

Je m'assis sur une chaise en bois et l'un des officiels me pressa d'avouer. Silence de ma part. Il y eut une longue pause.

"Pourquoi penses-tu que nous t'avons arrêté ?"

"Je ne sais pas pourquoi on m'a arrêté." Vingt années d'interrogatoires m'avaient aguerri, je connaissais leurs ruses par cœur. J'étais résolu à ne divulguer aucune information tant que j'ignorerais ce dont on m'accusait. Ils voulurent que je leur raconte l'histoire de ma vie depuis l'âge de huit ans.

"J'étais prisonnier dans le camp de réforme par le travail de Nyéthang Zhuanwa Chang depuis 1975. Avant cela, j'étais à Sangyib", commençai-je. Je m'arrêtai là. "Il est inutile que je vous raconte ma vie, poursuivis-je. J'ai déjà répété mon histoire des centaines de fois depuis 1960. Si cela vous intéresse vraiment, vous n'avez qu'à consulter mon dossier."

Alors que j'étais convaincu qu'ils allaient se jeter sur moi, personne ne réagit. On me laissa partir en me recommandant encore de "bien réfléchir". J'avais mes raisons pour ne rien dire : il fallait avant tout que je détermine ce qu'ils savaient. Etaient-ils au courant du rapport sur les conditions de vie au Tibet que j'avais écrit à Nyéthang et que Samtèn avait sorti clandestinement du camp pour le transmettre au Dalaï-Lama ? Nous avions tous signé ce document. Je devais découvrir si mon arrestation était liée à ce témoignage.

L'interrogatoire se poursuivit pendant plusieurs jours : je m'obstinais toujours à me taire. Les Chinois gardaient leur sang-froid et s'abstinrent de m'administrer la correction que je redoutais. Un matin, alors que je m'attendais à une nouvelle série de questions, on me dit que des membres de ma famille souhaitaient me voir.

"Avez-vous des parents appelés Lobsang et Dolma ?" me demanda Dhargyäl. J'acquiesçai d'un signe de tête.

Il m'emmena dans une pièce où mon neveu Lobsang, le fils de mon frère aîné, et sa sœur Dolma m'attendaient. Lobsang était venu me rendre visite à Nyéthang en 1980. Il avait revêtu ses plus beaux habits et son visage huilé luisait. Dolma avait posé un thermos, un panier de beignets et un morceau de fromage tibétain à pâte dure sur la table. Elle nous servit du thé.

Lobsang m'expliqua qu'ils habitaient à Lhassa où il gagnait bien sa vie comme tailleur. Ma belle-mère, qui vivait avec eux, était très malade. Il tenait à m'avertir que la police les avait interrogés à mon sujet.

"*Pön-po-la* a dit qu'ils te relâcheront si tu fais des aveux sincères", dit-il. Je ne répondis rien. "Je t'en prie, Päldèn, fais-le pour nous." Puis ils se mirent à pleurer tous les deux. Je leur recommandai de ne pas s'inquiéter et les priai de prendre soin de ma belle-mère. Après quoi, Dhargyäl me ramena dans ma cellule.

Lors de l'interrogatoire suivant, incapable de chasser de mon esprit l'image de Lobsang et Dolma en larmes, je déclarai que j'étais prêt à parler. Le plus jeune des deux officiels présents me servit du thé et m'offrit des beignets. Je commençai alors à leur conter "l'histoire de ma vie depuis l'âge de huit ans", ils m'écoutèrent sans m'interrompre.

Lorsque j'eus achevé mon récit, l'officiel de rang supérieur se pencha vers moi et me demanda :

"Pourquoi crois-tu que tu es en prison ?"

"M'a-t-on arrêté à cause des pièces à conviction trouvées dans ma chambre à Drépung ?" demandai-je.

Je ne voulais toujours rien dévoiler avant d'avoir une idée de ce qu'ils savaient vraiment.

"Tu admets donc ton crime ?" insista-t-il.

J'étais soulagé : il était au courant pour l'affiche, mais ne savait manifestement rien des rapports transmis clandestinement au Dalaï-Lama. Je reconnus avoir placardé l'affiche, ce qui provoqua un nouveau déluge de questions : qui m'avait donné le papier, le stylo, la colle, etc. Ils s'efforçaient de déterminer si j'avais agi seul ou avec des complices et je ne cessais de répéter que personne d'autre n'était mêlé à cette affaire.

Mes réponses ne les satisfaisaient pas. Le lendemain, ils me demandèrent d'énumérer les noms de toutes les personnes avec lesquelles j'avais été en contact au cours de l'année précédente. Comment pouvais-je éviter d'impliquer mes amis maintenant ? Au lieu de leur fournir la liste qu'ils souhaitaient, je décidai de leur livrer le nom de mon "complice". Je leur précisai que le drapeau et les écrits cachés dans ma bouteille thermos m'avaient été donnés par un vieux moine appelé Lobsang Guélek, dont j'avais appris secrètement qu'il était mort la nuit de mon arrestation.

"Où est ce Lobsang Guélek ?"

"A Nyéthang", répondis-je. Ils notèrent son nom et d'autres détails et parurent enfin satisfaits. Ils me cuisinaient depuis onze jours.

Ma stratégie fonctionna : quelques jours plus tard, un officier chinois m'annonça qu'on avait arrêté Lobsang Guélek et qu'il avait fait des aveux complets. Cela me fit rire, bien évidemment. Je savais que les Chinois ne pouvaient pas se permettre de perdre la face. Mais je n'en revenais toujours pas d'avoir évité la bastonnade. Mes geôliers étaient-ils simplement d'une bienveillance inaccoutumée ? J'appris par la suite qu'on avait proclamé que j'allais être exécuté avec les autres personnes arrêtées à Drépung cette nuit-là. Des membres de ma famille avaient allumé des lampes à beurre au Jokhang. Je sus aussi que les Tibétains de New Delhi avaient manifesté devant l'ambassade chinoise en exigeant ma libération. C'est ce qui nous avait tous sauvés.

L'interrogatoire prit fin au début de 1984. Quatre officiers de haut rang en uniformes bleu marine du bureau judiciaire firent lecture de la liste des accusations retenues contre moi en me demandant si elles étaient exactes. J'approuvai d'un signe de tête et apposai l'empreinte de mon doigt sur le document. Auparavant, on se contentait de remettre aux prisonniers un morceau de papier les informant du verdict. Pendant la révolution culturelle, on jetait les Tibétains en prison sans même les interroger. Mais à présent, en cette "nouvelle ère", les autorités avaient mis en place un vague système judiciaire.

De sorte qu'un matin on me fourra dans une autre jeep pour me conduire au tribunal de Lhassa. Je vivais en prison depuis plus de vingt ans, mais j'avais droit à un procès pour la première fois. Je ne savais pas du tout à quoi m'attendre. Le juge était un Tibétain rondouillard nommé Dorjé qui s'empressa de présenter tous les officiels. Ma défense était assurée par un vieil homme commis d'office, un certain Phurbu. Le juge me demanda si j'avais quelque chose à dire. Je me tournai vers Phurbu, pensant qu'il avait peut-être une suggestion à me faire, mais il resta assis là, immobile, face au juge.

"Avez-vous quelque chose à dire ?" répéta Dorjé.

"Je ne connais pas mon défenseur ni aucun des gens appelés à témoigner contre moi", répondis-je. Le juge parut m'ignorer et ordonna qu'on ouvrît immédiatement la séance. Un jeune officier tibétain se leva et énuméra les chefs d'accusation. Il mentionna tous les objets découverts dans ma chambre et ajouta que j'avais reconnu avoir posé des affiches. Le juge me donna alors une nouvelle chance de parler et je me lançai dans un discours où j'affirmai que les affirmations chinoises à propos des progrès accomplis au Tibet étaient totalement mensongères. Je déclarai que, contrairement à ce que les Chinois se plaisaient à répéter, les Tibétains n'avaient pas été libérés du servage. Je parlai à la cour des conditions de vie des paysans de Nyéthang et de la sévère pénurie alimentaire qui y sévissait.

Le juge me laissa finir, puis me décocha un sourire désapprobateur en disant : "Un aveugle ne voit que des ténèbres. Même dans la grandeur de la mère patrie socialiste, un réactionnaire ne verra que des ténèbres."

Le 29 avril 1984, je fus condamné à une peine supplémentaire de huit ans. A cinquante et un ans j'avais passé le plus clair de ma vie d'adulte dans des prisons chinoises, dans mon propre pays.

Mon nouveau domicile était la prison d'Ori-tritu. On me remit un lot d'uniformes d'été et d'hiver en me précisant qu'ils devaient me durer trois ans. Je fus affecté à une brigade composée principalement de gens âgés auxquels on confiait des tâches un peu plus légères, s'occuper du potager par exemple ou donner un coup de main à la cuisine de la prison. Les réunions avaient perdu de leur rigueur et nous n'étions plus obligés de feindre de chérir le Parti et son chef. En revanche, on nous obligeait toujours à assister régulièrement à des séances d'étude où nous lisions et débattions d'articles parus dans le *Quotidien du Tibet*.

Je me souviens d'une rencontre étrange que je fis en septembre de cette année-là. On m'avait convoqué dans une pièce du bureau principal et fait asseoir à une table recouverte d'une belle nappe. Il y avait là un thermos, deux tasses coûteuses, un plat de beignets ; un calendrier brillant accroché au mur montrait tout un ensemble de bâtiments chinois modernes. Au bout d'un moment, un jeune Chinois cravaté chargé d'un élégant sac en cuir me rejoignit. Son interprète nous servit du thé et nous proposa des beignets.

"Comment vous portez-vous ?" me demanda-t-il. Il venait de Pékin et devait s'enquérir de mon état de santé. Les responsables de la prison me traitaient-ils convenablement ? Sa sollicitude paraissait sincère. Sur le moment, son attitude me renversa, mais je sais maintenant que la section italienne d'Amnesty International m'avait adopté en tant que prisonnier d'opinion. Cette visite résultait directement des lettres adressées au gouvernement chinois et aux autorités de Lhassa par cette organisation.

Hélas, les gardes ne furent pas longs à manifester leur cruauté habituelle. Un jour, je me plaignis auprès du cuisinier qu'on nous servait du thé froid. Quelque temps plus tard, Dawa (le cuisinier en question) vint me trouver au dortoir suivi de Jampa, un gardien que nous avions surnommé Grand-Père à cause de ses cheveux blancs. Jampa demanda qui s'était plaint et je reconnus que c'était moi. Il dit vouloir vérifier si le thé était encore froid et vida un thermos rempli d'eau bouillante sur mon bras droit.

Les autres détenus reculèrent quand Jampa s'approcha en brandissant sa matraque électrique. La brûlure me causait une douleur atroce. Il se mit à me titiller ici et là de la pointe de son bâton, m'assenant des décharges électriques dans les épaules et la poitrine. Le cuisinier regardait en silence, ravi de cette démonstration de pouvoir. Puis Jampa promena son regard sur les autres prisonniers, l'air de dire : “A qui le tour ?”

La souffrance insoutenable me fit hurler. D'autres officiers accoururent pour voir ce qui se passait et je hurlai : *“Gung-treng-tang gyi-mi sö-gyi-dug”* (Le Parti est en train de tuer un prisonnier). Un des officiers congédia tout le monde avant de réprimander vertement Jampa et Dawa. On m'emmena au dispensaire où un jeune infirmier pansa mes brûlures.

Le parti communiste avait changé de tactique. Auparavant, les réunions destinées aux aveux et aux critiques avaient pour but de nous réformer et de nous convertir au socialisme. Maintenant, ils avaient compris que les prisonniers politiques ne s'amenderaient pas sur de simples injonctions du Parti. On nous qualifia désormais d'“irréformables”, en nous traitant en conséquence. La seule manière de nous forcer à nous soumettre consistait à nous maintenir dans l'isolement et à nous infliger autant de souffrances que possible.

A Ori-tritu les passages à tabac faisaient partie de la routine. Aussi armés que des guerriers, les gardes portaient un pistolet et deux couteaux à la ceinture, en plus de deux matraques électriques différentes : une à aiguillon court, d'une trentaine de centimètres de long, munie d'un manche en plastique brillant, et une autre plus longue qu'ils maniaient comme une épée. Leur armure était parfois tellement lourde qu'elle entravait leurs mouvements. Ils n'hésitaient jamais à utiliser leurs nouvelles armes contre nous, les “irréformables”.

XII

UNE NOUVELLE GÉNÉRATION DE SÉPARATISTES

Le 28 septembre 1987, le *Quotidien du Tibet* fit paraître un rapport sur une manifestation organisée à Lhassa : vingt et un moines de Drépung avaient réclamé l'indépendance et la liberté pour le Tibet. Je restais pantois car c'était la première fois que je voyais un tel compte rendu publié dans un journal officiel. L'article en question était certes relégué à la page quatre, habituellement réservée aux nouvelles internationales, mais il n'empêche que le *Quotidien du Tibet* se bornait normalement à des informations visant à glorifier le Parti. L'auteur de l'article minimisa l'importance de l'événement, le ramenant à une action menée par une poignée de séparatistes, le nouveau terme désignant les nationalistes tibétains, dans la mesure où les Chinois considéraient la notion de liberté du Tibet comme une volonté de se séparer de la mère patrie.

Il s'agissait pourtant d'une nouvelle on ne peut plus réjouissante. Cette manifestation était la première véritable protestation publique depuis 1959. Le journal énumérait les noms des vingt et un moines concernés en précisant leur âge et je fus frappé par leur jeunesse. Ils n'étaient même pas nés à l'époque de mon arrestation. Ils avaient été "nourris au sein du Parti", selon la formule qu'affectionnaient les communistes, et pourtant ils avaient clamé des slogans réclamant l'indépendance du Tibet.

Pour un prisonnier politique, rien n'est plus réconfortant que de savoir que, hors de la prison, des gens partagent vos croyances et vos aspirations. Je compris que, dès lors, notre combat se perpétuerait par le truchement des voix de ces jeunes protestataires.

Les responsables de la prison organisèrent bien évidemment sur-le-champ une réunion au cours de laquelle on nous obligea à dénoncer cette manifestation. Nous dûmes lire de longs articles du *Quotidien du Tibet* condamnant ces contestataires qualifiés de jeunesse malavisée.

Au cours des semaines qui suivirent, des rumeurs circulèrent selon lesquelles on avait procédé à des dizaines d'arrestations dans la capitale. On me passa des messages de l'extérieur me demandant des nouvelles de personnes disparues, afin de savoir si elles étaient incarcérées. Nous disposions d'un réseau de contacts nous permettant de renseigner les citoyens et de recevoir des informations sur les événements se déroulant à l'extérieur.

La manifestation de septembre 1987 incita d'autres gens à défiler dans les rues de Lhassa. Les moines du monastère de Gandèn, le deuxième du Tibet, qui abritait jadis plus de cinq mille religieux, organisèrent leur propre marche. Ce monastère avait subi des assauts terribles durant la révolution culturelle. Je me souviens d'être passé à proximité juste après avoir été libéré de Nyéthang. On avait rasé Gandèn. Il ne restait plus un seul bâtiment debout.

D'autres moines et religieuses suivirent le mouvement, et, plus tard, les jeunes de Lhassa leur emboîtèrent le pas en organisant eux aussi des manifestations. En conséquence, les prisonniers politiques d'Ori-tritu (nous n'étions que cinq, la plupart des détenus étant des prisonniers de droit commun) firent l'objet d'une surveillance accrue. On nous interrogeait continuellement sur les événements qui se déroulaient dehors. Chaque fois que des troubles survenaient quelque part au Tibet, on nous convoquait à une réunion spéciale en nous priant de faire connaître notre avis sur la question. Je me contentais de répondre : "Je suis un prisonnier et je n'ai aucun rapport avec les manifestations organisées loin d'ici."

Cet hiver-là, j'appris que Guéshé Lobsang Wangchuk nous avait quittés à l'âge de soixante-quinze ans après avoir passé l'essentiel de sa vie d'adulte prisonnier du système carcéral communiste. Les Chinois prétendirent qu'il était mort de vieillesse, mais j'affirme qu'il fut assassiné. Les autorités le traitaient avec une brutalité particulière. Même à cet âge avancé, il portait des fers et des menottes et on l'astreignait à des travaux forcés. Un jour, à son retour d'une dure journée de labeur, on l'accusa d'avoir été fainéant et feint d'être malade. On l'avait enchaîné à une barre en fer et un garde du nom de Päljor, dont je devais moi aussi subir les violences, le battit au point de lui faire perdre connaissance. Les coups provoquèrent sans doute des lésions internes : on le conduisit d'urgence à l'hôpital, mais les médecins ne pouvaient plus rien. Les autorités le libérèrent et prièrent un de ses parents de prendre soin de lui. Il décéda le lendemain. De cette façon, lesdites autorités pouvaient se laver les mains de la mort d'un des hommes les plus merveilleux que j'aie jamais connus.

Au cours des deux années suivantes, les manifestations se multiplièrent, suscitant chaque fois des soulèvements de plus en plus massifs. En mars 1989, je me souviens, je travaillais dans la pommeraie de la prison, devenue l'une des principales sources de revenus d'Ori-tritu, en compagnie d'autres détenus. Il faisait chaud et humide dans les immenses serres en plastique abritant les pommiers. J'étais absorbé par ma tâche lorsque, soudain, j'entendis des voix chantant à tue-tête aux abords du portail principal.

Je sortis précipitamment et vis une longue file de prisonniers rentrant au pas dans la prison. Cela me laissa perplexe. On était au milieu de la journée. Pourquoi les ramenait-on d'aussi bonne heure ? Ils paraissaient plutôt heureux et leurs chants exprimaient tout sauf de l'anxiété. Je retournai dans la serre. Tout à coup, deux gardiens firent leur apparition et nous ordonnèrent de regagner notre dortoir. En chemin, je remarquai la présence de sentinelles armées sur le toit et dans les tours de guet.

Je demandai à mes camarades de cellule ce qui se passait.

"Il y a eu du grabuge à Lhassa", me répondit l'un d'entre eux. Cela voulait dire à coup sûr qu'une nouvelle manifestation avait éclaté. Nous étions tous étendus sur nos lits en attendant des nouvelles fraîches.

Le lendemain matin, un nombre inhabituel de gardiens patrouillaient dans la cour. Ils avaient installé une grosse mitraillette sur l'un des murs, des ceintures de munitions entassées à proximité. Je compris alors qu'il devait se passer quelque chose de vraiment grave dans la capitale.

Après l'appel du matin, on nous informa que nous n'irions pas travailler ce jour-là. Les gardes nous apportèrent des jeux de société et des cartes à jouer. L'atmosphère semblait presque festive ; nous nous assîmes par terre, en groupes. Nous savions tous que les responsables de la prison frémissaient à l'idée que nous organisions notre propre manifestation.

Cet après-midi-là, j'attirai l'attention d'une jeune infirmière du dispensaire qui avait toujours été très gentille avec moi. En la voyant traverser la cour, je l'appelai et lui demandai de jeter un coup d'œil à mon épaule. Je retirai ma veste et me tournai vers elle en chuchotant : "Que se passe-t-il à Lhassa ?" Elle fit mine de m'examiner et me répondit : "Il y a des émeutes sur le *barkhor* et la police ne contrôle plus la ville." La manifestation en cours durait depuis trois jours, me précisa-t-elle.

Je vis de la fumée dériver dans le ciel depuis Lhassa. On vint brusquement nous annoncer que quatre brigades, dont la mienne, seraient transférées dans une autre prison. Nous devions rassembler nos affaires et nous préparer à partir dans moins d'une heure. J'avais l'habitude de ces changements brutaux. Tout pouvait arriver sans le moindre avertissement : c'était l'une des règles élémentaires de la vie carcérale.

Les gardes nous firent sortir précipitamment du dortoir, nos baluchons sur le dos, et grimper dans des camions à plateformes couvertes qui venaient d'arriver dans la cour. Les moteurs rugissaient. Ce fut une belle bousculade, nous étions si tassés qu'on avait peine à remuer les coudes. Nous n'avions pas la moindre idée de l'endroit où on nous conduisait. Il était évident que les autorités redoutaient une manifestation dans la prison et je me rendis compte alors que les émeutes de Lhassa avaient dû être encore plus graves que nous ne l'avions supposé.

Puis, aussi soudainement que notre départ avait été annoncé, les camions s'immobilisèrent près du portail.

On nous ordonna de descendre avant de nous ramener à nos dortoirs. Le chaos régnait. On m'avait bousculé toute la journée et, n'en pouvant plus, je me hissai sur mon lit, où, enveloppé dans une vieille couverture, je méditai les événements de la journée. Je mourais d'envie de savoir ce qui se passait en ville.

Le lendemain, la direction opta pour nous maintenir dans l'isolement. Pas de travail ! Si incroyable que cela puisse paraître, ils préféraient nous occuper en nous divertissant ! Ils allèrent jusqu'à déployer un grand écran et nous passer des films populaires en provenance de Hong-kong. La plupart des détenus assistèrent à ces projections. Moi, je n'y tenais guère.

Ce soir-là, j'entendis un nouvel arrivage de camions pénétrer dans la cour et je tentai de voir par la fenêtre ce qui se tramait. Le projecteur était braqué sur l'enceinte ; je distinguai des véhicules qui reculaient en direction des bâtiments de la première et de la deuxième brigade. Puis, sous les camions, j'aperçus les pieds de nouveaux prisonniers que l'on conduisait lentement vers les baraquements. Je pensai : sans doute des protestataires de Lhassa.

Les nouveaux arrivants poussaient des cris de défi. Les camions déchargèrent une partie de leur cargaison humaine devant le dortoir de la brigade des femmes, celles-ci aussi criaient des slogans provocateurs. Pleins d'appréhension, nous restions agglutinés à la fenêtre. Puis les cris se changèrent en plaintes : les gardes avaient dû faire irruption dans le dortoir et commencer à battre les détenus. Des gémissements et des bruits de verre cassé emplissaient la prison ; en me rendant aux latrines le lendemain matin, je vis toutes les fenêtres cassées et les débris de verre jonchant la cour. Le contingent de prisonniers arrivé la veille avait dû résister.

Ce jour-là, nous restâmes confinés dans notre dortoir. De la fenêtre, je vis des gardes disposer des tables dans la cour ; les officiers chargés des interrogatoires s'y installèrent, munis de carnets et de stylos. Puis je vis des jeunes garçons, pas même assez vieux, comme disent les Tibétains, pour s'essuyer le nez tout seul, sortir des baraquements et se mettre en rangs devant les bureaux. Des fillettes apparurent à leur tour, des rubans rouges dans les cheveux. On aurait dit des poupées. L'une d'elles traversa la cour d'une démarche nonchalante, les mains dans les poches, comme si elle se dirigeait vers un magasin de friandises. Intrépides, elles ne manifestaient pas le moindre signe d'inquiétude.

En réalisant qu'un nouveau souffle de résistance animait le peuple tibétain, je me sentis profondément réconforté. Ces jeunes protestataires étaient la preuve vivante que la brutalité de la révolution culturelle et trois décennies d'endoctrinement n'avaient pas suffi à convaincre la jeunesse de mon pays de suivre le Parti. Tout au contraire, il semblait que l'esprit du nationalisme fût plus fervent que jamais.

Par la suite, j'interrogeai certains de ces jeunes prisonniers pour savoir s'ils avaient appris le chinois à l'école. L'un d'eux me dévisagea d'un air incrédule et me demanda d'un ton plein de mépris pourquoi quiconque devrait apprendre la langue de l'oppresseur. Beaucoup de jeunes moines et religieuses disaient qu'ils étaient entrés au monastère plutôt que d'aller à l'école locale parce qu'en aucun cas ils ne voulaient étudier ce que les Chinois souhaitaient leur inculquer.

Les communistes interprétèrent cette révolte de la jeunesse comme un rejet du Parti. Ils pensaient que les jeunes Tibétains ignoraient tout de la terrible époque désormais révolue, où des seigneurs féodaux régissaient le Tibet, laissant croupir les masses dans une pauvreté abjecte. Aussi le Parti mit-il sur pied des séances d'étude afin de leur enseigner "l'histoire". Les choses ne se déroulèrent pas exactement comme prévu. Quand les officiels du Parti déclarèrent à ces jeunes qu'ils devraient être reconnaissants de vivre "un âge d'or", ceux-ci répliquèrent en leur parlant de la famine et des sévices endurés par leurs parents durant la révolution culturelle. Les autorités n'avaient aucun moyen de contrer cela, sauf en chargeant la Bande des quatre.

Ces jeunes gens et ces jeunes filles me rappelaient étrangement mes premières années d'emprisonnement. Ils connaissaient les mêmes problèmes que nous à l'époque : le manque de récipients, de literie, d'assiettes et de cuillères. Les détenus plus âgés leur cédèrent leurs timbales et leurs couvertures de réserve.

L'action de ces jeunes protestataires remua quelque chose en chacun de nous, et je remarquai une nouvelle atmosphère de camaraderie et de défi à la prison. Même les prisonniers de droit commun étaient touchés par leur courage, ils les protégeaient et les conseillaient sur le comportement à adopter lors des interrogatoires. Aucun de ces jeunes n'avait plus de vingt ans ; ils n'étaient même pas nés quand les Chinois avaient envahi le pays. Ils avaient grandi sous le drapeau rouge. Et pourtant, ils avaient rejeté le communisme et exigé *Böd Rang-tsèn* (la liberté pour le Tibet).

Nous essayions de les aider de notre mieux. L'arrivée de cette jeunesse engagée politiquement eut une excellente influence sur un grand nombre de jeunes prisonniers de droit commun au camp. L'un d'eux, un certain Pémba, fut si ému par la bravoure de ces jeunes contestataires qu'il vint me voir en me disant qu'il souhaitait contribuer à la lutte pour l'indépendance du Tibet. Il devait avoir à peu près seize ans. Un visage mince et pâle. Au début, je craignis que les autorités de la prison ne se servent de lui pour me piéger, car on utilisait souvent des prisonniers de droit commun pour nous surveiller et nous redoublions de prudence dans nos relations avec eux. Mais Pémba était plutôt sympathique, et chaque jour, après le travail, il m'attendait, assis devant notre dortoir. Je lui expliquai que la première chose qu'il devait faire était d'apprendre à lire et à écrire. J'essayai même de lui donner des cours, mais j'évitais toujours d'aborder le moindre sujet politique, de peur que cela ne se retourne contre moi plus tard. Nous n'étions jamais trop circonspects.

Un jour, un garde trouva les mots *Böd Rang-tsèn* gribouillés sur le mur des latrines. Ce graffiti outrageant fut photographié et les autorités décrétèrent qu'il s'agissait là d'un grave crime contre-révolutionnaire. L'audace des nouveaux prisonniers les inquiétait et elles considéraient cet incident comme un dangereux précédent. Elles étaient par conséquent résolues à enrayer tout signe de résistance, et les gardes entreprirent d'analyser l'écriture de tout le monde afin de démasquer le responsable de ce slogan délictueux. On demanda à tous les prisonniers les noms de ceux qu'ils avaient vus se rendre aux latrines le jour où l'on avait découvert le forfait. Un prisonnier rapporta qu'il avait vu Pémba sortir des toilettes ; il avait remarqué qu'il avait les mains couvertes de poussière de charbon.

Pémba fut rapidement arrêté, enchaîné et mis au cachot. La pièce était si exiguë qu'en tendant les bras on touchait aisément les murs de chaque côté. Il y faisait très froid et le prisonnier n'avait droit ni à la literie ni aux couvertures. De plus, on y vivait dans une obscurité complète. Quand je vis qu'on l'emmenait, je craignis qu'il n'ait été condamné à mort.

L'ensemble du Tibet était à présent placé sous la loi martiale, les autorités exigeaient les pires châtiments pour la moindre infraction commise. Paradoxalement, ce tour de vis de la part des Chinois nous renforçait dans notre détermination, car nous savions que le Parti réagissait ainsi au soutien international que la cause du Tibet commençait à susciter. La vague récente de manifestations dans tout le pays, et en particulier à Lhassa, avait effectivement attiré l'attention de la communauté mondiale.

Pour un suspect tel que Pémba, toutefois, c'était de mauvais augure. Comme il s'agissait d'un prisonnier de droit commun n'ayant jamais manifesté le moindre intérêt pour la politique, les autorités ne tardèrent pas à en conclure qu'il avait dû être payé ou influencé par l'un des prisonniers politiques.

On sut qu'il était venu me rendre visite à plusieurs reprises dans mon dortoir et que je lui avais prêté des livres. Les soupçons se portèrent bientôt sur moi. J'appris par la suite que Pémba avait été battu et torturé pendant plusieurs jours, mais qu'il avait refusé de m'incriminer en soutenant qu'il avait agi seul. Je ne l'ai jamais revu.

A la prison, la tension était à son comble après l'arrestation de Pémba, et ma convocation chez l'officier supérieur d'Ori-tritu ne m'étonna pas vraiment. Je n'avais jamais fait mystère du plaisir que me procuraient les récentes émeutes de Lhassa, j'avais ouvertement félicité les jeunes prisonniers politiques qui nous avaient rejoints en masse au lendemain des manifestations. Il n'était guère étonnant que les autorités me considèrent comme une mauvaise influence.

On me conduisit dans le bureau principal de l'autre côté de la cour.

“Il faut que tu partes”, me dit un officier.

“Où ça ?” demandai-je.

“Il faut que tu montes”, me répondit-il. Quand les Tibétains ne veulent pas désigner un endroit particulier, ils disent simplement “monter” ou “descendre”.

“Tu veux dire qu'on ne t'a pas informé ce matin ?” s'enquit un autre officier.

“Non.”

“Tu es transféré à Drapchi.”

Retour à Drapchi ! La prison numéro un du Tibet, où j'avais déjà vécu entre 1964 et 1975. Une fois de plus, je roulai ma literie, rangeai mes affaires dans un baluchon et grimpai dans une jeep conduite par une Tibétaine qui m'avait demandé un jour d'apprendre à lire à sa fille.

“Que s'est-il passé ?” chuchota-t-elle quand tout le monde avait le dos tourné. Puis un gardien et un gradé tibétains me rejoignirent dans le véhicule. Sous son bras, l'officier serrait un très épais dossier, qui, je le savais, contenait tous les détails concernant ma vie depuis 1960. La jeep s'engagea sur le sentier menant hors de la prison, soulevant un nuage de poussière derrière elle.

Nous roulâmes en silence jusqu'à Drapchi, où l'on me conduisit à la *tsuk* numéro sept, après une fouille méticuleuse de mes bagages, si l'on peut dire. Je connaissais bien l'endroit : une pièce dépouillée, les affaires de chacun soigneusement roulées sur les lits. Des lits non pas séparés, individuels, mais une plateforme surélevée commune, où chacun devait se trouver un espace. Je trouvai la cellule vide, les prisonniers n'étaient pas rentrés du travail, à l'exception d'un homme qui se reposait sur sa couche.

Il se leva et se présenta. Il s'appelait Yéshé. Il me versa un peu de thé d'une bouteille thermos et nous bavardâmes un moment. Il était moine lui aussi, de la région de Lokha, juste au sud de Lhassa. La tuberculose le minait. Il m'informa que nous étions sept à partager cette cellule.

La porte s'ouvrit brusquement sous la poussée d'un garde tibétain qui m'ordonna de le suivre. Il m'emmena dans une salle réservée aux interrogatoires où je me retrouvai nez à nez avec un des vieux gardiens que je reconnus immédiatement. C'était Päljor, celui que je tenais pour responsable de la mort de mon ami et mentor Lobsang Wangchuk. Nous l'avions surnommé Main leste car il n'hésitait jamais à lever la main sur les détenus pour les tabasser. Grand, les yeux larmoyants, les doigts jaunis par la nicotine, il fumait cigarette sur cigarette. Il m'attendait, assis à son bureau. Les deux gardes qui avaient inspecté mes bagages se tenaient près de la porte.

Päljor faisait mine de lire mon dossier, mais dès que j'entrai dans la pièce, il le reposa sur la table, se leva et se rua sur moi en hurlant : "Fripouille !" Cette exclamation fut suivie par une bordée d'injures. Je ne savais pas du tout ce qui allait m'arriver. La salle des interrogatoires me rappelait les sanctuaires consacrés aux divinités du courroux. Une panoplie de verges était suspendue au mur. Une poignée de menottes en acier étincelant pendait à un crochet. Päljor décrocha une longue verge et marcha autour de moi en la brandissant.

"On t'a jeté en prison à trois reprises et tu ne t'es toujours pas réformé", me dit-il. Après quoi, il entreprit de m'interroger sur mes crimes passés, bien qu'il sût probablement tout de mes antécédents grâce à mon dossier.

"Quel âge as-tu ?" demanda-t-il.

"J'ai soixante ans."

"Non ! Tu n'en as que cinquante-neuf !" Il essayait manifestement de me provoquer.

“Je suis né l’année du Singe, cela veut dire que j’ai soixante ans.”

Il s’était rapproché du râtelier à matraques. Il en sélectionna une, plus courte, d’une trentaine de centimètres de long, et la brancha dans une prise électrique afin de la recharger. Il y eut des étincelles accompagnées de crépitements.

“Pourquoi es-tu ici ?” poursuivit-il.

“Parce que j’ai placardé des affiches à Lhassa réclamant l’indépendance du Tibet.”

“Alors tu veux toujours *Rang-tsèn* ?” demanda-t-il d’un ton plein de défi.

Il n’attendit pas ma réponse. Il débrancha la matraque électrique et commença à me titiller ici et là avec son nouveau joujou. A chaque décharge, je tressaillais des pieds à la tête. Puis, tout en criant des obscénités, il m’enfonça la pointe dans la bouche, la sortit, l’enfonça à nouveau. Il retourna ensuite près du mur et en choisit une plus longue. J’avais l’impression que mon corps se désintégrait. Je me rappelle vaguement qu’un des gardes fourra ses doigts dans ma bouche pour me tirer la langue afin de m’empêcher d’étouffer. Il me semble aussi qu’un des Chinois présents, écœuré, sortit précipitamment de la pièce.

Je me souviens comme si c’était hier des vibrations qui me secouaient tout entier sous l’effet des décharges : le choc vous tenait sous son emprise, pareil à un violent frisson. Je sombrai dans l’inconscience et en me réveillant je découvris que je gisais dans une mare de vomissures et d’urine. Depuis combien de temps étais-je là ? Je n’en avais pas la moindre idée. J’avais la bouche enflée, je pouvais à peine bouger la mâchoire. Au prix d’une souffrance indicible, je crachai quelque chose : trois dents. Plusieurs semaines s’écouleraient avant que je puisse à nouveau manger des aliments solides. En définitive, je perdis toutes mes dents.

Quand on me reconduisit au dortoir, Yéshé était là.

“Qui t'a fait ça ?” me demanda-t-il.

“Päljor”, marmonnai-je tandis qu'il m'aidait à m'étendre sur mon lit.

Les dernières années avaient été relativement faciles pour moi, sans réunions ni *thamzing*. Dans l'ensemble, le régime carcéral s'était plutôt assoupli. Aussi la brutalité de Päljor fut-elle un choc ainsi qu'un rappel des années cauchemardesques de la révolution culturelle. Je présume que la raclée qu'on m'avait administrée avait été prescrite par quelque autorité supérieure furieuse que j'aie manifesté tant d'enthousiasme face à l'essor d'une opposition au joug chinois, et avide de me donner une leçon.

J'entendis le cliquetis de chaînes traînées sur un sol dur, un bruit reconnaissable entre tous, et les voix des prisonniers regagnant la cellule après le travail. L'un d'eux, Lobsang Tènzin, un homme costaud d'une vingtaine d'années, se dirigea droit vers moi et me demanda : “Kushog-la, vous ont-ils fait souffrir ?” Je ne pus répondre et pris mon visage à deux mains.

Lobsang avait participé à une manifestation à Lhassa le 5 mars 1988, au cours de laquelle un jeune policier était mort en tombant d'une fenêtre. Les Chinois accusèrent Lobsang de l'avoir assassiné. Il n'y avait pas la moindre preuve qu'il fût responsable de ce décès : les manifestants s'étaient précipités dans un immeuble proche du Jokhang, le grand temple du centre de la capitale. La police les y avait suivis, et dans la bagarre le malheureux policier avait basculé par la fenêtre. Lobsang fut arrêté et écopa d'une condamnation à mort avec un sursis de deux ans. Quand j'arrivai à Drapchi en octobre 1990, ces deux années étaient pour ainsi dire écoulées. Mais il ne manifestait aucun signe de peur. Au contraire, il débordait de vie.

Les prisonniers politiques de Drapchi étaient affectés à une brigade spéciale. Mes six codétenus avaient pris part à des manifestations ou écrit des affiches réclamant l'indépendance du Tibet. Bien que la douleur causée par les sévices de Päljor fût à peine supportable, je trouvai un certain réconfort auprès de cette communauté d'hommes courageux qui partageaient mes idées. Je parvenais tout juste à ouvrir la bouche. Le cuisinier de la brigade, un ancien moine, m'apporta du beurre fondu qu'il me fit boire. Les Tibétains attribuent des propriétés miraculeuses au beurre. Cela me réchauffa et apaisa mon estomac.

Je demandai à consulter un médecin, mais ma requête fut rejetée. Dès le lendemain, on m'envoya travailler à la cuisine. C'était une tâche facile. Nous étions tous assis autour d'un énorme tas de légumes, à séparer les feuilles pourries et les racines des parties comestibles que nous jetions dans un chaudron. Les autres prisonniers me demandèrent qui m'avait arrangé de la sorte, je leur révélai le nom du coupable. Ils secouèrent la tête en entendant son nom.

Nous composions donc la cinquième brigade de Drapchi, répartie en huit *tsuk*. J'appartenais à la *tsuk* numéro sept. Je m'entendais bien avec tous mes camarades. Le plus vieux d'entre eux, Hor Larkèn, était un moine de soixante-quinze ans. Il y avait aussi un gamin du nom de Sönam Topgyäl qui devait avoir environ dix-huit ans. Artiste de talent, il peignait des portraits des autres prisonniers. Dawa, un autre jeune détenu, avait placardé une affiche dans son village, traitant l'envahisseur chinois de colonialiste. Lobsang Kälsang, un jeune moine de Drépung, avait été l'un des organisateurs de la première manifestation du 27 septembre 1987. Lobsang Tènzin, Yulu Dawa Tséring et moi complétions cette équipe de sept.

Un certain entrain et un sentiment d'excitation comme je n'en avais jamais connu auparavant régnaient au sein de notre brigade. Jadis, les prisonniers vivaient dans la terreur d'être dénoncés par leurs codétenus, mais la nouvelle génération de prisonniers politiques ne se laissait pas si aisément intimider par la menace de la violence. Ils étaient prêts à riposter.

Notre *tsuk* servait de base pour les activités de la brigade. L'un des prisonniers avait réussi à garder clandestinement une petite radio, et, chaque soir, Lobsang Dorjé écoutait les programmes de la BBC en langue chinoise ; un autre détenu, Ngawang Lobsang, qui comprenait un peu l'anglais, collait l'oreille contre la radio pour écouter les nouvelles du World Service. De cette façon, nous pouvions suivre les voyages du Dalaï-Lama à l'étranger.

Nous trouvâmes peu à peu des moyens de communiquer des informations hors de la prison. Nous écrivîmes des rapports sur nos conditions de vie et établîmes des listes de noms de prisonniers. Souvent les gens ne savaient même pas qu'un de leurs parents ou amis avait été arrêté. Il fallait donc que nous informions les habitants de Lhassa afin qu'ils puissent aviser à leur tour les familles des détenus. Plus tard, ces listes sortirent secrètement du Tibet et furent transmises à des organisations pour la défense des droits de l'homme. Les touristes étaient surpris quand des inconnus leur jetaient des boulettes de papier, les priant de les remettre aux Nations unies et à leur propre gouvernement.

Yulu Dawa Tséring était un moine fameux du couvent de Gandèn. Doux et circonspect, il savait écouter. Yulu avait vécu en prison de 1960 à 1979, avant d'être arrêté de nouveau en 1987. J'avais entendu parler de son histoire au journal de la télévision chinoise, à présent, il me la racontait lui-même avec une certaine confusion. Au cours d'un dîner chez un ami, il avait revu un moine rencontré des années auparavant, et qui avait fui le Tibet en 1959 pour aller s'installer en Italie. Celui-ci était revenu dans son pays en compagnie d'un ami italien. Pendant le repas, Yulu avait fait remarquer sans s'y attarder que les problèmes du Tibet ne pourraient être réglés qu'à partir du moment où le pays regagnerait son indépendance.

Leur conversation parvint inexplicablement aux oreilles des responsables du bureau de la Sécurité chinoise qui s'empressèrent d'appréhender Yulu et son hôte Thuptèn Tséring en les accusant de propager de la propagande contre-révolutionnaire. D'un simple entretien, on avait fait une conspiration internationale ! Le but de cette petite réunion, selon le bureau de la Sécurité, était "d'obtenir le soutien de nations étrangères".

Peu de temps après l'inculpation de Yulu, les moines du monastère de Gandèn étaient descendus dans les rues de Lhassa pour réclamer sa libération. Cette manifestation, la plus importante jamais organisée dans la capitale, avait dégénéré en émeute et forcé les Chinois à déclarer la loi martiale dans l'ensemble du pays.

Tous les prisonniers de la *tsuk* numéro sept avaient leur propre histoire jalonnée d'épreuves et de tortures, mais nous gardions le moral. Les Chinois continuaient à arrêter un grand nombre de gens, et il y eut bientôt des centaines de prisonniers politiques à Drapchi, surtout de jeunes moines. Les Chinois les appelaient les “*laquais* du Dalaï-Lama”, un qualificatif qui se voulait insultant, mais que nous portions fièrement comme un titre car, à nos yeux, le Dalaï-Lama incarnait toujours la liberté.

Nous continuâmes à organiser des protestations à la prison sans nous laisser dissuader par les bastonnades. Nous expliquions aux plus jeunes parmi les prisonniers qu'ils devaient dissimuler la peur que les gardes leur inspiraient, car la peur donnait du pouvoir à ces derniers. Trente années d'incarcération m'avaient appris qu'il ne fallait jamais demander grâce. Il en résultait l'effet contraire.

Au cours de l'hiver 1990, l'antagonisme entre les autorités et les prisonniers politiques dégénéra en conflit ouvert. Il faisait particulièrement froid cet hiver-là et je me rends compte à présent que j'eus de la chance qu'on me m'ait pas imposé un travail à l'extérieur. Je passais le plus clair de mes journées dans les serres humides et étouffantes. L'insecticide qu'on pulvérisait sur les arbrisseaux et les arbres parvenus à maturité imprégnait l'atmosphère chaude et confinée d'une puanteur insoutenable.

Le 15 décembre, nous organisâmes la toute première manifestation *à l'intérieur* de la prison de Drapchi. Notre action fut déterminée par ce qui était arrivé au plus jeune des prisonniers politiques, un gosse du nom de Lhakpa Tséring. Lhakpa purgeait une peine de trois ans pour avoir constitué un groupe pro-indépendance baptisé Séng-gué Tsogpa (le Lion des neiges) dans son école, à Lhassa. Il était très populaire parmi les prisonniers et Lobsang Tènzin le traitait comme son jeune frère.

Lhakpa avait été sauvagement battu au centre de détention de Gutsa où il avait été interné initialement, puis de nouveau roué de coups dès son arrivée à Drapchi par Péma Rigzin, un garde dont le nom était synonyme de brutalité. Ces rossées avaient provoqué de graves lésions internes : Lhakpa marchait avec peine, courbé tel un vieillard. Je me souviens qu'il se plaignait continuellement d'une douleur à l'estomac. Nous lui donnâmes quelques remèdes tibétains et Lobsang lui conseilla de se rendre au dispensaire.

Or les médecins l'avaient renvoyé à maintes reprises en rapportant aux autorités que sa prétendue maladie n'était qu'une feinte. Une nuit, nous fûmes réveillés par des gémissements provenant de la cellule voisine. Des voix appelèrent : "Lhakpa ! Lhakpa !" Ils criaient de plus en plus fort, mais aucun signe de vie du côté du logement des gardiens. Les prisonniers des autres cellules se joignirent à ces appels à l'aide. Bientôt, toutes les *tsuk* scandaient les mêmes mots à l'unisson, telle une psalmodie : *"Nga-tso mi shi-gi-dug"* (Nos gens se meurent).

Un détenu hurla que les gardes arrivaient, les cris cessèrent brusquement. Je reconnus la voix du *duizhang* (le chef de brigade), beuglant des insultes et des remontrances.

"Où est le prisonnier malade ?" demanda-t-il d'un ton sec.

"Cellule numéro huit", répondirent les détenus.

Cette nuit-là, on transporta Lhakpa au dispensaire. Le chef de brigade lança quelques menaces sur la manière dont il réglerait cette affaire au matin. Comme de bien entendu, le lendemain matin, on annonça que notre brigade devrait assister à une réunion. On nous conduisit dans la cour, flanqués de gardiens armés. Un autre groupe de sentinelles munies de longues matraques électriques formait une sorte de garde rapprochée. Le *duizhang* voulait connaître le motif du tapage de la veille au soir.

Nous ne lui prêtâmes guère attention. A l'autre bout de l'enceinte de la prison, on voyait l'ambulance à trois roues franchir le portail. Je savais que l'on emmenait Lhakpa à l'hôpital.

Ce soir-là, j'appris qu'on l'avait conduit à l'hôpital de la police de Lhassa, mais les médecins n'ayant diagnostiqué aucune lésion grave, il réintégra la prison ce même soir. Son état empira durant la nuit, et l'ambulance l'embarqua une fois de plus. Il mourut sur le chemin de l'hôpital.

J'appris tout cela le lendemain matin, après le petit déjeuner. Un prisonnier de droit commun qui travaillait au dispensaire vint dans notre cellule et annonça la nouvelle à Lobsang Tènzin, qui resta là, figé, tandis que les larmes lui emplissaient les yeux et coulaient sur ses joues. Une seule et même question se lisait dans nos regards : que devrions-nous faire ?

La nouvelle de la mort de Lhakpa se propagea rapidement parmi les prisonniers politiques. Il n'y eut aucune concertation et je ne sais toujours pas vraiment comment cela arriva, mais un événement sans précédent dans l'histoire de la Chine et du Tibet était alors sur le point de se produire ici, à Drapchi. En y repensant, je me demande comment nous avons osé faire ce que nous avons fait.

Lobsang Tènzin s'empara du drap blanc qui recouvrait son matelas, il le déchira en deux. Sur une moitié, il écrivit, en magnifiques caractères tibétains : "Nous pleurons la mort de Lhakpa Tséring." Et sur l'autre partie : "Nous exigeons une amélioration des conditions de vie des prisonniers politiques." Puis nous déployâmes ces draps comme des bannières et gagnâmes la cour à pas lents.

La rumeur se répandit comme une traînée de poudre ; la *tsuk* numéro sept organisait une manifestation. Nous étions dix dans la cellule à ce moment-là, tous parfaitement d'accord. Rien ne nous arrêterait. Lobsang Tènzin et Péma marchaient devant portant la première bannière, suivis de Kälsang Tséring et Gandèn Gyathar brandissant la deuxième. Dans la cour, nous trouvâmes tous les autres prisonniers de notre brigade qui se rangèrent derrière nous en quatre colonnes. Durant toutes les années que j'avais passées en prison, je n'avais jamais été témoin d'un tel acte de défi. Notre bravoure et notre audace nous grisaient.

Notre brigade comptait plus de cent cinquante détenus, qui tous se joignirent à la manifestation, à l'exception d'un homme qui devait être libéré quelques semaines plus tard. Nous défilâmes comme des soldats, en un alignement si ordonné qu'on aurait pu croire que nous avions répété longuement. Nous nous dirigeâmes vers le principal bâtiment administratif, à moins de cent mètres de notre *tsuk*. Nous eûmes pourtant l'impression de parcourir des kilomètres tant il fallait de courage pour couvrir cette distance.

Les quatre-vingt-dix minutes entre le petit déjeuner et le départ pour le travail étaient d'ordinaire un moment de tranquillité, durant lequel les gardes nous laissaient en paix, de sorte que tous nos préparatifs étaient passés inaperçus et aucune sentinelle ne nous surveillait tandis que nous traversions la cour. Lorsque nous atteignîmes le bâtiment de bureaux, un jeune garde chinois attendait devant. En nous apercevant, il devint écarlate. Il avait peur. Le défilé stoppa à quelques pas de lui.

"Est-ce vrai que Lhakpa Tséring est mort ?" demanda Lobsang Tènzin en chinois. Le jeune homme dut répondre par l'affirmative, mais je ne compris rien à leur échange. Le garde se précipita alors dans le bureau en claquant la porte derrière lui. Toujours aucun soldat en vue. Malgré le froid matinal, nous attendîmes dans la cour. On était à la mi-décembre, mais j'étais à peine conscient de la température : l'excitation nous tenait chaud. Soudain, un petit portail s'ouvrit et des gardes accoururent pour prendre position tout autour de nous, certains portant des armes à feu, d'autres brandissant des matraques électriques. En haut d'un mur, au loin, j'en vis d'autres en train de pointer un fusil-mitrailleur.

Je me trouvais près d'un jeune moine appelé Bagdro qui, impliqué dans la mort d'un policier en mars 1988, purgeait une peine de trois ans. Torturé férocement durant son interrogatoire, il n'avait plus les nerfs solides. Brusquement il se leva et se mit à hurler en adressant des gestes violents aux gardes. Je savais à quel point c'était dangereux : cela passerait pour de la provocation. Quelques détenus plus âgés s'en emparèrent et le maintinrent fermement au milieu de la colonne de manifestants.

Le *yuanzhang* (le responsable de la prison) s'avança lentement, dans son long manteau en laine bleue. Le médecin chinois qui dirigeait le dispensaire et le *kezhang* (le directeur des établissements pénitentiaires), l'un des officiels tibétains du plus haut rang, l'accompagnaient, entourés de gardes et d'autres officiels.

"*Gan shen-me ?* hurla le *yuanzhang*. Que faites-vous ?"

Lobsang Tènzin lui répondit en chinois.

"Un prisonnier est mort la nuit dernière, dit le *kezhang*. Comment s'appelait-il ?"

Tout le monde hurla : "Lhakpa, Lhakpa."

"Qui est votre chef ?" demanda-t-il encore. Nous lui répondîmes que nous n'en avions pas.

Il s'approcha alors calmement des premiers contestataires et nous pria d'exprimer nos griefs. Lobsang Tènzin lui fit un compte rendu détaillé de ce qui était arrivé à Lhakpa, et notamment du passage à tabac que lui avait administré Péma Rigzin. Lobsang exigea ensuite qu'une enquête soit ouverte et que tous les gardes et médecins militaires impliqués dans cette mort soient punis. Un autre manifestant réclama une autopsie en présence d'un représentant des détenus. Tous les prisonniers du premier rang parlèrent, présentant leurs doléances. La plupart d'entre eux firent référence aux sévices exercés par Péma Rigzin. Son nom revenait sans arrêt.

Bientôt ce fut mon tour. Alors que je venais à peine d'ouvrir la bouche, je remarquai qu'un des gardes chuchotait quelque chose à l'oreille du *kezhang*. Nous, les prisonniers plus âgés, étions toujours considérés comme des fauteurs de troubles et traités avec mépris. Je parlai de Lhakpa en insistant sur le fait que cela ne servait à rien de prétendre qu'il était mort de causes naturelles. J'affirmai qu'il avait succombé aux mauvais traitements et aux coups qu'il avait subis, sans oublier l'incompétence des médecins. Le *kezhang* commençait à manifester des signes d'agacement, et le médecin n'avait pas l'air très à son aise non plus. Je décrivis ensuite le traitement que m'avait réservé Päljor. Son nom aussi revenait souvent.

Le *kezhang* était un homme futé : il savait que le seul moyen de désamorcer la situation consistait à laisser s'exprimer chacun d'entre nous. De fait, les prisonniers ne tardèrent pas à se calmer, leur colère initiale apaisée par ce temps de parole libre qu'on leur accordait pour la première fois. Le *kezhang* promit de mener une enquête approfondie, et que tous ceux qui avaient fait preuve de négligence dans l'affaire Lhakpa seraient punis. Il annonça aussi que l'on ferait des investigations concernant les tabassages et tortures dont nous nous plaignions. Nous nous sentions beaucoup mieux, heureux d'avoir atteint nos objectifs. Les gardes tibétains allèrent trouver les détenus les plus âgés en les enjoignant de regagner leur cellule.

Le soleil brillait haut au-dessus de nos têtes maintenant, la journée s'annonçait clémente. Nous prîmes la direction des *tsuk*. Comme notre cellule avait été la principale organisatrice de la manifestation, nous nous attendions à des représailles de la part des gardiens, et la grande euphorie suscitée par notre bravade se dissipait peu à peu. Lobsang Tènzin ôta le badge du Dalaï-Lama qu'il avait épinglé à son uniforme. Ses deux années de sursis arrivaient à expiration et, après l'incident d'aujourd'hui, il pouvait être certain qu'on allait l'exécuter.

"Il me reste peu de temps à vivre", dit-il en me tendant le badge qu'il avait arboré si fièrement. Nous baissâmes tous les yeux. On n'entendit plus rien hormis le cliquetis des chaînes de Lobsang.

Pendant quelques jours, les autorités se comportèrent comme si de rien n'était. Nous étions furieux qu'on ne nous fournisse aucune information se rapportant à l'autopsie, ou aux sanctions prises contre Péma Rigzin et les autres gardiens impliqués, mais l'attitude de nos geôliers, tout comme celle de l'équipe médicale, avait incontestablement changé. Ils semblaient nous traiter avec davantage de respect.

Le jour où nous avions manifesté se trouvait être celui où les prisonniers de droit commun pouvaient recevoir des visiteurs. Ces derniers s'assurèrent que la nouvelle de notre protestation circule rapidement au-delà des murs de la prison. La population de Lhassa réagit merveilleusement bien. La semaine suivante, quand nos parents vinrent nous rendre visite, ils apportèrent d'amples réserves de vivres données par les citoyens de manière à compléter les maigres rations allouées aux prisonniers politiques. Quand les autorités découvrirent le pot aux roses, toutefois, elles s'empressèrent d'imposer des quotas stricts limitant la nourriture que chacun de nous était autorisé à recevoir.

Quatre ou cinq jours plus tard, nous fûmes tous convoqués à une réunion dans la cour. Un officiel déclina des noms et l'on nous répartit par groupes de dix à quinze personnes. Lobsang Tènzin, Yulu et moi appartenions au premier groupe. On nous expliqua que nous allions changer de cellule. Pour notre part, nous reçûmes l'ordre de nous rendre dans la *tsuk* numéro un. Ce remaniement n'avait pas vraiment d'incidence : je restais avec mes amis. Yulu fut nommé *zuzhang*. Jusque-là, cette fonction avait toujours été attribuée à un homme aux antécédents politiques "irréprochables", mais les autorités tenaient à présent à sélectionner quelqu'un qui exerçait une influence sur ses codétenus.

A peine étions-nous installés qu'on nous convoqua à la salle des interrogatoires. Sachant notre détermination, les autorités choisirent de nous questionner individuellement. Un garde vint me chercher alors que je sommeillais, à l'heure de la sieste. Je fus interrogé par un Tibétain appelé Jampa Kälsang. Je m'attendais aux questions qu'il me posa : Pourquoi avions-nous manifesté ? Qui était à l'initiative de ce mouvement ?

Je racontai une fois de plus l'histoire de la mort de Lhakpa et relatai mes propres expériences. J'ouvris grande la bouche et montrai ma langue et mes gencives encore enflées et exsangues.

"Pour un vieil homme, vous avez une bouche saine, me dit-il. Je connais les individus de votre espèce !"

Je comprenais ce que cela voulait dire : il en avait conclu que je faisais partie des "irréformables", et la seule manière de traiter avec ces gens-là consistait à recourir à la force brutale.

Je me plaignis de Päljor à qui mieux mieux. Prisonniers, gardes et officiels n'ignoraient rien de son comportement et les griefs que j'avais exprimés publiquement contre lui avaient dû causer un grand embarras à cet homme sans scrupule. Je me souviens, un après-midi, j'étais en train d'accomplir secrètement un rituel religieux, prosterné sur le sol du dortoir. J'entendis la porte grincer et au moment où je me retournai j'entrevis Päljor qui disparut aussitôt en refermant la porte derrière lui. Il m'avait observé sans rien dire.

Les autorités faillirent à toutes leurs promesses. Un mois après notre manifestation, on annonça que Lhakpa avait succombé à une crise d'appendicite ; personne n'était responsable de sa mort. Ni Péma Rigzin ni Päljor ne furent punis pour les sévices infligés aux prisonniers. D'après ce que je sais, ils travaillent encore tous les deux à Drapchi.

Je comprends maintenant pourquoi tant de gardiens pouvaient agir à leur gré sans redouter de châtiment : un grand nombre d'entre eux étaient apparentés à des officiers supérieurs du système carcéral. La femme de Päljor par exemple se trouvait être la fille du commissaire politique de Drapchi, le représentant du parti communiste du rang le plus élevé au sein de la prison. Son beau-frère, Phuntsog, lui aussi officier supérieur, travaillait au service judiciaire à Drapchi. Les hommes comme lui étaient bien protégés.

Les autorités annoncèrent bientôt que toutes nos peines seraient prolongées de cinq à six ans, une nouvelle qui provoqua une violente animosité. La tension monta et beaucoup de prisonniers évoquèrent ouvertement l'éventualité d'une nouvelle manifestation. Comprenant qu'ils risquaient de se retrouver avec une émeute sur les bras, les Chinois revinrent rapidement sur leur décision.

Au cours du printemps 1991, nous apprîmes qu'une délégation étrangère allait venir inspecter notre prison. L'amélioration soudaine de nos conditions de vie était le signe évident de l'arrivée imminente de ces personnes. En avril, des fruits et des légumes emplirent tout à coup la cuisine. Des morceaux de viande et de graisse firent leur apparition dans notre pitance ! Durant une semaine, les prisonniers de droit commun durent œuvrer à l'embellissement de la prison. Tous les bâtiments reçurent une couche de peinture fraîche et nous de nouveaux uniformes. Notre cellule devint une fois de plus le centre des activités. Lobsang Tènzin insistait beaucoup sur le fait que nous devions prendre contact avec des visiteurs étrangers. Nous décidâmes de rédiger une pétition décrivant la réalité de l'existence carcérale et détaillant l'usage fait des instruments de torture. Nous comptions aussi raconter l'histoire de la mort de Lhakpa. Lobsang accepta de se charger de la première mouture.

Notre principal problème consistait à dissimuler nos projets à l'un de nos codétenus, Hor Larkèn, non pas qu'il fût un mouchard, mais disons qu'il s'exaltait très rapidement. Nous savions qu'il serait incapable de garder le secret. Comme il était illettré, nous nous résolûmes à ne communiquer que par écrit. Nous prenions note des thèmes que nous souhaitions que Lobsang aborde dans la pétition, et il ne tarda pas à rédiger une première ébauche. Pas question de plaintes interminables concernant nos rations ou nos conditions de vie : le cas de Lhakpa et le traitement réservé aux prisonniers politiques primaient.

Nous établîmes la liste de tous ceux qui avaient été torturés. Nous décrivîmes le traitement infligé à un groupe de religieuses de Gutsa, violées avec des matraques électriques. Notre pétition s'achevait par un appel adressé au président américain. Mais comment faire pour la remettre à la délégation étrangère ?

Nous pensions que l'on se bornerait à montrer aux visiteurs la section qui abritait les prisonniers de droit commun, et qu'on les conduirait peut-être aussi au dispensaire. Lobsang Tènzin déclara qu'il trouverait un moyen de leur glisser notre placet en ajoutant que puisqu'il était déjà condamné à mort les autorités ne pouvaient rien lui faire de pire. Nous savions tous qu'il était plein de ressources et acceptâmes sa proposition.

Un jour, au retour du travail pour la pause du déjeuner, un prisonnier de droit commun nous informa de la présence d'un visiteur. J'apprendrais plus tard qu'il s'agissait de James Lilley*, alors ambassadeur américain en Chine. Le gardien de permanence dans notre brigade ce jour-là était un officiel tibétain à la retraite, plutôt accommodant ; Lobsang lui demanda la permission de se rendre au dispensaire en disant que deux prisonniers chinois avaient besoin de voir un docteur. Le gardien y consentit. Au moment où ils s'apprêtaient à partir, un autre détenu, Tènpa Wangdrak, requit lui aussi une visite chez le médecin.

Lobsang, Tènpa et les autres traversaient la cour en direction du dispensaire quand la délégation sortit du bureau principal. On s'empressa de les pousser dans une

* James Lilley est réputé pour la fermeté de ses prises de position en faveur des droits de l'homme en Chine et au Tibet. *(N.d.T.)*

cuisine voisine. Les visiteurs et les journalistes chinois les accompagnant firent quelques pas puis s'arrêtèrent devant la porte de cette cuisine. James Lilley avait demandé à voir Yulu Dawa Tséring, dont le cas avait été amplement exposé dans la presse mondiale et qu'Amnesty International avait pris sous son aile. On fit venir Yulu pour qu'il rencontre l'ambassadeur, ils se parlèrent brièvement, par l'intermédiaire d'un interprète.

Cet entretien inattendu était l'occasion que Lobsang attendait pour remettre la pétition à l'observateur étranger. Il lui suffisait de sortir de la cuisine et de s'approcher de la délégation. Il était sur le point de se lancer quand Tènpa Wangdrak dit qu'il tenait à le faire lui-même. Lobsang s'y opposa.

"Vous ne vous fiez pas à moi ?" demanda Tènpa.

Lobsang se laissa fléchir. Il ne voulait pas que Tènpa pense qu'on ne lui faisait pas confiance. Ce fut donc Tènpa, un homme plutôt maladroit et brusque, qui surgit de la cuisine et se précipita vers James Lilley. Il lui fourra la pétition dans la main. L'ambassadeur fut surpris et avant qu'il se rende compte de ce qui se passait une jeune Chinoise la lui arracha.

Je travaillais dans la serre à ce moment-là, mais je ne pensais qu'à la pétition. J'étais sûr que Lobsang trouverait un moyen d'accomplir sa mission, mais en regagnant le dortoir je le trouvai assis au bord de son lit, l'air totalement abattu.

"Nous avons échoué", me dit-il. Mon cœur chavira. Mais lorsqu'il m'expliqua précisément comment les choses s'étaient déroulées, mon inquiétude se dissipa quelque peu. Un important visiteur étranger avait été témoin de toute cette scène ; nous pouvions être certains qu'il exigerait une explication. J'étais persuadé que nos efforts n'avaient pas été vains. En revanche, savoir que notre pétition se trouvait à présent entre les mains des Chinois préoccupait les autres. Lobsang Tènzin affirma que les autorités reconnaîtraient son écriture et qu'il leur soutiendrait qu'il avait agi seul.

Tènpa Wangdrak était dans tous ses états. Nous nous efforçâmes de le consoler. Sans grand succès. L'ambiance de la cellule se détériora encore quand Hor découvrit que nous avions élaboré tout cela sans le lui dire. Nous trouvâmes un certain réconfort dans l'entretien que Yulu Dawa Tséring avait eu avec James Lilley : il nous assura qu'il lui avait fait part de toutes nos revendications.

En attendant, les autorités chinoises étaient furibondes : notre audace les avait mises dans l'embarras en présence d'une importante délégation étrangère. Nous étions certains qu'elles requerraient la peine maximale contre nous. Mais pendant plusieurs jours, l'incident ne fut même pas mentionné. Je me doutais que les Chinois attendaient des instructions d'instances supérieures, ou alors que James Lilley était toujours à Lhassa. Convaincu qu'il serait exécuté sans tarder, Lobsang gardait son sang-froid face à la mort. Il ne regrettait rien. De notre côté, nous n'envisagions pas l'idée de le perdre avec autant de sérénité.

Je sais maintenant que James Lilley avait demandé aux autorités chinoises de suspendre la peine de mort de Lobsang Tènzin. Mais nous vécûmes des jours de terrible anxiété.

Tènpa Wangdrak et moi travaillions à réparer l'étroit canal qui longeait la serre. Je lui demandai s'il était prêt pour un interrogatoire. Il me répondit qu'il ne se passerait rien. Son assurance m'étonna, les autorités ne laisseraient pas passer un incident pareil. Effectivement, un gardien s'approcha de nous et somma Tènpa de le suivre quelques instants à peine après cette conversation.

A midi, nous cessâmes de travailler et on nous reconduisit à la cellule pour le déjeuner. Je me lavai les mains et la figure au robinet dans la cour avant de rentrer. Un groupe de prisonniers se tenait devant la porte, ils ne me dirent rien. Les literies de Lobsang Tènzin et de Tènpa Wangdrak avaient disparu, laissant des espaces de ciment nu là où ils avaient dormi. D'autres camarades arrivèrent ; ils avaient vu des gardes conduire des prisonniers au *jin-bi* (la cellule d'isolement). La porte de ce mitard était verrouillée.

Nous nous sentions impuissants. Que pouvions-nous faire pour alléger leurs souffrances ? Nous soudoyâmes un gardien afin qu'il procure à Lobsang et Tènpa des rations supplémentaires et nous envoyâmes Yulu et un autre homme appelé Ngawang Pulchung demander aux autorités de les libérer. Leur requête resta lettre morte. L'humeur générale s'assombrissait à nouveau dans la prison : tous les efforts déployés pour forcer les autorités chinoises à modifier le cours des choses n'avaient servi à rien. Nombre de jeunes détenus se tournaient vers leurs aînés en quête de conseils : la nouvelle génération de prisonniers politiques semblait s'attendre à ce que nous lui disions exactement ce qu'il convenait de faire. Certains parlaient ouvertement de faire la grève de la faim. "Vous comptez simplement laisser vos amis au *jin-bi* ?" me demandèrent-ils. Je ne savais pas quoi leur répondre.

Quand je regagnai la *tsuk*, trois des prisonniers les plus âgés, parmi lesquels Yulu, dont la qualité de réincarnation d'un grand lama inspirait le respect, faisaient la sieste. Je leur transmis ce que les jeunes prisonniers attendaient d'eux. Je mentionnai notre conversation à propos de la grève de la faim en leur laissant entendre que les jeunes ne manqueraient pas de la faire si les anciens leur donnaient leur approbation.

“Je ne puis assumer une pareille responsabilité”, dit Yulu. De toute évidence, il avait le sentiment que de telles actions entraîneraient effectivement des conséquences très graves.

Lobsang Tènzin et Tènpa Wangdrak avaient été mis au cachot pour près de trois semaines. Au départ, Tènpa avait déclaré qu'il ferait la grève de la faim, mais il s'était tellement affaibli qu'il avait finalement accepté de manger à nouveau. J'étais certain que Lobsang s'en tirerait. Sa force mentale, peu commune chez un homme de son âge, le soutenait, et comme il s'attendait à être exécuté d'un jour à l'autre, il n'avait peur de rien.

Un matin de la fin du mois d'avril 1991, un prisonnier chuchota qu'il avait vu la porte du *jin-bi* entrouverte. Ma première réaction fut de croire qu'on les avait libérés, et aussitôt après le travail, je me précipitai à la *tsuk* dans l'espoir de les voir. Mais pas trace de nos deux amis. Nous étions perplexes. Leurs literies manquaient toujours. Le lendemain matin, je découvris qu'on avait convoqué deux autres de mes compagnons ; leurs couvertures aussi avaient disparu.

Je me joignis à un groupe de jeunes prisonniers assemblés devant la porte du bureau de notre brigade. Furieux, énervés, ils interpellaient les gardiens. “Où sont nos amis ?” demandaient-ils. Les gardiens essayèrent de les disperser, mais personne ne bougea.

“Ce n'est pas notre problème”, répliquèrent les gardiens, campant sur leurs positions.

“Où sont nos amis ?” insistèrent les prisonniers.

Cela dura un bon moment. D'autres détenus vinrent grossir le groupe, exigeant eux aussi une réponse. Les matons, maintenant franchement inquiets, se précipitèrent dans le bureau pour demander du renfort.

Tous les prisonniers politiques se trouvaient à présent réunis devant le bureau. Nous attendions calmement une réaction. Soudain, le portail principal de notre cour s'ouvrit à la volée et un groupe de soldats chinois armés de fusils prirent position. Puis les deux représentants du parti communiste de Drapchi, une Tibétaine appelée Pasang et un officier chinois de haute taille, s'approchèrent de nous sous la protection des soldats.

"Que se passe-t-il ?" demanda Pasang.

Nous criâmes tous d'une seule voix : "Où sont nos amis ?"

Pour toute réponse, deux policiers avaient dégainé. L'un d'eux brandit son pistolet et nous ordonna de nous asseoir par terre. L'officier chinois braqua son arme sur chacun de nous, l'un après l'autre, d'un air menaçant en hurlant. Je ne comprenais pas ce qu'il disait, mais tous les prisonniers devant moi se levèrent. Je me redressai aussi d'un bond. Puis, sans crier gare, l'officier frappa un jeune moine, un nommé Ngawang Rigzin, sur la joue avec son arme qui, du coup, lui échappa.

Je ne découvrirais que plus tard ce qui s'était passé exactement. Nous nous étions tous mis debout juste après que l'officier chinois eut menacé d'abattre quiconque oserait se lever pour parler. Nous l'avions fait spontanément, comme un seul homme. Et nous étions restés plantés là, à piétiner la poussière.

Les soldats s'étaient alors précipités sur nous, armés qui de fusils à baïonnettes, qui de matraques électriques. Les prisonniers les plus jeunes semblaient exciter leur hargne : un garçon appelé Purbu placé au premier rang fit volte-face pour fuir l'attaque, mais un soldat lui planta sa baïonnette dans la nuque. Je vis jaillir le sang et Purbu s'effondrer. Un coup de crosse dans le dos me tira de mon hébétude, je m'écroulai à mon tour, le souffle coupé.

Partout autour de moi, les prisonniers fuyaient les soldats. Les gardiens tibétains les plus âgés tentèrent d'intervenir en s'interposant entre nos assaillants et nous. L'un d'eux nous supplia de courir à nos cellules et d'y rester. "Je vous en supplie, demandez grâce, nous dit-il d'un ton désespéré, ou vous allez tous vous faire massacrer." Un grand nombre de détenus réussit à regagner les cellules, mais je vis plusieurs jeunes prisonniers couchés par terre, battus à coups de botte par les Chinois.

Nous criâmes : "Au meurtre ! Au meurtre !" Mais les soldats s'acharnaient impitoyablement, traquant les prisonniers dans les *tsuk*, les forçant à en sortir. J'étais terrorisé. Je pensais qu'ils allaient tous nous exterminer. D'autres officiels arrivèrent bientôt en jeeps. Puis les soldats reçurent l'ordre de battre en retraite.

J'avais regagné péniblement la cellule, le dos et les jambes affreusement endoloris par les nombreux coups de crosse. Des soldats franchirent le portail de notre quartier et vidèrent des sacs pleins de menottes et de fers devant les *tsuk*. Après quoi, les gardiens commencèrent à traîner des individus hors des cellules. Là encore, ils jetèrent leur dévolu sur les plus jeunes.

Le premier qu'ils poussèrent dehors était Ngawang Pulchung, condamné à une peine de dix-neuf ans pour avoir organisé une manifestation en 1987. Il avait l'air épuisé. Ngawang s'était exprimé avec véhémence lorsque nous avions réclamé de connaître le sort réservé à Lobsang Tènzin et Tènpa. Les gardes lui mirent des fers aux pieds et lui passèrent des menottes avant de le conduire à la salle des interrogatoires. Depuis la cellule, je vis deux femmes médecins attendre devant la pièce où Ngawang venait de disparaître. Elles portaient une trousse et un plateau en acier sur lequel je pouvais apercevoir une rangée de seringues. Je fermai les yeux et récitai le mantra, *Om mani padme hum.*

Vingt minutes plus tard, Ngawang réapparut, le visage tuméfié, l'air d'une poupée de chiffon, à peine reconnaissable sous ses meurtrissures. On le jeta dans le *jin-bi.* L'un après l'autre, les plus jeunes prisonniers furent eux aussi enchaînés, conduits dans la salle des interrogatoires, battus, puis mis au mitard. Il n'y avait pas suffisamment de cellules d'isolement pour tout le monde ; on en laissa quelques-uns dehors, simplement attachés à une chaîne.

Les autorités estimèrent que seule la brutalité pouvait dompter nos esprits rebelles. Le moindre écart de conduite fut désormais violemment sanctionné. Mais les prisonniers refusaient de céder. Ils déclarèrent franchement préférer mourir plutôt que de se soumettre aux Chinois. Ce fut une bataille de volontés. Pour ceux qui usent de la force brutale, rien n'est plus insultant qu'une victime qui se refuse à reconnaître leur pouvoir. Le corps humain peut endurer des souffrances incommensurables et se rétablir. Les plaies guérissent. Mais une fois que l'esprit est brisé, tout s'écroule. Aussi nous nous interdîmes le découragement. Nos convictions et, par-dessus tout, la certitude que nous luttions pour la justice et la liberté de notre pays nous affermissaient dans notre résolution.

XIII

CONFRONTATION AVEC L'ENNEMI

Le lendemain matin, à l'appel, nous composions un sombre tableau. Plusieurs prisonniers étaient couverts de bandages, d'autres avaient le bras en écharpe, certains se cramponnaient à leurs camarades pour tenir debout. La plupart des jeunes prisonniers avaient les poignets et les chevilles enchaînés.

La sécurité fut considérablement renforcée après la manifestation. Des soldats patrouillaient dehors, on nous surveillait constamment. Des hommes armés nous accompagnaient même sur notre lieu de travail, se tenant toujours à proximité. Mais notre acte de défi avait créé une atmosphère euphorique dans la prison. Les prisonniers de droit commun eux-mêmes nous soutenaient en nous apportant clandestinement des nouvelles et des remèdes dans nos cellules.

Les autorités nous avertirent que l'on déduirait des points de notre bulletin d'évaluation annuel, ce qui signifiait que dans bien des cas nous verrions notre peine prolongée de plusieurs années. Les officiels s'attendaient à ce que nous revendiquions un abrègement de nos condamnations, mais nous avions résolu de rester fermes. Nous ne formulâmes aucune objection, déterminés à leur montrer que la prison ne nous effrayait plus, et que nous étions parfaitement prêts à assumer les conséquences de nos actes. Il fallait que les Chinois comprennent qu'ils ne nous intimidaient plus.

Nous ne prîmes aucune autre initiative. Les Chinois prévoyaient une importante célébration pour commémorer le quarantième anniversaire de l'Accord en dix-sept points que le gouvernement tibétain avait signé sous la contrainte le 23 mai 1951, au lendemain de l'invasion. Ils annoncèrent que plusieurs hauts dignitaires viendraient de Pékin pour l'occasion, ils se préoccupaient manifestement de ne pas provoquer une autre contestation à un moment aussi délicat.

Je retournai donc dans la serre m'occuper des pommiers et du potager, une tâche relativement aisée. Cette activité fruitière et maraîchère constituait désormais une importante source de revenus pour les Chinois. Ils avaient même décidé de la développer en construisant cinquante-cinq serres supplémentaires à Drapchi. Ils imposèrent un système de quotas, de sorte que chaque serre devait produire une certaine quantité de fruits et légumes chaque année.

Quelques semaines après notre manifestation, nous apprîmes que Lobsang Tènzin, Tènpa et les deux autres avaient été transférés à la prison de Kongpo, dans le sud du pays. Source d'inspiration et de courage, Lobsang manquait cruellement à toute notre brigade. Un mois plus tard, il nous fit parvenir un message disant qu'il était arrivé sain et sauf, et que nous ne devions pas nous inquiéter.

Cet été-là, on nous autorisa à regarder les nouvelles sportives à la télévision chinoise. Je ne connaissais rien aux événements sportifs internationaux, mais les jeunes prisonniers m'expliquèrent que la Chine participait aux matches éliminatoires de football pour les Jeux asiatiques, qui auraient lieu à Pékin à l'automne. Ces jeunes gens adoraient le football ; ils connaissaient toutes les équipes et parlaient inlassablement des joueurs.

Les Chinois tenaient à ce que nous regardions ces rencontres, preuve du progrès et de la prospérité de leur pays. Nous transformâmes ces séances de télévision en résistance passive, tous les téléspectateurs applaudissant et chahutant aussi fort que possible à chaque mauvais point des Chinois. Mon désintérêt initial pour ces jeux se changea rapidement en enthousiasme. Même les prisonniers de droit commun se joignaient à nous pour acclamer l'équipe adverse.

Apparemment, nos sarcasmes inquiétèrent les autorités qui redoutaient une nouvelle émeute. Aussi, un soir, une troupe de soldats encercla la salle. D'autres sentinelles armées de matraques électriques prirent position près des portes. Le lendemain matin, un garde en colère vint nous semoncer.

Nous sûmes par la suite que les gardiens s'étaient montrés très violents avec les prisonniers de droit commun qui avaient raillé l'équipe nationale chinoise avec nous. On leur avait dit de ne pas commettre d'erreurs, de faire preuve de patriotisme et de soutenir l'unité de la mère patrie. Pour éviter qu'une certaine inimitié ne s'installe parmi nous et ne crée de la dissension entre les prisonniers, nous mîmes un terme à nos persiflages durant les matches de football.

Les liens entre les prisonniers politiques étaient plus solides que jamais. Bien qu'il n'existât ni organisations secrètes ni réunions clandestines pour planifier nos manifestations et nos bravades, nous agissions pourtant à l'unisson. Nos petites préoccupations individuelles passaient après la lutte commune pour la liberté de notre pays. Hors de la captivité, je n'ai jamais connu un tel esprit de solidarité.

Le Parti conçut plusieurs moyens de rompre cette belle unité de vues. Je me souviens qu'ils instituèrent un système de points et de récompenses. Si les prisonniers effectuaient certaines tâches et se conduisaient bien, ils avaient droit à une sorte de bonus qui venait s'ajouter aux points déjà obtenus. Lors de la réunion annuelle d'évaluation, les détenus les mieux notés recevaient des récompenses, le premier prix étant une réduction de peine.

Nous n'étions pas dupes de cette manœuvre visant à fomenter des antagonismes qui nous dresseraient forcément les uns contre les autres. Nous ignorâmes donc les règlements permettant d'acquérir des points. Je jetai la brochure concernant ce projet sans même l'ouvrir. Nous refusions de jouer le jeu. Inutile de dire qu'aucun prisonnier politique n'obtint une seule bonne note.

De fait, nous continuions à braver les autorités à la moindre occasion. En décembre 1991, une délégation du gouvernement helvétique visita Drapchi. Une brusque amélioration de nos rations et un empressement à embellir les locaux nous mirent la puce à l'oreille, comme cela s'était déjà produit avant l'arrivée de James Lilley. On nous boucla dans notre bâtiment pendant que la délégation faisait le tour de la section des prisonniers de droit commun.

Je ne sais comment, un prisonnier politique nommé Tanak Jigmé Sangpo, un moine âgé de soixante-six ans au visage fin et à la longue barbe blanche, avait réussi à se mêler aux prisonniers de droit commun et à s'introduire dans leur bâtiment. Quand les visiteurs pénétrèrent dans la cour d'un pas nonchalant, il se mit à crier en anglais : "Libérez le Tibet ! Libérez le Tibet !" Il avait appris cette phrase exprès pour l'occasion. Les autorités déclarèrent à la délégation suisse qu'il était fou.

Sa peine fut immédiatement prolongée de huit ans. Sa première condamnation remontait à 1983 : quinze ans d'emprisonnement pour avoir diffusé de la "propagande contre-révolutionnaire" et "critiqué les leaders de son pays". En 1988, il avait écopé de cinq années supplémentaires parce qu'il avait crié des slogans pro-indépendance. Avec ces huit années de plus, Tanak ne sera libéré que le 3 septembre 2011, à l'âge de quatre-vingt-cinq ans. Après l'incident avec les Suisses, il m'affirma n'avoir aucun regret, et qu'il recommencerait s'il en avait l'occasion.

Une trentaine de femmes, dont vingt-sept religieuses, étaient détenues à Drapchi. Elles avaient elles-mêmes organisé de nombreuses manifestations à Lhassa pour réclamer l'indépendance du Tibet, d'où leur statut de prisionnières politiques. L'une des laïques, Dawa Dolma, une institutrice, fut accusée d'avoir enseigné à ses élèves une "chanson réactionnaire". Elle leur avait tout simplement appris l'hymne national tibétain, ce qui lui avait valu trois jours d'emprisonnement.

Durant les interrogatoires, on avait forcé la plupart des religieuses à se déshabiller et à rester immobiles tandis que les gardes défilaient devant elles en brandissant leurs matraques électriques d'une manière obscène et provocatrice. Quand je pense aux humiliations et aux terribles violences qu'elles subirent, leur résistance m'inspire le plus grand respect.

Tout comme les prisonnières de droit commun, elles appartenaient à la brigade numéro trois, mais dormaient dans une *tsuk* à part. Il me vint à l'esprit que dans la mesure où notre propre brigade avait organisé une série de manifestations, elles estimaient peut-être que c'était à leur tour de prendre une initiative. L'occasion se présenta au printemps 1992. Une semaine avant le Nouvel

An tibétain, les autorités annoncèrent que nous ne serions pas autorisés à décorer nos cellules ou à mettre des habits neufs. La tradition veut que l'on porte des vêtements nouveaux le premier jour de l'année, et ne pas le faire est de mauvais augure.

Les années précédentes, nous avions eu la permission de fêter l'événement selon nos coutumes, on nous avait même accordé trois jours de congé. Cette fois-ci, bien qu'ils fussent maintenus, ces trois jours de répit s'assortissaient de l'interdiction formelle d'accomplir les rituels traditionnels. Nous ne comprenions vraiment pas ce qui se passait.

Nous décidâmes de passer outre et de célébrer la nouvelle année comme d'habitude. Les religieuses firent de même et décorèrent leur cellule avec les cadeaux envoyés par leurs familles. Le Premier de l'an, elles troquèrent leurs uniformes kaki trop amples contre des tenues flambant neuves.

Nous les imitâmes, et pendant trois jours on nous épargna l'appel du matin ainsi que les allées et venues entre le camp et nos lieux de travail. Les prisonniers jouaient aux cartes et à des jeux de société dans la cour. Nous nous déplacions avec le soleil, suivant le mouvement de la lumière et de l'ombre. Comme je n'avais guère d'intérêt pour le jeu, une distraction au demeurant interdite aux moines, je passai le plus clair de mon temps à lire et à réciter des prières dans la *tsuk*.

Le deuxième jour, Yulu Rinpoché revint visiblement perplexe d'une promenade dans la cour.

"J'ai vu des soldats se rendre à la brigade numéro trois", dit-il en me servant une tasse de thé.

"Ils doivent être ivres une fois de plus", répondis-je d'un ton désinvolte. Comme je l'ai mentionné plus haut, cette brigade appartenait à la section des prisonnières de droit commun, par conséquent plusieurs jours s'écoulèrent avant que nous apprenions qu'en réalité il y avait eu une émeute dans la cellule des nonnes.

La responsable de la section des femmes, une Tibétaine à la mine sévère d'une cinquantaine d'années, réputée pour son caractère implacable et sa vigilance sans défaillance, était entrée d'un pas décidé dans la *tsuk* des religieuses le premier jour de l'année et avait exigé qu'elles retirent toutes les décorations et remettent séance tenante leurs uniformes ternes. Face à leur refus, elle avait appelé les gardiens qui battirent férocement les détenues. Deux des jeunes religieuses et Dawa Dolma, l'enseignante, furent identifiées comme les meneuses de la sédition et mises au régime cellulaire.

Le deuxième jour de congé, les nonnes réclamèrent bruyamment la libération de leurs amies. Pour la deuxième fois, les gardiens se ruèrent dans leur cellule et les rouèrent de coups de matraque électrique, leur arme favorite. Voyant ce qui se passait par la fenêtre de leur propre *tsuk*, les prisonnières de droit commun se mirent à hurler : "Au meurtre ! Au meurtre !" Je suis sûr que leurs cris sauvèrent la vie des religieuses.

Dès lors, on nous garda isolés dans notre bâtiment. Toutes les pratiques habituelles furent suspendues : plus d'appel, plus de travail non plus. Nous ne tardâmes pas à nous ennuyer ferme, et Yulu demanda qu'on nous laisse au moins reprendre nos activités. Requête rejetée. Les autorités essayaient apparemment de réprimer notre ardeur contestataire par le biais de l'oisiveté forcée. Le travail faisait passer le temps et nous donnait au moins une impression de normalité. Ces journées d'été étaient longues et torrides, on aurait dit qu'un siècle s'écoulait avant que le soleil se couche enfin sur les pics imposants de l'Himâlaya.

Ma peine devait se terminer prochainement, mais je préférais ne pas trop y penser. Nous savions tous avec quelle facilité les autorités pouvaient trouver un prétexte pour nous garder plus longtemps. Je passai l'été 1992 à lire et réciter un grand nombre de prières que j'avais apprises quand j'étais novice. Je faisais des prosternations chaque jour, en augmentant progressivement leur nombre, de cinquante à deux cents. Les Tibétains estiment que c'est un bon moyen d'entretenir la discipline mentale et physique. J'espérais que, une fois relâché, je pourrais consacrer tout mon temps à la pratique religieuse et que ces prosternations seraient une bonne préparation au retour à la vie spirituelle du monastère.

Vers la fin de l'été, on m'interrogea de nouveau à plusieurs reprises. Les Chinois voulaient savoir ce que je comptais faire après ma libération.

"Je suis moine et ma place est dans un monastère", leur répondis-je.

J'étais sûr que cette fois-ci on ne me laisserait pas retourner à Drépung. Les Chinois avaient déjà imposé l'expulsion du monastère de tous les moines ayant pris part à des manifestations politiques à un moment donné ou à un autre. Lorsqu'ils me demandèrent si j'avais l'intention de continuer à protester et à placarder des affiches, je répliquai par une citation tirée du *Petit Livre rouge* : "Quand il y a oppression, il y aura forcément une résistance." Ma réponse rendit le gardien fou furieux au point qu'il sortit précipitamment de la pièce.

Ces entrevues me laissaient pantois. Les autorités s'évertuaient toujours à me persuader que leur mainmise sur le Tibet avait été très bénéfique pour la population. Elles insistaient encore pour que je me montre reconnaissant envers le Parti qui m'avait donné la chance de me réformer. Je me contentais de répéter le récit de toutes les souffrances endurées par notre peuple. Päljor assista à l'un de ces entretiens et je révélai aux officiels ce qu'il m'avait infligé. J'ouvris grande la bouche pour leur faire voir mes gencives édentées. Les coups de Päljor ne m'avaient laissé que trois dents.

"Cela n'est arrivé qu'une fois", me répondit le garde.

J'avais appris par des amis que la situation à l'extérieur était dangereuse. Le monastère de Drépung n'acceptant plus aucun ancien prisonnier politique, ils me conseillaient de quitter le Tibet : si je restais dans le pays, je serais surveillé en permanence. De plus, toute personne vue en ma compagnie serait immédiatement soupçonnée.

Je commençai à concevoir un projet d'évasion. J'ai de la peine à parler des événements qui suivirent car un grand nombre de ceux qui m'ont aidé vivent aujourd'hui encore sous le joug de l'armée et de la police chinoises. Si je suis libre à présent de raconter mon histoire, je sais que la prudence s'impose afin de ne pas trahir la confiance d'amis qui deviendraient alors la proie du bureau de la Sécurité publique.

Tout ce que je peux dire, c'est qu'environ un mois avant la date de ma libération je contactai des amis hors de la prison à qui je confiai mon intention de m'enfuir en Inde. Je voulais profiter de ma liberté pour continuer à lutter pour l'indépendance, consacrer davantage de temps à la pratique du *dharma*, et, par-dessus tout, rencontrer le Dalaï-Lama.

Ma volonté de gagner l'Inde s'accrut suite à la publication par le gouvernement chinois d'un *Livre blanc sur les droits de l'homme en Chine*, dont on distribua un exemplaire à tous les prisonniers. Si incroyable que cela puisse paraître, ce document prétendait qu'il n'y avait pas de prisonniers politiques au Tibet et qu'aucun détenu n'avait été torturé. Il décrivait Drapchi comme "un nouveau type de prison socialiste où les prisonniers sont considérés comme des êtres humains… et traités en conséquence".

Cela me donna l'idée de rassembler des preuves pour dévoiler ce qui se passait réellement au Tibet. Des amis m'affirmèrent que j'étais on ne peut plus qualifié pour accomplir cette mission puisque j'avais passé tant de temps en prison. D'un commun accord, ils estimèrent que, dans la mesure où les Chinois ne montraient aux délégations étrangères que ce qu'ils avaient envie de leur montrer, l'existence d'un témoin oculaire, libre de s'exprimer librement, était capitale.

La tâche n'allait pas être facile. Comment faire pour quitter le Tibet ? Il n'était pas question que l'on me donne un laissez-passer et je savais qu'on me surveillerait jour et nuit. La police s'empresserait d'interroger tous ceux que j'approcherais. Tout devait donc s'organiser dans le plus grand secret.

Mes contacts extérieurs me promirent de prendre les dispositions nécessaires. Je les priai d'acheter quelques matraques électriques utilisées par les policiers, je voulais des armes ayant déjà servi, marquées de l'insigne de la police. Je leur indiquai le nom d'un vieux garde chinois disposé à vous procurer tout ce que vous vouliez tant qu'on le rémunérait en conséquence. J'étais sûr qu'il trouverait moyen de dénicher ce qu'ils lui demanderaient, je ne me trompais pas.

Il ne restait que peu de temps avant ma libération quand je fus convoqué à un autre interrogatoire. Päljor et deux autres officiels m'attendaient dans une salle dépouillée et très enfumée. Päljor me dit de m'asseoir en me désignant une chaise.

"Puisque tu ne vas pas tarder à partir, commença-t-il, as-tu quelque chose à dire ?"

"Non."

"Tu as toujours été têtu comme une mule, reprit-il. Tu n'as jamais voulu te réformer."

Je gardai le silence.

"Connais-tu Lhalu ?" me demanda alors l'officier tibétain assis à côté de lui. Ex-officiel du gouvernement tibétain arrêté en 1959 pour avoir organisé le soulèvement contre l'envahisseur, Lhalu avait été libéré depuis, les Chinois lui avaient confié un poste honorifique au sein de leur administration.

"Je l'ai interrogé, poursuivit l'officier. Si quelqu'un comme lui peut se réformer, toi aussi !" Après un temps de pause, il réitéra la vieille formule à propos de la bienveillance du parti communiste en soulignant que ceux qui s'amendaient étaient toujours traités avec clémence. "Il est inutile de t'obstiner, conclut-il. Tu te berces d'illusions en espérant que le Tibet sera libéré un jour. Songe à Lhalu ! Il travaille au service de la mère patrie ! Il occupe un poste important au Parlement chinois !" Il sous-entendait que je pouvais moi aussi espérer une brillante carrière.

Une fois de plus, je leur racontai l'histoire de ma vie depuis le jour où j'avais été arrêté jusqu'à la raclée que m'avait administrée Päljor. Je leur parlai même de l'affaire de ma Rolex en leur rappelant que j'avais toujours le reçu. Pour finir, Päljor me demanda sans détour où je comptais aller et je lui répondis que je souhaitais regagner le monastère.

Je savais que je devais persuader les autorités de mon intention de retourner là-bas et de vouer le reste de ma vie à la religion. Je pensais qu'en insistant sur mon désir de réintégrer Drépung, elles se laisseraient plus facilement convaincre que je n'envisageais pas de fuir le pays.

"Je suis un vieil homme et je veux me consacrer à la vie spirituelle", leur répétai-je à maintes reprises. "Si on ne m'autorise pas à regagner Drépung, j'irai manifester devant le Jokhang !" ajoutai-je en guise d'avertissement. Ils écoutèrent mes menaces d'un air sombre, puis m'annoncèrent que l'interrogatoire était terminé.

Tous les prisonniers politiques connaissaient l'imminence de ma libération. Quatre ou cinq jours avant la date prévue, une réunion se tint dans la grande cour ; la brigade au grand complet s'assit par terre, en rangs. Je ne me souviens pas de ce qui se dit durant cette assemblée. Je me rappelle simplement qu'à la fin mes codétenus se précipitèrent sur moi pour me tapoter le dos, me tenir les mains et me passer une *khata* autour du cou.

"Gyän, ku-sug la thug-cha nang-ro", me dirent-ils. "Prenez soin de vous, maître." J'étais à la fois ravi et triste. Triste de devoir me séparer des gens parmi les plus dignes et les plus courageux que j'avais jamais rencontrés. Les gardes observèrent toute cette agitation en se tenant à une distance respectueuse, puis ils s'approchèrent pour nous séparer et nous ramener dans nos dortoirs. J'étais profondément touché.

La coutume voulait qu'un prisonnier sur le départ donne un thé pour l'ensemble de la brigade. J'allai donc prendre une trentaine de petits sachets de lait en poudre et tout le beurre que je pus trouver à la cuisine et demandai aux cuisiniers de préparer du thé pour tout le monde, prisonniers de droit commun compris. C'était vraiment la fin.

Au matin du 25 août 1992, je me levai de bonne heure et roulai lentement ma literie en un baluchon bien net. L'un de mes codétenus alla chercher du thé à la cuisine et réveilla les autres. Délaissant mon uniforme de prisonnier, je revêtis une *chuba* toute neuve que ma famille m'avait envoyée. Elle était immense, un de mes camarades dut m'aider à nouer la longue ceinture en soie autour de ma taille pour maintenir les plis en place.

Nous bavardâmes un long moment en buvant du thé. Yulu se leva et me posa son chapeau en feutre à large bord sur la tête. Il recula d'un pas et me considéra d'un air approbateur.

"Vous avez l'air d'avoir dix ans de moins", me dit-il.

La porte s'ouvrit brusquement et deux officiels entrèrent dans la cellule, accompagnés de deux gardiens. L'un d'eux était notre chef de brigade, l'autre, Tashi Kezhang, qui, un jour que nous nous plaignions de l'usage fréquent que faisaient les gardiens de leurs matraques électriques, avait répondu : "Le gouvernement dépense des sommes considérables pour nous fournir ces armes afin que nous puissions vous battre avec, et c'est exactement ce que nous faisons."

Cette fois-ci, il adopta un comportement plus courtois et lança d'un ton railleur : *"Messieurs, nous sommes venus vous chercher pour votre départ !"*

Le chef de la brigade prit mon baluchon, Tashi mon thermos. Mes camarades m'enroulèrent de longues *khata* autour du cou. Puis, sans autre forme de cérémonie, on m'emmena dans la grande cour. Quelques religieuses travaillant dans une serre voisine me virent et agitèrent la main au passage. Je leur rendis leur salut.

Nous allâmes dans le bureau principal pour que je signe les papiers nécessaires.

"Nous ne voyons aucune objection à ce que tu retournes à Drépung, m'informa le chef de brigade. Mais il te faut tout de même solliciter la permission du bureau des Affaires religieuses et des autorités du monastère."

"Merci", fis-je, sachant que je n'aurais aucune difficulté à obtenir l'accord du monastère maintenant que j'avais l'approbation des autorités de la prison.

Le cou toujours entouré de *khata*, escorté de deux gardes, je sortis du bureau et marchai à pas lents vers l'entrée principale. Depuis la cour, je vis que mon neveu Lobsang et un petit groupe d'amis m'attendaient au-delà du portail.

Quelques pas me suffirent pour sortir de la prison. Dès l'instant où je fus dehors, mes amis coururent vers moi et ajoutèrent d'autres écharpes blanches à celles que je portais déjà. Quelqu'un me tendit une tasse de thé tibétain. On en proposa aux deux gardes qui secouèrent la tête et regagnèrent l'enceinte de la prison en refermant le lourd portail d'une poussée.

Lobsang était accompagné de Dawa, un ancien prisonnier, d'un autre homme de haute taille nommé Rinchèn-la et de sa femme. Rinchèn-la s'était montré très bon à mon égard durant mon incarcération, il avait lui-même passé de nombreuses années en prison ; après sa libération, il s'était appliqué à aider les détenus et leurs familles. Ils avaient déployé des tapis colorés par terre et apporté des paniers remplis de beignets, de viande séchée et de fromage. Ils m'invitèrent à m'asseoir et à manger.

Je dus boire une douzaine de tasses de thé ce matin-là, assis à quelques mètres des murs de la prison. Puis mes amis me conduisirent à Shöl*, un hameau situé juste en dessous du Potala. Lobsang y vivait avec sa femme et ma belle-mère. Il confectionnait des chapeaux tibétains traditionnels vendus ensuite dans un marché du centre de Lhassa.

Certains voisins sortirent pour assister à mon arrivée. J'entrai aussitôt dans la maison pour voir ma belle-mère.

* Aujourd'hui pratiquement détruit par les Chinois. *(N.d.T.)*

Paralysée, clouée au lit dans une pièce sombre et glaciale, je crus d'abord avoir affaire à une ombre. Puis mes yeux s'habituèrent à l'obscurité et je vis qu'elle levait la tête. Je m'approchai d'elle et pressai mon front contre le sien.

"Tant de souffrances", murmura-t-elle, les joues inondées de larmes.

Au cours des jours qui suivirent, je reçus de nombreux visiteurs, principalement des ex-prisonniers. Un message me parvint, selon lequel les préparatifs pour mon évasion s'achevaient. On m'enjoignait de ne rien faire qui puisse éveiller des soupçons et à me comporter comme si j'avais véritablement l'intention de retourner à Drépung.

Je pris le car pour me rendre à mon ancien monastère. Il était encore très tôt quand j'atteignis Drépung, la fumée des encensoirs embaumait l'air. Nombre de bâtiments ruinés avaient été restaurés et le soleil jetait une clarté éblouissante sur les murs blanchis à la chaux. La plupart des jeunes moines croupissaient en prison et la police surveillait de près le monastère. Ils avaient établi un poste de contrôle sur la route conduisant à Drépung ; tous les moines qui quittaient les lieux devaient montrer leur laissez-passer.

Je demandai à un moine où je pourrais trouver le *zhuren* (le secrétaire du monastère), il me dit de me rendre dans la grande salle. L'assemblée du matin venait de s'achever et l'un des moines me désigna le vice-secrétaire, un homme corpulent que je reconnus comme étant Kunchok Tashi. Je me souvenais que jadis, avant mon arrestation, Kunchok avait été un habile charpentier. Mais je portais une *chuba* et le chapeau de Yulu de sorte que lui ne me reconnut pas.

Quand je lui tendis mes papiers, il sourit. Il me remettait parfaitement. Il m'assura que tous mes documents étaient en ordre et m'emmena voir le *zhuren*, un moine du nom de Yéshi Thangtok.

"Quand voulez-vous revenir au monastère ?" me demanda-t-il après avoir jeté un rapide coup d'œil à mes papiers.

"Le plus tôt possible", répondis-je.

Il me suggéra de revenir dans quelques jours. Je savais que ce délai lui permettrait d'effectuer les vérifications indispensables auprès du bureau de la Sécurité publique. Quelques jours plus tard, on m'attribua une grande pièce propre avec une fenêtre donnant sur la vallée et j'informai les autorités que je comptais m'installer au monastère le 29 août, après le festival de *Shö-tön*. Ce festival marquait la fin de l'été : toute la population de Lhassa plantait des tentes dans les parcs voisins et organisait de copieux pique-niques. Des centaines de familles s'installaient dans le Norbulingka, le palais d'été du Dalaï-Lama, pour assister à une représentation de l'Opéra tibétain qui durait trois jours.

A Drépung, on célébrait traditionnellement ce festival en dévoilant une immense *thangka* représentant Tsongkhapa, fondateur de l'école des *guélugpa* à laquelle appartenait le monastère. Cette bannière mesurait plus de dix-huit mètres de long ; tous les moines formaient une colonne et la portaient sur leurs épaules. Cette annéelà, le festival de *Shö-tön* donna lieu à une nouvelle manifestation. Bravant l'interdit, on hissa le drapeau national tibétain au-dessus de la partie du monastère habitée par le Dalaï-Lama lors de sa dernière visite. Des affiches exigeant le départ des Chinois du Tibet fleurirent sur tous les murs de Drépung.

Comme prévu, je revins au monastère avec mes affaires après le festival, et je trouvai les lieux infestés de policiers interrogeant les moines les uns après les autres.

“Il y a eu des incidents durant le *Shö-tön*, m’expliqua Yéshi Thangtok. Revenez dans quelques jours.”

En attendant, mon projet d’évasion me causait une inquiétude croissante. Etait-ce sûr ? Il fallait simplement que je prenne mon mal en patience, que je fasse confiance aux amis chargés de prendre les dispositions nécessaires. Je me rassurais en me disant qu’ils avaient déjà aidé un grand nombre d’autres prisonniers politiques à fuir au Népal et en Inde. Bien évidemment, je devais cacher mes plans à ma famille. Il était essentiel de ne pas les impliquer dans ce complot, ils seraient les premiers interrogés dès qu’on aurait remarqué mon absence.

Une nuit, on frappa à la porte. Mon neveu vint me prévenir que quelqu’un me demandait. Dehors, dans la lumière du clair de lune, j’aperçus un jeune homme à casquette qui tenait une bicyclette.

“Etes-vous Päldèn Gyatso ?” chuchota-t-il.

“Oui.”

“Tenez. C’est pour vous”, me dit-il en me tendant un sac. Il contenait un échantillonnage des instruments de torture utilisés par les Chinois.

Il revint le lendemain matin avec le message que j’attendais. J’annonçai à ma famille que j’allais finalement m’installer au monastère. Ma belle-mère paraissait contente. Je lui pris les mains et pressai doucement mon front contre le sien. Je fis mes adieux à tout le monde.

Le jeune homme me conduisit à Lhassa, dans une maison sûre où je retrouvai les amis qui avaient organisé mon évasion. Ils avaient trouvé un chauffeur, un brave homme disposé à m’emmener à la frontière népalaise. L’excitation me gagnait peu à peu, j’étais sur le point de partir. De partir !

On me réveilla de bonne heure le lendemain matin en me recommandant de ne pas allumer la lumière. Un garçon m'apporta une tenue soigneusement pliée et, pour la première fois de ma vie, je revêtis un costume en coton. Il était beaucoup trop grand pour moi, faute de ceinture je dus rouler le pantalon à la taille. Un ami me glissa autour du cou quelque chose qui me fit l'effet d'une corde avec un nœud au bout : une cravate ! Après la mort de Mao, les cravates étaient devenues à la mode, tous les cadres en portaient pour montrer combien ils étaient modernes.

"Tu as l'air d'un véritable homme d'affaires !" me dit mon ami.

Une demi-heure plus tard, assis à l'arrière d'une bicyclette, je quittais Lhassa.

Au passage, j'aperçus une foule de personnes âgées déambulant autour du Jokhang. Le soleil venait de poindre au-dessus des pics montagneux. La fumée des encensoirs qui jalonnaient le *barkhor* flottait dans l'air. Nous traversâmes tout le centre-ville.

Nous nous arrêtâmes à quelques kilomètres de là, à Bama-Ri. Je devais y attendre un camion. Hormis mes vêtements et le sac contenant la matraque électrique, le bâton, les couteaux et les menottes, je n'avais pas emporté grand-chose.

Mon ami me laissa. Je restai planté au bord de la route, frissonnant dans mon costume trop léger pour me protéger efficacement du vent matinal. Plusieurs camions passèrent. Puis, vers sept heures, un véhicule vert bâché de gris se gara près de moi.

"Etes-vous le prisonnier ?" me demanda le chauffeur. Je fis oui d'un signe de la tête.

Nous étions le 7 septembre 1992. J'avais reçu pour consigne de prendre contact avec un marchand basé à Dram, le dernier village avant la frontière avec le

Népal. Mon chauffeur, un jeune homme qui me donnait l'impression d'être à peine réveillé, m'expliqua qu'il devait livrer des marchandises à un commerçant népalais. L'arrière du camion était rempli de boîtes de chaussures et de thermos chinois.

Alors que ma famille me croyait parti à Drépung, et que les gens du monastère me pensaient toujours à Shöl, je venais de quitter Lhassa dans un camion qui filait vers le Népal. Je savais que plusieurs jours s'écouleraient avant que l'on remarque mon absence. Au bout de quelques heures, nous passâmes à proximité de Pa-Nam. Je distinguai au loin la silhouette du monastère de Gadong perché sur sa colline. Mon jeune frère y vivait toujours. Je ne l'avais pas vu depuis 1962, quand je l'avais entraperçu à Norbukhungtsé.

Il nous fallut deux jours pour atteindre Nyalam, la dernière ville tibétaine avant la frontière. Mon chauffeur avait dû remarquer mon anxiété, car, au moment où nous approchions d'un barrage, il posa sa main sur mon bras pour me rassurer. Il arrêta le camion, descendit et disparut dans un bureau. Quelques minutes plus tard, il réapparut accompagné d'un officier chinois. Je fus soulagé de voir qu'ils riaient. L'officier fit signe à un soldat de lever la barrière et nous roulâmes lentement en direction de Nyalam.

Nous fîmes halte pour déjeuner et prendre un peu de repos ; mon compagnon en profita pour distribuer quelques lettres apportées de Lhassa. En fin d'après-midi, nous reprîmes la route, une route sinueuse et abrupte entourée de montagnes tapissées de forêts. Je n'avais jamais vu de paysages aussi verdoyants au Tibet. Nous nous arrêtâmes au sommet d'un col. Le chauffeur m'expliqua qu'il était préférable d'attendre la nuit pour franchir la frontière.

J'apercevais les lumières de Dram au loin. Nous attendîmes le début de la soirée pour nous diriger vers le village. Ultime poste de contrôle avant le Népal, ce nouveau hameau abritait de nombreux bureaux de douanes et d'immigration. Le chauffeur me suggéra de faire semblant de dormir pendant qu'il allait à la recherche de mon contact. Il ne tarda pas à revenir en compagnie d'un individu solidement charpenté aux longs cheveux tressés qui portait une petite turquoise à l'oreille gauche. Je trouvai de bon augure d'avoir affaire à un homme en tenue traditionnelle. Il m'emmena dans une maison où il m'offrit du thé et des nouilles.

Il devait me trouver un guide prêt à me conduire à la frontière, située à moins de deux heures de Dram en voiture. Il suffisait de traverser le pont de l'Amitié pour gagner le Népal. Cependant, il aurait été trop risqué d'emprunter la route. Il faudrait donc s'y rendre à pied, de nuit.

Nous ne pouvions pas partir tout de suite. L'attente se prolongea pendant dix jours, pendant lesquels je restais caché toute la journée dans une réserve, d'où je ne sortais qu'à la nuit tombée. Il fallut tout ce temps-là pour que mon ami me déniche un guide. Finalement, un soir, il revint à la maison en compagnie d'un vieux Népalais. Le moment était venu de partir. Je me sentais très nerveux d'autant plus que mon passeur ne parlait pas un mot de tibétain et moi, pas un de népalais.

Je le suivis pas à pas. Nous ne tardâmes pas à laisser Dram derrière nous et à nous retrouver au milieu d'une forêt dense. Nous gravîmes un étroit sentier d'un pas ferme, puis, vers minuit, nous nous arrêtâmes pour contempler les lumières de Dram déjà distantes au pied de la montagne. Il commença à pleuvoir à torrents ; mon guide s'enveloppa dans une sorte de bâche en plastique. Heureusement que mon ami m'avait donné un imperméable.

Mon compagnon marchait vite en se retournant de temps à autre pour s'assurer que je le suivais toujours. Je fus bientôt trempé jusqu'à la moelle. Nous n'avions pas échangé une parole tout le long du chemin, mais, à l'aube, nous franchîmes un pont en corde et mon guide dit simplement : "Népal."

Nous continuâmes à marcher pour atteindre, à la fin de la matinée, un petit village où je fus ravi de retrouver mon ami de Dram qui nous attendait avec mon sac rempli d'instruments de torture. Il l'avait passé clandestinement à la frontière. Nous dormîmes sur place, et de bonne heure le lendemain un jeune sherpa me prit à l'arrière de sa moto pour me conduire à Katmandou.

Nous roulâmes toute la journée, et le soir nous étions dans la capitale. Le jeune sherpa gara sa moto devant le centre d'accueil des réfugiés tibétains que le Dalaï-Lama avait fondé plusieurs années auparavant. Ces heures passèrent comme dans un rêve.

La peur ne m'avait pas lâché un seul instant. Je savais que la police népalaise avait livré des Tibétains aux Chinois et je ne doutais pas que je serais extradé si on m'attrapait. Je n'étais certainement pas le seul dans ce cas. Ce centre accueillait des réfugiés qui avaient fui le Tibet en franchissant l'Himâlaya, ils arrivaient de tous les coins du pays. Beaucoup d'entre eux souffraient de gelures si graves que dans certains cas une amputation s'imposait.

On me mena au bureau du Haut Comité des Nations unies pour les réfugiés afin de m'y inscrire officiellement. Ils me remirent un peu d'argent et un laissez-passer pour l'Inde.

Averti que j'avais tout intérêt à déguerpir le plus vite possible, je pris le premier car pour Delhi. Plusieurs jours plus tard, j'arrivai enfin à McLeod Ganj-Dharamsala, le minuscule poste établi sous l'autorité des Britanniques, dont le nom à lui seul avait été une grande source d'inspiration et de courage pour les prisonniers tibétains car le Dalaï-Lama y avait élu domicile depuis qu'il vivait en exil.

Il pleuvait. Les nuages noirs me rappelaient la tristesse et la mélancolie omniprésentes au Tibet. Je ne pus m'empêcher de comparer la brume pénétrante qui enveloppait Dharamsala avec les splendeurs que le Dalaï-Lama avait connues auparavant : la somptuosité des palais du Potala et du Norbulingka.

J'avais vu Sa Sainteté pour la première fois à Gyantsé en 1951. Dans le Tibet d'autrefois, un protocole fastueux réglait la vie du palais. A présent, un intendant me conduisait sans cérémonie dans une pièce dépouillée, comme si je m'apprêtais à rencontrer un simple moine. C'était extraordinaire de revoir le Dalaï-Lama après tant d'années. Je me prosternai immédiatement devant lui et lui offris une *khata*.

"L'élève de Gyän Rigzin Tènpa", dit-il. J'étais trop intimidé pour lever les yeux. "Vous avez vécu de terribles épreuves." Je restai assis par terre en silence. Sa Sainteté m'interrogea sur mes années en prison, et je me rendis compte que d'autres prisonniers avaient dû lui parler de moi. Il fit référence à un grand nombre d'entre eux en les appelant par leur nom, ce qui me prouva à quel point il se faisait du souci pour nous. Notre entrevue dura plus de deux heures, et je fus en mesure de lui parler de la foi inébranlable que nous avions toujours eue en lui.

Je pleurais en quittant la pièce. J'avais attendu cette rencontre toute ma vie. On me donna un lot de robes neuves, pour la première fois depuis 1961 je revêtais à nouveau une tenue de moine. Je me rendis au temple faisant face à la résidence du Dalaï-Lama afin de prier à l'intention de tous les prisonniers, pour qu'ils cessent de souffrir et soient libérés.

J'ai dit au début de ce livre qu'après l'annonce de mon évasion par la presse je découvris qu'Amnesty International m'avait pris sous son aile et que, depuis mon arrestation en 1983, une antenne italienne de cette organisation n'avait pas cessé d'écrire aux autorités chinoises à mon sujet. En 1995, on m'invita en Italie où l'on me présenta les gens qui avaient envoyé toutes ces lettres durant neuf années. En dépit de l'écart dû à la langue, la culture et la géographie, je fus profondément touché par leur compassion et leur générosité.

Cette même année, je me rendis à Genève pour témoigner devant la Commission des droits de l'Homme des Nations unies. On me conduisit dans une immense salle où je pris place à côté de deux jeunes interprètes tibétains. Les gens déambulaient dans la pièce en bavardant et je me demandais comment quiconque allait pouvoir entendre ce que j'allais dire. Je pris une profonde inspiration et commençai à lire mon rapport.

"Je m'appelle Päldèn Gyatso. Je suis devenu moine à l'âge de dix ans."

J'attendis d'avoir fini pour lever les yeux. Ce fut alors que je remarquai la délégation chinoise assise devant moi, tout ouïe. Tout ouïe ! Cela me procura un vif sentiment de liberté, j'aurais donné cher pour que tous mes camarades de détention fussent là pour assister à cette scène, car nous avions tous rêvé de nous retrouver un jour face à nos persécuteurs pour qu'ils écoutent notre témoignage. J'étais le premier prisonnier tibétain à avoir l'occasion de m'exprimer devant les Nations unies. Par conséquent, je savais que je ne parlais pas simplement pour moi-même, mais au nom de tous les Tibétains encore emprisonnés et de tous ceux qui l'avaient été. Les délégués n'avaient entendu que ma voix, mais elle exprimait la souffrance de milliers de prisonniers qui n'avaient pas survécu pour pouvoir témoigner comme je venais de le faire.

La délégation chinoise ne répondit pas à ma déclaration, mais, quelque temps plus tard, à Londres, on me montra une lettre que l'ambassadeur chinois en Grande-Bretagne avait adressée à un journal britannique. M. Ma Yuzhen avait écrit : "Päldèn Gyatso était un criminel qui s'est obstiné à se livrer à des activités antigouvernementales. Les crimes qu'il a commis incluent des actions visant à renverser le gouvernement, une tentative d'évasion et un vol. Son récit relatif aux tortures que lui auraient fait subir les gardiens en prison est sans fondement. La torture est interdite dans les geôles chinoises."

Les oppresseurs ne reconnaîtront jamais qu'ils sont des oppresseurs. Je ne peux que témoigner et écrire ce que j'ai vu et entendu : l'étrange voyage qu'a été ma vie. La souffrance s'inscrit en toutes lettres dans les vallées et les montagnes du Tibet. Chaque village, chaque monastère du pays des Neiges a sa propre histoire de cruautés infligées à nos concitoyens. Cette souffrance se prolongera jusqu'à ce que le Tibet soit libre.

TIBET CENTRAL

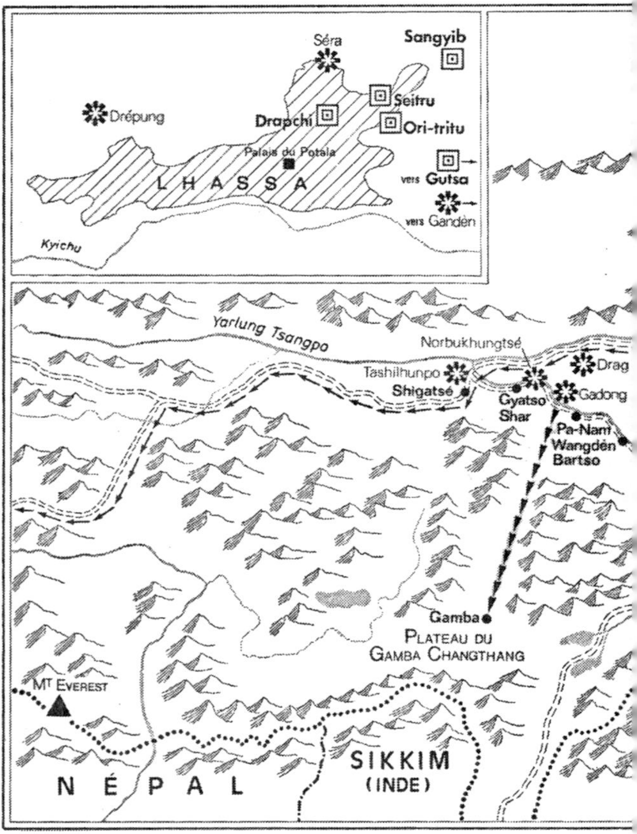

►►►► *Parcours de Päldèn Gyatso lors de sa première évasion*

→→→→ *Parcours de Päldèn Gyatso lors de sa seconde évasion*

•••••••••••• *Frontières du Tibet*

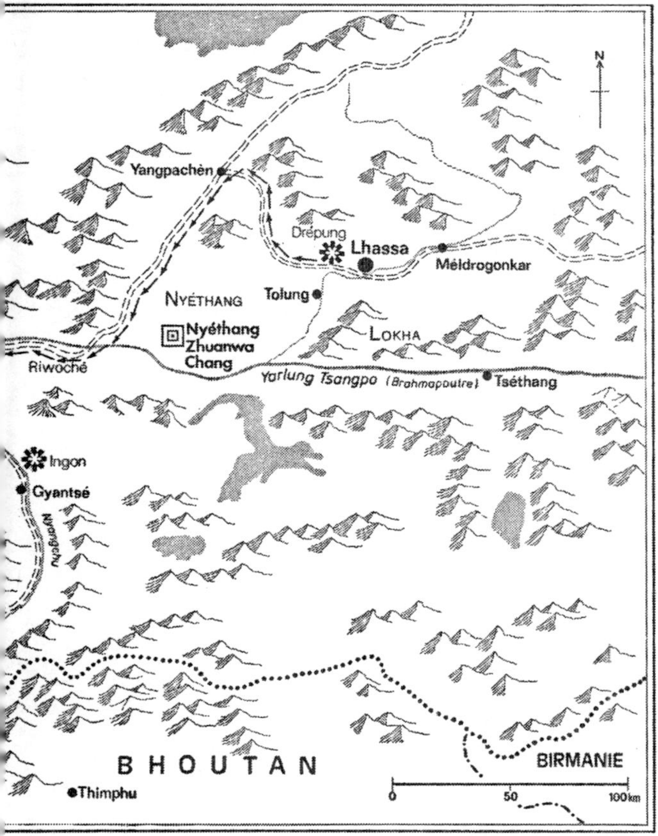

Routes principales
Monastères
Prisons

TABLE

BABEL

Extrait du catalogue

161. FÉDOR DOSTOÏEVSKI
Notes d'hiver sur impressions d'été

162. INTERNATIONALE DE L'IMAGINAIRE N° 4
La Musique et le monde

163. PAUL AUSTER
Mr Vertigo

164. ABBÉ LHOMOND
De Viris illustribus Urbis Romæ

165. GUY DE MAUPASSANT
Les Horlas

166. ÉLISÉE RECLUS
Histoire d'un ruisseau

167. MICHEL TREMBLAY
Le Cœur découvert

168. MICHEL TREMBLAY
Le Cœur éclaté

169. BÉATRIX BECK
Grâce

170. RAUDA JAMIS
Frida Kahlo

171. HOMÈRE
L'Iliade

172. HOMÈRE
L'Odyssée

173. RAMÓN CHAO
Un train de glace et de feu (la Mano Negra en Colombie)

174. ROBERT DOISNEAU
A l'imparfait de l'objectif

175. ALEXANDRE DUMAS
La Chasse au chastre

176. JACQUES GAILLARD
Beau comme l'antique

177. PIER PAOLO PASOLINI
Théâtre

178. JEF GEERAERTS
Black Venus

179. MICHEL TREMBLAY
La grosse femme d'à côté est enceinte

180. MICHEL TREMBLAY
Thérèse et Pierrette à l'école des Saints-Anges

181. BRAM STOKER
La Dame au linceul

182. LOUIS EDMOND DURANTY
Théâtre des marionnettes

183. EDMOND DE GONCOURT
La Faustin

184. CONRAD DETREZ
Les Plumes du coq

185. NICOLAS VANIER
Transsibérie, le mythe sauvage

186. BERBEROVA
Où il n'est pas question d'amour

187. DANIEL DEFOE
Robinson Crusoé

188. ANTON TCHEKHOV
La Mouette

189. ANTON TCHEKHOV
L'Homme des bois

190. INTERNATIONALE DE L'IMAGINAIRE N° 5
La Scène et la Terre

191. PEDRO CALDERÓN DE LA BARCA
La vie est un songe

192. ALEXANDER LERNET-HOLENIA
Le Régiment des Deux-Siciles

193. ARISTOPHANE
Les Oiseaux

194. JEAN-PIERRE FAYE ET ANNE-MARIE DE VILAINE
La Déraison antisémite et son langage, dialogue sur l'histoire et l'identité juive

195. JACQUES POULIN
Les Grandes Marées

196. SIRI HUSTVEDT
Les Yeux bandés

197. ROBERT PENN WARREN
Les Rendez-Vous de la clairière

198. JOHN BANVILLE
Le Livre des aveux

199. JOHN MILLINGTON SYNGE
Théâtre

200. ISAAC BABEL
Récits d'Odessa

201. ISAAC BABEL
Chroniques de l'an 18

202. FÉDOR DOSTOÏEVSKI
La Logeuse

203. PACO IGNACIO TAIBO II
Sentant que le champ de bataille…

204. FRÉDÉRIC JACQUES TEMPLE
Un cimetière indien

205. INTERNATIONALE DE L'IMAGINAIRE N° 6
Le Liban second

206. SHERIDAN LE FANU
Carmilla

207. ANDRÉE CHEDID
La Femme de Job

208. DANIEL ZIMMERMANN
Nouvelles de la zone interdite

209. NAGUIB MAHFOUZ
Le Voleur et les Chiens

210. MOHAMMED DIB
Au café

211. AMADOU HAMPÂTÉ BÂ
Oui mon commandant !

212. NANCY HUSTON
La Virevolte

213. FRANÇOIS POIRIÉ
Emmanuel Lévinas

214. MATTHEW G. LEWIS
Le Moine

215. ROY LEWIS
Pourquoi j'ai mangé mon père

216. RUSSELL BANKS
Sous le règne de Bone

217. BARBARA GLOWCZEWSKI
Les Rêveurs du désert

218. GEORGE SAND
Mademoiselle Merquem

219. JACQUES POULIN
La Tournée d'automne

220. SIR JOHN HUNT
Victoire sur l'Everest

221. MICHEL TREMBLAY
Un ange cornu avec des ailes de tôle

222. MURIEL CERF
Une passion

223. PHILIPPE DE LA GENARDIÈRE
Legs

224. YING CHEN
La Mémoire de l'eau

225. DOMINIQUE ROLIN
L'Infini chez soi

226. ISABELLE EBERHARDT ET VICTOR BARRUCAND
Dans l'ombre chaude de l'islam

227. MADISON SMARTT BELL
Save me, Joe Louis

228. POLIDORI
Le Vampire

229. BETTINA LAVILLE ET JACQUES LEENHARDT
Villette-Amazone

230. TAYEB SALIH
Saison de la migration vers le Nord

231. FÉDOR DOSTOÏEVSKI
Crime et Châtiment, vol. 1

232. FÉDOR DOSTOÏEVSKI
Crime et Châtiment, vol. 2

233. WILLIAM SHAKESPEARE
Hamlet – Macbeth

234. CLAUDE PUJADE-RENAUD
La Danse océane

235. CLAUDE PUJADE-RENAUD
Martha ou le Mensonge du mouvement

236. JEAN-MARC DUROU
L'Exploration du Sahara

237. FRÉDÉRIC H. FAJARDIE
Des lendemains enchanteurs

238. JAN VALTIN
Sans patrie ni frontières

239. BERNAL DÍAZ DEL CASTILLO
La Conquête du Mexique

240. EMMANUEL KANT
La Fin de toutes choses

241. HELLA S. HAASSE
Un goût d'amandes amères

242. THÉOPHILE GAUTIER
Les Mortes amoureuses

243. *
Contes d'Asie Mineure
recueillis par Calliopi Moussaiou-Bouyoukou

244. JEAN-LUC OUTERS
L'Ordre du jour

245. INTERNATIONALE DE L'IMAGINAIRE N° 7
Cultures, nourriture

246. CLAUDE PUJADE-RENAUD
Belle Mère

247. ISAAC BABEL
Cavalerie rouge / Journal de 1920

248. VICTOR HUGO
Lucrèce Borgia

249. MARQUIS DE SADE
Lettres à sa femme

250. JACQUES BERQUE
Les Arabes / Andalousies

251. ZOÉ VALDÉS
Le Néant quotidien

252. EILHART VON OBERG
Tristan et Iseut

253. ROLAND DORGELÈS
Route des tropiques

254. MICHEL TREMBLAY
Douze coups de théâtre

255. PAUL AUSTER
Smoke - Brooklyn Boogie

256. MOHAMMED DIB
Le Talisman

257. ASSIA DJEBAR
Les Alouettes naïves

258. VINCENT BOREL
Un ruban noir

259. RENÉ DESCARTES
La Recherche de la vérité

260. GEORGES-OLIVIER CHÂTEAUREYNAUD
Les Messagers

261. HENRY JAMES
Le Motif dans le tapis

262. JACQUES GAILLARD
Rome, le temps, les choses

263. ROBERT LOUIS STEVENSON
L'Etrange Affaire du Dr Jekyll et de Mr Hyde

264. MAURICE MAETERLINCK
La Mort de Tintagiles

265. FRANÇOISE DE GRUSON
La Clôture

266. JEAN-FRANÇOIS VILAR
C'est toujours les autres qui meurent

267. DAGORY
Maison qui pleure

268. BRAM STOKER
Dracula

269. DANIEL GUÉRIN
Front populaire, révolution manquée

270. MURIEL CERF
Le Diable vert

271. BAPSI SIDHWA
La Fiancée pakistanaise

272. JEAN-PIERRE VERHEGGEN
Le Degré Zorro de l'écriture

273. JOHN STEINBECK
Voyage avec Charley

274. NINA BERBEROVA
La Souveraine

275. JOSEPH PÉRIGOT
Le Dernier des grands romantiques

276. FRÉDÉRIC H. FAJARDIE
Gentil, Faty !

277. FÉDOR DOSTOÏEVSKI
L'Eternel Mari

278. COMTESSE DE SÉGUR
Les Malheurs de Sophie / Les Petites Filles modèles / Les Vacances

279. HENRY BAUCHAU
Diotime et les lions

280. ALICE FERNEY
L'Elégance des veuves

281. MICHÈLE LESBRE
Une simple chute

282. JEAN-PIERRE BASTID
La Tendresse du loup

283. ADRIEN DE GERLACHE DE GOMERY
Quinze mois dans l'Antarctique

284. MICHEL TREMBLAY
Des nouvelles d'Edouard

285. FRANZ KAFKA
La Métamorphose / La Sentence / Le Soutier et autres récits, vol. I

286. JEAN-MICHEL RIBES
Monologues, bilogues, trilogues

287. JACQUES LEENHARDT / ROBERT PICHT
Au jardin des malentendus

288. GEORGES-OLIVIER CHÂTEAUREYNAUD
Le Kiosque et le tilleul

289. JACQUES DE VITRY
Vie de Marie d'Oignies

290. ELISABETH K. PORETSKI
Les Nôtres

291. ÉDOUARD AL-KHARRAT
Alexandrie, terre de safran

292. THOMAS HOBBES
De la nature humaine

293. MIKHAÏL BOULGAKOV
Récits autobiographiques

294. RUSSELL BANKS
De beaux lendemains

295. RENÉ GOSCINNY
Tous les visiteurs à terre

296. IBRAHIMA LY
Toiles d'araignées

297. FRANÇOIS PARTANT
La Fin du développement

298. HENRI HEINE
Mais qu'est-ce que la musique ?

299. JULES VERNE
Le Château des Carpathes

300. ALPHONSE DAUDET
Les Femmes d'artistes

301. FRÉDÉRIC JACQUES TEMPLE
Les Eaux mortes

302. FRIEDRICH NIETZSCHE
Vérité et mensonge au sens extra-moral

303. INTERNATIONALE DE L'IMAGINAIRE N° 8
Le Corps tabou

304. NANCY HUSTON
Instruments des ténèbres

305. FÉDOR DOSTOÏEVSKI
L'Adolescent, vol. 1

306. FÉDOR DOSTOÏEVSKI
L'Adolescent, vol. 2

307. GÉRARD DELTEIL
Schizo

308. DENON / EL-GABARTI
L'Expédition de Bonaparte en Egypte

309. JEAN-JACQUES ROUSSEAU / MADAME DE LA TOUR
Correspondance

310. MAN RAY
Autoportrait

311. ROBERT BELLERET
Léo Ferré, une vie d'artiste

312. MAXIME VUILLAUME
Mes cahiers rouges

313. HELLA S. HAASSE
Les Routes de l'imaginaire

314. JEAN-CLAUDE GRUMBERG
Dreyfus... / L'Atelier / Zone libre

315. DENIS DIDEROT
Pensées philosophiques

316. LUIS MARTIN-SANTOS
Les Demeures du silence

317. HUBERT NYSSEN
La Femme du botaniste

318. JEAN-FRANÇOIS VILAR
Bastille tango

319. SÉBASTIEN LAPAQUE
Les Barricades mystérieuses

320. ALAIN GHEERBRANT
La Transversale

321. THIERRY JONQUET
Du passé faisons table rase

322. CLAUDE PUJADE-RENAUD
La Nuit la neige

323. *
Mai 68 à l'usage des moins de vingt ans

324. FITZ-JAMES O'BRIEN
Qu'était-ce ?

325. ÉLISÉE RECLUS
Histoire d'une montagne

326. *
Dame Merveille et autres contes d'Egypte

327. ROMAN DE BAÏBARS / 1
Les Enfances de Baïbars

328. ROMAN DE BAÏBARS / 2
Fleur des Truands

329. ROMAN DE BAÏBARS / 3
Les Bas-Fonds du Caire

330. ROMAN DE BAÏBARS / 4
La Chevauchée des fils d'Ismaïl

331. JACQUES POULIN
Volkswagen Blues

332. MIRABEAU
Lettres écrites du donjon de Vincennes

333. CHEVALIER DE BOUFFLERS
Lettres d'Afrique à Mme de Sabran

334. FRANÇOISE MORVAN
Vie et mœurs des lutins bretons

335. FRÉDÉRIC VITOUX
Il me semble désormais que Roger est en Italie

336. JEAN-PIERRE NAUGRETTE
Le Crime étrange de Mr Hyde

337. NADAR
Quand j'étais photographe

338. NANCY HUSTON
Histoire d'Omaya

339. GÉRARD DE CORTANZE
Giuliana

340. GÉRARD GUÉGAN
Technicolor

341. CHARLES BERTIN
La Petite Dame en son jardin de Bruges

342. INTERNATIONALE DE L'IMAGINAIRE N° 9
Deux millénaires et après

343. NINA BERBEROVA
Le Livre du bonheur

COÉDITION ACTES SUD – LEMÉAC

Ouvrage réalisé
par l'Atelier graphique Actes Sud.
Achevé d'imprimer
en août 1998
par Bussière Camedan Imprimeries
à Saint-Amand-Montrond (Cher)
sur papier des
Papeteries de Jeand'heurs
pour le compte
d'ACTES SUD
Le Méjan
Place Nina-Berberova
13200 Arles.

N° d'éditeur : 3095
Dépôt légal
1re édition : septembre 1998
N° impr. : 984024/1